静山社ペガサス文庫

JN210125

ハリー・ポッターと不死鳥《ふしちょう》の騎士団《きしだん》〈5-2〉

J.K.ローリング 作　松岡佑子 訳

ハリー・ポッターと不死鳥《ふしちょう》の騎士団《きしだん》5-2 もくじ

ハリー・ポッターと不死鳥《ふしちょう》の騎士団《きしだん》5－2　人物紹介《じんぶつしょうかい》

ハリー・ポッター
ホグワーツ魔法魔術学校《まほうまじゅつがっこう》の五年生《ねんせい》。緑《みどり》の目《め》に黒《くろ》い髪《かみ》、額《ひたい》には稲妻形《いなずまがた》の傷《きず》。幼《おさな》いころに両親《りょうしん》を亡《な》くし、マグル（人間《にんげん》）界《かい》で育《そだ》ったので、十一歳《さい》になるまで自分《じぶん》が魔法使《まほうつか》いであることを知《し》らなかった

アルバス・ダンブルドア
ホグワーツの校長先生《こうちょうせんせい》。魔法使《まほうつか》いとしても教育者《きょういくしゃ》としても偉大《いだい》だが、ちゃめっけたっぷり

ミネルバ・マクゴナガル
ホグワーツの副校長先生《ふくこうちょうせんせい》。黒髪《くろかみ》の背《せ》の高《たか》い魔女《まじょ》。「変身術《へんしんじゅつ》」の教師《きょうし》。厳格《げんかく》で理知的《りちてき》

リーマス・ルーピン
元教師《もときょうし》。ハリーの父親《ちちおや》のジェームズとシリウスとは、学生時代《がくせいじだい》の親友《しんゆう》。狼人間《おおかみにんげん》という悲《かな》しい秘密《ひみつ》が

ニンファドーラ・トンクス
姿《すがた》を自由《じゆう》に変《か》えることのできる「七変化《しちへんげ》」の若《わか》い魔女《まじょ》。そそっかしいが優秀《ゆうしゅう》な闇払《やみばら》い

シビル・トレローニー
「占《うらな》い学《がく》」の教師《きょうし》。でたらめな予見者《よけんしゃ》だが、先学期《せんがっき》、意識《いしき》を失《うしな》ったまま闇《やみ》の帝王《ていおう》の復活《ふっかつ》を告《つ》げた

ルビウス・ハグリッド
ホグワーツの森《もり》の番人《ばんにん》で「魔法生物飼育学《まほうせいぶつしいくがく》」の教師《きょうし》。ハリーたちの友人《ゆうじん》でもありやさしく不器用《ぶきよう》な半巨人《はんきょじん》だが、今学期《こんがっき》のはじめから姿《すがた》が見《み》えない

クリーチャー
ブラック家《け》の醜《みにく》い屋敷《やしき》しもべ妖精《ようせい》。闇《やみ》の魔術《まじゅつ》に染《そ》まるブラック家《け》を愛《あい》し、シリウスと「穢《けが》れた血《ち》」を毛嫌《けぎら》いしている

ドビー
ハリーを心《こころ》から尊敬《そんけい》している、元屋敷《もとやしき》しもべ妖精《ようせい》。今《いま》はホグワーツの厨房《ちゅうぼう》で働《はたら》いている

ルーナ・ラブグッド（おかしなルーニー）
レイブンクローの四年生《ねんせい》。幻《まぼろし》の魔法生物《まほうせいぶつ》の存在《そんざい》を信《しん》じる、風変《ふうが》わりな少女《しょうじょ》。父親《ちちおや》は雑誌《ざっし》『ザ・クィブラー』の編集長《へんしゅうちょう》

ヴォルデモート（例《れい》のあの人《ひと》、トム・リドル）
闇《やみ》の帝王《ていおう》。ハリーにかけた呪《のろ》いがはね返《かえ》り、死《し》のふちをさまよっていたが、ついに復活《ふっかつ》をとげた

To Neil, Jessica and David,
who make my world magical

私の世界に魔法をかけてくれた、
夫のニール、子供たちのジェシカとデイビッドに

Original Title: HARRY POTTER AND THE ORDER OF THE PHOENIX

First published in Great Britain in 2003
by Bloomsbury Publishing Plc, 50 Bedford Square, London WC1B 3DP

Japanese edition first published in 2004

This book is published in Japan by arrangement with the author through The Blair Partnership

第《だい》11章《しょう》　組分《くみわ》け帽子《ぼうし》の新《あたら》しい歌《うた》

ルーナと自分《じぶん》が同《おな》じ幻覚《げんかく》を見《み》た――幻覚《げんかく》だったかもしれない……そんなことを、ハリーはほかの誰《だれ》にも言《い》いたくなかった。馬車《ばしゃ》に乗《の》り込《こ》み、ドアをピシャリと閉《し》めたあと、ハリーは馬《うま》のことにはいっさい触《ふ》れなかった。にもかかわらず、窓《まど》の外《そと》を動《うご》いている馬《うま》のシルエットを、どうしても見《み》てしまうのだった。

「みんな、グラブリー－プランクばあさんを見《み》た？」ジニーが聞《き》いた。「いったい何《なに》しに戻《もど》ってきたのかしら？　ハグリッドが辞《や》めるはずないわよね？」

「辞《や》めたらあたしはうれしいけど」ルーナが言《い》った。「あんまりいい先生《せんせい》じゃないもン」

「いい先生《せんせい》だ！」ハリー、ロン、ジニーが怒《おこ》ったように言《い》った。

ハリーがハーマイオニーをにらんだ。ハーマイオニーは咳払《せきばら》いをして急《いそ》いで言《い》った。

「えーっと……そう……とってもいいわ」

「ふーん。レイブンクローでは、あの人《ひと》はちょっとお笑《わら》いぐさだって思《おも》ってるよ」

ルーナは気後《きおく》れしたふうもない。

「なら、君《きみ》のユーモアのセンスがおかしいってことさ」ロンがバシッと言《い》い返《かえ》した。その時《とき》、馬《ば》車《しゃ》の車輪《しゃりん》がきしみながら動《うご》きだした。

ルーナはぶっきらぼうなロンの言葉《ことば》を別《べつ》に気《き》にする様子《ようす》もなく、かえって、ちょっとおもしろいテレビの番組《ばんぐみ》でもあるかのように、しばらくロンを見《み》つめただけだった。

ガラガラ、ガタガタと、馬車《ばしゃ》は隊列《たいれつ》を組《く》んで進《すす》んだ。校門《こうもん》の高《たか》い二本《ほん》の石柱《せきちゅう》には羽《はね》の生《は》えたイノシシがのっている。馬車《ばしゃ》が校門《こうもん》をくぐり、校庭《こうてい》に入《はい》ったとき、ハリーは身《み》を乗《の》り出《だ》して、「禁《きん》じられた森《もり》」の端《はし》にあるハグリッドの小屋《こや》に灯《あか》りが見《み》えはしないかと目《め》を凝《こ》らした。校庭《こうてい》は真《ま》っ暗《くら》だった。しかし、ホグワーツ城《じょう》が近《ちか》づき、夜空《よぞら》に黒々《くろぐろ》とそびえる尖塔《せんとう》の群《む》れが見《み》えてくると、頭上《ずじょう》にあちこちの窓《まど》のまばゆい明《あ》かりが見《み》えた。

正面玄関《しょうめんげんかん》の樫《かし》の扉《とびら》に続《つづ》く石段《いしだん》の近《ちか》くで、馬車《ばしゃ》はシャンシャンと止《と》まった。ハリーが最初《さいしょ》に馬車《ばしゃ》から降《お》りた。もう一度《いちど》振《ふ》り返《かえ》り、禁《きん》じられた森《もり》のそばの窓明《まどあ》かりを探《さが》した。しかし、ハグリッドの小屋《こや》には、どう見《み》ても人《ひと》の気配《けはい》はなかった。ハリーは目《め》を馬車《ばしゃ》に転《てん》じた。馬《うま》の姿《すがた》が見《み》えなければいいのにと内心願《ないしんねが》っていたので気《き》が進《すす》まなかったが、がいこつのような不気味《ぶきみ》な生《い》き物《もの》に目《め》を向《む》けると、冷《ひ》え冷《び》えとした夜気《やき》の中《なか》に白《しろ》一色《しょく》の目《め》を光《ひか》らせ、生《い》き物《もの》は静《しず》かに立《た》っていた。

以前《いぜん》に一度《ど》だけ、ロンの見《み》えないものが自分《じぶん》だけに見《み》えたことがあった。しかし、あれは鏡《かがみ》に映《うつ》る姿《すがた》で、今回《こんかい》ほど実体《じったい》のあるものではなかった。今度《こんど》は、馬車《ばしゃ》の隊列《たいれつ》を引《ひ》くだけの力《ちから》がある、百頭《とう》あまりのちゃんと形《かたち》のある生《い》き物《もの》だ。ルーナを信用《しんよう》するなら、この生《い》き物《もの》はずっと存在《そんざい》していた。見《み》えなかっただけだ。それなら、なぜ、ハリーは急《きゅう》に見《み》えるようになり、ロンには見《み》えなかったのだろう?

「来《く》るのか来《こ》ないのか?」ロンがそばで言《い》った。

「あ……うん」ハリーは急《いそ》いで返事《へんじ》をし、石段《いしだん》を上《のぼ》って城内《じょうない》へと急《いそ》ぐ群《む》れに加《くわ》わった。

玄関《げんかん》ホールには松明《たいまつ》が明々《あかあか》と燃《も》え、石畳《いしだたみ》を横切《よこぎ》って右《みぎ》の両開《りょうびら》き扉《とびら》へと進《すす》む生徒《せいと》たちの足音《あしおと》が反響《はんきょう》していた。扉《とびら》の向《む》こうに、新学期《しんがっき》の宴《うたげ》が行《おこな》われる大広間《おおひろま》がある。

大広間《おおひろま》の四つの寮《りょう》の長《なが》テーブルに、生徒《せいと》たちが次々《つぎつぎ》と着席《ちゃくせき》していた。高窓《たかまど》から垣間《かいま》見《み》える空《そら》を模《も》した天井《てんじょう》は、星《ほし》もなく真《ま》っ暗《くら》だった。テーブルに沿《そ》って浮《う》かぶろうそくは、大広間《おおひろま》に点在《てんざい》する真珠色《しんじゅいろ》のゴーストと、生徒《せいと》たちの顔《かお》を照《て》らしている。生徒《せいと》たちは夏休《なつやす》みの話《はなし》に夢中《むちゅう》で、ほかの寮《りょう》の友達《ともだち》に大声《おおごえ》で挨拶《あいさつ》したり、新《あたら》しい髪型《かみがた》やローブをちらちら眺《なが》めたりしていた。ここでもハリーは、自分《じぶん》が通《とお》るとき、みんなが額《ひたい》を寄《よ》せ合《あ》い、ヒソヒソ話《ばなし》をするのにいやでも気《き》づいた。ハリーは歯《は》を食《く》いしばり、何《なに》も気《き》づかず、何《なに》も気《き》にしないふりをした。

レイブンクローのテーブルのところで、ルーナがふらりと離《はな》れていった。グリフィンドールのテーブルに着《つ》くや否《いな》や、ジニーは四年生《ねんせい》たちに呼《よ》びかけられ、同級生《どうきゅうせい》と一緒《いっしょ》に座《すわ》るために別《わか》れていった。ハリー、ロン、ハーマイオニー、ネビルは、テーブルの中《なか》ほどに、一緒《いっしょ》に座《すわ》れる席《せき》を見《み》つけた。隣《となり》にグリフィンドールのゴースト、「ほとんど首無《くびな》しニック」が、反対隣《はんたいどなり》にはパーバティ・パチルとラベンダー・ブラウンが座《すわ》っていた。この二人《ふたり》が、ハリーに何《なん》だか上《うわ》すべりな、親《した》しみを込《こ》め過《す》ぎる挨拶《あいさつ》をしたので、ハリーは、二人《ふたり》が直前《ちょくぜん》まで自分《じぶん》のうわさ話《ばなし》をしていたにちがいないと思《おも》った。しかし、ハリーにはもっと大切《たいせつ》な、気《き》がかりなことがあった。生徒《せいと》の頭越《あたまご》しに、ハリーは、広間《ひろま》の一番奥《いちばんおく》の壁際《かべぎわ》に置《お》かれている教職員《きょうしょくいん》テーブルを眺《なが》めた。

「あそこにはいない」

ロンとハーマイオニーも教職員《きょうしょくいん》テーブルを隅《すみ》から隅《すみ》まで眺《なが》めた。もっともそんな必要《ひつよう》はなかった。ハグリッドの大《おお》きさでは、どんな列《れつ》の中《なか》でもすぐに見《み》つかる。

「辞《や》めたはずはないし」ロンは少《すこ》し心配《しんぱい》そうだった。

「そんなこと、絶対《ぜったい》ない」ハリーがきっぱり言《い》った。

「もしかして……**けがしている**とか、そう思《おも》う？」ハーマイオニーが不安《ふあん》そうに言《い》った。

「ちがう」ハリーが即座《そくざ》に答《こた》えた。

「だって、それじゃ、どこにいるの」

一瞬間《いっしゅんま》を置《お》いて、ハリーが、ネビルやパーバティ、ラベンダーに聞《き》こえないように、ごく小《ちい》さな声《こえ》で言《い》った。

「まだ戻《もど》ってきてないのかも。ほら――任務《にんむ》から――ダンブルドアのために、この夏《なつ》にやってい たことから」

「そうか……うん、きっとそうだ」

ロンが納得《なっとく》したように言《い》った。しかしハーマイオニーは、唇《くちびる》をかんで教職員《きょうしょくいん》テーブルを端《はし》から端《はし》まで眺《なが》め、ハグリッドの不在《ふざい》の理由《りゆう》をもっと決定的《けっていてき》に説明《せつめい》するものを探《さが》しているかのようだった。

「あの人《ひと》、誰《だれ》?」ハーマイオニーが教職員《きょうしょくいん》テーブルの真《ま》ん中《なか》を指差《ゆびさ》して鋭《するど》く言《い》った。

ハリーはハーマイオニーの視線《しせん》を追《お》った。最初《さいしょ》はダンブルドア校長《こうちょう》が目《め》に入《はい》った。教職員用《きょうしょくいんよう》の長《なが》テーブルの中心《ちゅうしん》に、銀《ぎん》の星《ほし》を散《ち》らした濃《こ》い紫《むらさき》のローブにおそろいの帽子《ぼうし》をかぶって、背《せ》もたれの高《たか》い金色《きんいろ》の椅子《いす》に座《すわ》っている。ダンブルドアは隣《となり》の魔女《まじょ》のほうに首《くび》をかしげ、魔女《まじょ》がその耳元《みみもと》で何《なに》か話《はな》していた。ハリーの印象《いんしょう》では、その魔女《まじょ》は、そこいらにいるおばさんという感《かん》じで、ずんぐりした体《からだ》に、くりくりした薄茶色《うすちゃいろ》の短《みじか》い髪《かみ》をしている。そこにけばけばしいピンクのヘアバンドをつけ、それに合《あ》うふんわりしたピンクのカーディガンをローブの上《うえ》からはおっていた。それから魔女《まじょ》は少し顔《すこ かお》を正面《しょうめん》に向《む》け、ゴブレットから一口《ひとくち》飲《の》んだ。ハリーはその顔《かお》を見《み》て愕然《がくぜん》とした。この顔《かお》は知《し》っている。青白《あおじろ》いガマガエルのような顔《かお》、たるんだまぶたと、飛《と》び出《だ》した両《りょう》眼《がん》……。

「アンブリッジって女《おんな》だ！」

「誰《だれ》？」ハーマイオニーが聞《き》いた。

「僕《ぼく》の尋問《じんもん》にいた。ファッジの下《した》で働《はたら》いてる！」

「カーディガンがいいねぇ」ロンがニヤリとした。

「ファッジの下《した》で働《はたら》いてるですって？」ハーマイオニーが顔《かお》をしかめてくり返《かえ》した。「なら、いったいどうしてここにいるの？」

「さあ……」

ハーマイオニーは、目《め》を凝《こ》らして教職員《きょうしょくいん》テーブルを眺《なが》め回《まわ》した。

「まさか」ハーマイオニーがつぶやいた。「ちがうわ、まさか……」

ハリーはハーマイオニーが何《なに》を言《い》っているのかわからなかったが、あえて聞《き》かなかった。むしろ教職員《きょうしょくいん》テーブルの後《うし》ろに今現《いまあらわ》れた、グラブリー‐プランク先生《せんせい》のほうに気《き》を取《と》られていた。

テーブルの端《はし》まで行《い》き、ハグリッドが座《すわ》るはずの席《せき》に着《つ》いたのだ。つまり、一年生《ねんせい》が湖《みずうみ》を渡《わた》って城《しろ》に到着《とうちゃく》したということになる。思《おも》ったとおり、そのすぐあと、玄関《げんかん》ホールに続《つづ》く扉《とびら》が開《ひら》いた。おびえた顔《かお》の一年生《ねんせい》が、マクゴナガル先生《せんせい》を先頭《せんとう》に、長《なが》い列《れつ》になって入《はい》ってきた。先生《せんせい》は丸椅子《まるいす》を抱《かか》え、その上《うえ》には古《ふる》ぼけた魔法使《まほうつか》いの三角帽子《さんかくぼうし》がのっている。継《つ》ぎはぎだらけで、すり切《き》れたつばの際《きわ》が大《おお》きく裂《さ》けている。

大広間《おおひろま》のガヤガヤが静《しず》まってきた。一年生《ねんせい》は教職員《きょうしょくいん》テーブルの前《まえ》に、生徒《せいと》たちのほうを向《む》いて勢《せい》ぞろいした。マクゴナガル先生《せんせい》が、その列《れつ》の前《まえ》に大事《だいじ》そうに丸椅子《まるいす》を置《お》き、後《うし》ろに下《さ》がった。一年生《ねんせい》の青《あお》い顔《かお》がろうそくの明《あ》かりで光《ひか》っている。列《れつ》の真《ま》ん中《なか》の小《ちい》さな男《おとこ》の子《こ》は、震《ふる》えているようだ。あそこに立《た》たされて、どの寮《りょう》に属《ぞく》するのかを決《き》める未知《みち》のテストを待《ま》っていたとき、どんなに怖《こわ》かったか、ハリーは一瞬《いっしゅん》思《おも》い出《だ》した。

学校中《がっこうじゅう》が、息《いき》を殺《ころ》して待《ま》った。すると、帽子《ぼうし》のつばの際《きわ》の裂《さ》け目《め》が、口《くち》のようにパックリ開《ひら》き、組分《くみわ》け帽子《ぼうし》が突然歌《とつぜんうた》いだした。

　昔々《むかしむかし》のその昔《むかし》、私《わたし》がまだまだ新《あたら》しく
　ホグワーツ校《こう》も新《あたら》しく

気高《けだか》い学《まな》び舎《や》の創始者《そうししゃ》は
別《わか》れることなど思《おも》わずに
同《おな》じ絆《きずな》で結《むす》ばれた

同《おな》じ望《のぞ》みは類《たぐい》なき
魔法《まほう》の学《まな》び舎《や》興《おこ》すこと
四人《にん》の知識《ちしき》を残《のこ》すこと
「ともに興《おこ》さん、教《おし》えん！」と
四人《にん》の友《とも》は意《い》を決《けっ》し
四人《にん》が別《わか》れる日《ひ》が来《く》ると
夢《ゆめ》にも思《おも》わず過《す》ごしたり

これほどの友《とも》あり得《う》るや？
スリザリンとグリフィンドール
匹敵《ひってき》するはあと二人《ふたり》？

ハッフルパフとレイブンクロー
なれば何故《なにゆえ》まちごうた？
何故《なにゆえ》崩《くず》れる友情《ゆうじょう》や？
なんとその場《ば》に居合《いあ》わせた
私《わたし》が悲劇《ひげき》を語《かた》ろうぞ

スリザリンの言《い》い分《ぶん》は、

「学《まな》ぶ者《もの》をば選《えら》ぼうぞ。祖先《そせん》が純血《じゅんけつ》ならばよし」

レイブンクローの言《い》い分《ぶん》は、

「学《まな》ぶ者《もの》をば選《えら》ぼうぞ。知性《ちせい》に勝《まさ》るものはなし」

グリフィンドールの言《い》い分《ぶん》は、

「学《まな》ぶ者《もの》をば選《えら》ぼうぞ。勇気《ゆうき》によって名《な》を残《のこ》す」

ハッフルパフの言《い》い分《ぶん》は、

「学《まな》ぶ者《もの》をば選《えら》ぶまい。すべての者《もの》を隔《へだ》てなく」

かかるちがいは格別《かくべつ》に
亀裂《きれつ》の種《たね》になりもせず
四人《にん》がそれぞれ寮《りょう》を持《も》ち
創始者《そうししゃ》好《ごの》みの生徒《せいと》をば
この学《まな》び舎《や》に入《い》れしかば

スリザリンの好《この》みしは
純血《じゅんけつ》のみの生徒《せいと》にて
己《おのれ》に似《に》たる狡猾《こうかつ》さ
最《もっと》も鋭《するど》き頭脳《ずのう》をば
レイブンクローは教《おし》えたり
勇気《ゆうき》あふるる若者《わかもの》は
グリフィンドールで学《まな》びたり
ハッフルパフは善良《ぜんりょう》で

すべての者《もの》をば教《おし》えたり

かくして寮《りょう》と創始者《そうししゃ》の
絆《きずな》は固《かた》く真実《しんじつ》で
ホグワーツ校《こう》はなごやかに
数年間《すうねんかん》を過《す》ごしたり

それから徐々《じょじょ》に忍《しの》び寄《よ》る
恐《おそ》れと疑惑《ぎわく》の不和《ふわ》の時《とき》
四本柱《ほんばしら》の各寮《かくりょう》が
それまで支《ささ》えし学《まな》び舎《や》を
互《たが》いに反目《はんもく》させし上《うえ》
分断支配《ぶんだんしはい》を試《こころ》みた

もはやこれにて学《まな》び舎《や》も

終《お》わりと思《おも》いし日々《ひび》なりき
決闘《けっとう》に次《つ》ぐ決闘《けっとう》と
友《とも》と友《とも》との衝突《しょうとつ》が
ある朝《あさ》ついに決着《けっちゃく》し
学《まな》び舎《や》を去《さ》るスリザリン

争《あらそ》い事《ごと》こそなくなれど
あとに残《のこ》りし虚脱感《きょだつかん》

四人《にん》が今《いま》や三人《にん》で
その三人《にん》になりしより
創始者《そうししゃ》四人《にん》が目指《めざ》したる
寮《りょう》の結束《けっそく》成《な》らざりき

組分《くみわ》け帽子《ぼうし》の出番《でばん》なり

諸君《しょくん》も先刻《せんこく》ご存《ぞん》じの
諸君《しょくん》を寮《りょう》に振《ふ》り分《わ》ける
それが私《わたし》の役目《やくめ》なり

しかし今年《ことし》はそれ以上《いじょう》
私《わたし》の歌《うた》を聴《き》くがよい
私《わたし》の役目《やくめ》は分《わ》けること
されど憂《うれ》えるその結果《けっか》

私《わたし》が役目《やくめ》をはたすため
毎年行《まいとしおこな》う四分割《しぶんかつ》
されど憂《うれ》うはその後《のち》に
恐《おそ》れし結果《けっか》が来《き》はせぬか
ああ、願《ねが》わくは聞《き》きたまえ

歴史《れきし》の示《しめ》す警告《けいこく》を
ホグワーツ校は危機《きき》なるぞ
外《そと》なる敵《てき》は恐《おそ》ろしや
我《われ》らが内《うち》にて固《かた》めねば
崩《くず》れ落《お》ちなん、内部《ないぶ》より
すでに告《つ》げたり警告《けいこく》を
私《わたし》は告《つ》げたり警告《けいこく》を……

いざいざ始《はじ》めん、組分《くみわ》けを

帽子《ぼうし》は再《ふたた》び動《うご》かなくなった。拍手《はくしゅ》が湧《わ》き起《お》こったが、つぶやきとささやきでしぼみがちだった。こんなことはハリーの覚《おぼ》えているかぎり初《はじ》めてだった。大広間《おおひろま》の生徒《せいと》はみんな、隣同士《となりどうし》で意見《いけん》を交換《こうかん》している。ハリーもみんなと一緒《いっしょ》に拍手《はくしゅ》しながら、みんなが何《なに》を話《はな》しているのかわかっていた。

「今年《ことし》はちょっと守備範囲《しゅびはんい》が広《ひろ》がったと思《おも》わないか？」ロンが眉《まゆ》を吊《つ》り上《あ》げて言《い》った。

「まったくだ」ハリーが言《い》った。

組分《くみわ》け帽子《ぼうし》は通常《つうじょう》、ホグワーツの四つの寮《りょう》の持《も》つそれぞれの特性《とくせい》を述《の》べ、帽子自身《ぼうしじしん》の役割《やくわり》を語《かた》るにとどまっていた。学校《がっこう》に対《たい》して警告《けいこく》を発《はっ》するなど、ハリーの記憶《きおく》ではこれまでなかったことだ。

「これまでに警告《けいこく》を発《はっ》したことなんて、あった?」ハーマイオニーが少《すこ》し不安《ふあん》そうに聞《き》いた。

「さよう、あります」ほとんど首無《くびな》しニックが、ネビルの向《む》こうから身《み》を乗《の》り出《だ》すようにして、わけ知《し》り顔《がお》で言《い》った(ネビルはぎくりと身《み》を引《ひ》いた。ゴーストが自分《じぶん》の体《からだ》を通《とお》って身《み》を乗《の》り出《だ》すのは、気持《きも》ちのいいものではない)。

「あの帽子《ぼうし》は、必要《ひつよう》とあらば、自分《じぶん》の名誉《めいよ》にかけて、学校《がっこう》に警告《けいこく》を発《はっ》する責任《せきにん》があると考《かんが》えているのです——」

しかし、その時《とき》マクゴナガル先生《せんせい》が、一年生《ねんせい》の名簿《めいぼ》を読《よ》み上《あ》げようとしていて、ヒソヒソ話《ばなし》をしている生徒《せいと》を火《ひ》のような目《め》でにらみつけた。ほとんど首無《くびな》しニックは、透明《とうめい》な指《ゆび》を唇《くちびる》に当《あ》て、再《ふたた》び優雅《ゆうが》に背筋《せすじ》を伸《の》ばした。ガヤガヤが突然消《とつぜんき》えた。四つのテーブルにくまなく視線《しせん》を走《はし》らせ、最後《さいご》のにらみをきかせてから、マクゴナガル先生《せんせい》は長《なが》い羊皮紙《ようひし》に目《め》を落《お》とし、最初《さいしょ》の名前《なまえ》を読《よ》み上《あ》げた。

「アバクロンビー、ユーアン」

さっきハリーの目《め》にとまった、おびえた顔《かお》の男《おとこ》の子《こ》が、つんのめるように前《まえ》へ出《で》て帽子《ぼうし》をかぶった。帽子《ぼうし》は肩《かた》までズボッと入《はい》りそうだったが、耳《みみ》がことさらに大《おお》きいのでそこで止《と》まった。帽子《ぼうし》は一瞬《いっしゅん》考《かんが》えた後《のち》、つば近《ちか》くの裂《さ》け目《め》が再《ふたた》び開《ひら》いて叫《さけ》んだ。

「グリフィンドール！」

ハリーもグリフィンドール生《せい》と一緒《いっしょ》に拍手《はくしゅ》し、ユーアン・アバクロンビーはよろめくようにグリフィンドールのテーブルについた。穴《あな》があったら入《はい》りたい、二度《にど》とみんなの前《まえ》に出《で》たくないという顔《かお》だ。

ゆっくりと、一年生《ねんせい》の列《れつ》が短《みじか》くなっていった。名前《なまえ》の読《よ》み上《あ》げと組分《くみわ》け帽子《ぼうし》の決定《けってい》の間《あいだ》の空白《くうはく》時間《じかん》に、ロンの胃袋《いぶくろ》が大《おお》きくグルグル鳴《な》るのが聞《き》こえた。やっと「ゼラー、ローズ」がハッフルパフに入《い》れられた。マクゴナガル先生《せんせい》が帽子《ぼうし》と丸椅子《まるいす》を取《と》り上《あ》げてきびきびと歩《ある》き去《さ》ると、ダンブルドア校長《こうちょう》が立《た》ち上《あ》がった。

最近《さいきん》ハリーは、校長《こうちょう》に苦《にが》い感情《かんじょう》を持《も》っていたが、それでもダンブルドアが全生徒《ぜんせいと》の前《まえ》に立《た》った姿《すがた》は、なぜか心《こころ》を安《やす》らかにしてくれた。ハグリッドはいないし、ドラゴンまがいの馬《うま》はいるしで、あんなに楽《たの》しみにホグワーツに帰《かえ》ってきたのに、ここは思《おも》いがけない驚《おどろ》きの連続《れんぞく》だった。聞《き》き慣《な》れた歌《うた》にぎくりとするような変調《へんちょう》が入《はい》っていたのと同《おな》じだ。しかし、これでやっと、期待《きたい》どおりだ——校長《こうちょう》が立《た》ち上《あ》がり、新学期《しんがっき》の宴《うたげ》の前《まえ》に挨拶《あいさつ》する。

「新入生《しんにゅうせい》よ」ダンブルドアは唇《くちびる》に微笑《びしょう》をたたえ、両腕《りょううで》を大《おお》きく広《ひろ》げて朗々《ろうろう》と言《い》った。「おめでとう！　古顔《ふるがお》の諸君《しょくん》よ——お帰《かえ》り！　挨拶《あいさつ》するには時《とき》がある。今《いま》はその時《とき》にあらずじゃ。かっこめ！」

うれしそうな笑《わら》い声《ごえ》が上《あ》がり、拍手《はくしゅ》が湧《わ》いた。ダンブルドアはスマートに座《すわ》り、長《なが》いひげを肩《かた》から後《うし》ろに流《なが》して、皿《さら》のじゃまにならないようにした——どこからともなく食《た》べ物《もの》が現《あらわ》れていた。大《おお》きな肉料理《にくりょうり》、パイ、野菜料理《やさいりょうり》、パン、ソース、かぼちゃジュースの大瓶《おおびん》。五卓《たく》のテーブルが重《おも》さにうなっていた。

「いいぞ」ロンは待《ま》ちきれないようにうめき、一番近《いちばんちか》くにあった骨《ほね》つき肉《にく》の皿《さら》を引《ひ》き寄《よ》せ、自分《じぶん》の皿《さら》を山盛《やまも》りにしはじめた。ほとんど首無《くびな》しニックがうらやましそうに見《み》ていた。

「組分《くみわ》けの前《まえ》に何《なに》か言《い》いかけてたわね？」ハーマイオニーがゴーストに聞《き》いた。「帽子《ぼうし》が警告《けいこく》を発《はっ》することで？」

「おお、そうでした」

ニックはロンから目《め》をそらす理由《りゆう》ができてうれしそうだった。ロンは恥《はじ》も外聞《がいぶん》もないという熱《ねっ》中《ちゅう》ぶりで、今度《こんど》はローストポテトにかぶりついていた。

「さよう、これまでに数回《すうかい》、あの帽子《ぼうし》が警告《けいこく》を発《はっ》するのを聞《き》いております。いつも、学校《がっこう》が大《おお》きな危機《きき》に直面《ちょくめん》していることを察知《さっち》したときでした。そして、もちろんのこと、いつも同《おな》じ忠告《ちゅうこく》をします。団結《だんけつ》せよ、内側《うちがわ》を強《つよ》くせよと」

「ぼしなン、がこきけん、どってわかン？」ロンが聞《き》いた。

こんなに口《くち》いっぱいなのに、ロンはよくこれだけの音《おと》を出《だ》せたと、ハリーは感心《かんしん》した。

「何《なん》と言《い》われましたかな？」ほとんど首無《くびな》しニックは礼儀正《れいぎただ》しく聞《き》き返《かえ》したが、ハーマイオニーはむかついた顔《かお》をした。ロンはゴックンと大《おお》きく飲《の》み込《こ》んで言《い》いなおした。

「帽子《ぼうし》なのに、学校《がっこう》が危険《きけん》だとどうしてわかるの？」

「私《わたくし》にはわかりませんな」ほとんど首無《くびな》しニックが言《い》った。「もちろん、帽子《ぼうし》はダンブルドアの校長室《こうちょうしつ》に住《す》んでいますから、あえて申《もう》し上《あ》げれば、そこで感触《かんしょく》を得《え》るのでしょうな」

「それで、帽子《ぼうし》は、全寮《ぜんりょう》に仲良《なかよ》くなれって？」ハリーはスリザリンのテーブルのほうを見《み》ながら言《い》った。

ドラコ・マルフォイが王様然《おうさまぜん》と振《ふ》る舞《ま》っていた。

「とても無理《むり》だね」

「さあ、さあ、そんな態度《たいど》はいけませんね」ニックがとがめるように言《い》った。「平和《へいわ》な協力《きょうりょく》、これこそ鍵《かぎ》です。我《われ》らゴーストは、各寮《かくりょう》に分《わ》かれておりましても、友情《ゆうじょう》の絆《きずな》は保《たも》っております。グリフィンドールとスリザリンの競争《きょうそう》はあっても、私《わたくし》は『血《ち》みどろ男爵《だんしゃく》』と事《こと》をかまえようとは夢《ゆめ》にも思《おも》いませんぞ」

「単《たん》に怖《こわ》いからだろ」ロンが言《い》った。

ほとんど首無《くびな》しニックは大《おお》いに気《き》を悪《わる》くしたようだった。

「怖《こわ》い？　やせても枯《か》れてもニコラス・ド・ミムジー－ポーピントン卿《きょう》。命在《いのちあ》りしときも絶命後《ぜつめいご》も、臆病《おくびょう》の汚名《おめい》を着《き》たことはありません。この体《からだ》に流《なが》れる気高《けだか》き血《ち》は――」

「どの血《ち》？」ロンが言《い》った。「まさか、まだ血《ち》があるの――？」

「言葉《ことば》の綾《あや》です！」ほとんど首無《くびな》しニックは憤慨《ふんがい》のあまり、ほとんど切《き》り離《はな》されている首《くび》をわなわなと危《あぶ》なっかしげに震《ふる》わせていた。「私《わたくし》が言《こと》の葉《は》をどのように使《つか》おうと、その楽《たの》しみは、まだ許《ゆる》されていると愚考《ぐこう》するしだいです。たとえ飲食《いんしょく》の楽《たの》しみこそ奪《うば》われようと。しかし、私《わたくし》の死《し》を愚弄《ぐろう》する生徒《せいと》がいることには、このやつがれ、慣《な》れております！」

「ニック、ロンはあなたのことを笑《わら》い物《もの》にしたんじゃないわ！」ハーマイオニーがロンに恐《おそ》ろしい一瞥《いちべつ》を投《な》げた。

不幸《ふこう》にも、ロンの口《くち》はまたしても爆発寸前《ばくはつすんぜん》まで詰《つ》め込《こ》まれていたので、やっと言葉《ことば》になったのは「ちがン、ぼっきみンきぶン、ごいすンつもるらい」だった。ニックはこれでは充分《じゅうぶん》な謝罪《しゃざい》にはならないと思《おも》ったらしい。羽飾《はねかざ》りつきの帽子《ぼうし》をただし、空中《くうちゅう》に浮《う》き上《あ》がり、ニックはそこを離《はな》れてテーブルの端《はし》に行《い》き、コリン、デニスのクリービー兄弟《きょうだい》の間《あいだ》に座《すわ》った。

「お見事《みごと》ね、ロン」ハーマイオニーが食《く》ってかかった。

「何《なに》が？」やっと食《た》べ物《もの》を飲《の》み込《こ》み、ロンが怒《おこ》ったように言《い》った。「簡単《かんたん》な質問《しつもん》をしちゃいけないのか？」

「もう、いいわよ」ハーマイオニーがいらいらと言《い》った。

それからは、食事《しょくじ》の間中《あいだじゅう》、二人《ふたり》はぷりぷりして互《たが》いに口《くち》をきかなかった。

ハリーは二人《ふたり》のいがみ合《あ》いには慣《な》れっこになって、仲《なか》なおりさせようとも思《おも》わなかった。そのあとは、好物《こうぶつ》のステーキ・キドニーパイをせっせと食《た》べるほうが時間《じかん》の有効利用《ゆうこうりよう》だと思《おも》った。そのあとは、好物《こうぶつ》の糖蜜《とうみつ》タルトを皿《さら》いっぱいに盛《も》って食《た》べた。

生徒《せいと》が食《た》べ終《お》わり、大広間《おおひろま》のガヤガヤがまた立《た》ち昇《のぼ》ってきたとき、ダンブルドアが再《ふたた》び立《た》ち上《あ》がった。みんなの顔《かお》が校長《こうちょう》のほうを向《む》き、話《はな》し声《ごえ》はすぐにやんだ。ハリーは今《いま》や心地《ここち》よい眠気《ねむけ》を感《かん》じていた。四本柱《ほんばしら》のベッドがどこか上《うえ》のほうで待《ま》っている。ふかふかと暖《あたた》かく……。

「さて、またしてもすばらしいごちそうを、みなが消化《しょうか》しているところで、学年度《がくねんど》はじめのいつものお知《し》らせに、少《すこ》し時間《じかん》をいただこう」ダンブルドアが話《はな》しはじめた。「一年生《ねんせい》に注意《ちゅうい》しておくが、校庭内《こうていない》の『禁《きん》じられた森《もり》』は生徒《せいと》立《た》ち入《い》り禁止《きんし》じゃ――上級生《じょうきゅうせい》の何人《なんにん》かも、そのことはもうわかっておることじゃろう」(ハリー、ロン、ハーマイオニーは互《たが》いにニヤッとした)

「管理人《かんりにん》のフィルチさんからの要請《ようせい》で、これが四百六十二回目《かいめ》になるそうじゃが、全生徒《ぜんせいと》に伝《つた》えてほしいとのことじゃ。授業《じゅぎょう》と授業《じゅぎょう》の間《あいだ》に廊下《ろうか》で魔法《まほう》を使《つか》ってはならん。そのほかもろもろの禁《きん》止事項《しじこう》じゃが、すべて長《なが》い一覧表《いちらんひょう》になって、今《いま》はフィルチさんの事務所《じむしょ》のドアに貼《は》り出《だ》してあるので、たしかめられるとのことじゃ」

「今年《ことし》は先生《せんせい》が二人替《ふたりか》わった。グラブリー‐プランク先生《せんせい》がお戻《もど》りになったのを、心《こころ》から歓迎《かんげい》申《もう》し上《あ》げる。『魔法生物飼育学《まほうせいぶつしいくがく》』の担当《たんとう》じゃ。さらにご紹介《しょうかい》するのが、アンブリッジ先生《せんせい》、『闇《やみ》の魔《ま》術《じゅつ》に対《たい》する防衛術《ぼうえいじゅつ》』の新任教授《しんにんきょうじゅ》じゃ」

礼儀正《れいぎただ》しく、しかしあまり熱《ねつ》のこもらない拍手《はくしゅ》が起《お》こった。その間《かん》、ハリー、ロン、ハーマイオニーはパニック気味《ぎみ》に顔《かお》を見合《みあ》わせた。ダンブルドアはグラブリー‐プランクがいつまで教《おし》えるか言《い》わなかった。

ダンブルドアが言葉《ことば》を続《つづ》けた。「クィディッチの寮代表選手《りょうだいひょうせんしゅ》の選抜《せんばつ》の日《ひ》は――」

ダンブルドアが言葉《ことば》を切り、何《なに》か用《よう》かな、という目《め》でアンブリッジ先生《せんせい》を見《み》た。アンブリッジ先生《せんせい》は立《た》っても座《すわ》っても同《おな》じぐらいの高《たか》さだったので、しばらくは、なぜダンブルドアが話《はな》しやめたのか、誰《だれ》もわからなかったが、アンブリッジ先生《せんせい》が「エヘン、エヘン」と咳払《せきばら》いをしたので、立《た》ち上《あ》がっていることと、スピーチをしようとしていることが明《あき》らかになった。

ダンブルドアはほんの一瞬《いっしゅん》驚《おどろ》いた様子《ようす》だったが、すぐ優雅《ゆうが》に腰《こし》をかけ、謹聴《きんちょう》するような顔《かお》をした。アンブリッジ先生《せんせい》の話《はなし》を聞《き》くことほど望《のぞ》ましいことはないと言《い》わんばかりの表情《ひょうじょう》だった。ほかの先生《せんせい》たちは、ダンブルドアほど巧《たく》みには驚《おどろ》きを隠《かく》せなかった。スプラウト先生《せんせい》の眉毛《まゆげ》は、ふわふわ散《ち》らばった髪《かみ》の毛《け》に隠《かく》れるほど吊《つ》り上《あ》がり、マクゴナガル先生《せんせい》の唇《くちびる》は、ハリーが見《み》たことがないほど真一文字《まいちもんじ》に結《むす》ばれていた。これまで新任《しんにん》の先生《せんせい》が、ダンブルドアの話《はなし》を途中《とちゅう》でさえぎったことなどない。ニヤニヤしている生徒《せいと》が多《おお》かった。――この女《おんな》、ホグワーツでのしきたりを知《し》らないな。

「校長先生《こうちょうせんせい》」アンブリッジ先生《せんせい》が作《つく》り笑《わら》いをした。「歓迎《かんげい》のお言葉《ことば》、恐《おそ》れ入《い》ります」

女《おんな》の子《こ》のようなかん高《だか》い、ため息《いき》まじりの話《はな》し方《かた》だ。ハリーはまたしても、自分《じぶん》でも説明《せつめい》のつかない強《つよ》い嫌悪《けんお》を感《かん》じた。とにかくこの女《おんな》に関《かん》するものは全部大嫌《ぜんぶだいきら》いだということだけはわかった。バカな声《こえ》も、ふんわりしたピンクのカーディガンも、何《なに》もかも。再《ふたた》び軽《かる》い咳払《せきばら》いをして（「エヘン、ェヘン」）アンブリッジ先生《せんせい》は話《はなし》を続《つづ》けた。

「さて、ホグワーツに戻《もど》ってこられて、ほんとうにうれしいですわ！」

ニッコリするととがった歯《は》がむき出《だ》しになった。

「そして、みなさんの幸《しあわ》せそうなかわいい顔《かお》がわたくしを見上《みあ》げているのはすてきですわ！」

ハリーはぐるりと見回《みまわ》した。見渡《みわた》すかぎり、幸《しあわ》せそうな顔《かお》など一つもない。むしろ、五歳児《さいじ》扱《あつか》いされて、みな愕然《がくぜん》とした顔《かお》だった。

「みなさんとお知《し》り合《あ》いになれるのを、とても楽《たの》しみにしております。きっとよいお友達《ともだち》になれますわよ！」

これにはみんな顔《かお》を見合《みあ》わせた。冷笑《れいしょう》を隠《かく》さない生徒《せいと》もいた。

「あのカーディガンを借《か》りなくていいなら、お友達《ともだち》になるけど」パーバティがラベンダーにささやき、二人《ふたり》は声《こえ》を殺《ころ》してクスクス笑《わら》った。

アンブリッジ先生《せんせい》はまた咳払《せきばら》いした（「ェヘン、ェヘン」）。次《つぎ》に話《はな》しだしたとき、ため息《いき》まじりが少《すこ》し消《き》えて、話《はな》し方《かた》が変《か》わっていた。ずっとしっかりした口調《くちょう》で、暗記《あんき》したように無味乾燥《むみかんそう》な話《はな》し方《かた》になっていた。

「魔法省《まほうしょう》は、若《わか》い魔法使《まほうつか》いや魔女《まじょ》の教育《きょういく》は非常《ひじょう》に重要《じゅうよう》であると、常《つね》にそう考《かんが》えてきました。みなさんが持《も》って生《う》まれた稀《まれ》なる才能《さいのう》は、慎重《しんちょう》に教《おし》え導《みちび》き、養《やしな》って磨《みが》かなければ、物《もの》になりません。魔法界独自《まほうかいどくじ》の古来《こらい》の技《わざ》を、後代《こうだい》に伝《つた》えていかなければ、永久《えいきゅう》に失《うしな》われてしまいます。我《われ》らが祖先《そせん》が集大成《しゅうたいせい》した魔法《まほう》の知識《ちしき》の宝庫《ほうこ》は、教育《きょういく》という気高《けだか》い天職《てんしょく》を持《も》つ者《もの》により、守《まも》り、補《おぎな》い、磨《みが》かれていかねばなりません」

アンブリッジ先生《せんせい》はここで一息入《ひといきい》れ、同僚《どうりょう》の教授陣《きょうじゅじん》に会釈《えしゃく》した。誰《だれ》も会釈《えしゃく》を返《かえ》さない。マクゴナガル先生《せんせい》の黒々《くろぐろ》とした眉《まゆ》がギュッと縮《ちぢ》まって、まさに鷹《たか》そっくりだった。しかも意味《いみ》ありげにスプラウト先生《せんせい》と目《め》を見交《みか》わしたのを、ハリーは見《み》た。アンブリッジはまた「エヘン、エヘン」と軽《かる》い咳払《せきばら》いをして、話《はなし》を続《つづ》けた。

「ホグワーツの歴代校長《れきだいこうちょう》は、この歴史《れきし》ある学校《がっこう》を治《おさ》める重職《じゅうしょく》を務《つと》めるにあたり、何《なん》らかの新規《しんき》なものを導入《どうにゅう》してきました。そうあるべきです。進歩《しんぽ》がなければ停滞《ていたい》と衰退《すいたい》あるのみ。しかしながら、進歩《しんぽ》のための進歩《しんぽ》は奨励《しょうれい》されるべきではありません。なぜなら、試練《しれん》を受《う》け、証明《しょうめい》された伝統《でんとう》は、手《て》を加《くわ》える必要《ひつよう》がないからです。そうなると、バランスが大切《たいせつ》です。古《ふる》きものと新《あたら》しきもの、恒久的《こうきゅうてき》なものと変化《へんか》、伝統《でんとう》と革新《かくしん》……」

ハリーは注意力《ちゅういりょく》が退《ひ》いていくのがわかった。脳《のう》みその周波数《しゅうはすう》が、合《あ》ったり外《はず》れたりするようだった。ダンブルドアが話《はな》すときには大広間《おおひろま》は常《つね》にしんとしているが、今《いま》はそれが崩《くず》れ、生徒《せいと》は額《ひたい》を寄《よ》せ合《あ》ってささやいたりクスクス笑《わら》ったりしていた。レイブンクローのテーブルでは、チョウ・チャンが友達《ともだち》とさかんにおしゃべりしていた。そこから数席離《すうせきはな》れたところで、ルーナ・ラブグッドがまた『ザ・クィブラー』を取《と》り出《だ》していた。一方《いっぽう》ハッフルパフのテーブルでは、アーニー・マクミランだけが、まだアンブリッジ先生《せんせい》を見《み》つめている数少《かずすく》ない一人《ひとり》だった。しかし、目《め》が死《し》んでいた。胸《むね》に光《ひか》る新《あたら》しい監督生《かんとくせい》バッジの期待《きたい》に応《こた》えるため、聞《き》いているふりをしているだけにちがいない、とハリーは思《おも》った。

アンブリッジ先生《せんせい》は、聴衆《ちょうしゅう》のざわつきなど気《き》がつかないようだった。ハリーの印象《いんしょう》では、大々《だいだい》的《てき》な暴動《ぼうどう》が目《め》の前《まえ》で勃発《ぼっぱつ》しても、この女《おんな》はえんえんとスピーチを続《つづ》けるにちがいない。しかし教《きょう》授陣《じゅじん》はまだ熱心《ねっしん》に聴《き》いていた。ハーマイオニーもアンブリッジの言葉《ことば》を細大《さいだい》もらさずのみ込《こ》んでいた。もっともその表情《ひょうじょう》から見《み》ると、まったくおいしくなさそうだ。

「……なぜなら、変化《へんか》には改善《かいぜん》の変化《へんか》もある一方《いっぽう》、時満《ときみ》ちれば、判断《はんだん》の誤《あやま》りと認《みと》められるような変化《へんか》もあるからです。古《ふる》き慣習《かんしゅう》のいくつかは維持《いじ》され、当然《とうぜん》そうあるべきですが、陳腐化《ちんぷか》し、時《じ》代遅《だいおく》れとなったものは、放棄《ほうき》されるべきです。保持《ほじ》すべきは保持《ほじ》し、正《ただ》すべきは正《ただ》し、禁《きん》ずべきやり方《かた》とわかったものは何《なん》であれ切《き》り捨《す》て、いざ、前進《ぜんしん》しようではありませんか。開放的《かいほうてき》で、効《こう》果的《かてき》で、かつ責任《せきにん》ある新《あたら》しい時代《じだい》へ」

アンブリッジ先生《せんせい》が座《すわ》った。ダンブルドアが拍手《はくしゅ》した。それにならって教授《きょうじゅ》たちもそうした。しかし、一回《かい》か二回《かい》手《て》をたたいただけでやめてしまった先生《せんせい》が何人《なんにん》かいることに、ハリーは気《き》づいた。生徒《せいと》も何人《なんにん》か一緒《いっしょ》に拍手《はくしゅ》したが、大多数《だいたすう》は演説《えんぜつ》が終《お》わったことで不意《ふい》を突《つ》かれていた。だいたい二言三言《ふたことみこと》しか聞《き》いてはいなかったのだ。ちゃんとした拍手《はくしゅ》が起《お》こる前《まえ》に、ダンブルドアがまた立《た》ち上《あ》がった。

「ありがとうございました、アンブリッジ先生《せんせい》。まさに啓発的《けいはつてき》じゃった」ダンブルドアが会釈《えしゃく》した。「さて、先《さき》ほど言《い》いかけておったが、クィディッチの選抜《せんばつ》の日《ひ》は……」

「ええ、ほんとうに啓発的《けいはつてき》だったわ」ハーマイオニーが低《ひく》い声《こえ》で言《い》った。

「おもしろかったなんて言《い》うんじゃないだろうな？」

ぼんやりした顔《かお》でハーマイオニーを見《み》ながら、ロンが小声《こごえ》で言《い》った。

「ありゃ、これまでで最高《さいこう》につまんない演説《えんぜつ》だった。パーシーと暮《く》らした僕《ぼく》がそう言《い》うんだぜ」

「啓発的《けいはつてき》だったと言《い》ったのよ。おもしろいじゃなくて」ハーマイオニーが言《い》った。「いろんなことがわかったわ」

「ほんと？」ハリーが驚《おどろ》いた。「中身《なかみ》のないむだ話《ばなし》ばっかりに聞《き》こえたけど」

「そのむだ話《ばなし》に、大事《だいじ》なことが隠《かく》されていたのよ」ハーマイオニーが深刻《しんこく》な言《い》い方《かた》をした。

「そうかい？」ロンはキョトンとした。

「たとえば、『進歩《しんぽ》のための進歩《しんぽ》は奨励《しょうれい》されるべきではありません』はどう？　それから『禁《きん》ずべきやり方《かた》とわかったものは何《なん》であれ切《き》り捨《す》て』はどう？」

「さあ、どういう意味《いみ》だい？」ロンがじれったそうに言《い》った。

「教《おし》えて差《さ》し上《あ》げるわ」ハーマイオニーが不吉《ふきつ》な知《し》らせを告《つ》げるように言《い》った。「魔法省《まほうしょう》がホグワーツに干渉《かんしょう》するということよ」

周《まわ》りがガタガタ騒《さわ》がしくなった。ダンブルドアがお開《ひら》きを宣言《せんげん》したらしい。みんな立《た》ち上《あ》がって大広間《おおひろま》を出《で》ていく様子《ようす》だ。ハーマイオニーが大《おお》あわてで飛《と》び上《あ》がった。

「ロン、一年生《ねんせい》の道案内《みちあんない》をしないと！」

「ああそうか」ロンは完全《かんぜん》に忘《わす》れていた。「おい――おい、おまえたち、ジャリども！」

「ロン！」

「だって、こいつら、チビだぜ……」

「知《し》ってるわよ。だけどジャリはないでしょ！――一年生《ねんせい》！」

ハーマイオニーは威厳《いげん》たっぷりにテーブル全体《ぜんたい》に呼《よ》びかけた。

「こっちへいらっしゃい！」

新入生《しんにゅうせい》のグループは、恥《は》ずかしそうにグリフィンドールとハッフルパフのテーブルの間《あいだ》を歩《ある》いた。誰《だれ》もが先頭《せんとう》に立《た》たないようにしていた。ほんとうに小《ちい》さく見《み》えた。自分《じぶん》がここに来《き》たときは、絶対《ぜったい》、こんなに幼《おさな》くはなかったとハリーは思《おも》った。ハリーは一年生《ねんせい》に笑《わら》いかけた。ユーアン・アバクロンビーの隣《となり》のブロンドの少年《しょうねん》の顔《かお》がこわばり、ユーアンをつっついて、耳元《みみもと》で何《なに》かささやいた。ユーアン・アバクロンビーも同《おな》じようにおびえた顔《かお》になり、こわごわハリーを見《み》た。ハリーの顔《かお》から、微笑《びしょう》が「臭液《しゅうえき》」のごとくゆっくり落《お》ちていった。

「またあとで」

ハリーはロンとハーマイオニーにそう言《い》い、一人《ひとり》で大広間《おおひろま》を出《で》ていった。途中《とちゅう》でささやく声《こえ》、見《み》つめる目《め》、指差《ゆびさ》す動《うご》きを、ハリーはできるだけ無視《むし》した。まっすぐ前方《ぜんぽう》を見《み》つめ、玄関《げんかん》ホールの人波《ひとなみ》を縫《ぬ》って進《すす》んだ。それから大理石《だいりせき》の階段《かいだん》を急《いそ》いで上《のぼ》り、隠《かく》れた近道《ちかみち》をいくつか通《とお》ると、群《む》れからはずっと遠《とお》くなった。

人影《ひとかげ》もまばらな廊下《ろうか》を歩《ある》きながら、こうなることを予測《よそく》しなかった自分《じぶん》が愚《おろ》かだった、とハリーは自分自身《じぶんじしん》に腹《はら》を立《た》てた。みんなが僕《ぼく》を見《み》つめるのは当然《とうぜん》だ。二か月前《げつまえ》に、三校対抗試合《さんこうたいこうじあい》の迷路《めいろ》の中《なか》から、ハリーは一人《ひとり》の生徒《せいと》のなきがらを抱《かか》えて現《あらわ》れ、ヴォルデモート卿《きょう》の力《ちから》が復活《ふっかつ》したのを見《み》たと宣言《せんげん》したのだ。先学期《せんがっき》、みんなが家《いえ》に帰《かえ》る前《まえ》には、説明《せつめい》する時間《じかん》の余裕《よゆう》がなかった

――あの墓場《はかば》で起《お》こった恐《おそ》ろしい事件《じけん》を、学校全体《がっこうぜんたい》にくわしく話《はな》して聞《き》かせる気持《きも》ちの余裕《よゆう》がたとえあったとしてもだ。

ハリーは、グリフィンドールの談話室《だんわしつ》に続《つづ》く廊下《ろうか》の、一番奥《いちばんおく》に着《つ》いていた。「太《ふと》った婦人《レディ》」の肖像画《しょうぞうが》の前《まえ》で足《あし》を止《と》めたとたん、ハリーは新《あたら》しい合言葉《あいことば》を知《し》らないことに初《はじ》めて気《き》づいた。

「えーと……」

ハリーは「太《ふと》った婦人《レディ》」を見《み》つめ、元気《げんき》のない声《こえ》を出《だ》した。婦人《レディ》はピンクのサテンドレスのひだを整《ととの》えながら、厳《きび》しい顔《かお》でハリーを見返《みかえ》した。

「合言葉《あいことば》がなければ入《い》れません」婦人《レディ》はツンとした。

「ハリー、僕《ぼく》、知《し》ってるよ！」

誰《だれ》かがゼイゼイ言《い》いながらやってきた。振《ふ》り向《む》くと、ネビルが走《はし》ってくる。

「何《なん》だと思《おも》う？　僕《ぼく》、これだけは初《はじ》めて空《そら》で言《い》えるよ――」

ネビルは汽車《きしゃ》の中《なか》で見《み》せてくれた寸詰《すんづ》まりのサボテンを振《ふ》って見《み》せた。

「ミンビュラス　ミンブルトニア！」

「そうよ」「太《ふと》った婦人《レディ》」の肖像画《しょうぞうが》がドアのように二人《ふたり》のほうに開《ひら》いた。後《うし》ろの壁《かべ》に丸《まる》い穴《あな》が現《あらわ》れ、そこをハリーとネビルはよじ登《のぼ》った。

グリフィンドール塔《とう》の談話室《だんわしつ》はいつもどおりに温《あたた》かく迎《むか》えてくれた。居心地《いごこち》のよい円形《えんけい》の部屋《へや》の中《なか》に、古《ふる》ぼけたふかふかのひじかけ椅子《いす》や、ぐらつく古《ふる》いテーブルがたくさん置《お》いてある。火《ひ》格子《ごうし》の上《うえ》で暖炉《だんろ》の火《ひ》が楽《たの》しげにはぜ、何人《なんにん》かの寮生《りょうせい》が、寝室《しんしつ》に行《い》く前《まえ》に手《て》を温《あたた》めていた。部屋《へや》の向《む》こうで、フレッドとジョージのウィーズリー兄弟《きょうだい》が掲示板《けいじばん》に何《なに》かをとめつけていた。ハリーは二人《ふたり》におやすみと手《て》を振《ふ》って、まっすぐ男子寮《だんしりょう》へのドアに向《む》かった。今《いま》はあまり話《はなし》をする気分《きぶん》ではなかった。ネビルがついてきた。

ディーン・トーマスとシェーマス・フィネガンがもう寝室《しんしつ》に来《き》ていて、ベッド脇《わき》の壁《かべ》にポスターや写真《しゃしん》を貼《は》りつけている最中《さいちゅう》だった。ハリーがドアを開《あ》けたときにはしゃべっていた二人《ふたり》が、ハリーを見《み》たとたん急《きゅう》に口《くち》をつぐんだ。自分《じぶん》のことを話《はな》していたのだろうか、それとも自分《じぶん》の被《ひ》害妄想《がいもうそう》なのだろうかとハリーは考《かんが》えた。

「やあ」ハリーは自分《じぶん》のトランクに近《ちか》づき、それを開《あ》けながら声をかけた。

「やあ、ハリー」ディーンは、ウエストハム・チームカラーのパジャマを着《き》ながら返事《へんじ》した。

「休《やす》みはどうだった？」

「まあまあさ」

ハリーは口《くち》ごもった。ほんとうの話《はなし》をすれば、ほとんど一晩《ひとばん》かかるだろう。そんなことはハリーにはとてもできない。

「君《きみ》は？」

「ああ、オーケーさ」ディーンがクスクス笑《わら》った。「とにかく、シェーマスよりはましだったな。今《いま》聞《き》いてたとこさ」

「どうして？　シェーマスに何《なに》があったの？」ミンビュラス・ミンブルトニアをベッド脇《わき》の戸棚《とだな》の上《うえ》にそっとのせながら、ネビルが聞《き》いた。

シェーマスはすぐには答《こた》えなかった。クィディッチ・チームのケンメア・ケストレルズのポスターが曲《ま》がっていないかどうかたしかめるのに、やたらと手間《てま》をかけている。それからハリーに背《せ》を向《む》けたまま言《い》った。

「ママに学校《がっこう》に戻《もど》るなって言《い》われた」

「えっ？」ハリーはローブを脱《ぬ》ぐ手《て》を止《と》めた。

「ママが、僕《ぼく》にホグワーツに戻《もど》ってほしくないって」

シェーマスはポスターから離《はな》れ、パジャマをトランクから引《ひ》っ張《ぱ》り出《だ》した。まだハリーを見《み》ていない。

「だって――どうして？」

ハリーが驚《おどろ》いて聞《き》いた。シェーマスの母親《ははおや》が魔女《まじょ》だと知《し》っていたので、なぜダーズリーっぽくなったのか理解《りかい》できなかった。

シェーマスはパジャマのボタンをとめ終《お》えるまで答《こた》えなかった。

「えーと」シェーマスは慎重《しんちょう》な声《こえ》で言《い》った。「たぶん……君《きみ》のせいで」

「どういうこと？」ハリーがすぐ聞《き》き返《かえ》した。

心臓《しんぞう》の鼓動《こどう》がかなり速《はや》くなっていた。何《なに》かにじりじりと包囲《ほうい》されるのを、ハリーはうっすらと感《かん》じた。

「えーと」シェーマスはまだハリーの目《め》を見《み》ない。「ママは……あの……えーと、君《きみ》だけじゃない。ダンブルドアもだ……」

「『日刊予言者新聞《にっかんよげんしゃしんぶん》』を信《しん》じてるわけ？」ハリーが言《い》った。「僕《ぼく》がうそつきで、ダンブルドアがぼけ老人《ろうじん》だって？」

シェーマスがハリーを見《み》た。

「うん、そんなふうなことだ」

ハリーは何《なに》も言《い》わなかった。杖《つえ》をベッド脇《わき》のテーブルに投《な》げ出《だ》し、ローブをはぎ取《と》って怒《おこ》ったようにトランクに押《お》し込《こ》み、パジャマを着《き》た。うんざりだ。じろじろ見《み》られて、しょっちゅう話《はなし》種にされるのはたくさんだ。いったい、みんなはわかっているんだろうか、こういうことをずっと経験《けいけん》してきた人間《にんげん》がどんなふうに感《かん》じるのか、ほんの少《すこ》しでもわかっているんだろうか……フィネガン夫人《ふじん》はわかってない。バカ女《おんな》。ハリーは煮《に》えくり返《かえ》る思《おも》いだった。

ハリーはベッドに入《はい》り、周《まわ》りのカーテンを閉《し》めはじめた。しかし、その前《まえ》に、シェーマスが言《い》った。

「ねえ……あの夜《よる》**いったい**何《なに》があったんだ？……ほら、あの時《とき》……セドリック・ディゴリーとかいろいろ？」

シェーマスは怖《こわ》さと知《し》りたさが入《い》りまじった言《い》い方《かた》をした。ディーンはかがんでトランクからスリッパを出《だ》そうとしていたが、そのまま奇妙《きみょう》に動《うご》かなくなった。耳《みみ》を澄《す》ましていることがハリーにはわかった。

「どうして僕《ぼく》に聞《き》くんだ？」ハリーが言《い》い返《かえ》した。「『日刊予言者新聞《にっかんよげんしゃしんぶん》』を読《よ》めばいい。君《きみ》の母親《ははおや》みたいに。読《よ》めよ。知《し》りたいことが全部書《ぜんぶか》いてあるぜ」

「僕《ぼく》の母《はは》の悪口《わるぐち》を言《い》うな」シェーマスがつっかかった。

「僕《ぼく》をうそつき呼《よ》ばわりするなら、誰《だれ》だって批判《ひはん》してやる」ハリーが言《い》った。

「そんな口《くち》のききかたするな！」

「好《す》きなように口《くち》をきくさ」ハリーは急《きゅう》に気《き》が立《た》ってきて、ベッド脇《わき》のテーブルから杖《つえ》をパッと取《と》った。「僕《ぼく》と一緒《いっしょ》の寝室《しんしつ》で困《こま》るなら、マクゴナガルに頼《たの》めよ。変《か》えてほしいって言《い》えばいい……ママが心配《しんぱい》しないように——」

「僕《ぼく》の母親《ははおや》のことはほっといてくれ、ポッター！」

「何《なん》だ、何《なん》だ？」

ロンが戸口《とぐち》に現《あらわ》れ、目《め》を丸《まる》くして、ハリーを、そしてシェーマスを見《み》た。ハリーはベッドにひざ立《だ》ちし、杖《つえ》をシェーマスに向《む》けていた。シェーマスは拳《こぶし》を振《ふ》り上《あ》げて立《た》っていた。

「こいつ、僕《ぼく》の母親《ははおや》の悪口《わるぐち》を言《い》った」シェーマスが叫《さけ》んだ。

「えっ？」ロンが言《い》った。「ハリーがそんなことするはずないよ——僕《ぼく》たち、君《きみ》の母《かあ》さんに会《あ》ってるし、好《す》きだし……」

「それは、くされ新聞《しんぶん》の『日刊予言者新聞《にっかんよげんしゃしんぶん》』が僕《ぼく》について書《か》くことを、あの人《ひと》が一から十まで信《しん》じる前《まえ》だ！」ハリーが声《こえ》を張《は》り上《あ》げた。

「ああ」ロンのそばかすだらけの顔《かお》が、わかったという表情《ひょうじょう》になった。「ああ……そうか」

「いいか？」シェーマスがカンカンになって、ハリーを憎々《にくにく》しげに見《み》た。「そいつの言《い》うとおりだ。僕《ぼく》はもうそいつと同《おな》じ寝室《しんしつ》にいたくない。そいつは狂《くる》ってる」

「シェーマス、そいつは言《い》い過《す》ぎだぜ」ロンが言《い》った。両耳《りょうみみ》が真《ま》っ赤《か》になってきた――いつもの危険信号《きけんしんごう》だ。

「言《い》い過《す》ぎ？　僕《ぼく》が？」シェーマスはロンと反対《はんたい》に青《あお》くなりながら叫《さけ》んだ。「こいつが『例《れい》のあの人《ひと》』に関《かん》してつまらないことを並《なら》べ立《た》ててるのを、君《きみ》は信《しん》じてるってわけか？　ほんとのことを言《い》ってると思《おも》うのか？」

「ああ、そう思《おも》う！」ロンが怒《おこ》った。

「それじゃ、君《きみ》も狂《くる》ってる」シェーマスが吐《は》きすてるように言《い》った。

「そうかな？　さあ、君《きみ》にとっては不幸《ふこう》なことだがね、おい、僕《ぼく》は監督生《かんとくせい》だ！」ロンは胸《むね》をぐっと指差《ゆびさ》した。「だから、罰則《ばっそく》を食《く》らいたくなかったら口《くち》を慎《つつし》め！」

一瞬《いっしゅん》、シェーマスは、言《い》いたいことを吐《は》き出《だ》せるなら、罰則《ばっそく》だってお安《やす》いご用《よう》だという顔《かお》をした。しかし、軽蔑《けいべつ》したような音《おと》を出《だ》したきり、背《せ》を向《む》けてベッドに飛《と》び込《こ》み、周《まわ》りのカーテンを思《おも》いきり引《ひ》いた。乱暴《らんぼう》に引《ひ》いたので、カーテンが破《やぶ》れ、ほこりっぽい塊《かたまり》になって床《ゆか》に落《お》ちた。ロンはシェーマスをにらみつけ、それからディーンとネビルを見《み》た。

「ほかに、ハリーのことをごちゃごちゃ言《い》ってる親《おや》はいるか？」ロンが挑《いど》んだ。

「おい、おい、僕《ぼく》の親《おや》はマグルだぜ」ディーンが肩《かた》をすくめた。「ホグワーツで誰《だれ》が死《し》のうが、僕《ぼく》の親《おや》は知《し》らないし、僕《ぼく》は教《おし》えてやるほどバカじゃないからな」

「君《きみ》は僕《ぼく》の母《はは》を知《し》らないんだ。誰《だれ》からでも何《なん》でもするする聞《き》き出《だ》す人《ひと》なんだぞ！」

シェーマスが食《く》ってかかった。

「どうせ、君《きみ》の両親《りょうしん》は『日刊予言者新聞《にっかんよげんしゃしんぶん》』を取《と》ってないんだろう。校長《こうちょう》がウィゼンガモットを解任《かいにん》され、国際魔法使《こくさいまほうつか》い連盟《れんめい》から除名《じょめい》されたことも知《し》らないだろう。まともじゃなくなったからなんだ——」

「僕《ぼく》のばあちゃんは、それデタラメだって言《い》った」ネビルがしゃべりだした。「ばあちゃんは、『日刊予言者新聞《にっかんよげんしゃしんぶん》』こそおかしくなってるって。ダンブルドアじゃないって。ばあちゃんは購読《こうどく》をやめたよ。僕《ぼく》たちハリーを信《しん》じてる」ネビルは単純《たんじゅん》に言《い》いきった。

ネビルはベッドによじ登《のぼ》り、毛布《もうふ》をあごまで引《ひ》っ張《ぱ》り上《あ》げ、その上《うえ》からくそまじめな顔《かお》でシェーマスを見《み》た。

「ばあちゃんは、『例《れい》のあの人《ひと》』は必《かなら》ずいつか戻《もど》ってくるって、いつも言《い》ってた。ダンブルドアがそう言《い》ったのなら、戻《もど》ってきたんだって、ばあちゃんがそう言《い》ってるよ」

ハリーはネビルに対《たい》する感謝《かんしゃ》の気持《きも》ちが一時《いちどき》にあふれてきた。もう誰《だれ》も何《なに》も言《い》わなかった。シェーマスは杖《つえ》を取《と》り出《だ》し、ベッドのカーテンを直《なお》し、その陰《かげ》に消《き》えた。ディーンはベッドに入《はい》り、向《む》こうを向《む》いてだまりこくった。ネビルも、もう何《なに》も言《い》うことはなくなったらしく、月明《つきあ》かりに照《て》らされた妙《みょう》なサボテンを愛《いと》しそうに見《み》つめていた。

ハリーは枕《まくら》に寄《よ》りかかった。ロンは隣《となり》のベッドの周《まわ》りをガサゴソ片《かた》づけていた。仲《なか》のよかったシェーマスと言《い》い争《あらそ》ったことで、ハリーは動揺《どうよう》していた。自分《じぶん》がうそをついている、ネジがはずれていると、あと何人《なんにん》から聞《き》かされることになるんだろう？

ダンブルドアはこの夏中《なつじゅう》、こんな思《おも》いをしたのだろうか？　最初《さいしょ》はウィゼンガモット、次《つぎ》は国《こく》際魔法使《さいまほうつか》い連盟《れんめい》の役職《やくしょく》から追放《ついほう》されて……。何《なん》か月《げつ》もハリーに連絡《れんらく》してこなかったのは、ダンブルドアがハリーに腹《はら》を立《た》てたからなのだろうか？　結局《けっきょく》、二人《ふたり》は一蓮托生《いちれんたくしょう》だった。ダンブルドアはハリーを信《しん》じ、学校中《がっこうじゅう》にハリーの話《はなし》を伝《つた》えたし、魔法界《まほうかい》により広《ひろ》く伝《つた》えた。ハリーをうそつき呼《よ》ばわりする者《もの》は、ダンブルドアをもそう呼《よ》ぶことになる。そうでなければ、ダンブルドアがずっとハリーにだまされてきたと言《い》うだろう……。

ロンがベッドに入《い》り、寝室《しんしつ》の最後《さいご》のろうそくが消《き》えた。僕《ぼく》たちが正《ただ》しいことは、必《かなら》ずわかるはずだ、とハリーはみじめな気持《きも》ちで考《かんが》えた。しかし、その時《とき》がくるまで、ハリーはいったいあと何回《なんかい》、シェーマスから受《う》けたのと同《おな》じような攻撃《こうげき》にたえなければならないのだろう。

第《だい》12章《しょう》 アンブリッジ先生《せんせい》

翌朝《よくあさ》、シェーマスは超《ちょう》スピードでローブを着《き》て、ハリーがまだソックスもはかないうちに寝室《しんしつ》を出《で》ていった。

「あいつ、長時間《ちょうじかん》僕《ぼく》と一緒《いっしょ》の部屋《へや》にいると、自分《じぶん》も気《き》が狂《くる》うと思《おも》ってるのかな？」シェーマスのローブのすそが見《み》えなくなったとたん、ハリーが大声《おおごえ》で言《い》った。

「気《き》にするな、ハリー」ディーンがかばんを肩《かた》に放《ほう》り上《あ》げながらつぶやいた。

「あいつはただ……」

ディーンは、シェーマスがただ何《なん》なのか、はっきり言《い》うことはできなかったようだ。一瞬《いっしゅん》気《き》まずい沈黙《ちんもく》の後《のち》、ディーンもシェーマスに続《つづ》いて寝室《しんしつ》を出《で》た。

ネビルとロンが、ハリーに、「君《きみ》が悪《わる》いんじゃない。あいつが悪《わる》い」という目配《めくば》せをしたが、ハリーにはあまりなぐさめにはならなかった。こんなことにいつまでたえなければならないんだ？

「どうしたの？」

五分後《ふんご》、朝食《ちょうしょく》に向《む》かう途中《とちゅう》、談話室《だんわしつ》を半分横切《はんぶんよこぎ》ったあたりで、ハリーとロンに追《お》いついたハーマイオニーが聞《き》いた。

「二人《ふたり》とも、その顔《かお》はまるで――ああ、何《なん》てことを」

ハーマイオニーは談話室《だんわしつ》の掲示板《けいじばん》を見《み》つめた。新《あたら》しい大《おお》きな貼《は》り紙《がみ》が出《で》ていた。

ガリオン金貨《きんか》がっぽり！

こづかいが支出《ししゅつ》に追《お》いつかない？　ちょっと小金《こがね》をかせぎたい？

グリフィンドールの談話室《だんわしつ》で、フレッドとジョージのウィーズリー兄弟《きょうだい》にご連絡《れんらく》を。

簡単《かんたん》なパート・タイム。ほとんど骨折《ほねお》りなし。

（お気《き》の毒《どく》ですが、仕事《しごと》は応募者《おうぼしゃ》の危険負担《きけんふたん》にて行《おこな》われます）

「これはもうやり過《す》ぎよ」

ハーマイオニーは、厳《きび》しい顔《かお》でフレッドとジョージが貼《は》り出《だ》した掲示《けいじ》をはがした。その下《した》のポスターには今学期初《こんがっきはじ》めての、週末《しゅうまつ》のホグズミード行《い》きが掲示《けいじ》されていて、十月《がつ》になっていた。

「あの二人《ふたり》に一言《ひとこと》、言《い》わないといけないわ、ロン」

ロンは大仰天《だいぎょうてん》した。

「どうして？」

「私《わたし》たちが監督生《かんとくせい》だから！」肖像画《しょうぞうが》の穴《あな》をくぐりながらハーマイオニーが言《い》った。「こういうことをやめさせるのが私《わたし》たちの役目《やくめ》です！」

ロンは何《なに》も言《い》わなかった。フレッドとジョージがまさにやりたいようにやっているのに、止《と》めるのは気《き》が進《すす》まない――ロンの不機嫌《ふきげん》な顔《かお》は、ハリーにはそう読《よ》めた。

「それはそうと、ハリー、どうしたの？」

ハーマイオニーが話《はな》し続《つづ》けた。三人《にん》は老魔法使《ろうまほうつか》いや老魔女《ろうまじょ》の肖像画《しょうぞうが》が並《なら》ぶ階段《かいだん》を下《お》りていった。

肖像画《しょうぞうが》は自分《じぶん》たちの話《はなし》に夢中《むちゅう》で、三人《にん》には目《め》もくれなかった。

「何《なに》かにとっても腹《はら》を立《た》ててるみたいよ」

「シェーマスが、『例《れい》のあの人《ひと》』のことで、ハリーがうそをついてると思《おも》ってるんだ」

ハリーがだまっているので、ロンが簡潔《かんけつ》に答《こた》えた。

ハーマイオニーが自分《じぶん》のかわりに怒《おこ》ってくれるだろうと、ハリーは期待《きたい》していたが、ため息《いき》が返《かえ》ってきた。

「ええ、ラベンダーもそう思《おも》ってるのよ」ハーマイオニーが憂《ゆう》うつそうに言《い》った。

「僕《ぼく》がうそつきで目立《めだ》ちたがり屋《や》のまぬけかどうか、ラベンダーと楽《たの》しくおしゃべりしたんだろう？」ハリーが大声《おおごえ》で言《い》った。

「ちがうわ」ハーマイオニーが落《お》ち着《つ》いて言《い》った。「ハリーについては、あんたのおせっかいな大口《おおぐち》を閉《と》じろって、私《わたし》はそう言《い》ってやったわ。ハリー、私《わたし》たちにカリカリするのは、お願《ねが》いだから、やめてくれないかしら。だって、もし気《き》づいてないなら言《い》いますけどね、ロンも私《わたし》もあなたの味方《みかた》なのよ」

一瞬《いっしゅん》、間《ま》があいた。

「ごめん」ハリーが小《ちい》さな声《こえ》で言《い》った。

「いいのよ」ハーマイオニーが威厳《いげん》のある声《こえ》で言《い》った。それから、ハーマイオニーは首《くび》を振《ふ》った。「学年度末《がくねんどまつ》の宴会《えんかい》で、ダンブルドアが言《い》ったことを覚《おぼ》えていないの？」

ハリーとロンはポカンとしてハーマイオニーを見《み》た。ハーマイオニーはまたため息《いき》をついた。

『例《れい》のあの人《ひと》』のことで、ダンブルドアはこうおっしゃったわ。『不和《ふわ》と敵対感情《てきたいかんじょう》を蔓延《まんえん》させる能力《のうりょく》にたけておる。それと戦《たたか》うには、同《おな》じぐらい強《つよ》い友情《ゆうじょう》と信頼《しんらい》の絆《きずな》を示《しめ》すしかない――』」

「君《きみ》、どうしてそんなこと覚《おぼ》えていられるの？」ロンは称賛《しょうさん》のまなざしでハーマイオニーを見《み》た。

「ロン、私《わたし》は聴《き》いてるのよ」ハーマイオニーは少《すこ》し引《ひ》っかかる言《い》い方《かた》をした。

「僕《ぼく》だって聞《き》いてるよ。それでも僕《ぼく》は、ちゃんと覚《おぼ》えてなくて――」

「要《よう》するに」ハーマイオニーは声《こえ》を張《は》り上《あ》げて主張《しゅちょう》を続《つづ》けた。「こういうことが、ダンブルドアがおっしゃったことそのものなのよ。『例《れい》のあの人《ひと》』が戻《もど》ってきてまだ二か月《げつ》なのに、もう私《わたし》たちは仲間内《なかまうち》で争《あらそ》いはじめている。組分《くみわ》け帽子《ぼうし》の警告《けいこく》も同《おな》じよ。団結《だんけつ》せよ、内側《うちがわ》を強《つよ》くせよ――」

「だけどハリーは昨夜《さくや》いみじくも言《い》ったぜ」ロンが反論《はんろん》した。「スリザリンと仲《なか》よくなれっていうなら――無理《むり》だね」

「寮同士《りょうどうし》の団結《だんけつ》にもう少《すこ》し努力《どりょく》しないのは残念《ざんねん》だわ」ハーマイオニーが辛辣《しんらつ》に言《い》った。

三人《にん》は大理石《だいりせき》の階段《かいだん》の下《した》にたどり着《つ》いた。四年生《ねんせい》のレイブンクロー生《せい》が一列《れつ》になって玄関《げんかん》ホールを通《とお》りかかり、ハリーを見《み》つけると群《む》れを固《かた》めた。群《む》れを離《はな》れるとハリーに襲《おそ》われるのを恐《おそ》れているかのようだった。

「そうだとも。まさに、あんな連中《れんちゅう》と仲《なか》よくするように努《つと》めるべきだな」ハリーが皮肉《ひにく》った。

三人《にん》はレイブンクロー生《せい》のあとから大広間《おおひろま》に入《はい》ったが、自然《しぜん》に教職員《きょうしょくいん》テーブルのほうに目《め》が行《い》ってしまった。グラブリー‐プランク先生《せんせい》が、「天文学《てんもんがく》」のシニストラ先生《せんせい》としゃべっていた。ハグリッドは、いないことでかえって目立《めだ》っていた。魔法《まほう》のかかった天井《てんじょう》はハリーの気分《きぶん》を映《うつ》して、みじめな灰色《はいいろ》の雨雲《あまぐも》だった。

「ダンブルドアは、グラブリー‐プランクがどのくらいの期間《きかん》いるのかさえ言《い》わなかった」

グリフィンドールのテーブルに向《む》かいながら、ハリーが言《い》った。

「たぶん……」ハーマイオニーが考《かんが》え深《ぶか》げに言《い》った。

「何《なん》だい？」ハリーとロンが同時《どうじ》に聞《き》いた。

「うーん……たぶんハグリッドがここにいないということに、あんまり注意《ちゅうい》を向《む》けたくなかったんじゃないかな」

「注意《ちゅうい》を向《む》けないって、どういうこと？」ロンが半分笑《はんぶんわら》いながら言《い》った。「気《き》づかないほうが無《む》理《り》だろ？」

ハーマイオニーが反論《はんろん》する前《まえ》に、ドレッドヘアの髪《かみ》を長《なが》く垂《た》らした背《せ》の高《たか》い黒人《こくじん》の女性《じょせい》が、つかつかとハリーに近《ちか》づいてきた。

「やあ、アンジェリーナ」

「やあ、休《やす》みはどうだった？」アンジェリーナがきびきびと挨拶《あいさつ》し、答《こた》えも待《ま》たずに言葉《ことば》を続《つづ》けた。「あのさ、私《わたし》、グリフィンドール・クィディッチ・チームのキャプテンになったんだ」

「そりゃいいや」

ハリーがニッコリした。アンジェリーナの試合前演説《しあいまええんぜつ》は、オリバー・ウッドほど長《なが》ったらしくないだろうと思《おも》った。それは、一つの改善点《かいぜんてん》と言《い》える。

「うん。それで、オリバーがもういないから、新《あたら》しいキーパーがいるんだ。金曜《きんよう》の五時《じ》に選抜《せんばつ》するから、チーム全員《ぜんいん》に来《き》てほしい。いい？　そうすれば、新人《しんじん》がチームにうまくはまるかどうかがわかるし」

「オーケー」ハリーが答《こた》えた。

アンジェリーナはニッコリして歩《ある》き去《さ》った。

「ウッドがいなくなったこと、忘《わす》れてたわ」

ロンの脇《わき》に腰《こし》かけ、トーストの皿《さら》を引《ひ》き寄《よ》せながら、ハーマイオニーが何《なん》となく言《い》った。

「チームにとってはずいぶん大《おお》きなちがいよね」

「たぶんね」ハリーは反対側《はんたいがわ》に座《すわ》りながら言《い》った。「いいキーパーだったから……」

「だけど、新《あたら》しい血《ち》を入《い》れるのも悪《わる》くないじゃん？」ロンが言《い》った。

シューッ、カタカタという音《おと》とともに、何百《なんびゃく》というふくろうが上《うえ》の窓《まど》から舞《ま》い込《こ》んできた。ふくろうは大広間《おおひろま》のいたる所《ところ》に降《お》り、手紙《てがみ》や小包《こづつみ》を宛先人《あてさきにん》に届《とど》け、朝食《ちょうしょく》をとっている生徒《せいと》たちにたっぷり水滴《すいてき》を浴《あ》びせた。外《そと》はまちがいなく大雨《おおあめ》だ。ヘドウィグは見当《みあ》たらなかったが、ハリーは驚《おどろ》きもしなかった。連絡《れんらく》してくるのはシリウスだけだし、まだ二十四時間《じかん》しかたっていないのに、シリウスから新《あたら》しい知《し》らせがあるとは思《おも》えない。ところがハーマイオニーは、急《いそ》いでオレンジジュースを脇《わき》に置《お》き、湿《しめ》った大《おお》きなメンフクロウに道《みち》をあけた。くちばしにグショッとした「日刊予言者新聞《にっかんよげんしゃしんぶん》」をくわえている。

「何《なん》のためにまだ読《よ》んでるの？」

シェーマスのことを思《おも》い出《だ》し、ハリーがいらいらと聞《き》いた。ハーマイオニーがふくろうの脚《あし》についた革袋《かわぶくろ》に一クヌートを入《い》れると、ふくろうは再《ふたた》び飛《と》び去《さ》った。

「僕《ぼく》はもう読《よ》まない……クズばっかりだ」

「敵《てき》が何《なに》を言《い》ってるのか、知《し》っておいたほうがいいわ」

ハーマイオニーは暗《くら》い声《こえ》でそう言《い》うと、新聞《しんぶん》を広《ひろ》げて顔《かお》を隠《かく》し、ハリーとロンが食《た》べ終《お》えるまで顔《かお》を現《あらわ》さなかった。

「何《なに》もない」新聞《しんぶん》を丸《まる》めて自分《じぶん》の皿《さら》の脇《わき》に置《お》きながら、ハーマイオニーが短《みじか》く言《い》った。「あなたのこともダンブルドアのことも、ゼロ」

今度《こんど》はマクゴナガル先生《せんせい》がテーブルを回《まわ》り、時間割《じかんわり》を渡《わた》していた。

「見《み》ろよ、今日《きょう》のを！」ロンがうめいた。「『魔法史《まほうし》』、『魔法薬学《まほうやくがく》』が二時限続《じげんつづ》き、『占《うらな》い学《がく》』、二時限続《じげんつづ》きの『闇《やみ》の魔術防衛《まじゅつぼうえい》』……ビンズ、スネイプ、トレローニー、それにあのアンブリッジばばぁ。これ全部《ぜんぶ》、一日《にち》でだぜ！　フレッドとジョージが急《いそ》いで『ずる休《やす》みスナックボックス』を完成《かんせい》してくれりゃなあ……」

「我《わ》が耳《みみ》は聞《き》きちがいしや？」フレッドが現《あらわ》れて、ジョージと一緒《いっしょ》にハリーの横《よこ》に無理《むり》やり割《わ》り込《こ》んだ。「ホグワーツの監督生《かんとくせい》が、よもやずる休《やす》みしたいなど思《おも》わないだろうな？」

「今日《きょう》の予定《よてい》を見《み》ろよ」ロンがフレッドの鼻先《はなさき》に時間割《じかんわり》を突《つ》きつけて、不平《ふへい》たらたら言《い》った。

「こんな最悪《さいあく》の月曜日《げつようび》は初《はじ》めてだ」

「もっともだ、弟《おとうと》よ」月曜《げつよう》の欄《らん》を見《み》て、フレッドが言《い》った。「よかったら『鼻血《はなぢ》ヌルヌル・ヌガー』を安《やす》くしとくぜ」

「どうして安《やす》いんだ？」ロンが疑《うたが》わしげに聞《き》いた。

「なぜなればだ、体《からだ》がしなびるまで鼻血《はなぢ》が止《と》まらない。まだ解毒剤《げどくざい》がない」ジョージがニシンの燻製《くんせい》を取《と》りながら言《い》った。

「ありがとよ」ロンが時間割《じかんわり》をポケットに入《い》れながら憂《ゆう》うつそうに言《い》った。「だけど、やっぱり授業《じゅぎょう》に出《で》ることにするよ」

「ところで『ずる休《やす》みスナックボックス』のことだけど」ハーマイオニーがフレッドとジョージを見抜《みぬ》くような目《め》つきで見《み》た。「実験台求《じっけんだいもと》むの広告《こうこく》をグリフィンドールの掲示板《けいじばん》に出《だ》すことはできないわよ」

「誰《だれ》が言《い》った？」ジョージがあぜんとして聞《き》いた。

「私《わたし》が言《い》いました」ハーマイオニーが答《こた》えた。「それに、ロンが」

「僕《ぼく》は抜《ぬ》かして」ロンがあわてて言《い》った。

ハーマイオニーがロンをにらみつけた。フレッドとジョージがニヤニヤ笑《わら》った。

「君《きみ》もそのうち調子《ちょうし》が変《か》わってくるぜ、ハーマイオニー」

クランペットにたっぷりバターを塗《ぬ》りながら、フレッドが言《い》った。

「五年目《ねんめ》が始《はじ》まる。まもなく君《きみ》は、スナックボックスをくれと、僕《ぼく》たちに泣《な》きつくであろう」

「おうかがいしますが、なぜ五年目《ねんめ》だと『ずる休《やす》みスナックボックス』なんでしょう？」

「五年目《ねんめ》は『O《ふ》・W《くろ》・L《う》』、つまり『普通魔法使《ふつうまほうつか》いレベル試験《しけん》』の年《とし》である」

「それで？」

「それで君《きみ》たちにはテストが控《ひか》えているのである。先生《せんせい》たちは君《きみ》たちの神経《しんけい》をすり減《へ》らして赤《あか》むけにする」フレッドが満足《まんぞく》そうに言《い》った。

「俺《おれ》たちの学年《がくねん》じゃ、O《ふ》・W《くろ》・L《う》が近《ちか》づくと、半数《はんすう》が軽《かる》い神経衰弱《しんけいすいじゃく》を起《お》こしたぜ」ジョージがうれしそうに言《い》った。「泣《な》いたりかんしゃくを起《お》こしたり……パトリシア・スティンプソンなんか、しょっちゅう気絶《きぜつ》しかかったな……」

「ケネス・タウラーは吹《ふ》き出物《でもの》だらけでさ。覚《おぼ》えてるか？」フレッドは思《おも》い出《で》を楽《たの》しむように言《い》った。

「あれは、おまえがやつのパジャマに球痘粉《きゅうとうこ》を仕掛《しか》けたからだぞ」ジョージが言《い》った。

「ああ、そうだ」フレッドがニヤリとした。「忘《わす》れてた……なかなか全部《ぜんぶ》は覚《おぼ》えてられないもんだ」

「とにかくだ、この一年《ねん》は悪夢《あくむ》だぞ。五年生《ねんせい》は」ジョージが言《い》った。「テストの結果《けっか》を気《き》にするならばだがね。フレッドも俺《おれ》もなぜかずっと元気《げんき》だったけどな」

「ああ……二人《ふたり》の点数《てんすう》は、たしか、三科目合格《かもくごうかく》で二人《ふたり》とも3O《ふ》W《くろ》L《う》だっけ？」ロンが言《い》った。

「当《あ》たり」フレッドはどうでもいいという言《い》い方《かた》だった。「しかし、俺《おれ》たちの将来《しょうらい》は、学業成績《がくぎょうせいせき》とはちがう世界《せかい》にあるのだ」

「七年目《ねんめ》に学校《がっこう》に戻《もど》るべきかどうか、二人《ふたり》で真剣《しんけん》に討議《とうぎ》したよ」ジョージがほがらかに言《い》った。「何《なに》しろすでに――」

ハリーが目配《めくば》せしたのでジョージが口《くち》をつぐんだ。ハリーは自分《じぶん》が二人《ふたり》にやった三校対抗試合《さんこうたいこうじあい》の賞金《しょうきん》のことを言《い》うだろうと思《おも》ったのだ。

「何《なに》しろすでにO《ふ》・W《く》・L《ろ》も終《お》わっちまったしな」ジョージが急《いそ》いで言《い》い換《か》えた。「つまり、『めちゃめちゃつかれる魔法《まほう》テスト』の『N《イ》・E《モ》・W《リ》・T』なんか、ほんとに必要《ひつよう》か？　しかし、俺《おれ》たちが中途退学《ちゅうとたいがく》したら、おふくろがきっとたえられないだろうと思《おも》ってさ。パーシーのやつが世《せ》界一《かいいち》のバカをやったあとだしな」

「しかし、最後《さいご》の年《とし》を、俺《おれ》たちはむだにするつもりはない」大広間《おおひろま》を愛《いと》しげに見回《みまわ》しながら、フレッドが言《い》った。「少《すこ》し市場調査《しじょうちょうさ》をするのに使《つか》う。平均的《へいきんてき》ホグワーツ生《せい》は、いたずら専門店《せんもんてん》に何《なに》を求《もと》めるかを調査《ちょうさ》し、慎重《しんちょう》に結果《けっか》を分析《ぶんせき》し、需要《じゅよう》に合《あ》った製品《せいひん》を作《つく》る」

「だけど、いたずら専門店《せんもんてん》を始《はじ》める資金《しきん》はどこで手《て》に入《い》れるつもり？」ハーマイオニーが疑《うたが》わしげに聞《き》いた。「材料《ざいりょう》がいろいろ必要《ひつよう》になるでしょうし――それに、店舗《てんぽ》だって必要《ひつよう》だと思《おも》うけど……」

ハリーは双子《ふたご》の顔《かお》を見《み》なかった。顔《かお》が熱《あつ》くなって、わざとフォークを落《お》とし、拾《ひろ》うのに下《した》にもぐった。

フレッドの声が聞《き》こえてきた。

「ハーマイオニー、質問《しつもん》するなかれ、さすれば我々《われわれ》はうそをつかぬであろう。来《こ》いよ、ジョージ。早《はや》く行《い》けば、『薬草学《やくそうがく》』の前《まえ》に『伸《の》び耳《みみ》』の二、三個《こ》も売《う》れるかもしれないぜ」

ハリーがテーブル下《した》から現《あらわ》れると、フレッドとジョージがそれぞれトーストの山《やま》を抱《かか》えて歩《ある》き去《さ》るのが見《み》えた。

「何《なん》のことかしら？」ハーマイオニーがハリーとロンの顔《かお》を見《み》た。「『質問《しつもん》するなかれ』って……いたずら専門店《せんもんてん》を開《ひら》く資金《しきん》を、もう手《て》に入《い》れたってこと？」

「あのさ、僕《ぼく》もそのこと考《かんが》えてたんだ」ロンが額《ひたい》にしわを寄《よ》せた。「夏休《なつやす》みに僕《ぼく》に新《あたら》しいドレスローブを買《か》ってくれたんだけど、いったいどこでガリオンを手《て》に入《い》れたかわかんなかった……」

ハリーは話題《わだい》を危険水域《きけんすいいき》からそらせる時《とき》が来《き》たと思《おも》った。

「今年《ことし》はとってもきついっていうのはほんとかな？　試験《しけん》のせいで？」

「ああ、そうだな」ロンが言《い》った。「そのはずだろ？　O《ふ》・W《く》・L《ろう》って、どんな仕事《しごと》に応募《おうぼ》するかとかいろいろ影響《えいきょう》するから、とっても大事《だいじ》さ。今学年《こんがくねん》の後半《こうはん》には進路指導《しんろしどう》もあるって、ビルが言《い》ってた。相談《そうだん》して、来年《らいねん》どういう種類《しゅるい》のN《イ》・E《モ》・W《リ》・T《ウ》を受《う》けるかを選《えら》ぶんだ」

「ホグワーツを出《で》たら何《なに》をしたいか、決《き》めてる？」

それからしばらくして「魔法史《まほうし》」の授業《じゅぎょう》に向《む》かうのに大広間《おおひろま》を出《で》て、ハリーが二人《ふたり》に聞《き》いた。

「いやあ、まだ」ロンが考《かんが》えながら言《い》った。「ただ……うーん……」

ロンは少《すこ》し弱気《よわき》になった。

「何《なん》だい？」ハリーがうながした。

「うーん、闇祓《やみばら》いなんか、かっこいい」ロンはほんの思《おも》いつきだという言《い》い方《かた》をした。

「うん、そうだよな」ハリーが熱《ねっ》を込《こ》めて言《い》った。

「だけど、あの人《ひと》たちって、ほら、エリートじゃないか」ロンが言《い》った。「うんと優秀《ゆうしゅう》じゃなきゃ。ハーマイオニー、君《きみ》は？」

「わからない」ハーマイオニーが答《こた》えた。「何《なに》かほんとうに価値《かち》のあることがしたいと思《おも》うの」

「闇祓《やみばら》いは価値《かち》があるよ！」ハリーが言《い》った。

「ええ、そうね。でもそれだけが価値《かち》のあるものじゃない」ハーマイオニーが思慮《しりょ》深《ぶか》く言《い》った。

「つまり、屋敷しもべ妖精福祉振興協会《S・P・E・W》をもっと推進《すいしん》できたら……」

ハリーとロンは慎重《しんちょう》に、互《たが》いに顔《かお》を見《み》ないようにした。

「魔法史《まほうし》」は魔法界《まほうかい》が考《かんが》え出《だ》した最《もっと》もつまらない学科《がっか》である、というのが衆目《しゅうもく》の一致《いっち》するところだった。ゴーストであるビンズ先生《せんせい》は、ゼイゼイ声《ごえ》でうなるように単調《たんちょう》な講義《こうぎ》をするので、十分《ぷん》で強《つよ》い眠気《ねむけ》をもよおすこと請《う》け合《あ》いだし、暑《あつ》い日《ひ》には五分《ふん》で確実《かくじつ》だ。先生《せんせい》はけっして授業《じゅぎょう》の形《かたち》を変《か》えず、切《き》れ目《め》なしに講義《こうぎ》し、その間生徒《かんせいと》はノートを取《と》る、というより、眠《ねむ》そうにぼうっと宙《ちゅう》を見《み》つめている。ハリーとロンはこれまで落第《らくだい》すれすれでこの科目《かもく》を取《と》ってきたが、それは試験《しけん》の前《まえ》にハーマイオニーがノートを写《うつ》させてくれたからだ。ハーマイオニーだけが、ビンズ先生《せんせい》の催《さい》眠力《みんりょく》に抵抗《ていこう》できるようだった。

今日《きょう》は巨人《きょじん》の戦争《せんそう》について、四十五分《ふん》の単調《たんちょう》なうなりに苦《くる》しんだ。最初《さいしょ》の十分間《ぷんかん》だけ聞《き》いて、ハリーはぼんやりと、この内容《ないよう》は、ほかの先生《せんせい》の手《て》にかかれば、少《すこ》しはおもしろいかもしれないということだけはわかった。しかし、そのあと、脳《のう》みそがついていかなくなった。残《のこ》りの三十五分《ふん》は、ロンと二人《ふたり》で羊皮紙《ようひし》の端《はし》にいたずら書《が》きして遊《あそ》んだ。ハーマイオニーは、ときどき思《おも》いっきり非難《ひなん》がましく横目《よこめ》で二人《ふたり》をにらんだ。

「こういうのはいかが？」授業《じゅぎょう》が終《お》わって休憩《きゅうけい》に入《はい》るとき（ビンズ先生《せんせい》は黒板《こくばん》を通《とお》り抜《ぬ》けていなくなった）、ハーマイオニーが冷《つめ》たく言《い》った。「今年《ことし》はノートを貸《か》してあげないっていうのは？」

「僕《ぼく》たち、O・W・L《ふくろう》に落《お》ちるよ」ロンが言《い》った。「それでも君《きみ》の良心《りょうしん》が痛《いた》まないなら、ハーマイオニー……」

「あら、いい気味《きみ》よ」ハーマイオニーがピシャリと言《い》った。「聞《き》こうと努力《どりょく》もしないでしょう」

「してるよ」ロンが言《い》った。「僕《ぼく》たちには君《きみ》みたいな頭《あたま》も、記憶力《きおくりょく》も、集中力《しゅうちゅうりょく》もないだけさ――君《きみ》は僕《ぼく》たちより頭《あたま》がいいんだ――僕《ぼく》たちに思《おも》い知《し》らせて、さぞいい気分《きぶん》だろ？」

「まあ、バカなこと言《い》わないでちょうだい」

そう言《い》いながらも、湿《しめ》った中庭《なかにわ》へと二人《ふたり》の先《さき》に立《た》って歩《ある》いていくハーマイオニーは、とげとげしさが少《すこ》しやわらいだように見《み》えた。

細《こま》かい霧雨《きりさめ》が降《ふ》っていた。中庭《なかにわ》に固《かた》まって立《た》っている人影《ひとかげ》の、りんかくがぼやけて見《み》えた。ハリー、ロン、ハーマイオニーはバルコニーから激《はげ》しく雨《あま》だれが落《お》ちてくる下《した》で、ほかから離《はな》れた一角《いっかく》を選《えら》んだ。冷《つめ》たい九月《がつ》の風《かぜ》に、ローブのえりを立《た》てながら、三人《にん》は、スネイプが今学期最初《こんがっきさいしょ》にどんな課題《かだい》を出《だ》すだろうかと話《はな》し合《あ》った。二か月《げつ》の休《やす》みで生徒《せいと》がゆるんでいるところを襲《おそ》うという目的《もくてき》だけでも、何《なに》か極端《きょくたん》に難《むずか》しいものを出《だ》すだろうということまでは意見《いけん》が一致《いっち》した。その時《とき》、誰《だれ》かが角《かど》を曲《ま》がってこちらにやってきた。

「こんにちは、ハリー！」

チョウ・チャンだった。しかもめずらしいことに、今度《こんど》もたった一人《ひとり》だ。チョウはほとんどいつもクスクス笑《わら》いの女《おんな》の子《こ》の集団《しゅうだん》に囲《かこ》まれている。クリスマス・パーティに誘《さそ》おうとして、何《なん》とかチョウ一人《ひとり》のときをとらえようと苦《くる》しんだことを、ハリーは思《おも》い出《だ》した。

「やあ」ハリーは顔《かお》がほてるのを感《かん》じた。少《すく》なくとも今度《こんど》は、『臭液《しゅうえき》』をかぶってはいない、とハリーは自分《じぶん》に言《い》い聞《き》かせた。チョウも同《おな》じことを考《かんが》えていたらしい。

「それじゃ、あれは取《と》れたのね？」

「うん」ハリーは、この前《まえ》の出会《であ》いが苦痛《くつう》ではなく滑稽《こっけい》な思《おも》い出《で》でもあるかのように、ニヤッと笑《わら》おうとした。「それじゃ、君《きみ》は……えー……いい休《やす》みだった？」

言《い》ってしまったとたん、ハリーは言《い》わなきゃよかったと思《おも》った――セドリックはチョウのボーイフレンドだったし、その死《し》という思《おも》い出《で》は、ハリーにとってもそうだったが、チョウの夏休《なつやす》みに暗《くら》い影《かげ》を落《お》としたにちがいない。チョウの顔《かお》に何《なに》か張《は》りつめたものが走《はし》ったが、しかしチョウの答《こた》えは「ええ、まあまあよ……」だった。

「それ、トルネードーズのバッジ？」

ロンがチョウのローブの胸《むね》を指差《ゆびさ》して、唐突《とうとつ》に聞《き》いた。金《きん》の頭文字《かしらもじ》T《ティー》が二つ並《なら》んだ紋章《もんしょう》の、空色《そらいろ》のバッジがとめてあった。

「ファンじゃないんだろう？」

「ファンよ」チョウが言《い》った。

「ずっとファンだった？　それともリーグ戦《せん》に勝《か》つようになってから？」

ロンの声《こえ》には、不必要《ふひつよう》に非難《ひなん》がましい調子《ちょうし》がこもっている、とハリーは思《おも》った。

「六歳《さい》のときからファンよ」チョウが冷《ひ》ややかに言《い》った。「それじゃ……またね、ハリー」

チョウは行《い》ってしまった。ハーマイオニーはチョウが中庭《なかにわ》の中《なか》ほどに行《い》くまで待《ま》って、それからロンに向《む》きなおった。

「気《き》のきかない人《ひと》ね！」

「えっ？　僕《ぼく》はただチョウに――」

「チョウがハリーと二人《ふたり》っきりで話《はな》したかったのがわからないの？」

「それがどうした？　そうすりゃよかったじゃないか。僕《ぼく》が止《と》めたわけじゃ――」

「いったいどうして、チョウのクィディッチ・チームを攻撃《こうげき》したりしたの？」

「攻撃《こうげき》？　僕《ぼく》、攻撃《こうげき》なんかしないよ。ただ――」

「チョウがトルネードーズをひいきにしようがどうしようが勝手《かって》でしょ？」

「おい、おい、しっかりしろよ。あのバッジをつけてるやつらの半分《はんぶん》は、この前《まえ》のシーズン中《ちゅう》にバッジを買《か》ったんだぜ――」

「だけど、そんなこと関係《かんけい》ないでしょう」

「ほんとうのファンじゃないってことさ。流行《りゅうこう》に乗《の》ってるだけで――」

「授業開始《じゅぎょうかいし》のベルだよ」

ロンとハーマイオニーが、ベルの音《おと》が聞《き》こえないほど大声《おおごえ》で言《い》い争《あらそ》っていたので、ハリーはうんざりして言《い》った。二人《ふたり》がスネイプの地下牢教室《ちかろうきょうしつ》に着《つ》くまでずっと議論《ぎろん》をやめなかったおかげで、ハリーはたっぷり考《かんが》え込《こ》む時間《じかん》があった――ネビルやロンと一緒《いっしょ》にいるかぎり、チョウと一分《ぶん》でもまともな会話《かいわ》ができたら奇跡《きせき》だ。今《いま》までの会話《かいわ》を思《おも》い出《だ》すと、どこかに逃《に》げだしたくなる。

スネイプの教室《きょうしつ》の前《まえ》に並《なら》びながら、しかし――とハリーは考《かんが》えた――チョウはハリーと話《はな》すためにわざわざ近《ちか》づいてきたのではないだろうか？　チョウはセドリックのガールフレンドだった。セドリックが死《し》んだのに、ハリーのほうは三校対抗試合《さんこうたいこうじあい》の迷路《めいろ》から生《い》きて戻《もど》ってきた。チョウに憎《にく》まれてもおかしくない。それなのに、チョウはハリーに親《した》しげに話《はな》しかけた。ハリーが狂《くる》っているとか、うそつきだとか、恐《おそ》ろしいことにセドリックの死《し》に責任《せきにん》があるなどとは考《かんが》えていないようだ……。そうだ、チョウはわざわざ僕《ぼく》に話《はな》しにきた。二日《ふつか》のうちに二回《かい》も……。そう思《おも》うと、ハリーはうきうきした。スネイプの地下牢教室《ちかろうきょうしつ》の戸《と》がギーッと開《ひら》く不吉《ふきつ》な音《おと》でさえ、胸《むね》の中《なか》でふくれた小《ちい》さな希望《きぼう》の風船《ふうせん》を破裂《はれつ》させはしなかった。ハリーはロンとハーマイオニーに続《つづ》いて教《きょう》室《しつ》に入《はい》り、いつものように三人《にん》で後方《こうほう》の席《せき》に着《つ》き、二人《ふたり》から出《で》てくるぷりぷり、いらいらの騒音《そうおん》を無視《むし》した。

「静《しず》まれ」スネイプは戸《と》を閉《し》め、冷《つめ》たく言《い》った。

静粛《せいしゅく》に、と言《い》う必要《ひつよう》はなかった。戸《と》が閉《し》まる音《おと》を聞《き》いたとたん、教室《きょうしつ》はしんとなり、そわそわもやんだ。たいていスネイプがいるだけで、クラスが静《しず》かになること請《う》け合《あ》いだ。

「本日《ほんじつ》の授業《じゅぎょう》を始《はじ》める前《まえ》に」スネイプはマントをひるがえして教壇《きょうだん》に立《た》ち、全員《ぜんいん》をじろりと見《み》た。「忘《わす》れぬようはっきり言《い》っておこう。来《きた》る六月《がつ》、諸君《しょくん》は重要《じゅうよう》な試験《しけん》に臨《のぞ》む。そこで魔法薬《まほうやく》の成分《せいぶん》、使用法《しようほう》につき諸君《しょくん》がどれほど学《まな》んだかが試《ため》される。このクラスの何人《なんにん》かはたしかに愚鈍《ぐどん》であるが、我輩《わがはい》は諸君《しょくん》にせいぜいO《ふ》・W《くろ》・L《う》合格《ごうかく》すれすれの『可《か》』を期待《きたい》する。さもなくば我輩《わがはい》の……不《ふ》興《きょう》をこうむる」

スネイプのじろりが今度《こんど》はネビルをねめつけた。ネビルがゴクッとつばを飲《の》んだ。

「言《い》うまでもなく、来年《らいねん》から何人《なんにん》かは我輩《わがはい》の授業《じゅぎょう》を去《さ》ることになろう」スネイプは言葉《ことば》を続《つづ》けた。「我輩《わがはい》は、最《もっと》も優秀《ゆうしゅう》なる者《もの》にしかN《イ》・E《モ》・W《リ》・Tレベルの『魔法薬《まほうやく》』の受講《じゅこう》を許《ゆる》さぬ。つまり、何人《なんにん》かは必《かなら》ずや別《わか》れを告《つ》げるということだ」

スネイプの目《め》がハリーを見《み》すえ、薄《うす》ら笑《わら》いを浮《う》かべた。五年目《ねんめ》が終《お》わったら、「魔法薬《まほうやく》」をやめられると思《おも》うと、ゾクッとするような喜《よろこ》びを感《かん》じながら、ハリーもにらみ返《かえ》した。

「しかしながら、幸福《こうふく》な別《わか》れの時《とき》までに、まだ一年《ねん》ある」スネイプが低《ひく》い声《こえ》で言《い》った。「であるから、N・E・W・T《イモリ》テストに挑戦《ちょうせん》するつもりか否《いな》かは別《べつ》として、我輩《わがはい》が教《おし》える学生《がくせい》には、高《たか》いO・W・L《ふくろう》合格率《ごうかくりつ》を期待《きたい》する。そのために全員努力《ぜんいんどりょく》を傾注《けいちゅう》せよ」

「今日《きょう》は、普通魔法使《ふつうまほうつか》いレベル試験《しけん》にしばしば出《で》てくる魔法薬《まほうやく》の調合《ちょうごう》をする。『安《やす》らぎの水薬《みずぐすり》』。不安《ふあん》をしずめ、動揺《どうよう》をやわらげる。注意事項《ちゅういじこう》。成分《せいぶん》が強過《つよす》ぎると、飲《の》んだ者《もの》は深《ふか》い眠《ねむ》りに落《お》ち、時《とき》にはそのままとなる。故《ゆえ》に、調合《ちょうごう》には細心《さいしん》の注意《ちゅうい》を払《はら》いたまえ」

ハリーの左側《ひだりがわ》で、ハーマイオニーが背筋《せすじ》を正《ただ》し、細心《さいしん》の注意《ちゅうい》そのものの表情《ひょうじょう》をしている。

「成分《せいぶん》と調合法《ちょうごうほう》は――」スネイプが杖《つえ》を振《ふ》った。「――黒板《こくばん》にある――」（黒板《こくばん》に現《あらわ》れた）「――必要《ひつよう》な材料《ざいりょう》はすべて――」スネイプがもう一度杖《いちどつえ》を振《ふ》った。「――薬棚《くすりだな》にある――」（その薬棚《くすりだな》がパッと開《ひら》いた）「――一時間半《じかんはん》ある……始《はじ》めたまえ」

ハリー、ロン、ハーマイオニーが予測《よそく》したとおり、スネイプの課題《かだい》は、これ以上七面倒《いじょうしちめんどう》くさいやっかいな薬《くすり》はあるまいというものだった。材料《ざいりょう》は正確《せいかく》な量《りょう》を正確《せいかく》な順序《じゅんじょ》で大鍋《おおなべ》に入《い》れなければならなかった。混合液《こんごうえき》は正確《せいかく》な回数《かいすう》かき回《まわ》さなければならない。初《はじ》めは右回《みぎまわ》り、それから左回《ひだりまわ》りだ。ぐつぐつ煮込《にこ》んで、最後《さいご》の材料《ざいりょう》を加《くわ》える前《まえ》に、炎《ほのお》の温度《おんど》をきっちり定《さだ》められたレベルに下《さ》げ、定《さだ》められた何分《なんぷん》かその温度《おんど》を保《たも》つのだ。

「薬《くすり》から軽《かる》い銀色《ぎんいろ》の湯気《ゆげ》が立《た》ち昇《のぼ》っているはずだ」

あと十分《ぷん》というときに、スネイプが告《つ》げた。

ハリーは汗《あせ》びっしょりになっていて、絶望的《ぜつぼうてき》な目《め》で地下牢教室《ちかろうきょうしつ》を見回《みまわ》した。ハリーの大鍋《おおなべ》からは灰黒色《かいこくしょく》の湯気《ゆげ》がもうもうと立《た》ち昇《のぼ》っていた。ロンのは緑《みどり》の火花《ひばな》が上《あ》がり、シェーマスは、鍋《なべ》底《ぞこ》の消《き》えかかった火《ひ》を、必死《ひっし》に杖《つえ》でかき起《お》こしていた。しかし、ハーマイオニーの液体《えきたい》からは、軽《かる》い銀色《ぎんいろ》の湯気《ゆげ》がゆらゆらと立《た》ち昇《のぼ》っていた。スネイプがそばをサッと通《とお》り過《す》ぎ、鉤鼻《かぎばな》の上《うえ》から見下《みお》ろしたが、何《なに》も言《い》わなかった。文句《もんく》のつけようがなかったのだ。

しかし、ハリーの大鍋《おおなべ》の所《ところ》で立《た》ち止《ど》まったスネイプは、ぞっとするような薄《うす》ら笑《わら》いを浮《う》かべて見下《みお》ろした。

「ポッター、これは何《なん》のつもりだ？」

教室《きょうしつ》の前《まえ》のほうにいるスリザリン生《せい》が、それっといっせいに振《ふ》り返《かえ》った。スネイプがハリーを嘲《あざけ》るのを聞《き》くのが大好《だいす》きなのだ。

「『安《やす》らぎの水薬《みずぐすり》』」ハリーはかたくなに答《こた》えた。

「教《おし》えてくれ、ポッター」スネイプが猫《ねこ》なで声《ごえ》で言《い》った。「字《じ》が読《よ》めるのか？」

ドラコ・マルフォイが笑《わら》った。

「読《よ》めます」ハリーの指《ゆび》が、杖《つえ》をギュッと握《にぎ》りしめた。

「ポッター、調合法《ちょうごうほう》の三行目《ぎょうめ》を読《よ》んでくれたまえ」

ハリーは目《め》を凝《こ》らして黒板《こくばん》を見《み》た。今《いま》や地下牢《ちかろう》教室《きょうしつ》は色《いろ》とりどりの湯気《ゆげ》でかすみ、書《か》かれた文字《もじ》を判読《はんどく》するのは難《むずか》しかった。

「月長石《げっちょうせき》の粉《こな》を加《くわ》え、右《みぎ》に三回《かい》攪拌《かくはん》し、七分間《ふんかん》ぐつぐつ煮《に》る。そのあと、バイアン草《そう》のエキスを二滴《てき》加《くわ》える」

ハリーはがっくりした。七分間《ふんかん》のぐつぐつのあと、バイアン草《そう》のエキスを加《くわ》えずに、すぐに四行目《ぎょうめ》に移《うつ》ったのだ。

「三行目《ぎょうめ》をすべてやったか？　ポッター？」

「いいえ」ハリーは小声《こごえ》で言《い》った。

「答《こた》えは？」

「いいえ」ハリーは少《すこ》し大《おお》きな声《こえ》で言《い》った。「バイアン草《そう》を忘《わす》れました」

「そうだろう、ポッター。つまりこのごった煮《に》は、まったく役《やく》に立《た》たない。エバネスコ！　消《き》えよ！」

ハリーの液体《えきたい》が消《き》え去《さ》った。残《のこ》されたハリーは、からっぽの大鍋《おおなべ》のそばにばかみたいに突《つ》っ立《た》っていた。

「課題《かだい》を何《なん》とか読《よ》むことができた者《もの》は、自分《じぶん》の作《つく》った薬《くすり》のサンプルを細口瓶《ほそくちびん》に入《い》れ、名前《なまえ》をはっきり書《か》いたラベルを貼《は》り、我輩《わがはい》がテストできるよう、教壇《きょうだん》の机《つくえ》に提出《ていしゅつ》したまえ」スネイプが言《い》った。「宿題《しゅくだい》。羊皮紙《ようひし》三十センチに、月長石《げっちょうせき》の特性《とくせい》と、魔法薬調合《まほうやくちょうごう》に関《かん》するその用途《ようと》を述《の》べよ。木曜《もくよう》に提出《ていしゅつ》」

みんなが細口瓶《ほそくちびん》を詰《つ》めているとき、ハリーは煮《に》えくり返《かえ》る思《おも》いで片《かた》づけをしていた。僕《ぼく》の薬《くすり》は、くさった卵《たまご》のような臭気《しゅうき》を発《はっ》しているロンのといい勝負《しょうぶ》だ。ネビルのだって、混合《こんごう》したてのセメントぐらいに硬《かた》くて、ネビルが鍋底《なべぞこ》からこそげ落《お》としているじゃないか。それなのに、今日《きょう》の課《か》題《だい》で零点《れいてん》をつけられるのはハリーだけだ。ハリーは杖《つえ》をかばんにしまい、椅子《いす》にドサッと腰《こし》かけて、みんながスネイプの机《つくえ》にコルク栓《せん》をした瓶《びん》を提出《ていしゅつ》しにいくのを眺《なが》めていた。

やっと終業《しゅうぎょう》のベルが鳴《な》り、ハリーは真《ま》っ先《さき》に地下牢《ちかろう》を出《で》た。ロンとハーマイオニーが追《お》いついたときには、もう大広間《おおひろま》で昼食《ちゅうしょく》を食《た》べはじめていた。天井《てんじょう》は今朝《けさ》よりもどんよりとした灰色《はいいろ》に変《か》わっていた。雨《あめ》が高窓《たかまど》を打《う》っている。

「ほんとに不公平《ふこうへい》だわ」

ハリーの隣《となり》に座《すわ》り、シェパード・パイをよそいながら、ハーマイオニーがなぐさめた。

「あなたの魔法薬《まほうやく》はゴイルのほどひどくなかったのに。ゴイルが自分《じぶん》のを瓶《びん》に詰《つ》めたとたんに、全部《ぜんぶ》割《わ》れちゃって、ローブに火《ひ》がついたわ」

「うん、でも」ハリーは自分《じぶん》の皿《さら》をにらみつけた。「スネイプが僕《ぼく》に公平《こうへい》だったことなんかあるか？」

二人《ふたり》とも答《こた》えなかった。三人《にん》とも、スネイプとハリーの間《あいだ》の敵意《てきい》が、ハリーがホグワーツに一歩《いっぽ》踏《ふ》み入《い》れたときから絶対的《ぜったいてき》なものだったと知《し》っていた。

「私《わたし》、今年《ことし》は少《すこ》しよくなるんじゃないかと思《おも》ったんだけど」ハーマイオニーが失望《しつぼう》したように言《い》った。「だって……ほら……」ハーマイオニーは慎重《しんちょう》にあたりを見回《みまわ》した。両脇《りょうわき》に少《すく》なくとも六人分《にんぶん》ぐらいの空《あ》きがあり、テーブルのそばを通《とお》りかかる者《もの》もいない。「……スネイプは騎士団《きしだん》員《いん》だし」

「毒《どく》キノコはくさっても毒《どく》キノコ」ロンが偉《えら》そうに言《い》った。「スネイプを信用《しんよう》するなんて、ダンブルドアはどうかしてるって、僕《ぼく》はずっとそう思《おも》ってた。あいつが『例《れい》のあの人《ひと》』のために働《はたら》くのをやめたって証拠《しょうこ》がどこにある？」

「あなたに教《おし》えてくれなくとも、ロン、ダンブルドアにはきっと充分《じゅうぶん》な証拠《しょうこ》があるのよ」ハーマイオニーが食《く》ってかかった。

「あーあ、二人《ふたり》ともやめろよ」

ロンが言《い》い返《かえ》そうと口《くち》を開《ひら》いたとき、ハリーが重苦《おもくる》しい声《こえ》を出《だ》した。ロンもハーマイオニーも怒《おこ》った顔《かお》のまま固《かた》まった。

「いいかげんにやめてくれないか？」ハリーが言《い》った。「お互《たが》いに角突《つのつ》き合《あ》わせてばっかりだ。頭《あたま》に来《く》るよ」

食《た》べかけのシェパード・パイをそのままに、ハリーはかばんを肩《かた》に引《ひ》っかけ、二人《ふたり》を残《のこ》してその場《ば》を離《はな》れた。

ハリーは大理石《だいりせき》の階段《かいだん》を二段飛《だんと》びで上《あ》がった。昼食《ちゅうしょく》に下《お》りてくる大勢《おおぜい》の生徒《せいと》と行《い》きちがいになった。自分《じぶん》でも思《おも》いがけずに爆発《ばくはつ》した怒《いか》りが、まだメラメラと燃《も》えていた。ロンとハーマイオニーのショックを受《う》けた顔《かお》が、ハリーには大満足《だいまんぞく》だった。――いい気味《きみ》だ……なんでやめられないんだ……いつも悪口《わるぐち》を言《い》い合《あ》って……あれじゃ、誰《だれ》だって頭《あたま》に来《く》る……。

ハリーは踊《おど》り場《ば》にかかった大《おお》きな騎士《きし》の絵《え》、カドガン卿《きょう》の絵《え》の前《まえ》を通《とお》った。カドガン卿《きょう》が剣《けん》を抜《ぬ》き、ハリーに向《む》かって激《はげ》しく振《ふ》り回《まわ》したが、ハリーは無視《むし》した。

「戻《もど》れ、下賤《げせん》な犬《いぬ》め！　勇敢《ゆうかん》に戦《たたか》え！」カドガン卿《きょう》が、面《めん》ぼおに覆《おお》われてこもった声《こえ》で、ハリーの背後《はいご》から叫《さけ》んだ。しかし、ハリーはかまわず歩《ある》き続《つづ》けた。カドガン卿《きょう》は隣《となり》の絵《え》にかけ込《こ》んでハリーを追《お》おうとしたが、絵《え》の主《ぬし》の、怖《こわ》い顔《かお》の大型《おおがた》ウルフハウンド犬《けん》にはねつけられた。

昼休《ひるやす》みの残《のこ》りの時間《じかん》、ハリーは北塔《きたとう》のてっぺんの跳《は》ね天井《てんじょう》の下《した》に一人《ひとり》で座《すわ》っていた。おかげで始業《しぎょう》ベルが鳴《な》ったとき、真《ま》っ先《さき》に銀《ぎん》のはしごを上《のぼ》ってシビル・トレローニー先生《せんせい》の教室《きょうしつ》に入《はい》ることになった。

「占《うらな》い学《がく》」は、「魔法薬学《まほうやくがく》」の次《つぎ》にハリーの嫌《きら》いな学科《がっか》だった。その主《おも》な理由《りゆう》は、トレローニー先生《せんせい》が授業中《じゅぎょうちゅう》、数回《すうかい》に一回《かい》、ハリーが早死《はやじ》にすると予言《よげん》するせいだ。針金《はりがね》のような先生《せんせい》は、ショールを何重《なんじゅう》にも巻《ま》きつけ、ビーズの飾《かざ》りひもをキラキラさせ、めがねが目《め》を何倍《なんばい》にも拡大《かくだい》して見《み》せるので、ハリーはいつも大《おお》きな昆虫《こんちゅう》を想像《そうぞう》してしまう。ハリーが教室《きょうしつ》に入《はい》ったとき、トレローニー先生《せんせい》は、使《つか》い古《ふる》した革表紙《かわびょうし》の本《ほん》を、部屋中《へやじゅう》に置《お》かれた華奢《きゃしゃ》な小《しょう》テーブルに配《くば》って歩《ある》くことに没頭《ぼっとう》していた。スカーフで覆《おお》ったランプも、むっとするような香料《こうりょう》をたいた暖炉《だんろ》の火《ひ》もほの暗《ぐら》かったので、先生《せんせい》は薄暗《うすぐら》い所《ところ》に座《すわ》ったハリーに気《き》づかないようだった。それから五分《ふん》ほどの間《あいだ》にほかの生徒《せいと》も到着《とうちゃく》した。ロンは跳《は》ね戸《ど》から現《あらわ》れると、注意深《ちゅういぶか》くあたりを見回《みまわ》し、ハリーを見《み》つけてまっすぐにやってきた。もっとも、テーブルや椅子《いす》や、パンパンにふくれた床置《ゆかお》きクッションの間《あいだ》を縫《ぬ》いながらのまっすぐだったが。

「僕《ぼく》、ハーマイオニーと言《い》い争《あらそ》うのはやめた」ハリーの脇《わき》に座《すわ》りながら、ロンが言《い》った。

「そりゃよかった」ハリーはぶすっと言《い》った。

「だけど、ハーマイオニーが言《い》うんだ。僕《ぼく》たちに八《や》つ当《あ》たりするのはやめてほしいって」

ロンが言《い》った。

「僕《ぼく》は何《なに》も――」

「伝言《でんごん》しただけさ」ロンがハリーの言葉《ことば》をさえぎった。「だけど、ハーマイオニーの言《い》うとおりだと思《おも》う。シェーマスやスネイプが君《きみ》をあんなふうに扱《あつか》うのは、僕《ぼく》たちのせいじゃない」

「そんなことは言《い》って――」

「こんにちは」トレローニー先生《せんせい》が、例《れい》の夢見《ゆめみ》るような霧《きり》の彼方《かなた》の声《こえ》で挨拶《あいさつ》したので、ハリーは口《くち》を閉《と》じた。またしても、いらいらと落《お》ち着《つ》かず、自分《じぶん》を恥《は》じる気持《きも》ちにかられた。

「『占《うらな》い学《がく》』の授業《じゅぎょう》にようこそ。あたくし、もちろん、休暇中《きゅうかちゅう》のみなさまの運命《うんめい》は、ずっと見《み》ておりましたけれど、こうして無事《ぶじ》ホグワーツに戻《もど》っていらして、うれしゅうございますわ――そうなることは、あたくしにはわかっておりましたけれど」

「机《つくえ》に、イニゴ・イマゴの『夢《ゆめ》のお告《つ》げ』の本《ほん》が置《お》いてございますね。夢《ゆめ》の解釈《かいしゃく》は、未来《みらい》を占《うらな》う最《もっと》も大切《たいせつ》な方法《ほうほう》の一《ひと》つですし、たぶん、O《ふ》・W《くろ》・L《う》試験《しけん》にも出《で》ることでしょう。もちろん、あたくし、占《うらな》いという神聖《しんせい》な術《じゅつ》に、試験《しけん》の合否《ごうひ》が大切《たいせつ》だなどと、少《すこ》しも考《かんが》えてはおりませんの。みなさまが『心眼《しんがん》』をお持《も》ちであれば、証書《しょうしょ》や成績《せいせき》はほとんど関係《かんけい》ございません。でも、校長先生《こうちょうせんせい》がみなさまに試験《しけん》を受《う》けさせたいとのお考《かんが》えでございます。それで……」

先生《せんせい》の声《こえ》が微妙《びみょう》に細《ほそ》くなっていった。自分《じぶん》の学科《がっか》が、試験《しけん》などという卑《いや》しいものを超越《ちょうえつ》していると考《かんが》えていることが、誰《だれ》にもはっきりわかるような調子《ちょうし》だ。

「どうぞ、序章《じょしょう》を開《ひら》いて、イマゴが夢《ゆめ》の解釈《かいしゃく》について書《か》いていることをお読《よ》みあそばせ。それから二人《ふたり》ずつ組《く》み、お互《たが》いの最近《さいきん》の夢《ゆめ》について、『夢《ゆめ》のお告《つ》げ』を使《つか》って解釈《かいしゃく》なさいまし。どうぞ」

この授業《じゅぎょう》のいいことは、二時限続《じげんつづ》きではないことだ。全員《ぜんいん》が序章《じょしょう》を読《よ》み終《お》わったときには、夢《ゆめ》の解釈《かいしゃく》をする時間《じかん》が十分《ぶん》と残《のこ》っていなかった。ハリーとロンのテーブルの隣《となり》では、ディーンがネビルと組《く》み、ネビルは早速《さっそく》、悪夢《あくむ》の長々《ながなが》しい説明《せつめい》を始《はじ》めた。ばあちゃんの一張羅《いっちょうら》の帽子《ぼうし》をかぶった巨大《きょだい》なはさみが登場《とうじょう》する。ハリーとロンは顔《かお》を見合《みあ》わせてふさぎ込《こ》んだ。

「僕《ぼく》、夢《ゆめ》なんか覚《おぼ》えてたことないよ」ロンが言《い》った。「君《きみ》が言《い》えよ」

「一つぐらい覚《おぼ》えてるだろう」ハリーがいらいらと言《い》った。

自分《じぶん》の夢《ゆめ》は絶対誰《ぜったいだれ》にも言《い》うまい。いつも見《み》る墓場《はかば》の悪夢《あくむ》の意味《いみ》は、ハリーにはよくわかっている。ロンにもトレローニー先生《せんせい》にも、ばかげた『夢《ゆめ》のお告《つ》げ』にも教《おし》えてもらう必要《ひつよう》はない。

「えーと、この間《あいだ》、クィディッチをしてる夢《ゆめ》を見《み》た」

ロンが、思《おも》い出《だ》そうと顔《かお》をしかめながら言《い》った。

「それって、どういう意味《いみ》だと思《おも》う？」

「たぶん、巨大《きょだい》なマシュマロに食《く》われるとか何《なん》とかだろ」

ハリーは『夢《ゆめ》のお告《つ》げ』をつまらなそうにめくりながら答《こた》えた。「お告《つ》げ」の中《なか》から夢《ゆめ》のかけらを探《さが》し出《だ》すのは、たいくつな作業《さぎょう》だった。トレローニー先生《せんせい》が、一か月間《げっかん》「夢日記《ゆめにっき》」をつけるという宿題《しゅくだい》を出《だ》したのも、ハリーの気持《きも》ちを落《お》ち込《こ》ませた。ベルが鳴《な》り、ハリーとロンは先《さき》に立《た》ってはしごを下《お》りた。ロンが大声《おおごえ》で不平《ふへい》を言《い》った。

「もうどれくらい宿題《しゅくだい》が出《で》たと思《おも》う？　ビンズは『巨人《きょじん》の戦争《せんそう》』で五十センチのレポート、スネイプは『月長石《げっちょうせき》の用途《ようと》』で三十センチ、その上今度《うえこんど》はトレローニーの『夢日記《ゆめにっき》』一か月《げつ》ときた。フレッドとジョージはＯ《ふ》・Ｗ《く》・Ｌ《ろう》の年《とし》についてまちがってなかったよな？　あのアンブリッジばばあが何《なん》にも宿題出《しゅくだいだ》さなきゃいいが……」

「闇《やみ》の魔術《まじゅつ》に対《たい》する防衛術《ぼうえいじゅつ》」の教室《きょうしつ》に入《はい》っていくと、アンブリッジ先生《せんせい》はもう教壇《きょうだん》に座《すわ》っていた。昨夜《さくや》のふわふわのピンクのカーディガンを着《き》て、頭《あたま》のてっぺんに黒《くろ》いビロードのリボンを結《むす》んでいる。またしてもハリーは、大《おお》きなハエが、愚《おろ》かにも、さらに大《おお》きなガマガエルの上《うえ》に止《と》まっている姿《すがた》を、いやでも想像《そうぞう》した。

生徒《せいと》は静《しず》かに教室《きょうしつ》に入《はい》った。アンブリッジ先生《せんせい》は未知数《みちすう》だった。この先生《せんせい》がどのくらい厳《きび》しいのか、誰《だれ》もわからなかった。

「さあ、こんにちは！」

クラス全員《ぜんいん》が座《すわ》ると、先生《せんせい》が挨拶《あいさつ》した。

何人《なんにん》かが「こんにちは」とボソボソ挨拶《あいさつ》を返《かえ》した。

「チッチッ」アンブリッジ先生《せんせい》が舌《した》を鳴《な》らした。

「それではいけませんねえ。みなさん、どうぞ、こんなふうに。『こんにちは、アンブリッジ先生《せんせい》』。もう一度《いちど》いきますよ、はい、こんにちは、みなさん！」

「こんにちは、アンブリッジ先生《せんせい》」みんないっせいに挨拶《あいさつ》を唱《とな》えた。

「そう、そう」アンブリッジ先生《せんせい》がやさしく言《い》った。「難《むずか》しくないでしょう？　杖《つえ》をしまって、羽根《はね》ペンを出《だ》してくださいね」

大勢《おおぜい》の生徒《せいと》が暗《くら》い目《め》を見交《みか》わした。杖《つえ》をしまったあとの授業《じゅぎょう》が、これまでおもしろかった例《れい》はない。ハリーは杖《つえ》をかばんに押《お》し込《こ》み、羽根《はね》ペン、インク、羊皮紙《ようひし》を出《だ》した。アンブリッジ先生《せんせい》はハンドバッグを開《あ》け、自分《じぶん》の杖《つえ》を取《と》り出《だ》した。異常《いじょう》に短《みじか》い杖《つえ》だ。先生《せんせい》が杖《つえ》で黒板《こくばん》を強《つよ》くたたくと、たちまち文字《もじ》が現《あらわ》れた。

闇《やみ》の魔術《まじゅつ》に対《たい》する防衛術《ぼうえいじゅつ》
基本《きほん》に返《かえ》れ

「さて、みなさん、この学科《がっか》のこれまでの授業《じゅぎょう》は、かなり乱《みだ》れてバラバラでしたね。そうでしょう？」

アンブリッジ先生《せんせい》は両手《りょうて》を体《からだ》の前《まえ》できちんと組《く》み、正面《しょうめん》を向《む》いた。

「先生《せんせい》がしょっちゅう変《か》わって、しかも、その先生方《せんせいがた》の多《おお》くが魔法省《まほうしょう》指導要領《しどうようりょう》に従《したが》っていなかったようです。その不幸《ふこう》な結果《けっか》として、みなさんは、魔法省《まほうしょう》がO《ふ》・W《くろ》・L《う》学年《がくねん》に期待《きたい》するレベルをはるかに下回《したまわ》っています」

「しかし、ご安心《あんしん》なさい。こうした問題《もんだい》がこれからは是正《ぜせい》されます。今年《ことし》は、慎重《しんちょう》に構築《こうちく》された理論中心《りろんちゅうしん》の魔法省《まほうしょう》指導要領《しどうようりょう》どおりの防衛術《ぼうえいじゅつ》を学《まな》んでまいります。これを書《か》き写《うつ》してください」

先生《せんせい》はまた黒板《こくばん》をたたいた。最初《さいしょ》の文字《もじ》が消《き》え、「授業《じゅぎょう》の目的《もくてき》」という文章《ぶんしょう》が現《あらわ》れた。

1、防衛術《ぼうえいじゅつ》の基礎《きそ》となる原理《げんり》を理解《りかい》すること
2、防衛術《ぼうえいじゅつ》が合法的《ごうほうてき》に行使《こうし》される状況《じょうきょう》認識《にんしき》を学習《がくしゅう》すること
3、防衛術《ぼうえいじゅつ》の行使《こうし》を、実践的《じっせんてき》な枠組《わくぐ》みに当《あ》てはめること

数分間《すうふんかん》、教室《きょうしつ》は羊皮紙《ようひし》に羽根《はね》ペンを走《はし》らせる音《おと》でいっぱいになった。全員《ぜんいん》がアンブリッジ先生《せんせい》の三つの目的《もくてき》を写《うつ》し終《お》えると、先生《せんせい》が聞《き》いた。

「みなさん、ウィルバート・スリンクハードの『防衛術《ぼうえいじゅつ》の理論《りろん》』を持《も》っていますか？」

持《も》っていますと言《い》うボソボソ声《ごえ》が、教室中《きょうしつじゅう》から聞《き》こえた。

「もう一度《いちど》やりましょうね」アンブリッジ先生《せんせい》が言《い》った。

「わたくしが質問《しつもん》したら、お答《こた》えはこうですよ。『はい、アンブリッジ先生《せんせい》』または、『いいえ、アンブリッジ先生《せんせい》』。では、みなさん、ウィルバート・スリンクハードの『防衛術《ぼうえいじゅつ》の理論《りろん》』を持《も》っていますか？」

「はい、アンブリッジ先生《せんせい》」教室中《きょうしつちゅう》がワーンと鳴《な》った。

「よろしい」アンブリッジ先生《せんせい》が言《い》った。

「では、五ページを開《ひら》いてください。『第《だい》一章《しょう》、初心者《しょしんしゃ》の基礎《きそ》』。おしゃべりはしないこと」

アンブリッジ先生《せんせい》は黒板《こくばん》を離《はな》れ、教壇《きょうだん》の先生用《せんせいよう》の机《つくえ》の椅子《いす》に陣取《じんと》り、眼《め》の下《した》がたるんだガマガエルの目《め》でクラスを観察《かんさつ》した。ハリーは自分《じぶん》の教科書《きょうかしょ》の五ページを開《ひら》き、読《よ》みはじめた。絶望的《ぜつぼうてき》につまらなかった。ビンズ先生《せんせい》の授業《じゅぎょう》を聞《き》いているのと同《おな》じぐらいひどかった。集中《しゅうちゅう》力《りょく》が抜《ぬ》け落《お》ちていくのがわかった。同《おな》じ行《ぎょう》を五、六回読《かいよ》んでも、最初《さいしょ》の一言《ひとこと》、二言《ふたこと》しか頭《あたま》に入《はい》らない。何分《なんぷん》かの沈黙《ちんもく》の時間《じかん》が流《なが》れた。ハリーの隣《となり》で、ロンがぼうっとして、羽根《はね》ペンを指《ゆび》でくるくる回《まわ》し、五ページの同《おな》じ所《ところ》をずっと見《み》つめている。右《みぎ》のほうを見《み》たハリーは、驚《おどろ》いてまひ状態《じょうたい》から覚《さ》めた。ハーマイオニーは『防衛術《ぼうえいじゅつ》の理論《りろん》』の教科書《きょうかしょ》を開《ひら》いてもいない。手《て》を挙《あ》げ、アンブリッジ先生《せんせい》をじっと見《み》つめていた。

ハーマイオニーが読《よ》めと言《い》われて読《よ》まなかったことは、ハリーの記憶《きおく》では一度《いちど》もない。それどころか、目《め》の前《まえ》に本《ほん》を出《だ》されて、開《ひら》きたいという誘惑《ゆうわく》に抵抗《ていこう》したことなどない。ハリーは「どうしたの」という目《め》を向《む》けたが、ハーマイオニーは首《くび》をちょっと振《ふ》って、質問《しつもん》に答《こた》えるどころではないのよ、と合図《あいず》しただけだった。そしてアンブリッジ先生《せんせい》をじっと見《み》つめ続《つづ》けた。先生《せんせい》は同《おな》じぐらい頑固《がんこ》に、別《べつ》な方向《ほうこう》を見続《みつづ》けている。

それからまた数分《すうふん》がたつと、ハーマイオニーを見《み》つめているのはハリーだけでなくなった。読《よ》みなさいと言《い》われた第一章《だいしょう》が、あまりにもたいくつだったし、「初心者《しょしんしゃ》の基礎《きそ》」と格闘《かくとう》するよりは、アンブリッジ先生《せんせい》の目《め》をとらえようとしているハーマイオニーの無言《むごん》の行動《こうどう》を見《み》ているほうがいいという生徒《せいと》がだんだん増《ふ》えてきた。

クラスの半数以上《はんすういじょう》が、教科書《きょうかしょ》よりハーマイオニーを見《み》つめるようになると、アンブリッジ先生《せんせい》は、もはや状況《じょうきょう》を無視《むし》するわけにはいかないと判断《はんだん》したようだった。

「この章《しょう》について、何《なに》か聞《き》きたかったの？」先生《せんせい》は、たった今《いま》ハーマイオニーに気《き》づいたかのように話《はな》しかけた。

「この章《しょう》についてではありません。ちがいます」ハーマイオニーが言《い》った。

「おやまあ、今《いま》は読《よ》む時間《じかん》よ」アンブリッジ先生《せんせい》はとがった小《ちい》さな歯《は》を見《み》せた。「ほかの質問《しつもん》なら、授業《じゅぎょう》が終《お》わってからにしましょうね」

「授業《じゅぎょう》の目的《もくてき》に質問《しつもん》があります」ハーマイオニーが言《い》った。

アンブリッジ先生《せんせい》の眉《まゆ》が吊《つ》り上《あ》がった。

「あなたのお名前《なまえ》は？」

「ハーマイオニー・グレンジャーです」

「さあ、ミス・グレンジャー。ちゃんと全部《ぜんぶ》読《よ》めば、授業《じゅぎょう》の目的《もくてき》ははっきりしていると思《おも》いますよ」

アンブリッジ先生《せんせい》はわざとらしいやさしい声《こえ》で言《い》った。

「でも、わかりません」ハーマイオニーはぶっきらぼうに言《い》った。「防衛呪文《ぼうえいじゅもん》を使《つか》うことに関《かん》しては何《なに》も書《か》いてありません」

一瞬《いっしゅん》沈黙《ちんもく》が流《なが》れ、生徒《せいと》の多《おお》くが黒板《こくばん》のほうを向《む》き、まだ書《か》かれたままになっている三つの目的《もくてき》をしかめっ面《つら》で読《よ》んだ。

「防衛呪文《ぼうえいじゅもん》を使《つか》う？」アンブリッジ先生《せんせい》はちょっと笑《わら》って言葉《ことば》をくり返《かえ》した。「まあ、まあ、ミス・グレンジャー。このクラスで、あなたが防衛呪文《ぼうえいじゅもん》を使《つか》う必要《ひつよう》があるような状況《じょうきょう》が起《お》ころうとは、考《かんが》えられませんけど？　まさか、授業中《じゅぎょうちゅう》に襲《おそ》われるなんて思《おも》ってはいないでしょう？」

「魔法《まほう》を使《つか》わないの？」ロンが声《こえ》を張《は》り上《あ》げた。

「わたくしのクラスで発言《はつげん》したい生徒《せいと》は、手《て》を挙《あ》げること。ミスター――？」

「ウィーズリー」ロンが手《て》を高《たか》く挙《あ》げた。

アンブリッジ先生《せんせい》は、ますますニッコリほほ笑《え》みながら、ロンに背《せ》を向《む》けた。ハリーとハーマイオニーがすぐに手《て》を挙《あ》げた。アンブリッジ先生《せんせい》のぼってりした目《め》が一瞬《いっしゅん》ハリーにとまったが、そのあとハーマイオニーの名《な》を呼《よ》んだ。

「はい、ミス・グレンジャー？　何《なに》かほかに聞《き》きたいの？」

「はい」ハーマイオニーが答《こた》えた。「『闇《やみ》の魔術《まじゅつ》に対《たい》する防衛術《ぼうえいじゅつ》』の真《しん》のねらいは、まちがいなく、防衛呪文《ぼうえいじゅもん》の練習《れんしゅう》をすることではありませんか？」

「ミス・グレンジャー、あなたは、魔法省《まほうしょう》の訓練《くんれん》を受《う》けた教育専門家《きょういくせんもんか》ですか？」

アンブリッジ先生《せんせい》はやさしい作《つく》り声《ごえ》で聞《き》いた。

「いいえ、でも――」

「さあ、それなら、残念《ざんねん》ながら、あなたには、授業《じゅぎょう》の『真《しん》のねらい』を決《き》める資格《しかく》はありませんね。あなたよりもっと年上《としうえ》の、もっと賢《かしこ》い魔法使《まほうつか》いたちが、新《あたら》しい指導要領《しどうようりょう》を決《き》めたのです。あなた方《がた》が防衛呪文《ぼうえいじゅもん》について学《まな》ぶのは、安全《あんぜん》で危険《きけん》のない方法《ほうほう》で――」

「そんなの、何《なん》の役《やく》に立《た》つ？」ハリーが大声《おおごえ》を上《あ》げた。「もし僕《ぼく》たちが襲《おそ》われるとしたら、そんな方法《ほうほう》――」

「挙手《きょしゅ》、ミスター・ポッター！」アンブリッジ先生《せんせい》が歌《うた》うように言《い》った。

ハリーは拳《こぶし》を宙《ちゅう》に突《つ》き上《あ》げた。アンブリッジ先生《せんせい》は、またそっぽを向《む》いた。しかし、今度《こんど》はほかの何人《なんにん》かの手《て》も挙《あ》がった。

「あなたのお名前《なまえ》は？」アンブリッジ先生《せんせい》がディーンに聞《き》いた。

「ディーン・トーマス」

「それで？　ミスター・トーマス？」

「ええと、ハリーの言《い》うとおりでしょう？」ディーンが言《い》った。「もし僕《ぼく》たちが襲《おそ》われるとしたら、『危険《きけん》のない方法《ほうほう》』なんかじゃない」

「もう一度《いちど》言《い》いましょう」アンブリッジ先生《せんせい》は、人《ひと》をいらいらさせるような笑顔《えがお》をディーンに向《む》けた。「このクラスで襲《おそ》われると思《おも》うのですか？」

「いいえ、でも――」

アンブリッジ先生《せんせい》はディーンの言葉《ことば》を押《お》さえ込《こ》むように言《い》った。「この学校《がっこう》のやり方《かた》を批判《ひはん》したくはありませんが」先生《せんせい》の大口《おおぐち》に、あいまいな笑《わら》いが浮《う》かんだ。「しかし、あなた方《がた》は、これまで、大変《たいへん》無責任《むせきにん》な魔法使《まほうつか》いたちにさらされてきました。非常《ひじょう》に無責任《むせきにん》な――言《い》うまでもなく」先生《せんせい》は意地悪《いじわる》くフフッと笑《わら》った。「非常《ひじょう》に危険《きけん》な半獣《はんじゅう》もいました」

「ルーピン先生《せんせい》のことを言《い》ってるなら」ディーンの声《こえ》が怒《おこ》っていた。「今《いま》までで最高《さいこう》の先生《せんせい》だった――」

「挙手《きょしゅ》、ミスター・トーマス！　今言《いまい》いかけていたように――みなさんは、年齢《ねんれい》にふさわしくない複雑《ふくざつ》で不適切《ふてきせつ》な呪文《じゅもん》を――しかも命取《いのちと》りになりかねない呪文《じゅもん》を――教《おし》えられてきました。恐怖《きょうふ》にかられ、一日《にち》おきに闇《やみ》の襲撃《しゅうげき》を受《う》けるのではないかと信《しん》じ込《こ》むようになったのです――」

「そんなことはありません」ハーマイオニーが言《い》った。「私《わたし》たちはただ――」

「手《て》が挙《あ》がっていません、ミス・グレンジャー！」

ハーマイオニーが手《て》を挙《あ》げた。アンブリッジ先生《せんせい》がそっぽを向《む》いた。

「わたくしの前任者《ぜんにんしゃ》は違法《いほう》な呪文《じゅもん》をみなさんの前《まえ》でやって見《み》せたばかりか、実際《じっさい》みなさんに呪文《じゅもん》をかけたと理解《りかい》しています」

「でも、あの先生《せんせい》は狂《くる》っていたと、あとでわかったでしょう？」ディーンが熱《あつ》くなった。「だけど、ずいぶんいろいろ教《おし》えてくれた」

「手《て》が挙《あ》がっていません、ミスター・トーマス！」アンブリッジ先生《せんせい》はかん高《だか》く声《こえ》を震《ふる》わせた。「さて、試験《しけん》に合格《ごうかく》するためには、理論的《りろんてき》な知識《ちしき》で充分《じゅうぶん》足《た》りるというのが魔法省《まほうしょう》の見解《けんかい》です。結局《けっきょく》学校《がっこう》というものは、試験《しけん》に合格《ごうかく》するためにあるのですから。それで、あなたのお名前《なまえ》は？」

アンブリッジ先生《せんせい》が、今手《いまて》を挙《あ》げたばかりのパーバティを見《み》て聞《き》いた。

「パーバティ・パチルです。それじゃ、『闇《やみ》の魔術《まじゅつ》に対《たい》する防衛術《ぼうえいじゅつ》』のO《ふ》・W《く》・L《ろう》には、実技《じつぎ》はないんですか？　実際《じっさい》に反対呪文《はんたいじゅもん》とかやって見《み》せなくてもいいんですか？」

「理論《りろん》を充分《じゅうぶん》に勉強《べんきょう》すれば、試験《しけん》という慎重《しんちょう》に整《ととの》えられた条件《じょうけん》の下《もと》で、呪文《じゅもん》がかけられないということはありえません」アンブリッジ先生《せんせい》が、そっけなく言《い》った。

「それまで一度《いちど》も練習《れんしゅう》しなくても？」パーバティが信《しん》じられないという顔《かお》をした。「初《はじ》めて呪文《じゅもん》を使《つか》うのが試験場《しけんじょう》だとおっしゃるんですか？」

「くり返《かえ》します。理論《りろん》を充分《じゅうぶん》に勉強《べんきょう》すれば――」

「それで、理論《りろん》は現実世界《げんじつせかい》でどんな役《やく》に立《た》つんですか？」ハリーはまた拳《こぶし》を突《つ》き上《あ》げて大声《おおごえ》で言《い》った。

アンブリッジ先生《せんせい》が目《め》を上《あ》げた。

「ここは学校《がっこう》です。ミスター・ポッター。現実世界《げんじつせかい》ではありません」先生《せんせい》が猫《ねこ》なで声《ごえ》で言《い》った。

「それじゃ、外《そと》の世界《せかい》で待《ま》ち受《う》けているものに対《たい》して準備《じゅんび》しなくていいんですか？」

「外《そと》の世界《せかい》で待《ま》ち受《う》けているものは何《なに》もありません、ミスター・ポッター」

「へえ、そうですか？」朝《あさ》からずっとふつふつ煮《に》えたぎっていたハリーのかんしゃくが、沸騰点《ふっとうてん》に達《たっ》しかけた。

「あなた方《がた》のような子供《こども》を、誰《だれ》が襲《おそ》うと思《おも》っているの？」アンブリッジ先生《せんせい》がぞっとするような甘《あま》ったるい声《こえ》で聞《き》いた。

「うーむ、考《かんが》えてみます……」ハリーは思慮深《しりょぶか》げな声《こえ》を演《えん》じた。「もしかしたら……**ヴォルデモート卿《きょう》？**」

ロンが息《いき》をのんだ。ラベンダー・ブラウンはキャッと悲鳴《ひめい》を上《あ》げ、ネビルは椅子《いす》から横《よこ》にずり落《お》ちた。しかし、アンブリッジ先生《せんせい》はぎくりともしない。気味《きみ》の悪《わる》い満足《まんぞく》げな表情《ひょうじょう》を浮《う》かべて、ハリーをじっと見《み》つめていた。

「グリフィンドール、十点減点《てんげんてん》です。ミスター・ポッター」

教室中《きょうしつじゅう》がしんとして動《うご》かなかった。みんながアンブリッジ先生《せんせい》かハリーを見《み》ていた。

「さて、いくつかはっきりさせておきましょう」

アンブリッジ先生《せんせい》が立《た》ち上《あ》がり、ずんぐりした指《ゆび》を広《ひろ》げて机《つくえ》の上《うえ》につき、身《み》を乗《の》り出《だ》した。

「みなさんは、ある闇《やみ》の魔法使《まほうつか》いが戻《もど》ってきたという話《はなし》を聞《き》かされてきました。死《し》からよみがえったと――」

「あいつは死《し》んでいなかった」ハリーが怒《おこ》った。「だけど、ああ、よみがえったんだ！」

「ミスター・ポッター、あなたはもう自分《じぶん》の寮《りょう》に十点失《てんうしな》わせたのに、これ以上自分《いじょうじぶん》の立場《たちば》を悪《わる》くしないよう」

アンブリッジ先生《せんせい》は、ハリーを見《み》ずにこれだけの言葉《ことば》を一気《いっき》に言《い》った。

「今言《いまい》いかけていたように、みなさんは、ある闇《やみ》の魔法使《まほうつか》いが再《ふたた》び野《の》に放《はな》たれたという話《はなし》を聞《き》かされてきました。**これはうそです**」

「うそじゃない！」ハリーが言《い》った。「僕《ぼく》は見《み》た。僕《ぼく》はあいつと戦《たたか》ったんだ！」

「罰則《ばっそく》です。ミスター・ポッター！」アンブリッジ先生《せんせい》が勝《か》ち誇《ほこ》ったように言《い》った。「明日《あす》の夕方《ゆうがた》、五時《じ》。わたくしの部屋《へや》で。もう一度《いちど》言《い》いましょう。これはうそです。魔法省《まほうしょう》は、みなさんに闇《やみ》の魔法使《まほうつか》いの危険《きけん》はないと保証《ほしょう》します。まだ心配《しんぱい》なら、授業時間外《じゅぎょうじかんがい》に、遠慮《えんりょ》なくわたくしに話《はなし》をしにきてください。闇《やみ》の魔法使《まほうつか》い復活《ふっかつ》など、たわいのないうそでみなさんをおびやかす者《もの》がいたら、わたくしに知《し》らせてください。わたくしはみなさんを助《たす》けるためにいるのです。みなさんのお友達《ともだち》です。さて、ではどうぞ読《よ》み続《つづ》けてください。五ページ、『初心者《しょしんしゃ》の基《き》礎《そ》』」

アンブリッジ先生《せんせい》は机《つくえ》のむこう側《がわ》に腰《こし》かけた。しかし、ハリーは立《た》ち上《あ》がった。みんながハリーを見《み》つめていた。シェーマスは半分《はんぶん》こわごわ、半分感心《はんぶんかんしん》したように見《み》ていた。

「ハリー、ダメよ！」ハーマイオニーがハリーのそでを引《ひ》いて、警告《けいこく》するようにささやいた。しかしハリーは腕《うで》をぐっと引《ひ》いて、ハーマイオニーが届《とど》かないようにした。

「それでは、先生《せんせい》は、セドリック・ディゴリーがひとりで勝手《かって》に死《し》んだと言《い》うんですね？」

ハリーの声《こえ》が震《ふる》えていた。

クラス中《じゅう》がいっせいに息《いき》をのんだ。ロンとハーマイオニー以外《いがい》は、セドリックが死《し》んだあの夜《よる》の出来事《できごと》をハリーの口《くち》から聞《き》いたことがなかったからだ。みんなが貪《むさぼ》るようにハリーを、そしてアンブリッジ先生《せんせい》を見《み》た。アンブリッジ先生《せんせい》は目《め》を吊《つ》り上《あ》げ、ハリーを見《み》すえた。顔《かお》からいっさいの作《つく》り笑《わら》いが消《き》えていた。

「セドリック・ディゴリーの死《し》は、悲《かな》しい事故《じこ》です」先生《せんせい》が冷《つめ》たく言《い》った。

「殺《ころ》されたんだ」

ハリーが言《い》った。体《からだ》が震《ふる》えているのがわかった。これはまだほとんど誰《だれ》にも話《はな》していないことだった。ましてや三十人《にん》もの生徒《せいと》が熱心《ねっしん》に聞《き》き入《い》っている前《まえ》で話《はな》すのは初《はじ》めてだ。

「ヴォルデモートがセドリックを殺《ころ》した。先生《せんせい》もそれを知《し》っているはずだ」

アンブリッジ先生《せんせい》は無表情《むひょうじょう》だった。一瞬《いっしゅん》、ハリーは先生《せんせい》が自分《じぶん》に向《む》かって絶叫《ぜっきょう》するのではないかと思《おも》った。しかし、先生《せんせい》はやさしい、甘《あま》ったるい女《おんな》の子《こ》のような声《こえ》を出《だ》した。

「ミスター・ポッター、いい子《こ》だから、こっちへいらっしゃい」

ハリーは椅子《いす》を脇《わき》にけとばし、ロンとハーマイオニーの後《うし》ろを通《とお》り、大股《おおまた》で先生《せんせい》の机《つくえ》のほうに歩《ある》いていった。クラス中《じゅう》が息《いき》をひそめているのを感《かん》じた。怒《いか》りのあまり、ハリーは次《つぎ》に何《なに》が起《お》ころうとかまうもんかと思《おも》った。

アンブリッジ先生《せんせい》はハンドバッグから小《ちい》さなピンクの羊皮紙《ようひし》を一巻《ひとまき》取《と》り出《だ》し、机《つくえ》に広《ひろ》げ、羽根《はね》ペンをインク瓶《びん》に浸《ひた》して書《か》きはじめた。ハリーに書《か》いているものが見《み》えないように、背中《せなか》を丸《まる》めて覆《おお》いかぶさっている。誰《だれ》もしゃべらない。一分《ぷん》かそこらたったろうか、先生《せんせい》は羊皮紙《ようひし》を丸《まる》め、杖《つえ》でたたいて継《つ》ぎ目《め》なしの封《ふう》をし、ハリーが開封《かいふう》できないようにした。

「さあ、これをマクゴナガル先生《せんせい》のところへ持《も》っていらっしゃいね」

アンブリッジ先生《せんせい》は手紙《てがみ》をハリーに差《さ》し出《だ》した。

ハリーは一言《ひとこと》も言《い》わずに受《う》け取《と》り、ロンとハーマイオニーのほうを見《み》もせずに教室《きょうしつ》を出《で》て、ドアをバタンと閉《し》めた。マクゴナガル先生宛《せんせいあて》の手紙《てがみ》をギュッと握《にぎ》りしめ、廊下《ろうか》をものすごい速《はや》さで歩《ある》き、角《かど》を曲《ま》がった所《ところ》で、ポルターガイストのピーブズにいきなりぶつかった。大口《おおぐち》で小男《こおとこ》のピーブズは、宙《ちゅう》に寝転《ねころ》んで、インクつぼを手玉《てだま》にして遊《あそ》んでいた。

「おや、ポッツン・ポッツリ・ポッター！」ピーブズがケッケッと笑《わら》いながら、インクつぼを二つ取《と》り落《お》とし、それがガチャンと割《わ》れて壁《かべ》にインクをはね散《ち》らした。ハリーはインクがかからないように飛《と》びのきながら脅《おど》すようにうなった。

「どけ、ピーブズ」

「オオオウ、いかれポンチがいらいらしてる」

ピーブズは意地悪《いじわる》くニヤニヤ笑《わら》いながらハリーの頭上《ずじょう》をヒューヒュー飛《と》んでついてきた。

「今度《こんど》はどうしたの、ポッティちゃん？　何か声《なにこえ》が聞《き》こえたの？　何《なに》か見《み》えたの？　それとも舌《した》が――」ピーブズは舌《した》を突《つ》き出《だ》してベーッとやった。「――ひとりでしゃべったの？」

「**ほっといてくれ！**」一番近《いちばんちか》くの階段《かいだん》をかけ下《お》りながら、ハリーが叫《さけ》んだ。しかしピーブズはハリーの脇《わき》について、階段《かいだん》の手《て》すりを背中《せなか》ですべり降《お》りた。

おお、たいていみんなは思《おも》うんだ　ポッティちゃんは変《か》わってる
やさしい人《ひと》は思《おも》うかも　ほんとはポッティ泣《な》いている
だけどピーブズはお見透《みとお》し　ポッティちゃんは狂《くる》ってる――

「**だまれ！**」

左手《ひだりて》のドアが開《ひら》いて、厳《きび》しい表情《ひょうじょう》のマクゴナガル先生《せんせい》が副校長室《ふくこうちょうしつ》から現《あらわ》れた。騒《さわ》ぎをうるさがっている顔《かお》だ。

「いったい何《なに》を騒《さわ》いでいるのですか、ポッター？」先生《せんせい》がバシッと言《い》った。ピーブズはゆかいそうに高笑《たかわら》いしてスイーッと消《き》えていった。

「授業《じゅぎょう》はどうしたのです？」

「先生《せんせい》の所《ところ》に行《い》ってこいと言《い》われました」ハリーが硬《かた》い表情《ひょうじょう》で言《い》った。

「行《い》ってこい？　どういう意味《いみ》です？　行《い》ってこい？」

ハリーはアンブリッジ先生《せんせい》からの手紙《てがみ》を差《さ》し出《だ》した。マクゴナガル先生《せんせい》はしかめっ面《つら》で受《う》け取《と》り、杖《つえ》でたたいて開封《かいふう》し、広《ひろ》げて読《よ》みだした。アンブリッジの字《じ》を追《お》いながら、四角《しかく》いめがねの奥《おく》で、先生《せんせい》の目《め》が羊皮紙《ようひし》の端《はし》から端《はし》へと移動《いどう》し、一行読《ぎょうよ》むごとに目《め》が細《ほそ》くなっていった。

「お入《はい》りなさい、ポッター」

ハリーは先生《せんせい》について書斎《しょさい》に入《はい》った。ドアはひとりでに閉《し》まった。

「それで？」マクゴナガル先生《せんせい》が突然挑《とつぜんいど》みかかった。「ほんとうなのですか？」

「ほんとうって、何《なに》が？」そんなつもりはなかったのに乱暴《らんぼう》な言《い》い方《かた》をしてしまい、ハリーはていねいな言葉《ことば》をつけ加《くわ》えた。「ですか？　マクゴナガル先生《せんせい》？」

「アンブリッジ先生《せんせい》に対《たい》してどなったというのはほんとうですか？」

「はい」ハリーが言《い》った。

「うそつき呼《よ》ばわりしたのですか？」

「はい」

「『例《れい》のあの人《ひと》』が戻《もど》ってきたと言《い》ったのですか？」

「はい」

マクゴナガル先生《せんせい》は机《つくえ》のむこう側《がわ》に、ハリーにしかめっ面《つら》を向《む》けながら座《すわ》った。それからふいに言《い》った。

「ビスケットをおあがりなさい、ポッター」

「おあがり——えっ？」

「ビスケットをおあがりなさい」先生《せんせい》は気短《きみじか》にくり返《かえ》し、机《つくえ》の書類《しょるい》の山《やま》の上《うえ》にのっているタータンチェック模様《もよう》の缶《かん》を指差《ゆびさ》した。「そして、おかけなさい」

前《まえ》にもこんなことがあった。マクゴナガル先生《せんせい》から鞭打《むちう》ちの罰則《ばっそく》を受《う》けると思《おも》ったのに、グリフィンドールのクィディッチ・チーム・メンバーに指名《しめい》された。ハリーは先生《せんせい》と向《む》き合《あ》う椅子《いす》に腰《こし》かけ、しょうがビスケットをつまんだ。今度《こんど》もあの時《とき》と同《おな》じで、何《なに》がなんだかわからず、不意《ふい》打《う》ちを食《く》らったような気《き》がした。

マクゴナガル先生《せんせい》は手紙《てがみ》を置《お》き、深刻《しんこく》なまなざしでハリーを見《み》た。

「ポッター、気《き》をつけないといけません」

ハリーは口《くち》に詰《つ》まったしょうがビスケットをゴクリと飲《の》み込《こ》み、先生《せんせい》の顔《かお》を見《み》つめた。ハリーの知《し》っているいつもの先生《せんせい》の声《こえ》ではなかった。きびきびした厳《きび》しい声《こえ》ではなく、低《ひく》い、心配《しんぱい》そうな、そしていつもより人間味《にんげんみ》のこもった声《こえ》だった。

「ドローレス・アンブリッジのクラスで態度《たいど》が悪《わる》いと、あなたにとっては、寮《りょう》の減点《げんてん》や罰則《ばっそく》だけではすみませんよ」

「どういうこと——？」

「ポッター、常識《じょうしき》を働《はたら》かせなさい」マクゴナガル先生《せんせい》は、急《きゅう》にいつもの口調《くちょう》に戻《もど》ってバシッと言《い》った。「あの人《ひと》がどこから来《き》ているか、わかっているでしょう。誰《だれ》に報告《ほうこく》しているのかもわかるはずです」

終業《しゅうぎょう》ベルが鳴《な》った。上《うえ》の階《かい》からも、周《まわ》り中《じゅう》からも何百人《なんびゃくにん》という生徒《せいと》が移動《いどう》する、象《ぞう》の大群《たいぐん》のような音《おと》が聞《き》こえてきた。

「手紙《てがみ》には、今週《こんしゅう》、毎晩《まいばん》あなたに罰則《ばっそく》を科《か》すと書《か》いてあります。明日《あす》からです」マクゴナガル先《せん》生《せい》がアンブリッジの手紙《てがみ》をもう一度《いちど》見下《みお》ろしながら言《い》った。

「今週毎晩《こんしゅうまいばん》！」ハリーは驚愕《きょうがく》してくり返《かえ》した。「でも、先生《せんせい》、先生《せんせい》なら——？」

「いいえ、できません」マクゴナガル先生《せんせい》はにべもなく言《い》った。

「でも——」

「あの人《ひと》はあなたの先生《せんせい》ですから、あなたに罰則《ばっそく》を科《か》す権利《けんり》があります。最初《さいしょ》の罰則《ばっそく》は明日《あす》の夕《ゆう》方五時《がたごじ》です。あの先生《せんせい》の部屋《へや》に行《い》きなさい。いいですか。ドローレス・アンブリッジのそばでは、言動《げんどう》に気《き》をつけることです」

「でも、僕《ぼく》はほんとのことを言《い》った！」ハリーは激怒《げきど》した。「ヴォルデモートは戻《もど》ってきた。先生《せんせい》だってご存《ぞん》じですし、ダンブルドア校長先生《こうちょうせんせい》も知《し》ってる――」

「ポッター！　何《なん》ということを！」マクゴナガル先生《せんせい》は怒《おこ》ったようにめがねをかけなおした（ハリーがヴォルデモートと言《い》ったときに、先生《せんせい》はぎくりとたじろいだのだ）。

「これがうそか真《まこと》かの問題《もんだい》だとお思《おも》いですか？　これは、あなたが低姿勢《ていしせい》を保《たも》って、かんしゃくを抑《おさ》えておけるかどうかの問題《もんだい》です！」

マクゴナガル先生《せんせい》は鼻息《はないき》も荒《あら》く、唇《くちびる》をキッと結《むす》んで立《た》ち上《あ》がった。ハリーも立《た》ち上《あ》がった。

「ビスケットをもう一つお取《と》りなさい」

先生《せんせい》は缶《かん》をハリーのほうに突《つ》き出《だ》して、いらいらしながら言《い》った。

「いりません」ハリーが冷《つめ》たく言《い》った。

「いいからお取《と》りなさい」先生《せんせい》がビシリと言《い》った。

ハリーは一つ取《と》った。

「いただきます」ハリーは気《き》が進《すす》まなかった。

「学期《がっき》はじめにドローレス・アンブリッジが何《なん》と言《い》ったか、ポッター、聞《き》かなかったのですか？」

「聞《き》きました」ハリーが答《こた》えた。「えーと……たしか……進歩《しんぽ》は禁《きん》じられるとか……でも、その意味《いみ》は……魔法省《まほうしょう》がホグワーツに干渉《かんしょう》しようとしている……」

マクゴナガル先生《せんせい》は一瞬《いっしゅん》探《さぐ》るようにハリーを見《み》てフフンと鼻《はな》を鳴《な》らし、机《つくえ》のむこうから出《で》て部屋《へや》のドアを開《あ》けた。

「まあ、とにかくあなたが、ハーマイオニー・グレンジャーの言《い》うことを聞《き》いてくれてよかったです」

先生《せんせい》は、ハリーに部屋《へや》を出《で》るようにと外《そと》を指差《ゆびさ》しながら言《い》った。

第《だい》13章《しょう》　アンブリッジのあくどい罰則《ばっそく》

その夜《よる》の大広間《おおひろま》での夕食《ゆうしょく》は、ハリーにとって楽《たの》しいものではなかった。アンブリッジとのどなり合《あ》い試合《じあい》のニュースは、ホグワーツの基準《きじゅん》に照《て》らしても例外的《れいがいてき》な速《はや》さで伝《つた》わった。ロンとハーマイオニーに挟《はさ》まれて食事《しょくじ》をしていても、ハリーの耳《みみ》には周《まわ》り中《じゅう》のささやきが聞《き》こえてきた。おかしなことに、ヒソヒソ話《ばなし》の主《ぬし》は、話《はなし》の内容《ないよう》を当《とう》の本人《ほんにん》に聞《き》かれても誰《だれ》も気《き》にしないようだった。逆《ぎゃく》に、ハリーが腹《はら》を立《た》ててまたどなりだせば、直接本人《ちょくせつほんにん》から話《はなし》が聞《き》けると期待《きたい》しているようだった。

「セドリック・ディゴリーが殺《ころ》されるのを見《み》たって言《い》ってる……」

「『例《れい》のあの人《ひと》』と決闘《けっとう》したと言《い》ってる……」

「まさか……」

「誰《だれ》がそんな話《はなし》にだまされると思《おも》ってるんだ？」

「まーったくだ……」

「僕《ぼく》にはわからない」両手《りょうて》が震《ふる》え、ナイフとフォークを持《も》っていられなくなってテーブルに置《お》きながら、ハリーが声《こえ》を震《ふる》わせた。「二か月前《げつまえ》にダンブルドアが話《はな》したときは、どうしてみんな信《しん》じたんだろう……」

「要《よう》するにね、ハリー、信《しん》じたかどうかあやしいと思《おも》うわ」ハーマイオニーが深刻《しんこく》な声《こえ》で言《い》った。

「ああ、もうこんなところ、出《で》ましょう」

ハーマイオニーも自分《じぶん》のナイフとフォークをドンと置《お》いたが、ロンはまだ半分残《はんぶんのこ》っているアップルパイを未練《みれん》たっぷりに見《み》つめてから、ハーマイオニーにならった。三人《にん》が大広間《おおひろま》から出《で》ていくのを、みんなが驚《おどろ》いたように目《め》で追《お》った。

「ダンブルドアを信《しん》じたかどうかあやしいって、どういうこと?」

ハリーは二階《かい》の踊《おど》り場《ば》まで来《き》たとき、ハーマイオニーに聞《き》いた。

「ねえ、あの出来事《できごと》のあとがどんなだったか、あなたにはわかっていないのよ」ハーマイオニーが小声《こごえ》で言《い》った。「芝生《しばふ》の真《ま》ん中《なか》に、あなたがセドリックのなきがらをしっかりつかんで帰《かえ》ってきたわ……迷路《めいろ》の中《なか》で何《なに》が起《お》こったのか、私《わたし》たちは誰《だれ》も見《み》てない……ダンブルドアが、『例《れい》のあの人《ひと》』が帰《かえ》ってきてセドリックを殺《ころ》し、あなたと戦《たたか》ったと言《い》った言葉《ことば》を信《しん》じるしかない」

「それが真実《しんじつ》だ!」ハリーが大声《おおごえ》を出《だ》した。

「ハリー、わかってるわよ。お願《ねが》いだから、かみつくのをやめてくれない？」ハーマイオニーがうんざりしたように言《い》った。

「問題《もんだい》は、真実《しんじつ》が心《こころ》に染《し》み込《こ》む前《まえ》に、夏休《なつやす》みでみんなが家《いえ》に帰《かえ》ってしまったことよ。それから二か月《げつ》も、あなたが狂《くる》ってるとかダンブルドアが老《お》いぼれだとか読《よ》まされて！」

三人《にん》は足早《あしばや》にグリフィンドール塔《とう》に戻《もど》った。廊下《ろうか》には人気《ひとけ》もなく、雨《あめ》が窓《まど》ガラスを打《う》っていた。学期初日《がっきしょにち》が、ハリーには一週間《しゅうかん》にも感《かん》じられた。しかし、寝《ね》る前《まえ》に、まだ山《やま》のように宿題《しゅくだい》がある。右目《みぎめ》の上《うえ》にズキンズキンと鈍《にぶ》い痛《いた》みが走《はし》りはじめた。「太《ふと》った婦人《レディ》」に続《つづ》く廊下《ろうか》へと最後《さいご》の角《かど》を曲《ま》がるとき、ハリーは雨《あめ》にぬれた窓《まど》を通《とお》して、暗《くら》い校庭《こうてい》に目《め》をやった。ハグリッドの小屋《こや》には、まだ灯《あか》りがない。

「ミンビュラス　ミンブルトニア」

ハーマイオニーは「太《ふと》った婦人《レディ》」に催促《さいそく》される前《まえ》に唱《とな》えた。肖像画《しょうぞうが》がパックリ開《ひら》き、その裏《うら》の穴《あな》が現《あらわ》れ、三人《にん》はそこをよじ登《のぼ》った。

談話室《だんわしつ》はほとんどからっぽだった。まだ大部分《だいぶぶん》の生徒《せいと》が下《した》で夕食《ゆうしょく》を食《た》べている。丸《まる》くなって寝《ね》ていたクルックシャンクスがひじかけ椅子《いす》から降《お》り、トコトコと三人《にん》を迎《むか》え、大《おお》きくゴロゴロとのどを鳴《な》らした。ハリー、ロン、ハーマイオニーが、お気《き》に入《い》りの暖炉近《だんろちか》くの椅子《いす》に座《すわ》ると、クルックシャンクスはハーマイオニーのひざにポンと飛《と》び乗《の》り、ふわふわしたオレンジ色《いろ》のクッションのように丸《まる》まった。ハリーはすっかり力《ちから》が抜《ぬ》け、つかれはてて暖炉《だんろ》の火《ひ》を見《み》つめた。

「ダンブルドアはどうしてこんなことを許《ゆる》したの？」

ハーマイオニーが突然叫《とつぜんさけ》び、ハリーとロンは飛《と》び上《あ》がった。クルックシャンクスもひざから飛《と》び降《お》り、気分《きぶん》を害《がい》したような顔《かお》をした。ハーマイオニーが怒《おこ》って椅子《いす》のひじかけをバンバンたたくので、穴《あな》から詰《つ》め物《もの》がはみ出《だ》してきた。

「あんなひどい女《おんな》に、どうして教《おし》えさせるの？　しかもO《ふ》・W《くろ》・L《う》の年《とし》に！」

「でも、『闇《やみ》の魔術《まじゅつ》に対《たい》する防衛術《ぼうえいじゅつ》』じゃ、すばらしい先生《せんせい》なんて今《いま》までいなかっただろ？」

ハリーが言《い》った。

「ほら、何《なん》て言《い》うか、ハグリッドが言《い》ったじゃないか、誰《だれ》もこの仕事《しごと》に就《つ》きたがらない。呪《のろ》われてるって」

「そうよ。でも私《わたし》たちが魔法《まほう》を使《つか》うことを拒否《きょひ》する人《ひと》をやとうなんて！　ダンブルドアはいったい何《なに》を考《かんが》えてるの？」

「しかもあいつは、生徒《せいと》を自分《じぶん》のスパイにしようとしてる」ロンが暗《くら》い顔《かお》をした。「覚《おぼ》えてるか？　誰《だれ》かが『例《れい》のあの人《ひと》』が戻《もど》ってきたって言《い》うのを聞《き》いたら話《はな》しにきてくださいって、あいつそう言《い》ったろ？」

「もちろん、あいつは私《わたし》たち全員《ぜんいん》をスパイしてるわ。わかりきったことじゃない。そうじゃなきゃ、そもそもなぜファッジが、あの女《おんな》をよこしたがるっていうの？」

「また言《い》い争《あらそ》いを始《はじ》めたりするなよ」ロンが反論《はんろん》しかけたので、ハリーがうんざりしたように言《い》った。「頼《たの》むから……だまって宿題《しゅくだい》をやろう。片《かた》づけちゃおう……」

三人《にん》は隅《すみ》のほうにかばんを取《と》りにいき、また暖炉《だんろ》近《ちか》くの椅子《いす》に戻《もど》った。ほかの生徒《せいと》も夕食《ゆうしょく》から戻《もど》りはじめていた。ハリーは肖像画《しょうぞうが》の穴《あな》から顔《かお》を背《そむ》けていたが、それでもみんながじろじろ見《み》る視線《しせん》を感《かん》じていた。

「最初《さいしょ》にスネイプのをやるか？」ロンが羽根《はね》ペンをインクに浸《ひた》した。

「月長石《げっちょうせき》の……特性《とくせい》と……魔法薬《まほうやく》調合《ちょうごう》に関《かん》する……その用途《ようと》」ロンはブツブツ言《い》いながら、羊皮紙《ようひし》の一番上《いちばんうえ》にその言葉《ことば》を書《か》いた。「そーら」ロンは題《だい》に下線《かせん》を引《ひ》くと、ハーマイオニーの顔《かお》を期待《きたい》を込《こ》めて見上《みあ》げた。

「それで、月長石《げっちょうせき》の特性《とくせい》と、魔法薬《まほうやく》調合《ちょうごう》に関《かん》するその用途《ようと》は？」

しかし、ハーマイオニーは聞《き》いていなかった。眉《まゆ》をひそめて部屋《へや》の一番奥《いちばんおく》の隅《すみ》を見《み》ていた。そこには、フレッド、ジョージ、リー・ジョーダンが、無邪気《むじゃき》な顔《かお》の一年生《ねんせい》のグループの真《ま》ん中《なか》に座《すわ》っていた。一年生《ねんせい》はみんな、フレッドが持《も》っている大《おお》きな紙袋《かみぶくろ》から出《だ》した何《なに》かをかんでいるところだった。

「だめ。残念《ざんねん》だけど、あの人《ひと》たち、やり過《す》ぎだわ」ハーマイオニーが立《た》ち上《あ》がった。完全《かんぜん》に怒《おこ》っている。「さあ、ロン」

「僕《ぼく》――何《なに》？」ロンは明《あき》らかに時間《じかん》かせぎをしている。「だめだよ――あのさぁ、ハーマイオニー――お菓子《かし》を配《くば》ってるからって、あいつらを叱《しか》るわけにはいかない」

「わかってるくせに。あれは『鼻血《はなぢ》ヌルヌル・ヌガー』か――それとも『ゲーゲー・トローチ』か――」

「『気絶《きぜつ》キャンディ』？」ハリーがそっと言《い》った。

一人《ひとり》、また一人《ひとり》と、まるで見《み》えないハンマーで頭《あたま》をなぐられたように、一年生《ねんせい》が椅子《いす》に座《すわ》ったままコトリと気《き》を失《うしな》った。床《ゆか》にすべり落《お》ちた者《もの》もいたし、舌《した》をだらりと出《だ》して椅子《いす》のひじかけにもたれるだけの者《もの》もいた。

見物人《けんぶつにん》の大多数《だいたすう》は笑《わら》っていたが、ハーマイオニーは肩《かた》を怒《いか》らせ、フレッドとジョージのほうに決然《けつぜん》と突《つ》き進《すす》んでいった。二人《ふたり》はメモ用《よう》のクリップボードを手《て》に、気《き》を失《うしな》った一年生《ねんせい》を綿密《めんみつ》に観察《かんさつ》していた。ロンは椅子《いす》から半分立《はんぶんた》ち上《あ》がり、中腰《ちゅうごし》のままちょっと迷《まよ》って、それからハリーにごにょごにょと言《い》った。

「ハーマイオニーがちゃんとやってる」

そして、ひょろ長《なが》い体《からだ》を可能《かのう》なかぎり縮《ちぢ》めて椅子《いす》に身《み》を沈《しず》めた。

「たくさんだわ！」

ハーマイオニーはフレッドとジョージに強硬《きょうこう》に言《い》い放《はな》った。二人《ふたり》ともちょっと驚《おどろ》いたように
ハーマイオニーを見《み》た。

「うん、そのとおりだ」ジョージがうなずいた。「たしかに、この用量《ようりょう》で充分《じゅうぶん》効《き》くな」

「今朝《けさ》言《い》ったはずよ。こんなあやしげなもの、生徒《せいと》に試《ため》してはいけないって」

「ちゃんとお金《かね》を払《はら》ってるぞ」フレッドが憤慨《ふんがい》した。

「関係《かんけい》ないわ。危険性《きけんせい》があるのよ！」

「バカ言《い》うな」フレッドが言《い》った。

「カッカするなよ、ハーマイオニー。こいつら大丈夫《だいじょうぶ》だから！」

リーが紫色《むらさきいろ》のキャンディを、一年生《ねんせい》の開《あ》いた口《くち》に次々《つぎつぎ》に押《お》し込《こ》みながら請《う》け合《あ》った。

「そうさ、ほら、みんなもう気《き》がつきだした」ジョージが言《い》った。

たしかに何人《なんにん》かの一年生《ねんせい》がゴソゴソ動《うご》きだしていた。床《ゆか》に転《ころ》がったり、椅子《いす》からぶら下《さ》がって

いるのに気《き》づいて、何人《なんにん》かがショックを受《う》けたような顔《かお》をしたところを見《み》ると、フレッドとジョージは、菓子《かし》がどういうものかを事前《じぜん》に警告《けいこく》していなかったにちがいない、とハリーは思《おも》った。

「大丈夫《だいじょうぶ》かい？」自分《じぶん》の足元《あしもと》に転《ころ》がっている黒《くろ》い髪《かみ》の小《ちい》さな女《おんな》の子《こ》に、ジョージがやさしく言《い》った。

「だ――大丈夫《だいじょうぶ》だと思《おも》う」女《おんな》の子《こ》が弱々《よわよわ》しく言《い》った。

「よーし」フレッドがうれしそうに言《い》った。しかし次《つぎ》の瞬間《しゅんかん》、ハーマイオニーがクリップボードと「気絶《きぜつ》キャンディ」の紙袋《かみぶくろ》をフレッドの手《て》から引《ひ》ったくった。

「よーし、じゃありません！」

「もちろん、よーしだよ。みんな生《い》きてるぜ、え？」フレッドが怒《おこ》ったように言《い》った。

「こんなことをしてはいけないわ。もし一人《ひとり》でもほんとうに病気《びょうき》になったらどうするの？」

「病気《びょうき》になんかさせないさ。全部自分《ぜんぶじぶん》たちで実験済《じっけんず》みなんだ。これは単《たん》に、みんなおんなじ反応《はんのう》かどうかを――」

「やめないと、私《わたし》――」

「罰則《ばっそく》を科《か》す？」フレッドの声《こえ》は、お手並《てな》み拝見《はいけん》、やってみろと聞《き》こえた。

「書《か》き取《と》り罰《ばつ》でもさせてみるか？」ジョージがニヤリとした。

見物人《けんぶつにん》がみんな笑《わら》った。ハーマイオニーはぐっと背筋《せすじ》を伸《の》ばし、眉《まゆ》をギュッと寄《よ》せた。豊《ゆた》かな髪《かみ》が電気《でんき》でバチバチ火花《ひばな》を散《ち》らしているようだった。

「ちがいます」ハーマイオニーの声《こえ》は怒《いか》りで震《ふる》えていた。「でも、あなた方《がた》のお母《かあ》さまに手紙《てがみ》を書《か》きます」

「よせ」ジョージがおびえてハーマイオニーから一歩退《いっぽしりぞ》いた。

「ええ、書《か》きますとも」ハーマイオニーが厳《きび》しく言《い》った。「あなたたち自身《じしん》がバカな物《もの》を食《た》べるのは止《と》められないけど、一年生《ねんせい》に食《た》べさせるのは許《ゆる》せないわ」

フレッドとジョージは雷《かみなり》に撃《う》たれたような顔《かお》をしていた。ハーマイオニーの脅《おど》しは残虐非道《ざんぎゃくひどう》だと思《おも》っているのが明《あき》らかだった。もう一度脅《いちどおど》しのにらみをきかせ、ハーマイオニーはクリップボードとキャンディの袋《ふくろ》をフレッドの腕《うで》に押《お》しつけると、暖炉近《だんろちか》くの席《せき》まで闊歩《かっぽ》して戻《もど》った。

ロンは椅子《いす》の中《なか》で身《み》を縮《ちぢ》めていたので、鼻《はな》の高《たか》さとひざの高《たか》さがほとんど同《おな》じだった。

「ご支援《しえん》を感謝《かんしゃ》しますわ、ロン」ハーマイオニーが辛辣《しんらつ》に言《い》った。

「君一人《きみひとり》で立派《りっぱ》にやったよ」ロンはもごもご言《い》った。

ハーマイオニーは何《なに》も書《か》いていない羊皮紙《ようひし》をしばらく見下《みお》ろしていたが、やがてピリピリした声《こえ》で言《い》った。

「ああ、だめだわ。もう集中《しゅうちゅう》できない。寝《ね》るわ」

ハーマイオニーはかばんをぐいと開《あ》けた。ハリーは教科書《きょうかしょ》をしまうのだろうと思《おも》った。ところが、ハーマイオニーは、いびつな形《かたち》の毛糸編《けいとあ》みを二つ引《ひ》っ張《ぱ》り出《だ》し、暖炉脇《だんろわき》のテーブルにそっと置《お》いた。そして、くしゃくしゃになった羊皮紙《ようひし》の切《き》れ端《はし》二、三枚《まい》と折《お》れた羽根《はね》ペンで覆《おお》い、その効果《こうか》を味《あじ》わうようにちょっと離《はな》れてそれを眺《なが》めた。

「何《なに》をおっぱじめたんだ？」ロンは正気《しょうき》を疑《うたが》うような目《め》でハーマイオニーを見《み》た。

「屋敷《やしき》しもべ妖精《ようせい》の帽子《ぼうし》よ」

ハーマイオニーはきびきびと答《こた》え、教科書《きょうかしょ》をかばんにしまいはじめた。

「夏休《なつやす》みに作《つく》ったの。私《わたし》、魔法《まほう》を使《つか》えないと、とっても編《あ》むのが遅《おそ》いんだけど、もう学校《がっこう》に帰《かえ》ってきたから、もっとたくさん作《つく》れるはずだわ」

「しもべ妖精《ようせい》の帽子《ぼうし》を置《お》いとくのか？」ロンがゆっくりと言《い》った。「しかも、ごみくずでまず隠《かく》してるのか？」

「そうよ」ハーマイオニーはかばんを肩《かた》にひょいとかけながら、挑戦《ちょうせん》するように言《い》った。

「そりゃないぜ」ロンが怒《おこ》った。「連中《れんちゅう》をだまして帽子《ぼうし》を拾《ひろ》わせようとしてる。自由《じゆう》になりたがっていないのに、自由《じゆう》にしようとしてるんだ」

「もちろん自由《じゆう》になりたがってるわ！」ハーマイオニーが即座《そくざ》に言《い》った。しかし、顔《かお》がほんのり赤《あか》くなった。「絶対帽子《ぜったいぼうし》にさわっちゃダメよ、ロン！」

ハーマイオニーは行《い》ってしまった。ロンはハーマイオニーの姿《すがた》が女子寮《じょしりょう》のドアの中《なか》に消《き》えるまで待《ま》って、それから毛糸《けいと》の帽子《ぼうし》を覆《おお》ったごみを払《はら》った。

「少《すく》なくとも、何《なに》を拾《ひろ》っているか見《み》えるようにすべきだ」ロンがきっぱり言《い》った。

「とにかく……」ロンはスネイプのレポートの題《だい》だけ書《か》いた羊皮紙《ようひし》を丸《まる》めた。「これを今終《いまお》わらせる意味《いみ》はない。ハーマイオニーがいないとできない。月長石《げっちょうせき》を何《なに》に使《つか》うのか、僕《ぼく》、さっぱりわかんない。君《きみ》は？」

ハリーは首《くび》を振《ふ》ったが、その時《とき》、右《みぎ》のこめかみの痛《いた》みがひどくなっているのに気《き》づいた。「巨人《きょじん》の戦争《せんそう》」に関《かん》する長《なが》いレポートのことを考《かんが》えると、ズキンと刺《さ》すような痛《いた》みが走《はし》った。今晩中《こんばんじゅう》に宿題《しゅくだい》を終《お》えないと、朝《あさ》になって後悔《こうかい》することはよくわかっていたが、ハリーは本《ほん》をまとめてかばんにしまった。

「僕《ぼく》も寝《ね》る」

男子寮《だんしりょう》のドアに向《む》かう途中《とちゅう》、シェーマスの前《まえ》を通《とお》ったが、ハリーは目《め》を合《あ》わせなかった。一瞬《いっしゅん》、シェーマスがハリーに話《はな》しかけようと、口《くち》を開《ひら》いたような気《き》がしたが、そのまま足《あし》を速《はや》めた。石《いし》のらせん階段《かいだん》にたどり着《つ》くと、もう誰《だれ》の挑発《ちょうはつ》にたえる必要《ひつよう》もない平和《へいわ》な安《やす》らぎが、そこにはあった。

翌朝《よくあさ》は、きのうと同《おな》じように朝《あさ》からどんよりとして雨《あめ》が降《ふ》っていた。朝食《ちょうしょく》のとき、ハグリッドはやはり教職員《きょうしょくいん》テーブルにいなかった。

「だけど、いいこともある。今日《きょう》はスネイプなしだ」ロンが景気《けいき》をつけるように言《い》った。

ハーマイオニーは大《おお》きなあくびをしてコーヒーを注《そそ》いだ。何《なん》だかうれしそうなので、ロンがいったい何《なに》がそんなに幸《しあわ》せなのかと聞《き》くと、ハーマイオニーは単純明快《たんじゅんめいかい》に答《こた》えた。

「帽子《ぼうし》がなくなっているわ。しもべ妖精《ようせい》はやっぱり自由《じゆう》が欲《ほ》しいのよ」

「僕《ぼく》はそう思《おも》わない」ロンは皮肉《ひにく》っぽく言《い》った。「あれは服《ふく》のうちには入《はい》らない。僕《ぼく》にはとても帽子《ぼうし》には見《み》えなかった。むしろ毛糸《けいと》の膀胱《ぼうこう》に近《ちか》いな」

ハーマイオニーは午前中一度《ごぜんちゅういちど》もロンと口《くち》をきかなかった。

二時限連続《じげんれんぞく》の「呪文学《じゅもんがく》」の次《つぎ》は、二時限続《じげんつづ》きの「変身術《へんしんじゅつ》」だ。フリットウィック先生《せんせい》もマクゴナガル先生《せんせい》も、授業《じゅぎょう》の最初《さいしょ》の十五分《ふん》はO《ふ》・W《く》・L《ろう》の重要性《じゅうようせい》について演説《えんぜつ》した。

「みなさんが覚《おぼ》えておかなければならないのは」小《ちい》さなフリットウィック先生《せんせい》は、机越《つくえご》しに生徒《せいと》を見《み》るために、いつものように積《つ》み上《あ》げた本《ほん》の上《うえ》にちょこんと乗《の》って、キーキー声《ごえ》で話《はな》した。「この試験《しけん》が、これから何年《なんねん》にもわたって、みなさんの将来《しょうらい》に影響《えいきょう》するということです。まだみなさんが真剣《しんけん》に将来《しょうらい》の仕事《しごと》を考《かんが》えたことがないなら、今《いま》こそその時《とき》です。そして、それまでは、自分《じぶん》の力《ちから》を充分《じゅうぶん》に発揮《はっき》できるように、大変《たいへん》ですがこれまで以上《いじょう》にしっかり勉強《べんきょう》しましょう！」

それから一時間以上《じかんいじょう》、「呼《よ》び寄《よ》せ呪文《じゅもん》」の復習《ふくしゅう》をした。フリットウィック先生《せんせい》はこれがまちがいなくO《ふ》・W《くろ》・L《う》に出《で》ると言《い》い、授業《じゅぎょう》のしめくくりに、これまでにない大量《たいりょう》の宿題《しゅくだい》を出《だ》した。

「変身術《へんしんじゅつ》」も負《ま》けず劣《おと》らずひどかった。

「O《ふ》・W《くろ》・L《う》に落《お》ちたくなかったら」マクゴナガル先生《せんせい》が厳《きび》しく言《い》った。「刻苦勉励《こっくべんれい》、学《まな》び、練習《れんしゅう》に励《はげ》むことです。きちんと勉強《べんきょう》すれば、このクラス全員《ぜんいん》が『変身術《へんしんじゅつ》』でO《ふ》・W《くろ》・L《う》合格点《ごうかくてん》を取《と》れないわけはありません」

ネビルが悲《かな》しげに、ちょっと信《しん》じられないという声《こえ》を上《あ》げた。

「ええ、あなたもです、ロングボトム」マクゴナガル先生《せんせい》が言《い》った。「あなたの術《じゅつ》に問題《もんだい》があるわけではありません。ただ自信《じしん》がないだけです。それでは……今日《きょう》は『消失呪文《しょうしつじゅもん》』を始《はじ》めます。『出現呪文《しゅつげんじゅもん》』よりはやさしい術《じゅつ》ですが、O《ふ》・W《くろ》・L《う》でテストされるものの中《なか》では一番難《いちばんむずか》しい魔法《まほう》の一つです。『出現呪文《しゅつげんじゅもん》』は通常《つうじょう》、N・E・W・T《イモリ》レベルになるまではやりません」

先生《せんせい》の言《い》うとおりだった。ハリーは「消失呪文《しょうしつじゅもん》」が恐《おそ》ろしく難《むずか》しいと思《おも》った。二時限授業《じげんじゅぎょう》の最《さい》後《ご》になっても、ハリーもロンも、練習台《れんしゅうだい》のカタツムリを消《け》し去《さ》ることができなかったが、ロンは自分《じぶん》のカタツムリが少《すこ》しぼやけて見《み》えると楽観的《らっかんてき》な言《い》い方《かた》をした。

一方《いっぽう》ハーマイオニーは、三度目《どめ》でカタツムリを消《け》し、マクゴナガル先生《せんせい》からグリフィンドールに十点《てん》のボーナス点《てん》をもらった。ハーマイオニーだけが宿題《しゅくだい》なしで、ほかの全員《ぜんいん》が、翌日《よくじつ》の午後《ごご》にもう一度《いちど》カタツムリ消《け》しに挑戦《ちょうせん》するため、夜《よる》のうちに練習《れんしゅう》するように言《い》われた。

宿題《しゅくだい》の量《りょう》にややパニックしながら、ハリーとロンは昼休《ひるやす》みの一時間《じかん》を図書館《としょかん》で過《す》ごし、魔法薬《まほうやく》に月長石《げっちょうせき》をどう用《もち》いるかを調《しら》べた。ロンが毛糸《けいと》の帽子《ぼうし》をけなしたのに腹《はら》を立《た》て、ハーマイオニーは一緒《いっしょ》に来《こ》なかった。午後《ごご》の「魔法生物飼育学《まほうせいぶつしいくがく》」の時間《じかん》のころ、ハリーはまた頭痛《ずつう》がしてきた。

その日《ひ》は冷《つめ》たく、風《かぜ》も出《で》てきていた。禁《きん》じられた森《もり》の端《はし》にあるハグリッドの小屋《こや》まで、下《くだ》り坂《ざか》の芝生《しばふ》を歩《ある》いていると、ときどき雨《あめ》がパラパラと顔《かお》に当《あ》たった。

グラブリー‐プランク先生《せんせい》は、ハグリッドの小屋《こや》の戸口《とぐち》から十メートル足《た》らずのところで生徒《せいと》を待《ま》っていた。先生《せんせい》の前《まえ》には小枝《こえだ》がたくさんのった長《なが》い架台《かだい》が置《お》かれている。ハリーとロンが先《せん》生《せい》のそばに行《い》くと、後《うし》ろから大笑《おおわら》いする声《こえ》が聞《き》こえた。振《ふ》り向《む》くと、ドラコ・マルフォイが、いつものスリザリンの腰巾着《こしぎんちゃく》に囲《かこ》まれて、大股《おおまた》で近《ちか》づいてくるのが見《み》えた。たった今《いま》マルフォイが、何《なに》かおもしろおかしいことを言《い》ったのは明《あき》らかだ。クラッブ、ゴイル、パンジー・パーキンソン、そのほかの取《と》り巻《ま》き連中《れんちゅう》は、架台《かだい》の周《まわ》りに集《あつ》まったときもまだ思《おも》いっきりニヤニヤ笑《わら》いを続《つづ》けていた。みんながハリーのほうを見《み》てばかりいるので、冗談《じょうだん》の内容《ないよう》が何《なん》だったのか、苦《く》もなく推測《すいそく》できる。

「みんな集《あつ》まったかね？」

スリザリンとグリフィンドールの全員《ぜんいん》がそろうと、グラブリー－プランク先生《せんせい》が大声《おおごえ》で言《い》った。

「早速始《さっそくはじ》めようかね。ここにあるのが何《なん》だか、名前《なまえ》がわかる者《もの》はいるかい？」

先生《せんせい》は目《め》の前《まえ》に積《つ》み上《あ》げた小枝《こえだ》を指《さ》した。ハーマイオニーの手《て》がパッと挙《あ》がった。その背後《はいご》でマルフォイがハーマイオニーのまねをして、歯《は》を出《で》っ歯《ぱ》にし、答《こた》えたくてしかたがないようにピョンピョン跳《と》び上《あ》がっている。パンジー・パーキンソンがキャーキャー笑《わら》ったが、それがほとんどすぐに悲鳴《ひめい》に変《か》わった。架台《かだい》の小枝《こえだ》が宙《ちゅう》に跳《は》ねて、ちょうど木《き》でできた小《ちい》さなピクシー妖精《ようせい》のような正体《しょうたい》を現《あらわ》したからだ。節《ふし》の目立《めだ》つ茶色《ちゃいろ》の腕《うで》や脚《あし》、両手《りょうて》の先《さき》に二本《ほん》の小枝《こえだ》のような指《ゆび》、樹皮《じゅひ》のようなのっぺりした奇妙《きみょう》な顔《かお》にはコガネムシのようなこげ茶色《ちゃいろ》の目《め》が二《ふた》つ光《ひか》っている。

「おぉおおおぅ！」

パーバティとラベンダーの声《こえ》が、ハリーを完全《かんぜん》にいらいらさせた。まるでハグリッドが、生徒《せいと》の感心《かんしん》する生物《せいぶつ》を見《み》せたためしがないとでも言《い》うような反応《はんのう》だ。たしかに、「レタス食い虫《フロバーワーム》」はちょっとつまらなかったが、「火《サ》トカゲ《ラマンダー》」や「ヒッポグリフ」は充分《じゅうぶん》おもしろかったし、「尻尾《しっぽ》爆《ばく》発《はっ》スクリュート」は、もしかしたらおもしろ過《す》ぎた。

「女生徒《じょせいと》たち、声《こえ》を低《ひく》くしとくれ！」グラブリー－プランク先生《せんせい》が厳《きび》しく注意《ちゅうい》し、小枝《こえだ》のような生《い》き物《もの》に、玄米《げんまい》のようなものを一握《ひとにぎ》り振《ふ》りかけた。生《い》き物《もの》がたちまち餌《えさ》に食《く》いついた。

「さてと——誰《だれ》かこの生《い》き物《もの》の名前《なまえ》を知《し》ってるかい？　ミス・グレンジャー？」

「ボウトラックルです」ハーマイオニーが答《こた》えた。「木《き》の守番《もりばん》で、普通《ふつう》は杖《つえ》に使《つか》う木《き》に棲《す》んでいます」

「グリフィンドールに五点《てん》」グラブリー－プランク先生《せんせい》が言《い》った。「そうだよ。ボウトラックルだ。ミス・グレンジャーが答《こた》えたように、だいたいは杖品質《つえひんしつ》の木《き》に棲《す》んでる。何《なに》を食《た》べるか知《し》ってる者《もの》は？」

「ワラジムシ」ハーマイオニーが即座《そくざ》に答《こた》えた。ハリーは玄米《げんまい》がモゾモゾ動《うご》くのが気《き》になっていたが、これでわかった。「でも、手《て》に入《はい》るなら妖精《ようせい》の卵《たまご》です」

「よくできた。もう五点《てん》。じゃから、ボウトラックルが棲《す》む木《き》の葉《は》や木材《もくざい》が必要《ひつよう》なときは、気《き》をそらしたり喜《よろこ》ばせたりするために、ワラジムシを用意《ようい》するほうがよい。見《み》た目《め》は危険《きけん》じゃないが、怒《おこ》ると指《ゆび》で人《ひと》の目《め》をくりぬく。見《み》てわかるように非常《ひじょう》に鋭《するど》い指《ゆび》だから、目玉《めだま》を近《ちか》づけるのは感心《かんしん》しないね。さあ、こっちに集《あつ》まって、ワラジムシを少《すこ》しとボウトラックルを一匹《ぴき》ずつ取《と》るんだ――三人《にん》に一匹《ぴき》はある――もっとよく観察《かんさつ》できるだろう。授業《じゅぎょう》が終《お》わるまでに一人《ひとり》一枚《まい》スケッチすること。体《からだ》の部分《ぶぶん》に全部《ぜんぶ》名称《めいしょう》を書《か》き入《い》れること」

クラス全員《ぜんいん》がいっせいに架台《かだい》に近寄《ちかよ》った。ハリーはわざとみんなの後《うし》ろに回《まわ》り、グラブリー－プランク先生《せんせい》のすぐそばに近寄《ちかよ》った。

「ハグリッドはどこですか？」

みんながボウトラックルを選《えら》んでいるうちに、ハリーが聞《き》いた。

「気《き》にするでない」

グラブリー－プランク先生《せんせい》は押《お》さえつけるような言《い》い方《かた》をした。以前《いぜん》にハグリッドが授業《じゅぎょう》に出《で》てこなかったときも先生《せんせい》は同《おな》じ態度《たいど》だった。あごのとがった顔《かお》いっぱいに薄《うす》ら笑《わら》いを浮《う》かべながら、ドラコ・マルフォイがハリーの前《まえ》をさえぎるようにかがんで、一番大《いちばんおお》きなボウトラックルをつかんだ。

「たぶん」マルフォイが、ハリーだけに聞《き》こえるような低《ひく》い声《こえ》で言《い》った。「あのウスノロのウドの大木《たいぼく》は大《おお》けがをしたんだ」

「だまらないと、おまえもそうなるぞ」ハリーも唇《くちびる》を動《うご》かさずに言《い》った。

「たぶん、あいつにとって巨大過《きょだいす》ぎるものにちょっかいを出《だ》してるんだろ。言《い》ってる意味《いみ》がわかるかな」

マルフォイがその場《ば》を離《はな》れながら、振《ふ》り返《かえ》りざまにハリーを見《み》てニヤリとした。ハリーは急《きゅう》に気分《きぶん》が悪《わる》くなった。マルフォイは何《なに》か知《し》っているのか？　何《なに》しろ父親《ちちおや》が「死喰《しく》い人《びと》」だ。まだ騎《き》士団《しだん》の耳《みみ》に届《とど》いていないハグリッドの情報《じょうほう》を知《し》っていたとしたら？

ハリーは急《いそ》いで架台《かだい》のそばに戻《もど》り、ロンとハーマイオニーの所《ところ》に行《い》った。二人《ふたり》は少《すこ》し離《はな》れた芝《しば》生《ふ》に座《すわ》り込《こ》み、ボウトラックルをスケッチの間《あいだ》だけでも動《うご》かないようにしようと、なだめすかしていた。ハリーも羊皮紙《ようひし》と羽根《はね》ペンを取《と》り出《だ》し、二人《ふたり》のそばにかがみ込《こ》み、小声《こごえ》でマルフォイが今言《いまい》ったことを話《はな》した。

「ハグリッドに何《なに》かあったら、ダンブルドアがわかるはずよ」ハーマイオニーが即座《そくざ》に言《い》った。「心配《しんぱい》そうな顔《かお》をしたら、マルフォイの思《おも》うつぼよ。何《なに》が起《お》こっているか私《わたし》たちがはっきり知《し》らないって、あいつに知《し》らせるようなものだわ。ハリー、無視《むし》しなきゃ。ほら、ボウトラックルをちょっと押《お》さえてて。私《わたし》が顔《かお》を描《か》く間《あいだ》……」

「そうなんだよ」マルフォイの気取《きど》った声《こえ》が、一番近《いちばんちか》くのグループからはっきり聞《き》こえてきた。「数日前《すうじつまえ》に父上《ちちうえ》が大臣《だいじん》と話《はなし》をしてねぇ。どうやら魔法省《まほうしょう》は、この学校《がっこう》の水準《すいじゅん》以下《いか》の教《おし》え方《かた》を打破《だは》する決意《けつい》を固《かた》めているようなんだ。だから育《そだ》ち過《す》ぎのウスノロが帰《かえ》ってきても、またすぐ荷物《にもつ》をまとめることになるだろうな」

「アイタッ！」

ハリーが強《つよ》く握《にぎ》り過《す》ぎて、ボウトラックルをほとんど折《お》ってしまいそうになり、反撃《はんげき》に出《で》たボウトラックルが鋭《するど》い指《ゆび》でハリーの手《て》を襲《おそ》い、手《て》に長《なが》い深《ふか》い切《き》り傷《きず》を二本残《ほんのこ》した。ハリーはボウトラックルを取《と》り落《お》とした。クラッブとゴイルは、ハグリッドがクビになるという話《はなし》にバカ笑《わら》いしていたが、ボウトラックルが逃《に》げ出《だ》したのを見《み》て、ますますバカ笑《わら》いした。動《うご》く棒《ぼう》切《き》れのようなボウトラックルは、森《もり》に向《む》かって全速力《ぜんそくりょく》で走《はし》り、まもなく木《き》の根《ね》の間《あいだ》に飲《の》まれるように見《み》えなくなった。

校庭《こうてい》の向《む》こうから終業《しゅうぎょう》ベルが遠《とお》く聞《き》こえ、ハリーは血《ち》で汚《よご》れた羊皮紙《ようひし》を丸《まる》め、ハーマイオニーのハンカチで手《て》を縛《しば》って、「薬草学《やくそうがく》」のクラスに向《む》かった。マルフォイの嘲《あざけ》り笑《わら》いが、まだ耳《みみ》に残《のこ》っていた。

「マルフォイのやつ、ハグリッドをもう一回《いっかい》ウスノロって呼《よ》んでみろ……」ハリーがうなった。

「ハリー、マルフォイといざこざを起《お》こしてはだめよ。あいつが今《いま》は監督生《かんとくせい》だってこと、忘《わす》れないで。あなたをもっと苦《くる》しい目《め》にあわせることだってできるんだから……」

「へーえ、苦《くる》しい目《め》にあうって、いったいどんな感《かん》じなんだろうね？」

ハリーが皮肉《ひにく》たっぷりに言《い》った。ロンが笑《わら》ったが、ハーマイオニーは顔《かお》をしかめた。三人《にん》は重《おも》い足取《あしど》りで野菜畑《やさいばたけ》を横切《よこぎ》った。空《そら》は降《ふ》ろうか照《て》ろうかまだ決《き》めかねているようだった。

「僕《ぼく》、ハグリッドに早《はや》く帰《かえ》ってきてほしい。それだけさ」温室《おんしつ》に着《つ》いたとき、ハリーが小《ちい》さい声《こえ》で言《い》った。「それから、グラブリー－プランクばあさんのほうがいい先生《せんせい》だなんて、言《い》うな！」

ハリーは脅《おど》すようにつけ加《くわ》えた。

「そんなこと言《い》うつもりなかったわ」ハーマイオニーが静《しず》かに言《い》った。

「あの先生《せんせい》は絶対《ぜったい》に、ハグリッドに敵《かな》いっこないんだ」

きっぱりとそう言《い》ったものの、ハリーは今《いま》しがた受《う》けた「魔法生物飼育学《まほうせいぶつしいくがく》」の授業《じゅぎょう》が模範的《もはんてき》だったことは充分《じゅうぶん》にわかっていたし、それが気《き》になってしかたがなかった。

一番手前《いちばんてまえ》の温室《おんしつ》の戸《と》が開《あ》き、そこから四年生《ねんせい》があふれ出《で》てきた。ジニーもいた。

「こんちわ」

すれちがいながら、ジニーがほがらかに挨拶《あいさつ》した。そのあと、ルーナ・ラブグッドがほかの生《せい》徒《と》の後《うし》ろからゆっくり現《あらわ》れた。髪《かみ》を頭《あたま》のてっぺんで団子《だんご》に丸《まる》め、鼻先《はなさき》に泥《どろ》をくっつけていた。ハリーを見《み》つけると興奮《こうふん》して、飛《と》び出《で》た目《め》がもっと飛《と》び出《だ》したように見《み》えた。ルーナはまっすぐハリーの所《ところ》に来《き》た。ハリーのクラスメートが、何《なん》だろうと大勢《おおぜい》振《ふ》り返《かえ》った。ルーナは大《おお》きく息《いき》を吸《す》い込《こ》み、「こんにちは」の前置《まえお》きもせずに話《はな》しかけた。

「あたしは、『名前《なまえ》を言《い》ってはいけないあの人《ひと》』が戻《もど》ってきたと信《しん》じてるよ。それに、あんたが戦《たたか》って、あの人《ひと》から逃《に》げたって、信《しん》じてる」

「え――そう」

ハリーはぎこちなく言《い》った。ルーナはオレンジ色《いろ》のカブをイヤリングがわりに着《つ》けていた。どうやらパーバティとラベンダーがそれに気《き》づいたらしく、二人《ふたり》ともルーナの耳《みみ》たぶを指差《ゆびさ》してクスクス笑《わら》っていた。

「笑《わら》ってもいいよ」ルーナの声《こえ》が大《おお》きくなった。どうやら、パーバティとラベンダーがイヤリングではなく、自分《じぶん》の言《い》ったことを笑《わら》っていると思《おも》ったらしい。「だけど、ブリバリング・ハムディンガーとか、しわしわ角《づの》スノーカックがいるなんて、昔《むかし》は誰《だれ》も信《しん》じていなかったんだから！」

「でも、いないでしょう？」ハーマイオニーががまんできないとばかりに口《くち》を出《だ》した。「ブリバリング・ハムディンガーとか、しわしわ角《づの》スノーカックなんて、**いなかったのよ**」

ルーナはハーマイオニーをひるませるような目《め》つきをし、カブをぶらぶら揺《ゆ》らしながら仰々《ぎょうぎょう》しく立《た》ち去《さ》った。大笑《おおわら》いしたのは、今度《こんど》はパーバティとラベンダーだけではなかった。

「僕《ぼく》を信《しん》じてるたった一人《ひとり》の人《ひと》を怒《おこ》らせないでくれる？」授業《じゅぎょう》に向《む》かいながら、ハリーがハーマイオニーに申《もう》し入《い》れた。

「何言《なにい》ってるの、ハリー。**あの子**《こ》よりましな人《ひと》がいるでしょう？　ジニーがあの子《こ》のことをいろいろ教《おし》えてくれたけど、どうやら、全然証拠《ぜんぜんしょうこ》がないものしか信《しん》じないらしいわ。まあ、もっとも、父親《ちちおや》が『ザ・クィブラー』を出《だ》してるくらいだから、そんなところでしょうね」

ハリーは、ここに到着《とうちゃく》した夜《よる》に目《め》にした、あの不吉《ふきつ》な、翼《つばさ》の生《は》えた馬《うま》のことを考《かんが》え、ルーナも見《み》えると言《い》ったことを思《おも》い出《だ》した。ハリーはちょっと気落《きお》ちした。ルーナはでまかせを言《い》ったのだろうか？　ハリーがそんなことを考《かんが》えていると、アーニー・マクミランが近《ちか》づいてきた。

「言《い》っておきたいんだけど」よく通《とお》る大《おお》きな声《こえ》で、アーニーが言《い》った。「君《きみ》を支持《しじ》しているのは変《へん》なのばかりじゃない。僕《ぼく》も君《きみ》を百パーセント信《しん》じる。僕《ぼく》の家族《かぞく》はいつもダンブルドアを強《つよ》く支《し》持《じ》してきたし、僕《ぼく》もそうだ」

「え――ありがとう、アーニー」

ハリーは不意《ふい》を突《つ》かれたが、うれしかった。アーニーはこんな場面《ばめん》で大《おお》げさに気取《きど》ることがあるが、それでもハリーは、耳《みみ》からカブをぶら下《さ》げていない人《ひと》の信任票《しんにんひょう》には心《こころ》から感謝《かんしゃ》した。アーニーの言葉《ことば》で、ラベンダー・ブラウンの顔《かお》から確実《かくじつ》に笑《わら》いが消《き》えたし、ハリーがロンとハーマイオニーに話《はな》しかけようとしたときに、ちらりと目《め》に入《はい》ったシェーマスの表情《ひょうじょう》は、混乱《こんらん》しているようにも、抵抗《ていこう》しているようにも見《み》えた。

誰《だれ》もが予想《よそう》したとおり、スプラウト先生《せんせい》はO《ふ》・W《くろ》・L《う》の大切《たいせつ》さについての演説《えんぜつ》で授業《じゅぎょう》を始《はじ》めた。どの先生《せんせい》もこぞって同《おな》じことをするのはいいかげんやめてほしいと、ハリーは思《おも》った。どんなに宿題《しゅくだい》が多《おお》いかを思《おも》い出《だ》すたび、ハリーは不安《ふあん》になり、胃袋《いぶくろ》がよじれるようになっていた。スプラウト先生《せんせい》が、授業《じゅぎょう》の終《お》わりにまたレポートの宿題《しゅくだい》を出《だ》したとき、その気分《きぶん》が急激《きゅうげき》に悪化《あっか》した。ぐったりつかれ、スプラウト先生《せんせい》お気《き》に入《い》りの肥料《ひりょう》、ドラゴンのフンの臭《にお》いをプンプンさせ、グリフィンドール生《せい》は、誰《だれ》もがだまりこくって、ぞろぞろと城《しろ》に戻《もど》っていった。また長《なが》い一日《いちにち》だった。

腹《はら》ぺこだったし、五時《じ》からアンブリッジの最初《さいしょ》の罰則《ばっそく》があるので、ハリーはかばんを置《お》きにグリフィンドール塔《とう》に戻《もど》るのをやめ、まっすぐ夕食《ゆうしょく》に向《む》かった。アンブリッジが何《なに》を目論《もくろ》んでいるにせよ、それに向《む》かう前《まえ》に、急《いそ》いで腹《はら》に何《なに》か詰《つ》め込《こ》もうと思《おも》ったのだ。しかし、大広間《おおひろま》の入口《いりぐち》にたどり着《つ》くか着《つ》かないうちに、誰《だれ》かがどなった。「おい、ポッター！」

「今度《こんど》は何《なん》だよ？」ハリーはうんざりしてつぶやいた。振《ふ》り向《む》くとアンジェリーナ・ジョンソンが、ものすごい剣幕《けんまく》でやってくる。

「**今度《こんど》は何《なん》だか**、今教《いまおし》えてあげるよ」足音《あしおと》も高《たか》くやってきて、アンジェリーナはハリーの胸《むね》をぐいっと指《ゆび》で押《お》した。「金曜日《きんようび》の五時《じ》に罰則《ばっそく》を食《く》らうなんて、どういうつもり？」

「え？」ハリーが言《い》った。「なんで……ああ、そうか。キーパーの選抜《せんばつ》！」

「この人《ひと》、**やっと**思《おも》い出《だ》したようね！」アンジェリーナがうなり声《ごえ》を上《あ》げた。「**チーム全員《ぜんいん》に**来《き》てほしい、**チームにうまくはまる**選手《せんしゅ》を選《えら》びたいって、そう言《い》っただろう？わざわざそのためにクィディッチ競技場《きょうぎじょう》を予約《よやく》したって言《い》っただろう？それなのに、君《きみ》は来《こ》ないと決《き》めたわけだ！」

「僕《ぼく》が決《き》めたんじゃない！」理不尽《りふじん》な言《い》い方《かた》が胸《むね》にチクリときた。「アンブリッジのやつに罰則《ばっそく》を食《く》らったんだ。『例《れい》のあの人《ひと》』のことでほんとうのことを話《はな》したからっていう理由《りゆう》で」

「とにかく、まっすぐアンブリッジの所《ところ》に行《い》って、金曜日《きんようび》は自由《じゆう》にしてくれって頼《たの》むんだ」

アンジェリーナが情《なさ》け容赦《ようしゃ》なく言《い》った。

「どんなやり方《かた》でもかまわない。『例《れい》のあの人《ひと》』は自分《じぶん》の妄想《もうそう》でしたと言《い》ったっていい。**何《なに》がなんでも来《く》るんだ！**」

アンジェリーナは嵐《あらし》のように去《さ》った。

「あのねえ」大広間《おおひろま》に入《はい》りながら、ハリーがロンとハーマイオニーに言《い》った。「パドルミア・ユナイテッドに連絡《れんらく》して、オリバー・ウッドが事故《じこ》で死《し》んでないかどうか調《しら》べたほうがいいな。アンジェリーナに魂《たましい》が乗《の》り移《うつ》ってるみたいだぜ」

「アンブリッジが金曜《きんよう》に君《きみ》を自由《じゆう》にしてくれる確率《かくりつ》はどうなんだい？」グリフィンドールのテーブルに座《すわ》りながら、ロンが期待《きたい》していないような聞《き》き方《かた》をした。

「ゼロ以下《いか》」ハリーは子羊《こひつじ》の骨《ほね》つき肉《にく》を皿《さら》に取《と》って食《た》べながら、憂《ゆう》うつそうに言《い》った。「でも、やってみたほうがいいだろうな。二回多《かいおお》く罰則《ばっそく》を受《う》けるからとか何《なん》とか言《い》ってさ……」

ハリーは口《くち》いっぱいのポテトを飲《の》み込《こ》んでしゃべり続《つづ》けた。

「今晩《こんばん》あんまり遅《おそ》くまで残《のこ》らされないといいんだけど。ほら、レポート三つと、マクゴナガルの『消失呪文《しょうしつじゅもん》』の練習《れんしゅう》と、フリットウィックの『反対呪文《はんたいじゅもん》』の宿題《しゅくだい》をやって、ボウトラックルのスケッチを仕上《しあ》げて、それからトレローニーのあのアホらしい夢日記《ゆめにっき》に取《と》りかかるだろ？」

ロンがうめいた。そして、なぜか天井《てんじょう》をちらりと見《み》た。

「その上《うえ》、雨《あめ》が降《ふ》りそうだな」

「それが宿題《しゅくだい》と関係《かんけい》があるの？」ハーマイオニーが眉《まゆ》を吊《つ》り上《あ》げた。

「ない」ロンはすぐに答《こた》えたが、耳《みみ》が赤《あか》くなった。

五時《じ》五分前《ふんまえ》、ハリーは二人《ふたり》に「さよなら」を言《い》い、四階《かい》のアンブリッジの部屋《へや》に出《で》かけた。ドアをノックすると、「お入《はい》りなさいな」と甘《あま》ったるい声《こえ》がした。ハリーは用心《ようじん》して周《まわ》りを見《み》ながら入《はい》った。

三人《にん》の前任者《ぜんにんしゃ》のときのこの部屋《へや》の様子《ようす》は知《し》っていた。ギルデロイ・ロックハートがここにいたときは、ニッコリ笑《わら》いかける自分自身《じぶんじしん》の写真《しゃしん》がべたべた貼《は》ってあった。ルーピンが使《つか》っていたときは、ここを訪《たず》ねると、おりや水槽《すいそう》に入《はい》ったおもしろい闇《やみ》の生《い》き物《もの》と出会《であ》える可能性《かのうせい》があった。ムーディの偽者《にせもの》の時代《じだい》は、あやしい動《うご》きや隠《かく》れたものを探《さぐ》り検知《けんち》する、いろいろな道具《どうぐ》や計器類《けいきるい》が詰《つ》まっていた。

しかし、今《いま》は、同《おな》じ部屋《へや》とは思《おも》えないほどの変《か》わりようだった。壁《かべ》や机《つくえ》はゆったりひだを取《と》ったレースのカバーや布《ぬの》で覆《おお》われている。ドライフラワーをたっぷり生《い》けた花瓶《かびん》が数個《すうこ》、その下《した》にはそれぞれかわいい花瓶敷《かびんじき》、一方《いっぽう》の壁《かべ》には飾《かざ》り皿《ざら》のコレクションで、首《くび》にいろいろなリボンを結《むす》んだ子猫《こねこ》の絵《え》が、一枚一枚大《まいまいおお》きく色鮮《いろあざ》やかに描《えが》いてある。あまりの悪趣味《あくしゅみ》に、ハリーは見《み》つめたまま立《た》ちすくんだ。するとまたアンブリッジ先生《せんせい》の声《こえ》がした。

「こんばんは、ミスター・ポッター」

ハリーは驚《おどろ》いてあたりを見回《みまわ》した。最初《さいしょ》に気《き》づかなかったのも当然《とうぜん》だ。アンブリッジは花柄《はながら》べったりのローブを着《き》て、それがすっかり溶《と》け込《こ》むテーブルクロスをかけた机《つくえ》の前《まえ》にいた。

「こんばんは、アンブリッジ先生《せんせい》」ハリーは突《つ》っ張《ば》った挨拶《あいさつ》をした。

「さあ、お座《すわ》んなさい」アンブリッジはレースのかかった小《ち》さなテーブルを指差《ゆびさ》した。そのそばに、背《せ》もたれのまっすぐな椅子《いす》が引《ひ》き寄《よ》せられ、机《つくえ》にはハリーのためと思《おも》われる羊皮紙《ようひし》が一枚《まい》用《よう》意《い》されていた。

「あの」ハリーは突《つ》っ立《た》ったまま言《い》った。「アンブリッジ先生《せんせい》、あの――始《はじ》める前《まえ》に、僕《ぼく》――先《せん》生《せい》に――お願《ねが》いが」

アンブリッジの飛《と》び出《だ》した目《め》が細《ほそ》くなった。

「おや、なあに？」

「あの、僕《ぼく》……グリフィンドールのクィディッチのメンバーです。金曜《きんよう》の五時《じ》に、新《あたら》しいキーパーの選抜《せんばつ》に行《い》くことになっていて、それで――その晩《ばん》だけ罰則《ばっそく》をはずせないかと思《おも》って。別《べつ》な

——別《べつ》な夜《よる》に……かわりに……」

言《い》い終《お》えるずっと前《まえ》に、とうていだめだとわかった。

「ああ、だめよ」

アンブリッジは、今《いま》しがたことさらにおいしいハエを飲《の》み込《こ》んだかのように、ニターッと笑《わら》った。

「ええ、ダメ、ダメ、ダメよ。たちの悪《わる》い、いやな、目《め》立《だ》ちたがりのでっち上《あ》げ話《ばなし》を広《ひろ》めた罰《ばつ》ですからね、ミスター・ポッター。罰《ばつ》というのは当然《とうぜん》、罪人《ざいにん》の都合《つごう》に合《あ》わせるわけにはいきませんよ。だめです。あなたは明日《あす》五時《じ》にここに来《く》るし、次《つぎ》の日《ひ》も、金曜日《きんようび》も来《く》るのです。そして予定《よてい》どおり罰則《ばっそく》を受《う》けるのです。あなたがほんとうにやりたいことができないのは、かえっていいことだと思《おも》いますよ。わたくしが教《おし》えようとしている教訓《きょうくん》が強化《きょうか》されるはずです」

ハリーは頭《あたま》に血《ち》が上《のぼ》ってくるのを感《かん》じ、耳《みみ》の奥《おく》でドクンドクンという音《おと》が聞《き》こえた。それじゃ僕《ぼく》は、たちの悪《わる》い、いやな、目《め》立《だ》ちたがりのでっち上《あ》げ話《ばなし》をしたって言《い》うのか？

アンブリッジはニタリ笑《わら》いのまま小首《こくび》をかしげ、ハリーを見《み》つめていた。ハリーが何《なに》を考《かんが》えているかズバリわかっているという顔《かお》で、ハリーがまたどなりだすかどうか様子《ようす》を見《み》ているようだった。ハリーは、力《ちから》を振《ふ》りしぼってアンブリッジから顔《かお》を背《そむ》け、かばんを椅子《いす》の脇《わき》に置《お》いて腰《こし》かけた。

「ほうら」アンブリッジがやさしく言《い》った。「もうかんしゃくを抑《おさ》えるのが上手《じょうず》になってきたでしょう？　さあ、ミスター・ポッター、書《か》き取《と》り罰則《ばっそく》をしてもらいましょうね。いいえ、あなたの羽根《はね》ペンでではないのよ」ハリーがかばんを開《ひら》くとアンブリッジが言《い》い足《た》した。「ちょっと特《とく》別《べつ》な、わたくしのを使《つか》うのよ。はい」

アンブリッジが細長《ほそなが》い黒《くろ》い羽根《はね》ペンを渡《わた》した。異常《いじょう》に鋭《するど》いペン先《さき》がついている。

「書《か》いてちょうだいね。『僕《ぼく》はうそをついてはいけない』って」アンブリッジがやわらかに言《い》った。

「何回《なんかい》ですか？」ハリーは、いかにも礼儀正《れいぎただ》しく聞《き》こえるように言《い》った。

「ああ、その言葉《ことば》が**しみ込《こ》む**までよ」アンブリッジが甘《あま》い声《こえ》で言《い》った。

「さあ始《はじ》めて」

アンブリッジは自分《じぶん》の机《つくえ》に戻《もど》り、積《つ》み上《あ》げた羊皮紙《ようひし》の上《うえ》にかがみ込《こ》んだ。採点《さいてん》するレポートのようだ。ハリーは鋭《するど》い黒羽根《くろはね》ペンを取《と》り上《あ》げたが、足《た》りないものに気《き》づいた。

「インクがありません」

「ああ、インクはいらないの」アンブリッジの声《こえ》にかすかに笑《わら》いがこもっていた。

ハリーは羊皮紙《ようひし》に羽根《はね》ペンの先《さき》をつけて書《か》いた。

「僕《ぼく》はうそをついてはいけない」

ハリーは痛《いた》みでアッと息《いき》をのんだ。赤《あか》く光《ひか》るインキで書《か》かれたような文字《もじ》が、てらてらと羊皮《ようひ》紙《し》に現《あらわ》れた。同時《どうじ》に、右手《みぎて》の甲《こう》に同《おな》じ文字《もじ》が現《あらわ》れた。メスで文字《もじ》をなぞったかのように皮膚《ひふ》に刻《きざ》み込《こ》まれている――しかし、光《ひか》る切《き》り傷《きず》を見《み》ているうちに、皮膚《ひふ》は元《もと》どおりになった。文字《もじ》の部《ぶ》分《ぶん》にかすかに赤《あか》みがあったが、皮膚《ひふ》はなめらかだった。

ハリーはアンブリッジを見《み》た。向《む》こうもハリーを見《み》ている。ガマのような大口《おおぐち》が横《よこ》に広《ひろ》がり、笑《わら》いの形《かたち》になっている。

「何《なに》か？」

「何《なん》でもありません」ハリーが静《しず》かに言《い》った。

ハリーは羊皮紙《ようひし》に視線《しせん》を戻《もど》し、もう一度《いちど》羽根《はね》ペンを立《た》てて、「僕《ぼく》はうそをついてはいけない」と書《か》いた。またしても焼《や》けるような痛《いた》みが手《て》の甲《こう》に走《はし》った。再《ふたた》び文字《もじ》が皮膚《ひふ》に刻《きざ》まれ、すぐにまた治《なお》った。

それがえんえんと続《つづ》いた。何度《なんど》も何度《なんど》も、ハリーは羊皮紙《ようひし》に文字《もじ》を書《か》いた。インクではなく自《じ》分《ぶん》の血《ち》だということに、ハリーはすぐに気《き》づいた。そして、そのたびに文字《もじ》は手《て》の甲《こう》に刻《きざ》まれ、治《なお》り、次《つぎ》に羽根《はね》ペンで羊皮紙《ようひし》に書《か》くとまた現《あらわ》れた。

窓《まど》の外《そと》が暗《くら》くなった。いつになったらやめてよいのか、ハリーは聞《き》かなかった。腕時計《うでどけい》さえチェックしなかった。アンブリッジが見《み》ているのがわかっていた。ハリーが弱《よわ》る兆候《ちょうこう》を待《ま》っているのがわかっていた。弱《よわ》みを見《み》せてなるものか。一晩中《ひとばんじゅう》ここに座《すわ》って、羽根《はね》ペンで手《て》を切《き》り刻《きざ》み続《つづ》けることになっても……。

「こっちへいらっしゃい」何時間《なんじかん》たったろうか、アンブリッジが言《い》った。

ハリーは立《た》ち上《あ》がった。手《て》がずきずき痛《いた》んだ。見《み》ると、切《き》り傷《きず》は治《なお》っているが、赤《あか》くミミズ腫《ば》れになっていた。

「手《て》を」アンブリッジが言《い》った。

ハリーが手《て》を突《つ》き出《だ》した。アンブリッジがその手《て》を取《と》った。ずんぐり太《ふと》ったその指《ゆび》には醜悪《しゅうあく》な古《ふる》い指輪《ゆびわ》がたくさんはまっていた。指《ゆび》がハリーの手《て》に触《ふ》れたとき、悪寒《おかん》が走《はし》るのをハリーは抑《おさ》え込《こ》んだ。

「チッチッ、まだあまり刻《きざ》まれていないようね」アンブリッジがニッコリした。「まあ、明日《あす》の夜《よる》もう一度《いちど》やるほかないわね？　帰《かえ》ってよろしい」

ハリーは一言《ひとこと》も言《い》わずその部屋《へや》を出《で》た。学校《がっこう》はがらんとしていた。真夜中《まよなか》を過《す》ぎているにちがいない。ハリーはゆっくり廊下《ろうか》を歩《ある》き、角《かど》を曲《ま》がり、絶対《ぜったい》アンブリッジの耳《みみ》には届《とど》かないと思《おも》ったとき、ワッとかけだした。

「消失呪文《しょうしつじゅもん》」を練習《れんしゅう》する時間《じかん》もなく、夢日記《ゆめにっき》は一つも夢《ゆめ》を書《か》かず、ボウトラックルのスケッチも仕上《しあ》げず、レポートも書《か》いていなかった。翌朝《よくあさ》ハリーは朝食《ちょうしょく》を抜《ぬ》かし、一時間目《じかんめ》の「占《うらな》い学《がく》」用《よう》にでっち上《あ》げの夢《ゆめ》をいくつか走《はし》り書《が》きした。驚《おどろ》いたことに、ぼさぼさ髪《がみ》のロンもつき合《あ》った。

「どうして夜《よる》のうちにやらなかったんだい？」

何《なに》かひらめかないかと、きょろきょろ談話室《だんわしつ》を見回《みまわ》しているロンに、ハリーが聞《き》いた。ハリーが寮《りょう》に戻《もど》ったとき、ロンはぐっすり寝《ね》ていた。ロンは、「ほかのことやってた」のようなことをブツブツつぶやき、羊皮紙《ようひし》の上《うえ》に覆《おお》いかぶさって、何《なに》か書《か》きなぐった。

「これでいいや」ロンはピシャッと夢日記《ゆめにっき》を閉《と》じた。「こう書《か》いた。僕《ぼく》は新《あたら》しい靴《くつ》を一足《いっそく》買《か》う夢《ゆめ》を見《み》た。これならあの先生《せんせい》、へんてこりんな解釈《かいしゃく》をつけられないだろ？」

二人《ふたり》は一緒《いっしょ》に北塔《きたとう》に急《いそ》いだ。

「ところで、アンブリッジの罰則《ばっそく》、どうだった？　何《なに》をさせられた？」

ハリーはほんの一瞬《いっしゅん》迷《まよ》ったが、答《こた》えた。

「書《か》き取《と》り」

「そんなら、まあまあじゃないか、ん？」ロンが言《い》った。

「ああ」ハリーが言《い》った。

「そうだ――忘《わす》れてた――金曜日《きんようび》は自由《じゆう》にしてくれたか？」

「いや」ハリーが答《こた》えた。

ロンが気《き》の毒《どく》そうにうめいた。

その日《ひ》もハリーにとっては最悪《さいあく》だった。「消失呪文《しょうしつじゅもん》」を全然練習《ぜんぜんれんしゅう》していなかったので、「変身術《へんしんじゅつ》」の授業《じゅぎょう》では最低《さいてい》の生徒《せいと》の一人《ひとり》だった。昼食《ちゅうしょく》の時間《じかん》も犠牲《ぎせい》にしてボウトラックルのスケッチを完成《かんせい》させなければならなかった。その間《かん》、マクゴナガル、グラブリー‐プランク、シニストラの各先生《かくせんせい》は、またまた宿題《しゅくだい》を出《だ》した。今夜《こんや》は二回目《かいめ》の罰則《ばっそく》なので、とうていその宿題《しゅくだい》を今晩中《こんばんちゅう》にやり終《お》える見込《みこ》みはない。

おまけに、アンジェリーナ・ジョンソンが夕食《ゆうしょく》のときにハリーを追《お》い詰《つ》め、金曜《きんよう》のキーパー選抜《せんばつ》に来《こ》られないとわかると、その態度《たいど》は感心《かんしん》しない、選手《せんしゅ》たるもの何《なに》を置《お》いても訓練《くんれん》を優先《ゆうせん》させるべきだ、と説教《せっきょう》した。

「罰則《ばっそく》を食《く》らったんだ！」アンジェリーナが突《つ》っけんどんに歩《ある》き去《さ》る後《うし》ろから、ハリーが叫《さけ》んだ。

「僕《ぼく》がクィディッチより、あのガマばばぁと同《おな》じ部屋《へや》で顔《かお》つき合《あ》わせていたいとでも思《おも》うのか？」

「ただの書《か》き取《と》り罰《ばつ》だもの」

ハリーが座《すわ》り込《こ》むと、ハーマイオニーがなぐさめるように言《い》った。ハリーはステーキ・キドニーパイを見下《みお》ろしたが、もうあまり食《た》べたくなかった。

「恐《おそ》ろしい罰則《ばっそく》じゃないみたいだし、ね……」

ハリーは口《くち》を開《ひら》いたが、また閉《と》じてうなずいた。ロンやハーマイオニーに、アンブリッジの部屋《へや》で起《お》こったことをどうして素直《すなお》に話《はな》せないのか、はっきりわからなかった。ただ、二人《ふたり》の恐怖《きょうふ》の表情《ひょうじょう》を見《み》たくなかった。見《み》てしまったら、何《なに》もかも今《いま》よりもっと悪《わる》いもののように思《おも》えて、立《た》ち向《む》かうのが難《むずか》しくなるだろう。それに、心《こころ》のどこかで、これは自分《じぶん》とアンブリッジの一対一《いったいいち》の精神的戦《せいしんてきたたか》いだという気《き》がしていた。弱音《よわね》を吐《は》いたなどとアンブリッジの耳《みみ》に入《い》れて、あいつを満足《まんぞく》させてなるものか。

「この宿題《しゅくだい》の量《りょう》、信《しん》じられないよ」ロンがみじめな声《こえ》で言《い》った。

「ねえ、どうして昨夜《さくや》何《なん》にもしなかったの？」ハーマイオニーがロンに聞《き》いた。「いったいどこにいたの？」

「僕《ぼく》……散歩《さんぽ》がしたくなって」ロンが何《なん》だかコソコソした言《い》い方《かた》をした。

隠《かく》し事《ごと》をしているのは自分《じぶん》だけじゃない、とハリーははっきりそう思《おも》った。

二回目《かいめ》の罰則《ばっそく》も一回目《かいめ》に劣《おと》らずひどかった。手《て》の甲《こう》の皮膚《ひふ》が、きのうより早《はや》くから痛《いた》みだし、すぐに赤《あか》く腫《は》れ上《あ》がった。傷《きず》がたちまち治《なお》る状態《じょうたい》も、そう長《なが》くは続《つづ》かないだろう。まもなく傷《きず》は刻《きざ》み込《こ》まれたままになり、アンブリッジはたぶん満足《まんぞく》するだろう。しかしハリーは、痛《いた》いという声《こえ》をもらさなかった。部屋《へや》に入《はい》ってから許《ゆる》されるまで――また真夜中過《まよなかす》ぎだったが――「こんばんは」と「おやすみなさい」しか言《い》わなかった。

しかし、宿題《しゅくだい》のほうはもはや絶望的《ぜつぼうてき》だった。グリフィンドールの談話室《だんわしつ》に戻《もど》ったとき、ハリーはぐったりつかれていたが、寝室《しんしつ》には行《い》かず、本《ほん》を開《ひら》いてスネイプの「月長石《げっちょうせき》」のレポートに取《と》りかかった。終《お》わったときはもう二時半《じはん》だった。いい出来《でき》でないことはわかっていた。しかし、どうしようもない。何《なに》か提出《ていしゅつ》しなければ、次《つぎ》はスネイプの罰則《ばっそく》を食《く》らうだろう。それから大至急《だいしきゅう》、マクゴナガル先生《せんせい》の出題《しゅつだい》に答《こた》えを書《か》き、ボウトラックルの適切《てきせつ》な扱《あつか》い方《かた》についてグラブリー－プランク先生《せんせい》の宿題《しゅくだい》を急《きゅう》ごしらえし、よろよろとベッドに向《む》かった。服《ふく》を着《き》たまま、ベッドカバーの上《うえ》で、ハリーはあっという間《ま》に眠《ねむ》りに落《お》ちた。

木曜《もくよう》はつかれてぼうっとしているうちに過《す》ぎた。ロンも眠《ねむ》そうだったが、どうしてそうなのか、ハリーには見当《けんとう》がつかなかった。三日目《みっかめ》の罰則《ばっそく》も、前《まえ》の二日間《ふつかかん》と同《おな》じように過《す》ぎた。ただ、二時間過《かんす》ぎたころ、「僕《ぼく》はうそをついてはいけない」の文字《もじ》が手《て》の甲《こう》から消《き》えなくなり、刻《きざ》みつけられたまま、血《ち》がにじみ出《だ》してきた。先《さき》のとがった羽根《はね》ペンのカリカリという音《おと》が止《と》まったので、アンブリッジが目《め》を上《あ》げた。

「ああ」机《つくえ》の後《うし》ろから出《で》てきて、ハリーの手《て》を自《みずか》ら調《しら》べ、アンブリッジがやさしげに言《い》った。

「これで、あなたはいつも思《おも》い出《だ》すでしょう。ね？　今夜《こんや》は帰《かえ》ってよろしい」

「明日《あす》も来《こ》なければいけませんか？」ハリーはずきずきする右手《みぎて》ではなく、左手《ひだりて》でかばんを取《と》り上《あ》げた。

「ええ、そうよ」アンブリッジはいつもの大口《おおぐち》でニッコリした。「ええ、もう一晩《ひとばん》やれば、言葉《ことば》の意味《いみ》がもう少《すこ》し深《ふか》く刻《きざ》まれると思《おも》いますよ」

ハリーは、スネイプより憎《にく》らしい先生《せんせい》がこの世《よ》に存在《そんざい》するとは考《かんが》えたこともなかった。しかし、グリフィンドール塔《とう》に戻《もど》りながら、手強《てごわ》い対抗者《たいこうしゃ》がいたと認《みと》めないわけにはいかなかった。邪悪《じゃあく》なやつめ。八階《かい》への階段《かいだん》を上《のぼ》りながらハリーはそう思《おも》った。あいつは邪悪《じゃあく》で根性《こんじょう》曲《ま》がりで狂《くる》ったクソばばぁ――。

「ロン？」

階段《かいだん》の一番上《いちばんうえ》で右《みぎ》に曲《ま》がったとき、ハリーは危《あや》うくロンとぶつかりそうになった。ロンが「ひょろ長《なが》ラックラン」の像《ぞう》の陰《かげ》から、箒《ほうき》を握《にぎ》ってコソコソ現《あらわ》れたのだ。ハリーを見《み》るとロンは驚《おどろ》いて飛《と》び上《あ》がり、新品《しんぴん》のクリーンスイープ11号《ごう》を背中《せなか》に隠《かく》そうとした。

「何《なに》してるんだ？」

「あ——何《なん》にも。**君《きみ》こそ**何《なに》してるの？」

ハリーは顔《かお》をしかめた。

「さあ、僕《ぼく》に隠《かく》すなよ！　こんな所《ところ》になんで隠《かく》れてるんだ？」

「僕《ぼく》——僕《ぼく》、どうしても知《し》りたいなら言《い》うけど、フレッドとジョージから隠《かく》れてるんだ」ロンが言《い》った。「たった今《いま》、一年生《ねんせい》をごっそり連《つ》れてここを通《とお》った。また実験《じっけん》するつもりなんだ。だって、談話室《だんわしつ》じゃもうできないだろ。ハーマイオニーがいるかぎり」

ロンは早口《はやくち》で熱《ねっ》ぽくまくし立《た》てた。

「だけど、なんで箒《ほうき》を持《も》ってるんだ？　飛《と》んでたわけじゃないだろ？」ハリーが聞《き》いた。

「僕《ぼく》——あの——あの。オーケー、言《い》うよ。笑《わら》うなよ。いいか？」ロンは刻々《こっこく》と赤《あか》くなりながら、防衛線《ぼうえいせん》を張《は》った。「僕《ぼく》——僕《ぼく》、グリフィンドールのキーパーの選抜《せんばつ》に出《で》ようと思《おも》ったんだ。今度《こんど》はちゃんとした箒《ほうき》を持《も》ってるし。さあ、笑《わら》えよ」

「笑《わら》ってないよ」ハリーが言《い》った。

ロンがキョトンとした。

「それ、すばらしいよ！　君《きみ》がチームに入《はい》ったら、ほんとにグーだ！　君《きみ》がキーパーをやるのを見《み》たことないけど、うまいのか？」

「下手《へた》じゃない」ロンはハリーの反応《はんのう》に心《こころ》からホッとしたようだった。「チャーリー、フレッド、ジョージが休《やす》み中《ちゅう》にトレーニングするときは、僕《ぼく》がいつもキーパーをやらされた」

「それじゃ、今夜《こんや》は練習《れんしゅう》してたのか？」

「火曜日《かようび》から毎晩《まいばん》……一人《ひとり》でだけど。クアッフルが僕《ぼく》のほうに飛《と》んでくるように魔法《まほう》をかけたんだ。だけど、簡単《かんたん》じゃなかったし、それがどのくらい役《やく》に立《た》つのかわかんないし」

ロンは神経《しんけい》がたかぶって、不安《ふあん》そうだった。

「フレッドもジョージも、僕《ぼく》が選抜《せんばつ》に現《あらわ》れたらバカ笑《わら》いするだろうな。僕《ぼく》が監督生《かんとくせい》になってからずっとからかいっぱなしなんだから」

「僕《ぼく》も行《い》けたらいいんだけど」二人《ふたり》で談話室《だんわしつ》に向《む》かいながら、ハリーは苦々《にがにが》しく言《い》った。

「うん、僕《ぼく》もそう思《おも》う――ハリー、君《きみ》の手《て》の甲《こう》、それ、何《なに》？」

ハリーは、空《あ》いていた右手《みぎて》で鼻《はな》の頭《あたま》をかいたところだったが、手《て》を隠《かく》そうとした。しかし、ロンがクリーンスイープを隠《かく》しそこねたのと同《おな》じだった。

「ちょっと切《き》ったんだ――何《なん》でもない――何《なん》でも――」

しかし、ロンはハリーの腕《うで》をつかみ、手《て》の甲《こう》を自分《じぶん》の目《め》の高《たか》さまで持《も》ってきた。一瞬《いっしゅん》、ロンがだまった。ハリーの手《て》に刻《きざ》まれた言葉《ことば》をじっと見《み》て、それから、不快《ふかい》な顔《かお》をしてハリーの手《て》を離《はな》した。

「あいつは書《か》き取《と》り罰則《ばっそく》をさせてるだけだって、そう言《い》っただろ？」

ハリーは迷《まよ》った。しかし、結局《けっきょく》ロンが正直《しょうじき》に打《う》ち明《あ》けたのだからと、アンブリッジの部屋《へや》で過《す》ごした何時間《なんじかん》かがほんとうは何《なん》だったのかを、ロンに話《はな》した。

「あの鬼《おに》ばばぁ！」

「太《ふと》った婦人《レディ》」の前《まえ》で立《た》ち止《ど》まったとき、ロンはむかついたように小声《こごえ》で言《い》った。「太《ふと》った婦人《レディ》」は額縁《がくぶち》にもたれて安《やす》らかに眠《ねむ》っている。「あの女《おんな》、病気《びょうき》だ！　マクゴナガルの所《ところ》へ行《い》けよ。何《なん》とか言《い》ってこい！」

「いやだ」ハリーが即座《そくざ》に言《い》った。「僕《ぼく》を降参《こうさん》させたなんて、あの女《おんな》が満足《まんぞく》するのはまっぴらだ」

「降参《こうさん》？　こんなことされて、あいつをこのまま放《ほう》っておくのか！」

「マクゴナガルが、あの女《おんな》をどのくらい抑《おさ》えられるかわからない」ハリーが言《い》った。

「じゃ、ダンブルドアだ。ダンブルドアに言《い》えよ！」

「いやだ」ハリーはにべもなく言《い》った。

「どうして？」

「ダンブルドアは頭《あたま》がいっぱいだ」そうは言《い》ったが、それがほんとうの理由《りゆう》ではなかった。ダンブルドアが六月《がつ》から一度《いちど》もハリーと口《くち》をきかないのに、助《たす》けを求《もと》めにいくつもりはなかった。

「うーん、僕《ぼく》が思《おも》うに、君《きみ》がするべきことは――」ロンが言《い》いかけたが、「太《ふと》った婦人《レディ》」にさえぎられた。婦人《レディ》は眠《ねむ》そうに二人《ふたり》を見《み》ていたが、ついに爆発《ばくはつ》した。「合言葉《あいことば》を言《い》うつもりなの？それともあなたたちの会話《かいわ》が終《お》わるのを、ここで一晩中《ひとばんじゅう》起《お》きて待《ま》たなきゃいけないの？」


金曜《きんよう》の夜明《よあ》けもそれまでの一週間《しゅうかん》のようにぐずぐずと湿《しめ》っぽかった。ハリーは大広間《おおひろま》に入《はい》ると自然《しぜん》に教職員《きょうしょくいん》テーブルを見《み》るようになっていたが、ハグリッドの姿《すがた》を見《み》られるだろうと本気《ほんき》で思《おも》っていたわけではない。ハリーの気持《きも》ちはすぐにもっと緊急《きんきゅう》な問題《もんだい》のほうに向《む》いた。まだやっていない山《やま》のような宿題《しゅくだい》、アンブリッジの罰則《ばっそく》がまだもう一回《いっかい》あるということなどだ。

その日一日《ひいちにち》ハリーを持《も》ちこたえさせたのは、一つには、とにかくもう週末《しゅうまつ》だということだった。それに、アンブリッジの罰則最終日《ばっそくさいしゅうび》はたしかにおぞましかったが、部屋《へや》の窓《まど》から遠《とお》くにクィディッチ競技場《きょうぎじょう》が見《み》える。うまくいけば、ロンの選抜《せんばつ》の様子《ようす》が少《すこ》し見《み》えるかもしれない。たしかに、ほんのかすかな光明《こうみょう》かもしれない。しかし、今《いま》のこの暗《くら》さを少《すこ》しでも明《あか》るくしてくれるものなら、ハリーにはありがたかった。この週《しゅう》は、ホグワーツに入学以来最悪《にゅうがくいらいさいあく》の一週間《しゅうかん》だった。

夕方《ゆうがた》五時《じ》に、これが最後《さいご》になることを心《こころ》から願《ねが》いながら、ハリーはアンブリッジ先生《せんせい》の部屋《へや》のドアをノックし、「お入《はい》り」と言《い》われて中《なか》に入《はい》った。羊皮紙《ようひし》がレースカバーのかかった机《つくえ》でハリーを待《ま》っていた。先《さき》のとがった黒《くろ》い羽根《はね》ペンがその横《よこ》にあった。

「やることはわかってますね、ミスター・ポッター」アンブリッジはハリーにやさしげに笑《わら》いかけながら言《い》った。

ハリーは羽根《はね》ペンを取《と》り上《あ》げ、窓《まど》からちらりと外《そと》を見《み》た。もう三センチ右《みぎ》に椅子《いす》をずらせば……机《つくえ》にもっと近《ちか》づくという口実《こうじつ》で、ハリーは何《なん》とかうまくやった。今度《こんど》は見《み》える。遠《とお》くでグリフィンドール・クィディッチ・チームが、競技場《きょうぎじょう》の上《うえ》を上《あ》がったり下《さ》がったりしている。六、七人《にん》の黒《くろ》い影《かげ》が、三本《ぼん》の高《たか》いゴールポストの下《した》にいる。キーパーの順番《じゅんばん》が来《く》るのを待《ま》っているらしい。これだけ遠《とお》いと、どれがロンなのか見分《みわ》けるのは無理《むり》だった。

「僕《ぼく》はうそをついてはいけない」と書《か》いた。手《て》の甲《こう》に刻《きざ》まれた傷口《きずぐち》が開《ひら》いて、また血《ち》が出《で》てきた。

「僕《ぼく》はうそをついてはいけない」傷《きず》が深《ふか》く食《く》い込《こ》み、激《はげ》しくうずいた。

「僕《ぼく》はうそをついてはいけない」血《ち》が手首《てくび》を滴《したた》った。

ハリーはもう一度《いちど》窓《まど》の外《そと》を盗《ぬす》み見《み》た。今《いま》ゴールを守《まも》っているのが誰《だれ》か知《し》らないが、まったく下手《へた》くそだった。ハリーがほんの二、三秒《びょう》見《み》ているうちに、ケイティ・ベルが二回《かい》もゴールした。あのキーパーがロンでなければいいと願《ねが》いながら、ハリーは血《ち》が点々《てんてん》と滴《したた》った羊皮紙《ようひし》に視線《しせん》を戻《もど》した。

「僕《ぼく》はうそをついてはいけない」

「僕《ぼく》はうそをついてはいけない」

これなら危険《きけん》はないと思《おも》ったとき、たとえばアンブリッジの羽根《はね》ペンがカリカリ動《うご》く音《おと》、机《つくえ》の引《ひ》き出《だ》しを開《あ》ける音《おと》などが聞《き》こえたときは、ハリーは目《め》を上《あ》げた。三人目《にんめ》の挑戦者《ちょうせんしゃ》はなかなかよかった。四人目《にんめ》はとてもだめだ。五人目《にんめ》はブラッジャーをよけるのはすばらしくうまかったが、簡単《かんたん》に守《まも》れる球《たま》でしくじった。空《そら》が暗《くら》くなってきた。六人目《にんめ》と七人目《にんめ》はハリーにはまったく見《み》えないだろうと思《おも》った。

「僕《ぼく》はうそをついてはいけない」

「僕《ぼく》はうそをついてはいけない」

羊皮紙《ようひし》は今《いま》や、ハリーの手《て》の甲《こう》から滴《したた》る血《ち》で光《ひか》っていた。手《て》が焼《や》けるように痛《いた》い。次《つぎ》に目《め》を上《あ》げたときには、もうとっぷりと暮《く》れ、競技場《きょうぎじょう》は見《み》えなくなっていた。

「さあ、教訓《きょうくん》がわかったかどうか、見《み》てみましょうか？」それから三十分後《ぷんご》、アンブリッジがやさしげな声《こえ》で言《い》った。

アンブリッジがハリーのほうにやってきて、指輪《ゆびわ》だらけの短《みじか》い指《ゆび》をハリーの腕《うで》に伸《の》ばした。皮膚《ひふ》に刻《きざ》み込《こ》まれた文字《もじ》を調《しら》べようとまさにハリーの手《て》をつかんだその瞬間《しゅんかん》、ハリーは激痛《げきつう》を感《かん》じた。手《て》の甲《こう》にではなく、額《ひたい》の傷痕《きずあと》にだ。同時《どうじ》に、体《からだ》の真《ま》ん中《なか》あたりに何《なん》とも奇妙《きみょう》な感覚《かんかく》が走《はし》った。

ハリーはつかまれていた腕《うで》をぐいと引《ひ》き離《はな》し、急《きゅう》に立《た》ち上《あ》がってアンブリッジを見《み》つめた。アンブリッジは、しまりのない大口《おおぐち》を笑《わら》いの形《かたち》に引《ひ》き伸《の》ばして、ハリーを見《み》つめ返《かえ》した。

「痛《いた》いでしょう？」アンブリッジがやさしげに言《い》った。

ハリーは答《こた》えなかった。心臓《しんぞう》がドクドクと激《はげ》しく動悸《どうき》していた。手《て》のことを言《い》っているのだろうか、それともアンブリッジは、今《いま》、額《ひたい》に感《かん》じた痛《いた》みを知《し》っているのだろうか？

「さて、わたくしは言《い》うべきことを言《い》ったと思《おも》いますよ、ミスター・ポッター。帰《かえ》ってよろしい」

ハリーはかばんを取《と》り上《あ》げ、できるだけ早《はや》く部屋《へや》を出《で》た。

「落《お》ち着《つ》け」階段《かいだん》をかけ上《あ》がりながら、ハリーは自分《じぶん》に言《い》い聞《き》かせた。落《お》ち着《つ》くんだ。必《かなら》ずしもおまえが考《かんが》えているようなことだとはかぎらない……。

「ミンビュラス　ミンブルトニア」

「太《ふと》った婦人《レディ》」に向《む》かって、ハリーはゼイゼイ言《い》った。肖像画《しょうぞうが》がパックリ開《ひら》いた。

ワーッという音《おと》がハリーを迎《むか》えた。顔中《かおじゅう》ニコニコさせ、つかんだゴブレットからバタービールを胸《むね》にはねこぼしながらロンが走《はし》り寄《よ》ってきた。

「ハリー、僕《ぼく》、やった。僕《ぼく》、受《う》かった。キーパーだ！」

「え？　わあ——すごい！」ハリーは自然《しぜん》に笑《わら》おうと努力《どりょく》した。しかし心臓《しんぞう》はドキドキし、手《て》はずきずきと血《ち》を流《なが》していた。

「バタービール、飲《の》めよ」ロンが瓶《びん》をハリーに押《お》しつけた。「僕《ぼく》、信《しん》じられなくて——ハーマイオニーはどこ？」

「そこだ」

フレッドが、バタービールをぐい飲《の》みしながら、暖炉脇《だんろわき》のひじかけ椅子《いす》を指差《ゆびさ》していた。ハーマイオニーは椅子《いす》でうとうとし、手《て》にした飲《の》み物《もの》が危《あぶ》なっかしくかしいでいた。

「うーん、僕《ぼく》が知《し》らせたとき、ハーマイオニーはうれしいって言《い》ったんだけど」ロンは少《すこ》しがっかりした顔《かお》をした。

「眠《ねむ》らせておけよ」ジョージがあわてて言《い》った。そのすぐあと、ハリーは、周《まわ》りに集《あつ》まっている一年生《ねんせい》の何人《なんにん》かに、最近鼻血《さいきんはなぢ》を出《だ》した跡《あと》がはっきりついているのに気《き》づいた。

「ここに来《き》てよ、ロン。オリバーのお下《さ》がりのユニフォームが合《あ》うかどうか見《み》てみるから」ケイティ・ベルが呼《よ》んだ。「オリバーの名前《なまえ》を取《と》って、あなたのをつければいい」

ロンが行《い》ってしまうと、アンジェリーナが大股《おおまた》で近《ちか》づいてきた。

「さっきは短気《たんき》を起《お》こして悪《わる》かったよ、ポッター」アンジェリーナが藪《やぶ》から棒《ぼう》に言《い》った。「何《なん》せ、ストレスがたまるんだ。キャプテンなんていう野暮《やぼ》な役《やく》は。私《わたし》、ウッドに対《たい》して少《すこ》し厳《きび》し過《す》ぎたって思《おも》いはじめたよ」

アンジェリーナは、手《て》にしたゴブレットの縁越《ふちご》しにロンを見《み》ながら少《すこ》し顔《かお》をしかめた。

「あのさ、彼《かれ》が君《きみ》の親友《しんゆう》だってことはわかってるけど、あいつはすごいとは言《い》えないね」

アンジェリーナはぶっきらぼうに言《い》った。

「だけど、少《すこ》し訓練《くんれん》すれば大丈夫《だいじょうぶ》だろう。あの家族《かぞく》からはいいクィディッチ選手《せんしゅ》が出《で》ている。今夜《こんや》見《み》せたよりはましな才能《さいのう》を発揮《はっき》するだろう。まあ、正直《しょうじき》なとこ、そうなることに賭《か》けてる。ビッキー・フロビシャーとジェフリー・フーパーのほうが、今夜《こんや》は飛《と》びっぷりがよかった。しかし、フーパーはぐちり屋《や》だ。何《なん》だかんだと不平《ふへい》ばっかり言《い》ってる。ビッキーはクラブ荒《あ》らしだ。

自分《じぶん》でも認《みと》めたけど、練習《れんしゅう》が呪文《じゅもん》クラブとかち合《あ》ったら、呪文《じゅもん》を優先《ゆうせん》するってさ。とにかく、明日《あす》の二時《じ》から練習《れんしゅう》だ。今度《こんど》は必《かなら》ず来《こ》いよ。それに、お願《ねが》いだから、できるだけロンを助《たす》けてやってくれないかな。いいかい？」

ハリーはうなずいた。アンジェリーナはアリシア・スピネットの所《ところ》へ悠然《ゆうぜん》と戻《もど》っていった。ハリーはハーマイオニーのそばまで行《い》った。かばんを置《お》くと、ハーマイオニーがびくっとして目《め》を覚《さ》ました。

「ああ、ハリー、あなたなの……。ロンのこと、よかったわね」ハーマイオニーはとろんとした目《め》で言《い》った。「私《わたし》、と——と——とってもつかれちゃった」ハーマイオニーはあくびをした。「帽子《しぼう》をたくさん作《つく》るのに、一時《じ》まで起《お》きていたの。すごい勢《いきお》いでなくなってるのよ！」

たしかに、見回《みまわ》すと、談話室《だんわしつ》のいたる所《ところ》、不注意《ふちゅうい》なしもべ妖精《ようせい》がうっかり拾《ひろ》いそうな場所《ばしょ》には毛糸《けいと》の帽子《ぼうし》が隠《かく》してあった。

「いいね」ハリーは気《き》もそぞろに答《こた》えた。誰《だれ》かにすぐに言《い》わないと、今《いま》にも破裂《はれつ》しそうな気分《きぶん》だ。「ねえ、ハーマイオニー、今《いま》アンブリッジの部屋《へや》にいたんだ。それで、あいつが僕《ぼく》の腕《うで》にさわった……」

ハーマイオニーは注意深《ちゅういぶか》く聴《き》いて、ハリーが話《はな》し終《お》えると、考《かんが》えながらゆっくり言《い》った。

「『例《れい》のあの人《ひと》』がクィレルをコントロールしたみたいに、アンブリッジをコントロールしてるんじゃないかって心配《しんぱい》なの？」

「うーん」ハリーは声《こえ》を落《お》とした。「可能性《かのうせい》はあるだろう？」

「あるかもね」ハーマイオニーはあまり確信《かくしん》が持《も》てないような言《い》い方《かた》をした。

「でも、『あの人《ひと》』がクィレルと同《おな》じやり方《かた》でアンブリッジに取《と》り憑《つ》くことはできないと思《おも》うわ。つまり、『あの人《ひと》』はもう生《い》きてるんでしょう？　自分《じぶん》の身体《しんたい》を持《も》ってる。誰《だれ》かの体《からだ》は必要《ひつよう》じゃない。アンブリッジに『服従呪文《ふくじゅうじゅもん》』をかけることは可能《かのう》だと思《おも》うけど……」

ハリーは、フレッド、ジョージ、リー・ジョーダンがバタービールの空《あ》き瓶《びん》でジャグリングをしているのをしばらく眺《なが》めていた。するとハーマイオニーが言《い》った。

「でも、去年《きょねん》、誰《だれ》もさわっていないのに傷痕《きずあと》が痛《いた》むことがあったわね。ダンブルドアがこう言《い》わなかった？『例《れい》のあの人《ひと》』がその時感《ときかん》じていることに関係《かんけい》している。つまり、もしかしたらアンブリッジとはまったく関係《かんけい》がないかもしれないわ。たまたまアンブリッジと一緒《いっしょ》にいた時《とき》にそれが起《お》こったのは、単《たん》なる偶然《ぐうぜん》かもしれないじゃない？」

「あいつは邪悪《じゃあく》なやつだ」ハリーが言《い》った。「根性曲《こんじょうま》がりだ」

「ひどい人《ひと》よ、たしかに。でも……ハリー、ダンブルドアに、傷痕《きずあと》の痛《いた》みのことを話《はな》さないといけないと思《おも》うわ」

ダンブルドアのところへ行《い》けと忠告《ちゅうこく》されたのは、この二日《ふつか》で二度目《どめ》だ。そしてハリーのハーマイオニーへの答《こた》えは、ロンへのとまったく同《おな》じだった。

「このことでダンブルドアのじゃまはしない。今君《いまきみ》が言《い》ったようにたいしたことじゃない。この夏中《なつじゅう》、しょっちゅう痛《いた》んでたし――ただ、今夜《こんや》はちょっとひどかった――それだけさ――」

「ハリー、ダンブルドアはきっとこのことでじゃまされたいと思《おも》うわ――」

「うん」ハリーはそう言《い》ったあと、言《い》いたいことが口《くち》をついて出《で》てしまった。「ダンブルドアは僕《ぼく》のその部分《ぶぶん》だけしか気《き》にしてないんだろ？　僕《ぼく》の傷痕《きずあと》しか」

「何《なに》を言《い》い出《だ》すの。そんなことないわ！」

「僕《ぼく》、シリウスに手紙《てがみ》を書《か》いて、このことを教《おし》えるよ。シリウスがどう考《かんが》えるか――」

「ハリー、そういうことは手紙《てがみ》に書《か》いちゃダメ！」ハーマイオニーが驚《おどろ》いて言《い》った。「覚《おぼ》えていないの？　ムーディが、手紙《てがみ》に書《か》くことに気《き》をつけろって言《い》ったでしょう。今《いま》はもう、ふくろうが途中《とちゅう》で捕《つか》まらないという保証《ほしょう》はないのよ！」

「わかった、わかった。じゃ、シリウスには教《おし》えないよ！」

ハリーはいらいらしながら立《た》ち上《あ》がった。

「僕《ぼく》、寝《ね》る。ロンにそう言《い》っといてくれる？」

「あら、だめよ」ハーマイオニーがホッとしたように言《い》った。

「あなたが行《い》くなら、私《わたし》も行《い》っても失礼《しつれい》にはならないってことだもの。私《わたし》、もうくたくたなの。それに、あしたはもっと帽子《ぼうし》を作《つく》りたいし。ねえ、あなたも手伝《てつだ》わない？　おもしろいわよ。私《わたし》、だんだん上手《じょうず》になってるの。今《いま》は、模様編《もようあ》みもポンポン飾《かざ》りも、ほかにもいろいろできるわ」

ハリーは喜《よろこ》びに輝《かがや》いているハーマイオニーの顔《かお》を見《み》つめた。そして、少《すこ》しはその気《き》になったかのような顔《かお》をしてみせようとした。

「あー……ううん。遠慮《えんりょ》しとく」ハリーが言《い》った。「えーと――あしたはだめなんだ。僕《ぼく》、山《やま》ほど宿題《しゅくだい》やらなくちゃ……」

ちょっと残念《ざんねん》そうな顔《かお》をしたハーマイオニーをあとに残《のこ》し、ハリーはとぼとぼと男子寮《だんしりょう》の階段《かいだん》に向《む》かった。

第《だい》14章《しょう》　パーシーとパッドフット

次《つぎ》の朝《あさ》、同室《どうしつ》の誰《だれ》よりも早《はや》くハリーは目《め》を覚《さ》ました。しばらく横《よこ》になったまま、ベッドのカーテンのすきまから流《なが》れ込《こ》んでくる陽光《ようこう》の中《なか》で、塵《ちり》が舞《ま》う様子《ようす》を眺《なが》め、土曜日《どようび》だという気分《きぶん》をじっくり味《あじ》わった。新学期《しんがっき》の第《だい》一週《しゅう》は、大長編《だいちょうへん》の「魔法史《まほうし》」の授業《じゅぎょう》のように、はてしなく続《つづ》いたような気《き》がした。

眠《ねむ》たげな静寂《せいじゃく》と、たった今《いま》つむぎだされたような陽光《ようこう》から考《かんが》えると、まだ夜《よ》が明《あ》けたばかりだ。ハリーはベッドにめぐらされたカーテンを開《あ》け、起《お》き上《あ》がって服《ふく》を着《き》はじめた。遠《とお》くに聞《き》こえる鳥《とり》のさえずりのほかは、同《おな》じ寝室《しんしつ》のグリフィンドール生《せい》のゆっくりした深《ふか》い寝息《ねいき》が聞《き》こえるだけだった。ハリーはかばんをそっと開《あ》け、羊皮紙《ようひし》と羽根《はね》ペンを取《と》り出《だ》し、寝室《しんしつ》を出《で》て談話室《だんわしつ》に向《む》かった。

ハリーは、まっすぐにお気《き》に入《い》りの場所《ばしょ》を目指《めざ》した。暖炉脇《だんろわき》のふわふわした古《ふる》いひじかけ椅子《いす》だ。暖炉《だんろ》の火《ひ》はもう消《き》えている。心地《ここち》よく椅子《いす》に座《すわ》ると、ハリーは談話室《だんわしつ》を見回《みまわ》しながら羊皮紙《ようひし》を広《ひろ》げた。

丸《まる》めた羊皮紙《ようひし》の切《き》れ端《はし》や、古《ふる》いゴブストーン、薬《くすり》の材料用《ざいりょうよう》の空《から》の広口瓶《ひろくちびん》、菓子《かし》の包《つつ》み紙《がみ》など、一日《いちにち》の終《お》わりに散《ち》らかっていたごみくずの山《やま》は、きれいになくなっていた。ハーマイオニーのしもべ妖精用帽子《ようせいようぼうし》もない。自由《じゆう》になりたかったかどうかにかかわりなく、もう何人《なんにん》ぐらいのしもべ妖精《ようせい》が自由《じゆう》になったのだろうとぼんやり考《かんが》えながら、ハリーはインク瓶《びん》のふたを開《あ》け、羽根《はね》ペンを浸《ひた》した。それから、黄色味《きいろみ》を帯《お》びたなめらかな羊皮紙《ようひし》の表面《ひょうめん》から少《すこ》し上《うえ》に羽根《はね》ペンをかざし、必死《ひっし》に考《かんが》えた……しかし、一、二分後《ふんご》、ハリーは火《ひ》のない火格子《ひごうし》を見《み》つめたままの自分《じぶん》に気《き》づいた。何《なん》と書《か》いていいのかわからない。

ロンとハーマイオニーが、この夏《なつ》ハリーに手紙《てがみ》を書《か》くのがどんなに難《むずか》しかったか、今《いま》になってわかった。この一週間《しゅうかん》の出来事《できごと》を何《なに》もかもシリウスに知《し》らせ、聞《き》きたくてたまらないことを全部質問《ぜんぶしつもん》し、しかも手紙《てがみ》どろぼうに盗《ぬす》まれた場合《ばあい》でも、知《し》られたくない情報《じょうほう》は渡《わた》さないとなると、いったいどうすればいいのだろう？

ハリーはしばらくの間身動《あいだみうご》きもせず暖炉《だんろ》を見《み》つめていたが、ようやくもう一度《いちど》羽根《はね》ペンをインクに浸《ひた》し、羊皮紙《ようひし》にきっぱりとペンを下《お》ろした。

スナッフルズさん

お元気《げんき》ですか。ここに戻《もど》ってからの最初《さいしょ》の一週間《しゅうかん》はひどかった。週末《しゅうまつ》になってほんとうにうれしいです。「闇《やみ》の魔術《まじゅつ》の防衛術《ぼうえいじゅつ》」に、新任《しんにん》のアンブリッジ先生《せんせい》が来《き》ました。あなたのお母《かあ》さんと同《おな》じぐらいすてきな人《ひと》です。去年《きょねん》の夏《なつ》にあなたに書《か》いた手紙《てがみ》と同《おな》じ件《けん》で手紙《てがみ》を書《か》いています。昨夜《さくや》アンブリッジ先生《せんせい》の罰則《ばっそく》を受《う》けていたときに、また起《お》こりました。

僕《ぼく》たちの大《おお》きな友達《ともだち》がいないので、みんなさびしがっています。早《はや》く帰《かえ》ってきてほしいです。

なるべく早《はや》くお返事《へんじ》をください。

お元気《げんき》で。

ハリーより

ハリーは第三者《だいさんしゃ》の目《め》で手紙《てがみ》を数回《すうかい》読《よ》み返《かえ》した。これなら何《なん》のことを話《はな》しているのか、誰《だれ》に向《む》かって話《はな》しているのかも、この手紙《てがみ》を読《よ》んだだけではわからないだろう。シリウスにハグリッドのヒントが通《つう》じて、ハグリッドがいつ帰《かえ》ってくるのかを教《おし》えてくれればいいが、とハリーは願《ねが》った。まともには聞《き》けない。ハグリッドがホグワーツを留守《るす》にして、いったい何《なに》をしようとしているのかに、注意《ちゅうい》を引《ひ》き過《す》ぎてしまうかもしれないからだ。

こんなに短《みじか》い手紙《てがみ》なのに、書《か》くのにずいぶん時間《じかん》がかかった。書《か》いている間《あいだ》に、太陽《たいよう》の光《ひかり》が、部屋《へや》の中《なか》ほどまで忍《しの》び込《こ》んでいた。みんなが起《お》きだす物音《ものおと》が、上《うえ》の寝室《しんしつ》から遠《とお》く聞《き》こえた。羊皮紙《ようひし》にしっかり封《ふう》をして、ハリーは肖像画《しょうぞうが》の穴《あな》をくぐり、ふくろう小屋《ごや》に向《む》かった。

「私《わたし》ならそちらの道《みち》は行《い》きませんね」

ハリーが廊下《ろうか》を歩《ある》いていると、すぐ目《め》の前《まえ》の壁《かべ》から、ほとんど首無《くびな》しニックがふわふわ出《で》てきて、ハリーをドキッとさせた。

「廊下《ろうか》の中《なか》ほどにあるパラケルススの胸像《きょうぞう》の脇《わき》を次《つぎ》に通《とお》る人《ひと》に、ピーブズがゆかいな冗談《じょうだん》を仕掛《しか》けるつもりです」

「それ、パラケルススが頭《あたま》の上《うえ》に落《お》ちてくることもあり？」ハリーが聞《き》いた。

「そんなばかなとお思《おも》いでしょうが、**あります**」

ほとんど首無《くびな》しニックがうんざりした声《こえ》で言《い》った。

「ピーブズには繊細《せんさい》さなどという徳目《とくもく》はありませんからね。私《わたし》は『血《ち》みどろ男爵《だんしゃく》』を探《さが》しに参《まい》ります……男爵《だんしゃく》なら止《と》めることができるかもしれません……ではご機嫌《きげん》よう、ハリー……」

「ああ、じゃあね」

ハリーは右《みぎ》に曲《ま》がらずに左《ひだり》に折《お》れ、ふくろう小屋《ごや》へは遠回《とおまわ》りでも、より安全《あんぜん》な道《みち》を取《と》った。窓《まど》を一つ通《とお》り過《す》ぎるたびに、ハリーは気力《きりょく》が高《たか》まってきた。どの窓《まど》からも真《ま》っ青《さお》な明《あか》るい空《そら》が見《み》える。あとでクィディッチの練習《れんしゅう》がある。ハリーはやっとクィディッチ競技場《きょうぎじょう》に戻《もど》れるのだ。

何《なに》かがハリーのくるぶしをかすめた。見下《みお》ろすと、管理人《かんりにん》フィルチの飼《か》っている、がいこつのようにやせた灰色《はいいろ》の猫《ねこ》、ミセス・ノリスが、こっそり通《とお》り過《す》ぎるところだった。一瞬《いっしゅん》、ランプのような黄色《きいろ》い目《め》をハリーに向《む》け、「憂《うれ》いのウィルフレッド」の像《ぞう》の裏《うら》へと姿《すがた》をくらました。

「僕《ぼく》、何《なん》にも悪《わる》いことしてないぞ」ハリーがあとを追《お》いかけるように言《い》った。猫《ねこ》は、まちがいなくご主人様《しゅじんさま》に言《い》いつけにいくときの雰囲気《ふんいき》だったが、ハリーにはどうしてなのかわからなかった。土曜《どよう》の朝《あさ》にふくろう小屋《ごや》に歩《ある》いていく権利《けんり》はあるはずだ。

もう太陽《たいよう》が高《たか》くなっていた。ふくろう小屋《ごや》に入《はい》ると、ガラスなしの窓々《まどまど》から射《さ》し込《こ》む光《ひかり》のまぶしさに目《め》がくらんだ。どっと射《さ》し込《こ》む銀色《ぎんいろ》の光線《こうせん》が、円筒状《えんとうじょう》の小屋《こや》を縦横《じゅうおう》に交差《こうさ》している。垂木《たるき》に止《と》まった何百羽《なんびゃっぱ》ものふくろうは、早朝《そうちょう》の光《ひかり》で少《すこ》し落《お》ち着《つ》かない様子《ようす》だ。狩《かり》から帰《かえ》ったばかりらしいのもいる。ハリーは首《くび》を伸《の》ばしてヘドウィグを探《さが》した。藁《わら》を敷《し》き詰《つ》めた床《ゆか》の上《うえ》で、小動物《しょうどうぶつ》の骨《ほね》が踏《ふ》み砕《くだ》かれてポキポキと軽《かる》い音《おと》を立《た》てた。

「ああ、そこにいたのか」

丸天井《まるてんじょう》のてっぺん近《ちか》くに、ヘドウィグを見《み》つけた。

「降《お》りてこいよ。頼《たの》みたい手紙《てがみ》があるんだ」

ホーと低《ひく》く鳴《な》いて大《おお》きな翼《つばさ》を広《ひろ》げ、ヘドウィグはハリーの肩《かた》に舞《ま》い降《お》りた。

「いいか、表《おもて》にはスナッフルズって書《か》いてあるけど」ハリーは手紙《てがみ》をくちばしにくわえさせながら、なぜか自分《じぶん》でもわからずささやき声《ごえ》で言《い》った。「でも、これはシリウス宛《あて》なんだ。オーケー？」

ヘドウィグは琥珀色《こはくいろ》の目《め》を一回《かい》だけパチクリした。ハリーはそれがわかったという意味《いみ》だと思《おも》った。

「じゃ、気《き》をつけて行《い》くんだよ」

ハリーはヘドウィグを窓《まど》まで運《はこ》んだ。ハリーの腕《うで》をくいっと一押《ひとお》しし、ヘドウィグはまぶしい空《そら》へと飛《と》び去《さ》った。ハリーはヘドウィグが小《ち い》さな黒《くろ》い点《てん》になり、姿《すがた》が消《き》えるまで見守《みまも》った。それからハグリッドの小屋《こや》へと目《め》を移《うつ》した。小屋《こや》はこの窓《まど》からはっきりと見《み》えたが、誰《だれ》もいないこともはっきりしていた。煙突《えんとつ》には煙《けむり》も見《み》えず、カーテンは閉《し》め切《き》られている。

禁《きん》じられた森《もり》の木々《きぎ》の梢《こずえ》がかすかな風《かぜ》に揺《ゆ》れた。ハリーは顔《かお》いっぱいにすがすがしい風《かぜ》を味《あじ》わい、このあとのクィディッチのことを考《かんが》えながら、梢《こずえ》を見《み》ていた……突然何《とつぜんなに》かが目《め》に入《はい》った。ホグワーツの馬車《ばしゃ》をひいていたのと同《おな》じ、巨大《きょだい》な爬虫類《はちゅうるい》のような有翼《ゆうよく》の馬《うま》だ。なめし革《がわ》のようなすべすべした黒《くろ》い両翼《りょうよく》を翼手竜《よくしゅりゅう》のように広《ひろ》げ、巨大《きょだい》でグロテスクな鳥《とり》のように木々《きぎ》の間《あいだ》から舞《ま》い上《あ》がった。それは大《おお》きく円《えん》を描《えが》いて上昇《じょうしょう》し、再《ふたた》び木々《きぎ》の間《あいだ》に突《つ》っ込《こ》んでいった。すべてがあっという間《ま》の出来事《できごと》だったので、ハリーには今見《いまみ》たことが信《しん》じられなかった。しかし、心臓《しんぞう》は狂《くる》ったように早鐘《はやがね》を打《う》っていた。

背後《はいご》でふくろう小屋《ごや》の戸《と》が開《あ》いた。ハリーは飛《と》び上《あ》がるほど驚《おどろ》いた。急《いそ》いで振《ふ》り返《かえ》ると、チョウ・チャンが手紙《てがみ》と小包《こづつみ》を持《も》っているのが目《め》に入《はい》った。

「やあ」ハリーは反射的《はんしゃてき》に挨拶《あいさつ》した。

「あら……おはよう」チョウが息《いき》をはずませながら挨拶《あいさつ》した。「こんなに早《はや》く、ここに誰《だれ》かいると思《おも》わなかったわ……私《わたし》、つい五分前《ふんまえ》に、今日《きょう》がママの誕生日《たんじょうび》だったことを思《おも》い出《だ》したの」

チョウは小包《こづつみ》を持《も》ち上《あ》げて見《み》せた。

「そう」

ハリーは脳《のう》みそが混線《こんせん》したようだった。気《き》のきいたおもしろいことの一つも言《い》いたかったが、あの恐《おそ》ろしい有翼《ゆうよく》の馬《うま》の記憶《きおく》がまだ生々《なまなま》しかった。

「いい天気《てんき》だね」

ハリーは窓《まど》のほうを指《さ》した。バツの悪《わる》さに内臓《ないぞう》が縮《ちぢ》んだ。天気《てんき》のことなんか――僕《ぼく》は何《なに》を言《い》ってるんだ。天気《てんき》のことなんか……。


「そうね」チョウは適当《てきとう》なふくろうを探《さが》しながら答《こた》えた。「いいクィディッチ日和《びより》だわ。私《わたし》、もう一週間《しゅうかん》もプレーしてないの。あなたは？」

「僕《ぼく》も」ハリーが答《こた》えた。

チョウは学校《がっこう》のメンフクロウを選《えら》んだ。チョウがおいでおいでと腕《うで》に呼《よ》び寄《よ》せると、ふくろうは快《こころよ》く片脚《かたあし》を突《つ》き出《だ》し、チョウが小包《こづつみ》をくくりつけられるようにした。

「ねえ、グリフィンドールの新《あたら》しいキーパーは決《き》まったの？」

「うん。僕《ぼく》の友達《ともだち》のロン・ウィーズリーだ。知《し》ってる？」

「トルネードーズ嫌《ぎら》いの？」チョウがかなり冷《ひ》ややかに言《い》った。「少《すこ》しはできるの？」

「うん」ハリーが答《こた》えた。「そうだと思《おも》う。でも、僕《ぼく》は選抜《せんばつ》のとき見《み》てなかったんだ。罰則《ばっそく》を受《う》けてたから」

チョウは、小包《こづつみ》をふくろうの脚《あし》に半分《はんぶん》ほどくくりつけたままで目《め》を上《あ》げた。

「あのアンブリッジって女《おんな》、いやな人《ひと》」チョウが低《ひく》い声《こえ》で言《い》った。「あなたがほんとうのことを言《い》ったというだけで罰則《ばっそく》にするなんて。どんなふうに——どんなふうにあの人《ひと》が死《し》んだかを言《い》っただけで。みんながその話《はなし》を聞《き》いたし、話《はなし》は学校中《がっこうじゅう》に広《ひろ》がったわ。あの先生《せんせい》にあんなふうに立《た》ち向《む》かうなんて、あなたはとっても勇敢《ゆうかん》だったわ」

縮《ちぢ》んでいた内臓《ないぞう》が、再《ふたた》びふくらんできた。あまりに急速《きゅうそく》にふくらんだので、まるでフンだらけの床《ゆか》から体《からだ》が十センチくらい浮《う》き上《あ》がったような気《き》がした。空飛《そらと》ぶ馬《うま》なんか、もうどうだっていい。チョウが僕《ぼく》をとっても勇敢《ゆうかん》だったと思《おも》ってる。小包《こづつみ》をふくろうにくくりつけるのを手伝《てつだ》って、「見《み》せるつもりはなかったんだ」の雰囲気《ふんいき》で、チョウに手《て》の傷《きず》を見《み》せようかと、ハリーは一瞬《いっしゅん》そう思《おも》った……しかし、このドキドキする思《おも》いつきが浮《う》かんだとたん、またふくろう小屋《ごや》の戸《と》が開《あ》いた。

管理人《かんりにん》のフィルチが、ゼイゼイ言《い》いながら入《はい》ってきた。やせて静脈《じょうみゃく》が浮《う》き出《で》たほおのあちこちが赤黒《あかぐろ》いまだらになり、あごは震《ふる》え、薄《うす》い白髪頭《しらがあたま》を振《ふ》り乱《みだ》している。ここまでかけてきたにちがいない。ミセス・ノリスがそのすぐ後《うし》ろからトコトコ走《はし》ってきて、ふくろうたちをじっと見上《みあ》げ、大《おお》腹《はら》がへったとばかりニャーと鳴《な》いた。ふくろうたちは落《お》ち着《つ》かない様子《ようす》で羽《はね》をこすり合《あ》わせ、大《おお》きな茶《ちゃ》モリフクロウが一羽《わ》、脅《おど》すようにくちばしをカチカチ鳴《な》らした。

「アハーッ！」フィルチは垂《た》れ下《さ》がったほおを怒《いか》りに震《ふる》わせ、ドテドテと不格好《ぶかっこう》な歩《ある》き方《かた》でハリーのほうにやってきた。「おまえがクソ爆弾《ばくだん》をごっそり注文《ちゅうもん》しようとしてると、垂《た》れ込《こ》みがあったぞ！」

ハリーは腕組《うでぐ》みして管理人《かんりにん》をじっと見《み》た。

「僕《ぼく》がクソ爆弾《ばくだん》を注文《ちゅうもん》してるなんて、誰《だれ》が言《い》ったんだい？」

チョウも顔《かお》をしかめて、ハリーからフィルチへと視線《しせん》を走《はし》らせた。チョウの腕《うで》に止《と》まったふくろうが、片脚立《かたあしだ》ちにつかれて、催促《さいそく》するようにホーと鳴《な》いたが、チョウは無視《むし》した。

「こっちにはこっちのつてがあるんだ」フィルチは得意《とくい》げにすごんだ。「さあ、何《なん》でもいいから送《おく》るものをこっちへよこせ」

「できないよ。もう出《だ》してしまったもの」手紙《てがみ》を送《おく》るのにぐずぐずしなくてよかったと、ハリーは何《なに》かに感謝《かんしゃ》したい気持《きも》ちだった。

「出《だ》してしまった？」フィルチの顔《かお》が怒《いか》りでゆがんだ。

「出《だ》してしまったよ」ハリーは落《お》ち着《つ》いて言《い》った。

フィルチは怒《おこ》って口《くち》を開《あ》け、二、三秒《びょう》パクパクやっていたが、それからハリーのローブをなめるようにじろーっと見《み》た。

「ポケットに入《はい》ってないとどうして言《い》える？」

「どうしてって――」

「ハリーが出《だ》すところを、私《わたし》が見《み》たわ」チョウが怒《おこ》ったように言《い》った。

フィルチがサッとチョウを見《み》た。

「おまえが見《み》た――？」

「そうよ。見《み》たわ」チョウが激《はげ》しい口調《くちょう》で言《い》った。

一瞬《いっしゅん》、フィルチはチョウをにらみつけ、チョウはにらみ返《かえ》した。それから、背《せ》を向《む》け、ぎこちない歩《ある》き方《かた》でドアに向《む》かったが、ドアの取《と》っ手《て》に手《て》をかけて立《た》ち止《ど》まり、ハリーを振《ふ》り返《かえ》った。

「クソ爆弾《ばくだん》がプンとでも臭《にお》ったら……」

フィルチが階段《かいだん》をコツンコツンと下《お》りていき、ミセス・ノリスは、ふくろうたちをもう一度《いちど》無念《むねん》そうに目《め》でなめてからあとについていった。

ハリーとチョウが目《め》を見合《みあ》わせた。

「ありがとう」ハリーが言《い》った。

「どういたしまして」

メンフクロウが上《あ》げっぱなしにしていた脚《あし》にやっと小包《こづつみ》をくくりつけながら、チョウがかすかにほおを染《そ》めた。

「クソ爆弾《ばくだん》を注文《ちゅうもん》してはいないでしょう?」

「してない」ハリーが答《こた》えた。

「だったら、フィルチはどうしてそうだと思《おも》ったのかしら?」チョウはふくろうを窓際《まどぎわ》に運《はこ》びながら言《い》った。

ハリーは肩《かた》をすくめた。チョウばかりでなくハリーにとっても、それはまったく謎《なぞ》だった。しかし、不思議《ふしぎ》なことに、今《いま》はそんなことはどうでもよい気分《きぶん》だった。

二人《ふたり》は一緒《いっしょ》にふくろう小屋《ごや》を出《で》た。城《しろ》の西塔《にしとう》に続《つづ》く廊下《ろうか》の入口《いりぐち》で、チョウが言《い》った。

「私《わたし》はこっちなの。じゃ、あの……またね、ハリー」

「うん……また」

チョウはハリーにニッコリして歩《ある》きだした。ハリーもそのまま歩《ある》き続《つづ》けた。気持《きも》ちが静《しず》かにたかぶっていた。ついにチョウとまとまった会話《かいわ》をやってのけた。しかも一度《いちど》もきまりの悪《わる》い思《おも》いをせずに……あの先生《せんせい》にあんなふうに立《た》ち向《む》かうなんて、あなたはとっても勇敢《ゆうかん》だったわ……

チョウがハリーを勇敢《ゆうかん》だと言《い》った……ハリーが生《い》きていることを憎《にく》んではいない……。

もちろん、チョウはセドリックのほうが好《す》きだった。それはわかっている……ただ、もし僕《ぼく》があのパーティでセドリックより先《さき》に申《もう》し込《こ》んでいたら、事情《じじょう》はちがっていたかもしれない……僕《ぼく》が申《もう》し込《こ》んだとき、チョウは断《ことわ》るのがほんとうに申《もう》し訳《わけ》ないという様子《ようす》だった……。

「おはよう」

大広間《おおひろま》のグリフィンドールのテーブルで、ハリーはロンとハーマイオニーのところに座《すわ》りながら、明《あか》るく挨拶《あいさつ》した。

「なんでそんなにうれしそうなんだ？」ロンが驚《おどろ》いてハリーを見《み》た。

「う、うん……あとでクィディッチが」ハリーは幸《しあわ》せそうに答《こた》え、ベーコンエッグの大皿《おおざら》を引《ひ》き寄《よ》せた。

「ああ……うん……」ロンは食《た》べかけのトーストを下《した》に置《お》き、かぼちゃジュースをガブリと飲《の》み、それから口《くち》を開《ひら》いた。「ねえ……僕《ぼく》と一緒《いっしょ》に、少《すこ》し早《はや》めに行《い》ってくれないか？　ちょっと――えー――僕《ぼく》に、トレーニング前《まえ》の練習《れんしゅう》をさせてほしいんだ。そしたら、ほら、ちょっと勘《かん》がつかめるし」

「ああ、オーケー」ハリーが言《い》った。

「ねえ、そんなことだめよ」ハーマイオニーが真剣《しんけん》な顔《かお》をした。「二人《ふたり》とも宿題《しゅくだい》がほんとに遅《おく》れてるじゃない――」

しかし、ハーマイオニーの言葉《ことば》がそこでとぎれた。朝《あさ》の郵便《ゆうびん》が到着《とうちゃく》し、いつものようにコノハズクが「日刊予言者新聞《にっかんよげんしゃしんぶん》」をくわえてハーマイオニーのほうに飛《と》んできて、砂糖《さとう》つぼすれすれに着地《ちゃくち》した。コノハズクが片脚《かたあし》を突《つ》き出《だ》し、ハーマイオニーはその革《かわ》の巾着《きんちゃく》に一クヌートを押《お》し込《こ》んで新聞《しんぶん》を受《う》け取《と》った。コノハズクが飛《と》び立《た》ったときには、ハーマイオニーは新聞《しんぶん》の一面《めん》にしっかりと目《め》を走《はし》らせていた。

「何《なに》かおもしろい記事《きじ》、ある？」ロンが言《い》った。

ハリーはニヤッとした。宿題《しゅくだい》の話題《わだい》をそらせようとロンが躍起《やっき》になっているのがわかるのだ。

「ないわ」ハーマイオニーがため息《いき》をついた。「『妖女《ようじょ》シスターズ』のベース奏者《そうしゃ》が結婚《けっこん》するゴシップ記事《きじ》だけよ」

ハーマイオニーは新聞《しんぶん》を広《ひろ》げてその陰《かげ》に埋《う》もれてしまった。ハリーはもう一度《いちど》ベーコンエッグを取《と》り分《わ》け、食《た》べることに専念《せんねん》した。ロンは、何《なに》か気《き》になってしょうがないという顔《かお》で高窓《たかまど》を見《み》つめていた。

「ちょっと待《ま》って」ハーマイオニーが突然声《とつぜんこえ》を上《あ》げた。「ああ、だめ……シリウス！」

「何《なに》かあったの？」ハリーが新聞《しんぶん》をぐいっと乱暴《らんぼう》に引《ひ》っ張《ぱ》ったので、新聞《しんぶん》は半分《はんぶん》に裂《さ》け、ハリーの手《て》に半分《はんぶん》、ハーマイオニーの手《て》にもう半分残《はんぶんのこ》った。

「『魔法省《まほうしょう》は信頼《しんらい》できる筋《すじ》からの情報《じょうほう》を入手《にゅうしゅ》した。シリウス・ブラック、悪名高《あくめいだか》い大量殺人鬼《たいりょうさつじんき》で

あり……云々《うんぬん》、云々《うんぬん》……は現在《げんざい》ロンドンに隠《かく》れている！』」

ハーマイオニーは心配《しんぱい》そうに声《こえ》をひそめて、自分《じぶん》の持《も》っている半分《はんぶん》を読《よ》んだ。

「ルシウス・マルフォイ、絶対《ぜったい》そうだ」ハリーも低《ひく》い声《こえ》で、怒《いか》り狂《くる》った。「プラットホームでシリウスを見破《みやぶ》ったんだ……」

「えっ？」ロンが驚《おどろ》いて声《こえ》を上《あ》げた。「君《きみ》、まさか――」

「シーッ！」ハリーとハーマイオニーが抑《おさ》えた。

「……『魔法省《まほうしょう》は、魔法界《まほうかい》に警戒《けいかい》を呼《よ》びかけている。ブラックは非常《ひじょう》に危険《きけん》で……十三人《にん》も殺《ころ》し……アズカバンを脱獄《だつごく》……』いつものくだらないやつだわ」

ハーマイオニーは新聞《しんぶん》の片《かた》われを下《した》に置《お》き、おびえたような目《め》でハリーとロンを見《み》た。

「つまり、シリウスはもう二度《にど》とあの家《いえ》を離《はな》れちゃいけない。そういうことよ」ハーマイオニーがヒソヒソ言《い》った。「ダンブルドアはちゃんとシリウスに警告《けいこく》してたわ」

ハリーはふさぎ込《こ》んで、破《やぶ》り取《と》った新聞《しんぶん》の片割《かたわ》れを見下《みお》ろした。ページの大部分《だいぶぶん》は広告《こうこく》で、「マダム・マルキンの洋装店《ようそうてん》――普段着《ふだんぎ》から式服《しきふく》まで」がセールをやっているらしい。

「えーっ！　これ見《み》てよ！」ハリーはロンとハーマイオニーが見《み》えるように、新聞《しんぶん》を平《たい》らに広《ひろ》げて置《お》いた。

「僕《ぼく》、ローブは間《ま》に合《あ》ってるよ」ロンが言《い》った。

「ちがうよ」ハリーが言《い》った。「見《み》て……この小《ちい》さい記事《きじ》……」

ロンとハーマイオニーが新聞《しんぶん》に覆《おお》いかぶさるようにして読《よ》んだ。六行足《ぎょうた》らずの短《みじか》い記事《きじ》で、一番下《いちばんした》の欄《らん》にのっている。

魔法省侵入事件《まほうしょうしんにゅうじけん》

ロンドン市《し》クラッパム地区《ちく》ラバーナム・ガーデン二番地《ばんち》に住《す》むスタージス・ポドモア(38)は、八月《がつ》三十一日《にち》、魔法省《まほうしょう》に侵入《しんにゅう》並《なら》びに強盗未遂容疑《ごうとうみすいようぎ》でウィゼンガモットに出廷《しゅってい》した。ポドモアは、午前《ごぜん》一時《じ》に最高機密《さいこうきみつ》の部屋《へや》に押《お》し入《い》ろうとしているところを、ガード魔《マ》ンのエリック・マンチに捕《つか》まった。ポドモアは弁明《べんめい》を拒《こば》み、両罪《りょうざい》について有罪《ゆうざい》とされ、アズカバンに六か月収監《げつしゅうかん》の刑《けい》を言《い》い渡《わた》された。

「スタージス・ポドモア？」ロンが考《かんが》えながら言《い》った。「それ、頭《あたま》が茅葺屋根《かやぶきやね》みたいな、あいつだろ？　騎士団《きしだん》――」

「ロン、シーッ！」ハーマイオニーがびくびくあたりを見回《みまわ》した。

「アズカバンに六か月《げつ》！」ハリーはショックを受《う》けてささやいた。「部屋《へや》に入《はい》ろうとしただけで！」

「バカなこと言《い》わないで。単《たん》に部屋《へや》に入《はい》ろうとしただけじゃないわ。魔法省《まほうしょう》で、夜中《よなか》の一時《じ》に、いったい何《なに》をしていたのかしら？」ハーマイオニーがヒソヒソ言《い》った。

「騎士団《きしだん》のことで何《なに》かしてたんだと思《おも》うか？」ロンがつぶやいた。

「ちょっと待《ま》って……」ハリーが考《かんが》えながら言《い》った。「スタージスは、僕《ぼく》たちを見送《みおく》りにくるはずだった。覚《おぼ》えてるかい？」

二人《ふたり》がハリーを見《み》た。

「そうなんだ。キングズ・クロスに行《い》く護衛隊《ごえいたい》に加《くわ》わるはずだった。覚《おぼ》えてる？　それで、現《あらわ》れなかったもんだから、ムーディがずいぶんやきもきしてた。だから、スタージスが騎士団《きしだん》の仕事《しごと》をしていたはずはない。そうだろ？」

「ええ、たぶん、騎士団《きしだん》はスタージスが捕《つか》まるとは思《おも》っていなかったんだわ」ハーマイオニーが言《い》った。

「ハメられたかも！」ロンが興奮《こうふん》して声《こえ》を張《は》り上《あ》げた。「いや――わかったぞ！」ハーマイオニーが怖《こわ》い顔《かお》をしたので、ロンは声《こえ》をがくんと落《お》とした。「魔法省《まほうしょう》はスタージスがダンブルドア一味《いちみ》じゃないかと疑《うたが》った。それで――わかんないけど――連中《れんちゅう》がスタージスを魔法省《まほうしょう》に誘《さそ》い込《こ》んだ。スタージスは部屋《へや》に押《お》し入《い》ろうとしたわけじゃないんだ！　魔法省《まほうしょう》がスタージスを捕《つか》まえるのに、何《なに》かでっち上《あ》げたんだ！」

ハリーとハーマイオニーは、しばらくだまってそのことを考《かんが》えた。ハリーはそんなことはありえないと思《おも》ったが、一方《いっぽう》ハーマイオニーは、かなり感心《かんしん》したような顔《かお》をした。

「ねえ、納得《なっとく》できるわ。そのとおりかもしれない」

ハーマイオニーは、何《なに》か考《かんが》え込《こ》みながら、手《て》にした新聞《しんぶん》の片《かた》われを折《お》りたたんだ。ハリーがナイフとフォークを置《お》いたとき、ハーマイオニーはふと我《われ》に返《かえ》ったように言《い》った。

「さあ、それじゃ、スプラウト先生《せんせい》の『自然《しぜん》に施肥《せひ》する灌木《かんぼく》』のレポートから始《はじ》めましょうか。うまくいけば、昼食前《ちゅうしょくまえ》に、マクゴナガルの『無生物出現呪文《むせいぶつしゅつげんじゅもん》』に取《と》りかかれるかもしれない……」

上階《じょうかい》の寮《りょう》で待《ま》ち受《う》けている宿題《しゅくだい》の山《やま》を思《おも》うと、ハリーは良心《りょうしん》がうずいた。しかし、空《そら》は晴《は》れ渡《わた》り、わくわくするような青《あお》さだったし、ハリーはもう一週間《しゅうかん》もファイアボルトに乗《の》っていなかった……。

「今夜《こんや》やりゃいいのさ」

ハリーと連《つ》れ立《だ》ってクィディッチ競技場《きょうぎじょう》に向《む》かう芝生《しばふ》の斜面《しゃめん》を下《お》りながら、ロンが言《い》った。二人《ふたり》とも肩《かた》には箒《ほうき》を担《かつ》ぎ、耳《みみ》には「二人《ふたり》ともO・W・L《ふくろう》に落《お》ちるわよ」というハーマイオニーの警告《けいこく》がまだ鳴《な》り響《ひび》いていた。

「それに、あしたってものがある。ハーマイオニーは勉強《べんきょう》となると熱《あつ》くなる。あいつはそこが問題《もんだい》さ……」ロンはそこで一瞬《いっしゅん》言葉《ことば》を切《き》った。そしてちょっと心配《しんぱい》そうに言《い》った。「あいつ、本気《ほんき》かな。ノートを写《うつ》させてやらないって言《い》ったろ？」

「ああ、本気《ほんき》だろ」ハリーが言《い》った。「だけど、こっちのほうも大事《だいじ》さ。クィディッチ・チームに残《のこ》りたいなら、練習《れんしゅう》しなきゃならない……」

「うん、そうだとも」ロンは元気《げんき》が出《で》たようだった。「それに、宿題《しゅくだい》を全部《ぜんぶ》やっつける時間《じかん》はたっぷりあるさ……」

二人《ふたり》がクィディッチ競技場《きょうぎじょう》に近《ちか》づいたとき、ハリーはちらりと右《みぎ》のほうを見《み》た。禁《きん》じられた森《もり》の木々《きぎ》が、黒々《くろぐろ》と揺《ゆ》れている。森《もり》からは何《なに》も飛《と》び立《た》ってこなかった。遠《とお》くふくろう小屋《ごや》のある塔《とう》の付近《ふきん》を、ふくろうが数羽《すうわ》飛《と》び回《まわ》る姿《すがた》が見《み》えるほかは、空《そら》はまったく何《なん》の影《かげ》もない。心配《しんぱい》の種《たね》はあまるほどある。空飛《そらと》ぶ馬《うま》が悪《わる》さをしたわけじゃなし。ハリーはそのことを頭《あたま》から押《お》しのけた。

更衣室《こういしつ》の物置《ものおき》からボールを取《と》り出《だ》し、二人《ふたり》は練習《れんしゅう》に取《と》りかかった。ロンが三本《ぼん》のゴールポストを守《まも》り、ハリーがチェイサー役《やく》でクアッフルを投《な》げてゴールを抜《ぬ》こうとした。ロンはなかなかうまいとハリーは思《おも》った。ハリーのゴールシュートの四分《ぶん》の三をブロックしたし、練習時間《れんしゅうじかん》をかけるほどロンは調子《ちょうし》を上《あ》げた。二時間《じかん》ほど練習《れんしゅう》して、二人《ふたり》は昼食《ちゅうしょく》を食《た》べに城《しろ》へ戻《もど》った——昼食《ちゅうしょく》の間《あいだ》ずっと、ハーマイオニーは、二人《ふたり》が無責任《むせきにん》だとはっきり態度《たいど》で示《しめ》した——。それから本番《ほんばん》トレーニングのため、二人《ふたり》はクィディッチ競技場《きょうぎじょう》に戻《もど》った。更衣室《こういしつ》に入《はい》ると、アンジェリーナ以外《いがい》の選手《せんしゅ》が全員《ぜんいん》そろっていた。

「大丈夫《だいじょうぶ》か、ロン？」ジョージがウィンクしながら言《い》った。

「うん」

ロンは競技場《きょうぎじょう》に近《ちか》づくほど口数《くちかず》が少《すく》なくなっていた。

「俺《おれ》たちに差《さ》をつけてくれるんだろうな、監督生《かんとくせい》ちゃん？」

クィディッチ・ユニフォームの首《くび》から髪《かみ》をくしゃくしゃにして頭《あたま》を出《だ》しながら、いたずらっぽいニヤニヤ笑《わら》いを浮《う》かべて、フレッドが言《い》った。

「だまれ」

ロンは初《はじ》めて自分《じぶん》のユニフォームを着《き》ながらむすっとした顔《かお》で言《い》った。肩幅《かたはば》がロンよりかなり広《ひろ》いオリバー・ウッドのユニフォームにしては、ロンにぴったりだった。

「さあ、みんな」着替《きが》えをすませたアンジェリーナがキャプテン室《しつ》から出《で》てきた。「始《はじ》めよう。アリシアとフレッド、ボールの箱《はこ》を持《も》ってきてよ。ああ、それから、外《そと》で何人《なんにん》か見学《けんがく》しているけど、気《き》にしないこと。いいね？」

アンジェリーナはなにげない言《い》い方《かた》をしたつもりだったろうが、ハリーは招《まね》かれざる見学者《けんがくしゃ》が誰《だれ》なのかを察《さっ》した。推察《すいさつ》どおりだった。更衣室《こういしつ》から競技場《きょうぎじょう》のまぶしい陽光《ようこう》の中《なか》に出《で》ていくと、そこはスリザリンのクィディッチ・チームと取《と》り巻《ま》き連中《れんちゅう》数人《すうにん》のヤジと口笛《くちぶえ》の嵐《あらし》だった。観客席《かんきゃくせき》の中間《ちゅうかん》あたりの高《たか》さの席《せき》に陣取《じんど》ってやじる声《こえ》が、空《から》のスタジアムにワンワン反響《はんきょう》していた。

「ウィーズリーが乗《の》ってるのは、何《なん》だい？」マルフォイが気取《きど》った声《こえ》で嘲《あざけ》った。「あんなかびだらけの棒《ぼう》っ切《き》れに飛行呪文《ひこうじゅもん》をかけたやつは誰《だれ》だい？」

クラッブ、ゴイル、パンジー・パーキンソンが、ゲラゲラ、キャーキャー笑《わら》いこけた。ロンは箒《ほうき》にまたがり、地面《じめん》をけった。ハリーも、ロンの耳《みみ》が真《ま》っ赤《か》になるのを見《み》ながらあとを追《お》った。

「ほっとけよ」スピードを上《あ》げてロンに追《お》いついたハリーが言《い》った。「あいつらと対戦《たいせん》したあとで、どっちが最後《さいご》に笑《わら》うかがはっきりする……」

「その態度《たいど》が正解《せいかい》だよ、ハリー」

クアッフルを小脇《こわき》に抱《かか》えて二人《ふたり》のそばに舞《ま》い上《あ》がってきたアンジェリーナが、うなずきながら言《い》った。

「オーケー。みんな、ウォーミングアップにパスから始《はじ》めるよ。チーム全員《ぜんいん》で、いいね――」

「ヘーイ、ジョンソン。そのヘアスタイルはいったいどうしたの？」

パンジー・パーキンソンが下《した》から金切《かなき》り声《ごえ》で呼《よ》びかけた。

「頭《あたま》から虫《むし》がはい出《だ》してるような髪《かみ》をするなんて、そんな人《ひと》の気《き》が知《し》れないわ」

アンジェリーナはドレッドヘアを顔《かお》から払《はら》いのけ、落《お》ち着《つ》きはらって言《い》った。

「それじゃ、みんな、広《ひろ》がって。さあ、やってみよう……」

ハリーはほかのチームメートとは逆《ぎゃく》の方向《ほうこう》に飛《と》び、クィディッチ・ピッチの一番端《いちばんはし》に行《い》った。ロンはその反対側《はんたいがわ》のゴールに向《む》かって下《さ》がった。アンジェリーナは片手《かたて》でクアッフルを上《あ》げ、フレッドに向《む》かって投《な》げつけた。フレッドはジョージに、ジョージはハリーにパスし、ハリーからロンにパスしたが、ロンはクアッフルを取《と》り落《お》とした。

マルフォイの率《ひき》いるスリザリン生《せい》が、大声《おおごえ》で笑《わら》ったり、かん高《だか》い笑《わら》い声《ごえ》を上《あ》げたりした。ロンはクアッフルが地面《じめん》に落《お》ちる前《まえ》に捕《つか》まえようと、一直線《いっちょくせん》にクアッフルを追《お》いかけたが、急降下《きゅうこうか》から体勢《たいせい》を立《た》て直《なお》すときにもたついて、箒《ほうき》からズルリと横《よこ》にすべってしまい、プレーする高《たか》さにまで飛《と》び上《あ》がってきたときは顔《かお》が真《ま》っ赤《か》だった。ハリーはフレッドとジョージが目《め》を見交《みか》わすのを目撃《もくげき》したが、いつもの二人《ふたり》に似合《にあ》わず何《なに》も言《い》わなかったので、ハリーはそのことに感謝《かんしゃ》した。

「ロン、パスして」アンジェリーナが何事《なにごと》もなかったかのように呼《よ》びかけた。

ロンはクアッフルをアリシアにパスした。そこからハリーにクアッフルが戻《もど》り、ジョージにパスされた。

「へーイ、ポッター、傷《きず》はどんな感《かん》じだい？」マルフォイが声《こえ》をかけた。「寝《ね》てなくてもいいのか？　医務室《いむしつ》に行《い》かなくてすんだのは、これで、うん、まるまる一週間《しゅうかん》だ。記録的《きろくてき》じゃないか？」

ジョージがアンジェリーナにパスし、アンジェリーナはハリーにバックパスした。不意《ふい》を突《つ》かれたハリーは、それでも指《ゆび》の先《さき》でキャッチし、すぐにロンにパスした。ロンは飛《と》びついたが、数《すう》センチのところでミスした。

「何《なに》をやってるのよ、ロン」アンジェリーナが不機嫌《ふきげん》な声《こえ》を出《だ》した。ロンはまた急降下《きゅうこうか》してクアッフルを追《お》っていた。

「ぼんやりしないで」

ロンが再《ふたた》びプレーする高《たか》さまで戻《もど》ってきたときには、ロンの顔《かお》とクアッフルと、どちらが赤《あか》いか判定《はんてい》が難《むずか》しかった。マルフォイもスリザリン・チームも今《いま》や大爆笑《だいばくしょう》だった。

三度目《どめ》でロンはクアッフルをキャッチした。それでホッとしたのか、今度《こんど》はパスに力《ちから》が入《はい》り過《す》ぎ、クアッフルは両手《りょうて》を伸《の》ばして受《う》け止《と》めようとしたケイティの手《て》をまっすぐすり抜《ぬ》け、思《おも》いっきり顔《かお》に当《あ》たった。

「ごめん！」ロンがうめいて、けがをさせはしなかったかとケイティのほうに飛《と》び出《だ》した。

「ポジションに戻《もど》って！　そっちは大丈夫《だいじょうぶ》だから！」アンジェリーナが大声《おおごえ》を出《だ》した。「チームメートにパスしてるんだから、箒《ほうき》からたたき落《お》とすようなことはしないでよ。頼《たの》むから。そういうことはブラッジャーに任《まか》せるんだ！」

ケイティは鼻血《はなぢ》を出《だ》していた。下《した》のほうで、スリザリン生《せい》が足《あし》を踏《ふ》み鳴《な》らしてやじっている。フレッドとジョージがケイティに近寄《ちかよ》っていった。

「ほら、これ飲《の》めよ」フレッドがポケットから何《なに》か小《ちい》さな紫色《むらさきいろ》の物《もの》を取《と》り出《だ》して渡《わた》した。「一発《いっぱつ》で止《と》まるぜ」

「よーし」アンジェリーナが声《こえ》をかけた。「フレッド、ジョージ、クラブとブラッジャーを持《も》って。ロン、ゴールポストのところに行《い》くんだ。ハリー、私《わたし》が放《はな》せと言《い》ったらスニッチを放《はな》して。もちろん、チェイサーの目標《もくひょう》はロンのゴールだ」

ハリーは双子《ふたご》のあとに続《つづ》いて、スニッチを取《と》りに飛《と》んだ。

「ロンのやつ、ヘマやってくれるぜ、まったく」三人《にん》でボールの入《はい》った木箱《きばこ》のそばに着地《ちゃくち》し、ブラッジャー一個《こ》とスニッチを取《と》り出《だ》しながら、ジョージがブツブツ言《い》った。

「上《あ》がってるだけだよ」ハリーが言《い》った。「今朝《けさ》、僕《ぼく》と練習《れんしゅう》したときは大丈夫《だいじょうぶ》だったし」

「ああ、まあな、仕上《しあ》がりが早過《はやす》ぎたんじゃないか」フレッドが憂《ゆう》うつそうに言《い》った。

三人《にん》は空中《くうちゅう》に戻《もど》った。アンジェリーナの笛《ふえ》の合図《あいず》で、ハリーはスニッチを放《はな》し、フレッドとジョージはブラッジャーを飛《と》ばした。その瞬間《しゅんかん》から、ハリーはほかのチームメートが何《なに》をしているのかをあまり気《き》にしていられなくなった。ハリーの役目《やくめ》は、パタパタ飛《と》ぶ小《ちい》さな金《きん》のボールを捕《つか》まえることで、キャッチすればチーム得点《とくてん》が百五十点《てん》になるが、捕《つか》まえるには相当《そうとう》のスピードと技《わざ》が必要《ひつよう》なのだ。ハリーはスピードを上《あ》げ、チェイサーの間《あいだ》を縫《ぬ》って、出《で》たり入《はい》ったり、回転《かいてん》したり曲線《きょくせん》を描《えが》いたりした。かすかな秋《あき》の風《かぜ》が顔《かお》を打《う》ち、遠《とお》くで騒《さわ》いでいるスリザリン生《せい》の声《こえ》は、まったく意味《いみ》をなさないうなりにしか聞《き》こえない。しかし、たちまちホイッスルが鳴《な》り、ハリーはまた停止《ていし》した。

「ストップ――ストップ――**ストップ！**」アンジェリーナが叫《さけ》んだ。「ロン――真《ま》ん中《なか》のポストががら空《あ》きだ！」

ハリーはロンのほうを見《み》た。左側《ひだりがわ》の輪《わ》の前《まえ》に浮《う》かんでいて、ほかの二本《ほん》がノーガードだ。

「あ……ごめん……」

「チェイサーの動《うご》きを見《み》ているとき、うろうろ動《うご》き過《す》ぎなんだ！」アンジェリーナが言《い》った。「輪《わ》のどれかを守《まも》るのに移動《いどう》しなければならなくなるまではセンターを守《まも》るか、さもなきゃ三つの輪《わ》の周囲《しゅうい》を旋回《せんかい》すること。何《なん》となく左右《さゆう》に流《なが》れちゃだめだよ。だから三つもゴールを奪《うば》われたんだ！」

「ごめん……」ロンがくり返《かえ》した。真《ま》っ赤《か》な顔《かお》が、明《あか》るい青空《あおぞら》に映《は》える信号《しんごう》のように光《ひか》っている。

「それに、ケイティ、その鼻血《はなぢ》、何《なん》とかならないの？」

「たんたんひとくなるのよ！」ケイティが鼻血《はなぢ》をそでで止《と》めようとしながら、フガフガと言《い》った。

ハリーはちらりとフレッドを見《み》た。フレッドは心配《しんぱい》そうにポケットに手《て》を突《つ》っ込《こ》んでいる。見《み》ていると、フレッドは何《なに》か紫色《むらさきいろ》の物《もの》を引《ひ》っ張《ぱ》り出《だ》し、ちょっとそれを調《しら》べると、しまった、という顔《かお》でケイティのほうを見《み》た。

「さあ、もう一度《いちど》いこうか」アンジェリーナが言《い》った。スリザリン生《せい》は「♪グリフィンドールの負《ま》ーけ、**グリフィンドールの負《ま》ーけ**」とはやしはじめていたが、アンジェリーナは無視《むし》した。しかし、箒《ほうき》の座《すわ》り方《かた》がどことなく突《つ》っ張《ぱ》っていた。

今度《こんど》は三分《ぷん》も飛《と》ばないうちに、アンジェリーナのホイッスルが鳴《な》った。ハリーはちょうど反対《はんたい》側《がわ》のゴールポストの回《まわ》りを旋回《せんかい》しているスニッチを見《み》つけたところだったので、残念無念《ざんねんむねん》だったが停止《ていし》した。

「今度《こんど》は何《なん》だい？」ハリーは一番近《いちばんちか》くにいたアリシアに聞《き》いた。

「ケイティ」アリシアが一言《ひとこと》で答《こた》えた。

振《ふ》り返《かえ》ると、アンジェリーナ、フレッド、ジョージが全速力《ぜんそくりょく》でケイティのほうに飛《と》んでいくのが見《み》えた。ハリーとアリシアもケイティのほうへと急《いそ》いだ。アンジェリーナが危機一髪《ききいっぱつ》で練習《れんしゅう》中止《ちゅうし》にしたことが明《あき》らかだった。ケイティはろうのように白《しろ》い顔《かお》で、血《ち》だらけになっていた。

「医務室《いむしつ》に行《い》かなくちゃ」アンジェリーナが言《い》った。

「俺《おれ》たちが連《つ》れていくよ」フレッドが言《い》った。「ケイティは――えー――まちがって――『流血《りゅうけつ》豆《まめ》』を飲《の》んじまったかもしれない――」

「ビーターもいないし、チェイサーも一人《ひとり》いなくなったし、まあ、続《つづ》けてもむだだわ」アンジェリーナがふさぎ込《こ》んで言《い》った。フレッドとジョージはケイティを挟《はさ》んで支《ささ》えながら、城《しろ》のほうに飛《と》んでいった。

「さあ、みんな。引《ひ》き揚《あ》げて着替《きが》えよう」

全員《ぜんいん》がとぼとぼと更衣室《こういしつ》に戻《もど》る間《あいだ》、スリザリン生《せい》は相変《あいか》わらずはやしたてていた。

「練習《れんしゅう》はどうだった？」三十分後《ぷんご》、ハリーとロンが肖像画《しょうぞうが》の穴《あな》を通《とお》ってグリフィンドールの談話《だんわ》室《しつ》に戻《もど》ると、ハーマイオニーがかなり冷《つめ》たく聞《き》いた。

「練習《れんしゅう》は――」ハリーが言《い》いかけた。

「めちゃめちゃさ」ロンがハーマイオニーの脇《わき》の椅子《いす》にドサッと腰《こし》かけながら、うつろな声《こえ》で言《い》った。ロンを見《み》て、ハーマイオニーの冷淡《れいたん》さがやわらいだようだった。

「そりゃ、初《はじ》めての練習《れんしゅう》だもの」ハーマイオニーがなぐさめるように言《い》った。「時間《じかん》がかかるわよ。そのうち――」

「めちゃめちゃにしたのが僕《ぼく》だなんて言《い》ったか？」ロンがかみついた。

「言《い》わないわ」ハーマイオニーは不意《ふい》を突《つ》かれたような顔《かお》をした。「ただ、私《わたし》――」

「ただ、君《きみ》は、僕《ぼく》が絶対《ぜったい》ヘボだって思《おも》ったんだろう？」

「ちがうわ、そんなこと思《おも》わないわ！　ただ、あなたが『めちゃめちゃだった』って言《い》うから、それで――」

「僕《ぼく》、宿題《しゅくだい》をやる」

ロンは腹立《はらだ》たしげに言《い》い放《はな》ち、荒々《あらあら》しく足《あし》を踏《ふ》み鳴《な》らして男子寮《だんしりょう》の階段《かいだん》へと姿《すがた》を消《け》した。ハーマイオニーはハリーを見《み》た。

「あの人《ひと》、めちゃめちゃだったの？　そうなの？」

「ううん」ハリーは忠義立《ちゅうぎだ》てした。

ハーマイオニーが眉《まゆ》をぴくりとさせた。

「そりゃ、ロンはもっとうまくプレーできたかもしれない」ハリーがもごもご言《い》った。「でも、これが初《はじ》めての練習《れんしゅう》だったんだ。君《きみ》が言《い》ったように……」

その夜《よる》は、ハリーもロンも宿題《しゅくだい》がはかばかしくは進《すす》まなかった。ロンはクィディッチの練習《れんしゅう》での自分《じぶん》のヘボぶりで頭《あたま》がいっぱいだろうと、ハリーにはわかっていた。ハリー自身《じしん》も、「♪グリフィンドールの負《ま》ーけ」のはやし言葉《ことば》が耳《みみ》について、なかなか振《ふ》りはらえなかった。

日曜《にちよう》は二人《ふたり》とも一日中《いちにちじゅう》談話室《だんわしつ》で本《ほん》に埋《う》もれていた。談話室《だんわしつ》はいったん生徒《せいと》でいっぱいになり、それからからっぽになった。その日《ひ》も晴天《せいてん》で、ほかのグリフィンドール生《せい》は校庭《こうてい》に出《で》て、あと数《すう》日《じつ》しか味《あじ》わえないだろうと思《おも》われる今年最後《ことしさいご》の陽《ひ》の光《ひかり》を楽《たの》しんでいた。夕方《ゆうがた》になると、ハリーは、まるで頭《ず》がい骨《こつ》の内側《うちがわ》で誰《だれ》かが脳《のう》みそをたたいているような気分《きぶん》だった。

「ねえ、宿題《しゅくだい》は週日《しゅうじつ》にもう少《すこ》し片《かた》づけとくようにしたほうがいいな」ハリーがロンに向《む》かってつぶやいた。マクゴナガル先生《せんせい》の「無生物出現呪文《むせいぶつしゅつげんじゅもん》」の長《なが》いレポートをやっと終《お》え、みじめな気《き》持《も》ちで、シニストラ先生《せんせい》の負《ま》けずに長《なが》く面倒《めんどう》な「木星《もくせい》の月《つき》の群《む》れ」のレポートに取《と》りかかるところだった。

「そうだな」ロンは少《すこ》し充血《じゅうけつ》した目《め》をこすり、五枚目《まいめ》の羊皮紙《ようひし》の書《か》き損《そん》じを、そばの暖炉《だんろ》の火《ひ》に投《な》げ入《い》れた。「ねえ……ハーマイオニーに、やり終《お》えた宿題《しゅくだい》、ちょっと見《み》せてくれないかって、頼《たの》んでみようか？」

ハリーはちらっとハーマイオニーを見《み》た。クルックシャンクスをひざに乗《の》せ、ジニーと楽《たの》しげにペチャクチャしゃべっている。その前《まえ》で、宙《ちゅう》に浮《う》いた二本《ほん》の編《あ》み棒《ぼう》が、形《かたち》のはっきりしないしもべ妖精用《ようせいよう》ソックスを編《あ》み上《あ》げていた。

「だめだ」ハリーが言《い》った。「見《み》せてくれないのはわかりきってるだろ」

二人《ふたり》は宿題《しゅくだい》を続《つづ》けた。窓《まど》から見《み》える空《そら》がだんだん暗《くら》くなり、談話室《だんわしつ》から少《すこ》しずつ人《ひと》が消《き》えていった。十一時半《じはん》に、ハーマイオニーがあくびをしながら二人《ふたり》のそばにやってきた。

「もうすぐ終《お》わる？」

「いや」ロンが一言《ひとこと》で答《こた》えた。

「木星《もくせい》の一番大《いちばんおお》きな月《つき》はガニメデよ。カリストじゃないわ」ロンの肩越《かたご》しに「天文学《てんもんがく》」のレポートを指差《ゆびさ》しながら、ハーマイオニーが言《い》った。

「それに、火山《かざん》があるのはイオよ」

「ありがとうよ」ロンはうなりながら、まちがった部分《ぶぶん》をぐちゃぐちゃに消《け》した。

「ごめんなさい。私《わたし》、ただ――」

「ああ、ただ批判《ひはん》しにきたんだったら――」

「ロン――」

「お説教《せっきょう》を聞《き》いてるひまはないんだ、いいか、ハーマイオニー。僕《ぼく》はもう首《くび》までどっぷり――」

「ちがうのよ――ほら！」

ハーマイオニーは一番近《いちばんちか》くの窓《まど》を指差《ゆびさ》した。ハリーとロンが同時《どうじ》にそっちを見《み》た。きちんとしたコノハズクが窓枠《まどわく》に止《と》まり、部屋《へや》の中《なか》にいるロンのほうを見《み》つめていた。

「ヘルメスじゃない？」ハーマイオニーが驚《おどろ》いたように言《い》った。

「ひえー、ほんとだ！」ロンは小声《こごえ》で言《い》うと、羽根《はね》ペンを放《ほう》り出《だ》し、立《た》ち上《あ》がった。「パーシーがなんで僕《ぼく》に手紙《てがみ》なんか？」

ロンは窓際《まどぎわ》に行《い》って窓《まど》を開《あ》けた。ヘルメスが飛《と》び込《こ》み、ロンのレポートの上《うえ》に着地《ちゃくち》し、片脚《かたあし》を上《あ》げた。手紙《てがみ》がくくりつけてある。ロンが手紙《てがみ》をはずすと、ふくろうはすぐに飛《と》び立《た》った。ロンが描《えが》いた木星《もくせい》の月《つき》、イオの上《うえ》にインクの足跡《あしあと》がべたべた残《のこ》った。

「まちがいなくパーシーの筆跡《ひっせき》だ」ロンは椅子《いす》に戻《もど》り、とっぷりと腰《こし》かけて巻《ま》き紙《がみ》の宛名《あてな》書きを見《み》つめながら言《い》った。

ホグワーツ、グリフィンドール寮《りょう》、ロナルド・ウィーズリーへ

ロンは二人《ふたり》を見上《みあ》げた。「どういうことだと思《おも》う？」

「開《あ》けてみて！」ハーマイオニーが待《ま》ちきれないように言《い》った。ハリーもうなずいた。

ロンは巻《ま》き紙《がみ》を開《ひら》いて読《よ》みだした。先《さき》に読《よ》み進《すす》むほど、ロンのしかめっ面《つら》がひどくなった。読《よ》み終《お》わると、辟易《へきえき》した顔《かお》で、ハリーとハーマイオニーに手紙《てがみ》を突《つ》き出《だ》した。二人《ふたり》は両側《りょうがわ》からのぞき込《こ》み、顔《かお》を寄《よ》せ合《あ》って一緒《いっしょ》に読《よ》んだ。

親愛《しんあい》なるロン

たった今《いま》、君《きみ》がホグワーツの監督生《かんとくせい》になったと聞《き》かされた（しかも魔法大臣《まほうだいじん》から直々《じきじき》にだ。大臣《だいじん》は君《きみ》の新《あたら》しい先生《せんせい》であるアンブリッジ先生《せんせい》から聞《き》いた）。

この知《し》らせは僕《ぼく》にとってうれしい驚《おどろ》きだった。まずはお祝《いわ》いを言《い》わなければならない。

正直言《しょうじきい》うと、君《きみ》が僕《ぼく》の足跡《あしあと》を追《お》うのではなく、いわば「フレッド・ジョージ路線《ろせん》」をたどるのではないかと、僕《ぼく》は常《つね》に危惧《きぐ》していた。だから、君《きみ》が権威《けんい》をばかにすることをやめ、きちんとした責任《せきにん》を負《お》うことを決意《けつい》したと聞《き》いたときの僕《ぼく》の気持《きも》ちは、君《きみ》にもわかるだろう。

しかし、ロン、僕《ぼく》はお祝《いわ》い以上《いじょう》のことを君《きみ》に言《い》いたい。忠告《ちゅうこく》したいのだ。だからこうして、通常《つうじょう》の朝《あさ》の便《びん》ではなく、夜《よる》に手紙《てがみ》を送《おく》っている。この手紙《てがみ》は、詮索好《せんさくず》きな目《め》の届《とど》かないところで、気《き》まずい質問《しつもん》を受《う》けないように読《よ》んでほしい。

魔法大臣《まほうだいじん》が、君《きみ》が監督生《かんとくせい》だと知《し》らせてくれたときに、ふともらしたことから推測《すいそく》すると、君《きみ》はいまだにハリー・ポッターと親密《しんみつ》らしい。ロン、君《きみ》に言《い》いたいのは、あの少年《しょうねん》とつき合《あ》い続《つづ》けることほど、君《きみ》のバッジを失《うしな》う危険性《きけんせい》を高《たか》めるものはないということだ。そう、君《きみ》はこんなことを聞《き》いてきっと驚《おどろ》くだろう――君《きみ》はまちがいなく、ポッターはいつでもダンブルドアのお気《き》に入《い》りだった、と言《い》うだろう――しかし、僕《ぼく》はどうしても君《きみ》に言《い》わなければならない義務《ぎむ》がある。ダンブルドアがホグワーツを取《と》りしきるのも、もうそう長《なが》くはないかもしれない。重要人物《じゅうようじんぶつ》たちは、ポッターの行動《こうどう》について、まったくちがった意見《いけん》を——そして恐《おそ》らく、より正確《せいかく》な意見《いけん》を——持《も》っている。今《いま》はこれ以上《いじょう》言《い》うまい。しかし、明日《あす》の「日刊予言者新聞《にっかんよげんしゃしんぶん》」を読《よ》めば、風向《かざむ》きがどの方向《ほうこう》なのかがわかるだろう——記事《きじ》に僕《ぼく》の名前《なまえ》が見《み》つかるかもしれない！

まじめな話《はなし》、君《きみ》はポッターと同類扱《どうるいあつか》いされてはならない。そんなことになれば、君《きみ》の将来《しょうらい》にとって大《おお》きな痛手《いたて》だ。僕《ぼく》は卒業後《そつぎょうご》のこともふくめて言《い》っているのだ。我々《われわれ》の父親《ちちおや》がハリーの裁判《さいばん》に付《つ》き添《そ》っていたことから君《きみ》も承知《しょうち》のとおり、ポッターはこの夏《なつ》、ウィゼンガモット最高裁《さいこうさい》の大法廷《だいほうてい》で懲戒尋問《ちょうかいじんもん》を受《う》け、結果《けっか》はあまりかんばしくなかった。僕《ぼく》の見《み》るところ、単《たん》に手続《てつづ》き的《てき》なことで放免《ほうめん》になった。僕《ぼく》が話《はなし》をした人《ひと》の多《おお》くは、いまだにハリーが有罪《ゆうざい》だと確信《かくしん》している。

ポッターとのつながりを断《た》ち切《き》ることを、君《きみ》は恐《おそ》れるかもしれない——何《なに》しろポッターは情緒不安定《じょうちょふあんてい》で、ことによったら暴力《ぼうりょく》を振《ふ》るうかもしれない——しかし、それが少《すこ》しでも心配《しんぱい》なら、そのほか君《きみ》を困《こま》らせるようなポッターの挙動《きょどう》に気《き》づいたら、ドローレス・アンブリッジに話《はな》すように強《つよ》くすすめる。ほんとうに感《かん》じのいい人《ひと》で、喜《よろこ》んで君《きみ》にアドバイスするはずだ。

このことに関連《かんれん》して、僕《ぼく》からもう一つ忠告《ちゅうこく》がある。先《さき》ほどちょっと触《ふ》れたことだが、ホグワーツでのダンブルドア体制《たいせい》はまもなく終《お》わるだろう。ロン、君《きみ》が忠誠《ちゅうせい》を誓《ちか》うのは、ダンブルドアではなく、学校《がっこう》と魔法省《まほうしょう》なのだ。アンブリッジ先生《せんせい》はホグワーツで、魔法《まほう》省《しょう》が切《せつ》に願《ねが》っている必要《ひつよう》な改革《かいかく》をもたらす努力《どりょく》をしていらっしゃるのに、これまで教《きょう》職員《しょくいん》からほとんど協力《きょうりょく》を得《え》られていないと聞《き》いて、僕《ぼく》は非常《ひじょう》に残念《ざんねん》に思《おも》う（もっとも来週《らいしゅう》からはアンブリッジ先生《せんせい》がやりやすくなるはずだ――これも明日《あす》の「日刊予言者新《にっかんよげんしゃしん》聞《ぶん》」を読《よ》んでみたまえ！　僕《ぼく》からはこれだけ言《い》っておこう――今現在《いまげんざい》アンブリッジ先生《せんせい》に進《すす》んで協力《きょうりょく》する姿勢《しせい》を見《み》せた生徒《せいと》は、二年後《ねんご》に首席《しゅせき》になる可能性《かのうせい》が非常《ひじょう》に高《たか》い！）。

夏《なつ》の間《あいだ》、君《きみ》に会《あ》う機会《きかい》が少《すく》なかったのは残念《ざんねん》だ。親《おや》を批判《ひはん》するのは苦《くる》しい。しかし、両親《りょうしん》がダンブルドアを取《と》り巻《ま》く危険《きけん》な輩《やから》と交《まじ》わっているかぎり、一つ屋根《やね》の下《した》に住《す》むことは、残念《ざんねん》だが僕《ぼく》にはできない（母《かあ》さんに手紙《てがみ》を書《か》くことがあったら知《し》らせてやってほしいのだが、スタージス・ポドモアとかいうダンブルドアの仲間《なかま》が、魔法省《まほうしょう》に侵入《しんにゅう》した科《とが》で最近《さいきん》アズカバンに送《おく》られた。両親《りょうしん》も、これで、自分《じぶん》たちがつき合《あ》っている連中《れんちゅう》がつまらない小悪党《こあくとう》だということに目《め》を開《ひら》かせられるかもしれない）。僕《ぼく》は、そんな連中《れんちゅう》と交《まじ》わっているという汚名《おめい》から逃《のが》れることができて幸運《こううん》だった――魔法大臣《まほうだいじん》は僕《ぼく》にこの上《うえ》なく目《め》をかけてくれる――ロン、家族《かぞく》の絆《きずな》に目《め》が曇《くも》り、君《きみ》までが両親《りょうしん》のまちがった信《しん》念《ねん》や行動《こうどう》に染《そ》まることがないように望《のぞ》んでいる。僕《ぼく》は、あの二人《ふたり》もやがて、自《みずか》らの大変《たいへん》なまちがいに気《き》づくことを切《せつ》に願《ねが》っている。その時《とき》はもちろん、僕《ぼく》は二人《ふたり》の充分《じゅうぶん》な謝罪《しゃざい》を受《う》け入《い》れる用意《ようい》がある。

僕《ぼく》の言《い》ったことを慎重《しんちょう》によく考《かんが》えてほしい。特《とく》にハリー・ポッターについての部分《ぶぶん》を。

もう一度《いちど》、監督生就任《かんとくせいしゅうにん》おめでとう。

君《きみ》の兄《あに》、パーシー

ハリーはロンを見《み》た。

「さあ」ハリーはまったくのお笑《わら》いぐさだという感《かん》じで切《き》り出《だ》した。「もし君《きみ》が――えーと――何《なん》だっけ？」ハリーはパーシーの手紙《てがみ》を見《み》なおした。「ああ、そうそう――僕《ぼく》との『つながりを断《た》ち切《き》る』つもりでも、僕《ぼく》は暴力《ぼうりょく》を振《ふ》るわないと誓《ちか》うよ」

「返《かえ》してくれ」ロンは手《て》を差《さ》し出《だ》した。「あいつは――」ロンは手紙《てがみ》を半分《はんぶん》に破《やぶ》いた。言葉《ことば》も切《き》れ切《ぎ》れだった。「世界中《せかいじゅう》で――」ロンは手紙《てがみ》を四つに破《やぶ》いた。「一番《いちばん》の――」八つに破《やぶ》いた。「大《おお》バカヤロだ」ロンは破《やぶ》った手紙《てがみ》を暖炉《だんろ》に投《な》げ入《い》れた。

「さあ、夜明《よあ》け前《まえ》にこいつをやっつけなきゃ」ロンはシニストラ先生《せんせい》の論文《ろんぶん》を再《ふたた》び手元《てもと》に引《ひ》き寄《よ》せながら、ハリーに向《む》かってきびきびと言《い》った。

ハーマイオニーは、何《なん》とも言《い》えない表情《ひょうじょう》を浮《う》かべてロンを見《み》つめていた。

「あ、それ、こっちによこして」ハーマイオニーが唐突《とうとつ》に言《い》った。

「え？」ロンが聞《き》き返《かえ》した。

「それ、こっちにちょうだい。目《め》を通《とお》して、直《なお》してあげる」ハーマイオニーが言《い》った。

「本気《ほんき》か？　ああ、ハーマイオニー、君《きみ》は命《いのち》の恩人《おんじん》だ」ロンが言《い》った。「僕《ぼく》、何《なん》と言《い》って――？」

「あなたたちに言《い》ってほしいのは、『僕《ぼく》たちは、もうけっしてこんなにぎりぎりまで宿題《しゅくだい》をのばしません』だわ」

両手《りょうて》を突《つ》き出《だ》して二人《ふたり》のレポートを受《う》け取《と》りながら、ハーマイオニーはちょっとおかしそうな顔《かお》をした。

「ハーマイオニー、ほんとにありがとう」ハリーは弱々《よわよわ》しく礼《れい》を言《い》い、レポートを渡《わた》すと、目《め》をこすりながらひじかけ椅子《いす》に深々《ふかぶか》と座《すわ》り込《こ》んだ。

真夜中《まよなか》を過《す》ぎ、談話室《だんわしつ》には三人《にん》とクルックシャンクスのほかは誰《だれ》もいない。ハーマイオニーが二人《ふたり》のレポートのあちこちに手《て》を入《い》れる羽根《はね》ペンの音《おと》と、事実関係《じじつかんけい》をたしかめるのにテーブルに散《ち》らばった参考書《さんこうしょ》をめくる音《おと》だけが聞《き》こえた。ハリーはつかれきっていた。胃袋《いぶくろ》が奇妙《きみょう》にからっぽでむかむかするのは、疲労感《ひろうかん》とは無関係《むかんけい》で、暖炉《だんろ》の火《ひ》の中《なか》でチリチリに焼《や》け焦《こ》げている手紙《てがみ》が原因《げんいん》だった。

ホグワーツの生徒《せいと》の半分《はんぶん》はハリーのことをおかしいと思《おも》い、正気《しょうき》ではないとさえ思《おも》っていることを、ハリーは知《し》っていた。「日刊予言者新聞《にっかんよげんしゃしんぶん》」が何《なん》か月《げつ》もハリーについて悪辣《あくらつ》な中傷《ちゅうしょう》をしてきたことも知《し》っていた。しかし、それをパーシーの手書《てが》きで見《み》るのはまた別《べつ》だった。パーシーがロンにハリーとつき合《あ》うなと忠告《ちゅうこく》し、アンブリッジに告《つ》げ口《ぐち》しろとまで言《い》う手紙《てがみ》を読《よ》むと、ほかの何《なに》よりも生々《なまなま》しく感《かん》じられた。パーシーとはこれまで四年間《ねんかん》つき合《あ》いがあった。夏休《なつやす》みには家《いえ》に遊《あそ》びにいったし、クィディッチ・ワールドカップでは同《おな》じテントに泊《と》まった。去年《きょねん》の三校対抗試合《さんこうたいこうじあい》では、二番目《ばんめ》の課題《かだい》でパーシーから満点《まんてん》をもらいさえした。それなのに今《いま》、パーシーは僕《ぼく》のことを、情緒不安定《じょうちょふあんてい》で暴力《ぼうりょく》を振《ふ》るうかもしれないと思《おも》っている。

急《きゅう》に自分《じぶん》の名付《なづ》け親《おや》を哀《あわ》れに思《おも》う気持《きも》ちが込《こ》み上《あ》げてきた。今《いま》のハリーの気持《きも》ちをほんとうに理解《りかい》できるのは、同《おな》じ状況《じょうきょう》に置《お》かれていたシリウスだけかもしれないと思《おも》った。魔法界《まほうかい》のほとんどすべての人《ひと》が、シリウスを危険《きけん》な殺人者《さつじんしゃ》で、ヴォルデモートの強力《きょうりょく》な支持者《しじしゃ》だと思《おも》い込《こ》んでいた。シリウスはそういう誤解《ごかい》にたえて生《い》きてきた。十四年《ねん》も……。

ハリーは目《め》を瞬《しばた》いた。火《ひ》の中《なか》にありえないものが見《み》えたのだ。それはちらりと目《め》に入《はい》って、たちまち消《き》えた。まさか……そんなはずは……気《き》のせいだ。シリウスのことを考《かんが》えていたからだ……。

「オーケー、清書《せいしょ》して」ハーマイオニーがロンのレポートと、自分《じぶん》の書《か》いた羊皮紙《ようひし》を一枚《まい》、ロンにぐいと差《さ》し出《だ》した。「それから、私《わたし》の書《か》いてあげた結論《けつろん》を書《か》き加《くわ》えて」

「ハーマイオニー、君《きみ》って、ほんとに、僕《ぼく》が今《いま》まで会《あ》った最高《さいこう》の人《ひと》だ」ロンが弱々《よわよわ》しく言《い》った。「もし僕《ぼく》が二度《にど》と再《ふたた》び君《きみ》に失礼《しつれい》なことを言《い》ったら――」

「――そしたらあなたが正常《せいじょう》に戻《もど》ったと思《おも》うわ」ハーマイオニーが言《い》った。

「ハリー、あなたのはオーケーよ。ただ、最後《さいご》のところがちょっと。シニストラ先生《せんせい》のおっしゃったことを聞《き》きちがえたのだと思《おも》うけど、オイローパは氷《こおり》に覆《おお》われているの。子《こ》ネズミに、じゃないわ。――ハリー？」

ハリーは両《りょう》ひざをついて椅子《いす》から床《ゆか》にすべり降《お》り、焼《や》け焦《こ》げだらけのボロ暖炉《だんろ》マットに四《よ》つんばいになって炎《ほのお》を見《み》つめていた。

「あー――ハリー？」ロンがけげんそうに聞《き》いた。「なんでそんな所《ところ》にいるんだい？」

「たった今《いま》、シリウスの顔《かお》が火《ひ》の中《なか》に見《み》えたんだ」ハリーが言《い》った。

ハリーは冷静《れいせい》に話《はな》した。何《なに》しろ、去年《きょねん》も、この暖炉《だんろ》の火《ひ》に現《あらわ》れたシリウスの頭《あたま》と話《はなし》をしている。

しかし、今度《こんど》はたしてほんとうに見《み》えたのかどうか自信《じしん》がなかった……あっという間《ま》に消《き》えてしまったのだから……。

「シリウスの顔《かお》？」ハーマイオニーがくり返《かえ》した。「三校対抗試合《さんこうたいこうじあい》で、シリウスがあなたと話《はな》したかったたときそうしたけど、あの時《とき》と同《おな》じ？　でも、今《いま》はそんなことしないでしょう。それはあんまり――シリウス！」

ハーマイオニーが炎《ほのお》を見《み》つめて息《いき》をのんだ。ロンは羽根《はね》ペンをポロリと落《お》とした。チラチラ踊《おど》る炎《ほのお》の真《ま》ん中《なか》に、シリウスの首《くび》が座《すわ》っていた。長《なが》い黒髪《くろかみ》が笑顔《えがお》を縁取《ふちど》っている。

「みんながいなくなるより前《まえ》に君《きみ》たちのほうが寝室《しんしつ》に行《い》ってしまうんじゃないかと思《おも》いはじめたところだった」シリウスが言《い》った。「一時間《じかん》ごとに様子《ようす》を見《み》ていたんだ」

「一時間《じかん》ごとに火《ひ》の中《なか》に現《あらわ》れていたの？」ハリーは半分笑《はんぶんわら》いながら言《い》った。

「ほんの数秒《すうびょう》だけ、安全《あんぜん》かどうか確認《かくにん》するのにね」

「もし誰《だれ》かに見《み》られていたら？」ハーマイオニーが心配《しんぱい》そうに言《い》った。

「まあ、女《おんな》の子《こ》が一人《ひとり》――見《み》かけからは、一年生《ねんせい》かな――さっきちらりと見《み》たかもしれない。だが、心配《しんぱい》しなくていい」ハーマイオニーがあっと手《て》で口《くち》を覆《おお》ったので、シリウスが急《いそ》いでつけ加《くわ》えた。「その子《こ》がもう一度《いちど》見《み》たときには私《わたし》はもう消《き》えていた。変《へん》な形《かたち》をした薪《まき》か何《なに》かだと思《おも》ったにちがいないよ」

「でも、シリウス、こんなとんでもない危険《きけん》をおかして――」ハーマイオニーが何《なに》か言《い》いかけた。

「君《きみ》、モリーみたいだな」シリウスが言《い》った。「ハリーの手紙《てがみ》に暗号《あんごう》を使《つか》わずに答《こた》えるにはこれしかなかった――暗号《あんごう》は破《やぶ》られる可能性《かのうせい》がある」

ハリーの手紙《てがみ》と聞《き》いたとたん、ハーマイオニーもロンも、ハリーをじっと見《み》た。

「シリウスに手紙《てがみ》を書《か》いたこと、言《い》わなかったわね」ハーマイオニーがなじるように言《い》った。

「忘《わす》れてたんだ」ハリーの言葉《ことば》にうそはなかった。ふくろう小屋《ごや》でチョウ・チャンに出会《であ》って、その前《まえ》に起《お》きたことはすっかり頭《あたま》から吹《ふ》っ飛《と》んでしまったのだ。

「そんな目《め》で僕《ぼく》を見《み》ないでくれよ、ハーマイオニー。あの手紙《てがみ》からは誰《だれ》も秘密《ひみつ》の情報《じょうほう》なんて読《よ》み取《と》れやしない。そうだよね、シリウスおじさん？」

「ああ、あの手紙《てがみ》はとてもうまかった」シリウスがニッコリした。

「とにかく、じゃまが入《はい》らないうちに、急《いそ》いだほうがいい――君《きみ》の傷痕《きずあと》だが」

「それが何《なに》か――？」ロンが言《い》いかけたが、ハーマイオニーがさえぎった。

「あとで教《おし》えてあげる。シリウス、続《つづ》けて」

「ああ、痛《いた》むのはいい気持《きも》ちじゃないのはよくわかる。しかし、それほど深刻《しんこく》になる必要《ひつよう》はないと思《おも》う。去年《きょねん》はずっと痛《いた》みが続《つづ》いていたのだろう？」

「うん。それに、ダンブルドアは、ヴォルデモートが強《つよ》い感情《かんじょう》を持《も》ったときに必《かなら》ず痛《いた》むと言《い》っていた」ハリーが言《い》った。ロンとハーマイオニーがぎくりとするのを、いつものように無視《むし》した。

「だから、わからないけど、たぶん、僕《ぼく》が罰則《ばっそく》を受《う》けていたあの夜《よる》、あいつがほんとうに怒《おこ》っていたとかじゃないかな」

「そうだな。あいつが戻《もど》ってきたからには、もっとひんぱんに痛《いた》むことになるだろう」

シリウスが言《い》った。

「それじゃ、罰則《ばっそく》を受《う》けていたとき、アンブリッジが僕《ぼく》に触《ふ》れたこととは関係《かんけい》がないと思《おも》う？」

ハリーが聞《き》いた。

「ないと思《おも》うね」シリウスが言《い》った。「アンブリッジのことはうわさでしか知《し》らないが、『死喰《しく》い人《びと》』でないことはたしかだ――」

「『死喰《しく》い人《びと》』並《な》みにひどいやつだ」ハリーが暗《くら》い声《こえ》で言《い》った。ロンもハーマイオニーもまったくそのとおりとばかりうなずいた。

「そうだ。しかし、世界《せかい》は善人《ぜんにん》と『死喰《しく》い人《びと》』の二つに分《わ》かれるわけじゃない」シリウスが苦笑《にがわら》いした。「あの女《おんな》はたしかにいやなやつだ――ルーピンがあの女《おんな》のことを何《なん》と言《い》っているか聞《き》かせたいよ」

「ルーピンはあいつを知《し》ってるの？」ハリーがすかさず聞《き》いた。アンブリッジが最初《さいしょ》のクラスで危険《きけん》な半獣《はんじゅう》という言《い》い方《かた》をしたのを思《おも》い出《だ》していた。

「いや」シリウスが言《い》った。「しかし、二年前《ねんまえ》に『反人狼法《はんじんろうほう》』を起草《きそう》したのはあの女《おんな》だ。それでルーピンは就職《しゅうしょく》がほとんど不可能《ふかのう》になった」

ハリーは最近《さいきん》ルーピンがますますみすぼらしくなっていることを思《おも》い出《だ》した。そしてアンブリッジがいっそう嫌《きら》いになった。

「狼人間《おおかみにんげん》にどうして反感《はんかん》を持《も》つの？」ハーマイオニーが怒《おこ》った。

「きっと、怖《こわ》いのさ」シリウスはハーマイオニーの怒《おこ》った様子《ようす》を見《み》てほほ笑《え》んだ。「どうやらあの女《おんな》は半人間《はんにんげん》を毛嫌《けぎら》いしている。去年《きょねん》は、水中人《すいちゅうじん》を一網打尽《いちもうだじん》にして標識《ひょうしき》をつけようというキャンペーンもやった。水中人《すいちゅうじん》をしつこく追《お》い回《まわ》すなんていうのは、時間《じかん》とエネルギーのむだだよ。クリーチャーみたいなろくでなしが平気《へいき》でうろうろしているというのに」

ロンは笑《わら》ったが、ハーマイオニーは気《き》を悪《わる》くしたようだった。

「シリウス！」ハーマイオニーがなじるように言《い》った。「まじめな話《はなし》、あなたがもう少《すこ》しクリーチャーのことで努力《どりょく》すれば、きっとクリーチャーは応《こた》えるわ。だって、あなたはクリーチャーが仕《つか》える家《いえ》の最後《さいご》の生《い》き残《のこ》りなんですもの。それにダンブルドア校長《こうちょう》もおっしゃったけど——」

「それで、アンブリッジの授業《じゅぎょう》はどんな具合《ぐあい》だ？」シリウスがさえぎった。「半獣《はんじゅう》をみな殺《ごろ》しにする訓練《くんれん》でもしてるのか？」

「ううん」ハーマイオニーが、クリーチャーの弁護《べんご》をする話《はなし》の腰《こし》を折《お》られておかんむりなのを無視《むし》して、ハリーが答《こた》えた。「あいつは僕《ぼく》たちにいっさい魔法《まほう》を使《つか》わせないんだ！」

「つまんない教科書《きょうかしょ》を読《よ》んでるだけさ」ロンが言《い》った。

「ああ、それでつじつまが合《あ》う」シリウスが言《い》った。「魔法省内部《まほうしょうないぶ》からの情報《じょうほう》によれば、ファッジは君《きみ》たちに戦《たたか》う訓練《くんれん》をさせたくないらしい」

「戦《たたか》う訓練《くんれん》？」ハリーが信《しん》じられないという声《こえ》を上《あ》げた。「ファッジは僕《ぼく》たちがここで何《なに》をしてると思《おも》ってるんだ？　魔法使《まほうつか》い軍団《ぐんだん》か何《なに》か組織《そしき》してるとでも思《おも》ってるのか？」

「まさに、そのとおり。そうだと思《おも》っている」シリウスが言《い》った。「むしろ、ダンブルドアがそうしていると思《おも》っている、と言《い》うべきだろう——ダンブルドアが私設軍団《しせつぐんだん》を組織《そしき》して、魔法省《まほうしょう》と抗争《こうそう》するつもりだとね」

一瞬《いっしゅん》みんなだまりこくった。そしてロンが口《くち》を開《ひら》いた。「こんなばかげた話《はなし》、聞《き》いたことがない。ルーナ・ラブグッドのほら話《ばなし》を全部《ぜんぶ》引《ひ》っくるめてもだぜ」

「それじゃ、私《わたし》たちが『闇《やみ》の魔術《まじゅつ》に対《たい》する防衛術《ぼうえいじゅつ》』を学《まな》べないようにしているのは、私《わたし》たちが魔《ま》法省《ほうしょう》に呪《のろ》いをかけることをファッジが恐《おそ》れているからなの？」ハーマイオニーは憤慨《ふんがい》して言《い》った。

「そう」シリウスが言《い》った。「ファッジは、ダンブルドアが権力《けんりょく》を握《にぎ》るためには何《なに》ものをも辞《じ》さないと思《おも》っている。ダンブルドアに対《たい》して日《ひ》に日《ひ》に被害妄想《ひがいもうそう》になっている。でっち上《あ》げの罪《つみ》でダンブルドアが逮捕《たいほ》されるのも時間《じかん》の問題《もんだい》だ」

　ハリーはふとパーシーの手紙《てがみ》を思《おも》い出《だ》した。

「あしたの『日刊予言者新聞《にっかんよげんしゃしんぶん》』にダンブルドアのことが出《で》るかどうか、知《し》ってる？　ロンの兄《にい》さんのパーシーが何《なに》かあるだろうって――」

「知《し》らないね」シリウスが答《こた》えた。「この週末《しゅうまつ》は騎士団《きしだん》のメンバーを一人《ひとり》も見《み》ていない。みんな忙《いそが》しい。この家《いえ》にいるのは、クリーチャーと私《わたし》だけだ……」

　シリウスの声《こえ》に、はっきりとやるせないつらさが混《ま》じっていた。

「それじゃ、ハグリッドのことも何《なに》も聞《き》いてない？」

「ああ……」シリウスが言《い》った。「そうだな、ハグリッドはもう戻《もど》っているはずだったんだが、何《なに》が起《お》こったのか誰《だれ》も知《し》らない」ショックを受《う》けたような三人《にん》の顔《かお》を見《み》て、シリウスが急《いそ》いで言《こと》葉《ば》を続《つづ》けた。「しかし、ダンブルドアは心配《しんぱい》していない。だから、三人《にん》ともそんなに心配《しんぱい》するな。

ハグリッドは絶対大丈夫《ぜったいだいじょうぶ》だ……」

「だけど、もう戻《もど》っているはずなら……」ハーマイオニーが不安《ふあん》そうに小《ちい》さな声《こえ》で言《い》った。

「マダム・マクシームが一緒《いっしょ》だった。我々《われわれ》はマダムと連絡《れんらく》を取《と》り合《あ》っているが、帰路《きろ》の途中《とちゅう》ではぐれたと言《い》っていた。――しかし、ハグリッドがけがをしていると思《おも》わせるようなことは何《なに》もない――というか、完全《かんぜん》に大丈夫《だいじょうぶ》だ、ということを否定《ひてい》するようなものは何《なに》もない」

何《なん》だか納得《なっとく》できないまま、ハリー、ロン、ハーマイオニーは心配《しんぱい》そうに目《め》を見交《みか》わした。

「いいか、ハグリッドのことをあまりいろいろ詮索《せんさく》して回《まわ》るんじゃないよ」シリウスが急《いそ》いでつけ加《くわ》えた。「そんなことをすれば、ハグリッドがまだ戻《もど》っていないことによけいに関心《かんしん》を集《あつ》めてしまう。ダンブルドアはそれを望《のぞ》んではいない。ハグリッドはタフだ。大丈夫《だいじょうぶ》だよ」

それでも三人《にん》の気《き》が晴《は》れないようだったので、シリウスが言葉《ことば》を続《つづ》けた。

「ところで次《つぎ》のホグズミード行《い》きはどの週末《しゅうまつ》かな？　実《じつ》は考《かんが》えているんだが、駅《えき》では犬《いぬ》の姿《すがた》でうまくいっただろう？　たぶん今度《こんど》も――」

「**ダメ！**」ハリーとハーマイオニーが同時《どうじ》に大声《おおごえ》を上《あ》げた。

「シリウス、『日刊予言者新聞《にっかんよげんしゃしんぶん》』を見《み》なかったの？」ハーマイオニーが気《き》づかわしげに言《い》った。

「ああ、あれか」シリウスがニヤッとした。「連中《れんちゅう》はしょっちゅう、私《わたし》がどこにいるか当《あ》てずっぽに言《い》ってるだけで、ほんとうはさっぱりわかっちゃ――」

「うん。だけど、今度《こんど》こそ手《て》がかりをつかんだと思《おも》う」ハリーが言《い》った。「マルフォイが汽車《きしゃ》の中《なか》で言《い》ったことで考《かんが》えたんだけど、あいつは犬《いぬ》がおじさんだったと見破《みやぶ》ったみたいだ。シリウスおじさん、あいつの父親《ちちおや》もホームにいたんだよ――ほら、ルシウス・マルフォイ――だから、来《こ》ないで。どんなことがあっても。マルフォイがまたおじさんを見《み》つけたら――」

「わかった、わかった。言《い》いたいことはよくわかった」

シリウスはひどくがっかりした様子《ようす》だった。

「ちょっと考《かんが》えただけだ。君《きみ》が会《あ》いたいんじゃないかと思《おも》ってね」

「会《あ》いたいよ。でもおじさんがまたアズカバンに放《ほう》り込《こ》まれるのはいやだ」ハリーが言《い》った。

一瞬沈黙《いっしゅんちんもく》が流《なが》れた。シリウスは火《ひ》の中《なか》からハリーを見《み》た。落《お》ちくぼんだ目《め》の眉間《みけん》に縦《たて》じわが一本刻《ぼんきざ》まれた。

「君《きみ》は私《わたし》が考《かんが》えていたほど父親似《ちちおやに》ではないな」しばらくしてシリウスが口《くち》を開《ひら》いた。はっきりと冷《ひ》ややかな声《こえ》だった。「ジェームズなら危険《きけん》なことをおもしろがっただろう」

「でも――」

「さて、もう行《い》ったほうがよさそうだ。クリーチャーが階段《かいだん》を下《お》りてくる音《おと》がする」シリウスが言《い》った。

ハリーはシリウスがうそをついているとはっきりわかった。

「それじゃ、この次《つぎ》に火《ひ》の中《なか》に現《あらわ》れることができる時間《じかん》を手紙《てがみ》で知《し》らせよう。いいか？　その危《き》険《けん》にはたえられるか？」

ポンと小《ちい》さな音《おと》がして、シリウスの首《くび》があった場所《ばしょ》に再《ふたた》びチラチラと炎《ほのお》が上《あ》がった。

第《だい》15章《しょう》　ホグワーツ高等尋問官《こうとうじんもんかん》

パーシーの手紙《てがみ》にあった記事《きじ》を見《み》つけるには、翌朝《よくあさ》、ハーマイオニーの「日刊予言者新聞《にっかんよげんしゃしんぶん》」をくまなく読《よ》まなければならないだろうと、三人《にん》はそう思《おも》っていた。ところが、配達《はいたつ》ふくろうが飛《と》び立《た》って、ミルクジャーの上《うえ》を越《こ》すか越《こ》さないうちに、ハーマイオニーがあっと大《おお》きく息《いき》をのんで、新聞《しんぶん》をテーブルに広《ひろ》げた。そこには、ドローレス・アンブリッジの写真《しゃしん》がでかでかとのっていた。ニッコリ笑《わら》いながら、大見出《おおみだ》しの下《した》から三人《にん》に向《む》かってゆっくりと瞬《まばた》きしている。

魔法省《まほうしょう》、教育改革《きょういくかいかく》に乗《の》り出《だ》す
ドローレス・アンブリッジ、初代高等尋問官《しょだいこうとうじんもんかん》に任命《にんめい》

「アンブリッジ――『高等尋問官《こうとうじんもんかん》』?」ハリーが暗《くら》い声《こえ》で言《い》った。つまんでいた食《た》べかけのトーストがズルリと落《お》ちた。「いったいどういうことなんだい?」

ハーマイオニーが読《よ》み上《あ》げた。

魔法省《まほうしょう》は、昨夜突然《さくやとつぜん》、新《あたら》しい省令《しょうれい》を制定《せいてい》し、ホグワーツ魔法魔術学校《まほうまじゅつがっこう》に対《たい》し、魔法省《まほうしょう》がこれまでにない強《つよ》い統制力《とうせいりょく》を持《も》つようにした。

「大臣《だいじん》は現在《げんざい》のホグワーツのありさまに、ここしばらく不安《ふあん》をつのらせていました。学校《がっこう》が承認《しょうにん》しがたい方向《ほうこう》に向《む》かっているという保護者《ほごしゃ》たちの憂慮《ゆうりょ》の声《こえ》に、大臣《だいじん》は今《いま》、応《こた》えようとしています」魔法大臣下級補佐官《まほうだいじんかきゅうほさかん》のパーシー・ウィーズリーはこう語《かた》った。

魔法大臣《まほうだいじん》コーネリウス・ファッジはここ数週間来《すうしゅうかんらい》、魔法学校《まほうがっこう》の改善《かいぜん》を図《はか》るための新法《しんぽう》を制定《せいてい》しており、新省令《しんしょうれい》は今回《こんかい》が初《はじ》めてではない。最近《さいきん》では八月《がつ》三十日《にち》、教育令第《きょういくれいだい》二十二号《ごう》が制定《せいてい》され、現校長《げんこうちょう》が、空席《くうせき》の教授職《きょうじゅしょく》に候補者《こうほしゃ》を配《はい》することができなかった場合《ばあい》は、魔法省《まほうしょう》が適切《てきせつ》な人物《じんぶつ》を選《えら》ぶことになった。

「そこでドローレス・アンブリッジがホグワーツの教師《きょうし》として任命《にんめい》されたわけです」ウィーズリー補佐官《ほさかん》は昨夜《さくや》、このように語《かた》った。「ダンブルドアが誰《だれ》も見《み》つけられなかったので、魔法大臣《まほうだいじん》はアンブリッジを起用《きよう》しました。もちろん、女史《じょし》はたちまち成功《せいこう》を収《おさ》め――。

「女史《じょし》が何《なん》だって？」ハリーが大声《おおごえ》を上《あ》げた。

「待《ま》って。続《つづ》きがあるわ」ハーマイオニーが険《けわ》しい表情《ひょうじょう》で読《よ》み続《つづ》けた。


——たちまち成功《せいこう》を収《おさ》め、『闇《やみ》の魔術《まじゅつ》に対《たい》する防衛術《ぼうえいじゅつ》』の授業《じゅぎょう》を全面的《ぜんめんてき》に改革《かいかく》するとともに、魔法大臣《まほうだいじん》に対《たい》し、ホグワーツの実態《じったい》を現場《げんば》から伝《つた》えています」


魔法省《まほうしょう》は、この実態報告《じったいほうこく》の任務《にんむ》を正式《せいしき》なものとするため、教育令第二十三号《きょういくれいだいごう》を制定《せいてい》し、今回《こんかい》ホグワーツ高等尋問官《こうとうじんもんかん》という新《あら》たな職位《しょくい》を設《もう》けた。

「これは、**教育水準低下**《きょういくすいじゅんていか》が叫《さけ》ばれるホグワーツの問題《もんだい》と正面《しょうめん》から取《と》り組《く》もうとする、魔法大臣《まほうだいじん》の躍々《やくやく》たる計画《けいかく》の新局面《しんきょくめん》です」とウィーズリー補佐官《ほさかん》は語《かた》った。

「高等尋問官《こうとうじんもんかん》は同僚《どうりょう》の教育者《きょういくしゃ》を査察《ささつ》する権利《けんり》を持《も》ち、教師《きょうし》たちが然《しか》るべき基準《きじゅん》を満《み》たしているかどうか確認《かくにん》します。アンブリッジ教授《きょうじゅ》に、現在《げんざい》の教授職《きょうじゅしょく》に加《くわ》えてこの職位《しょくい》への就任《しゅうにん》を打診《だしん》しましたところ、先生《せんせい》がお引《ひ》き受《う》けくださったことを、我々《われわれ》はうれしく思《おも》っています」

魔法省《まほうしょう》の新《あら》たな施策《しさく》は、ホグワーツの生徒《せいと》の保護者《ほごしゃ》たちから熱狂的《ねっきょうてき》な支持《しじ》を得《え》た。

「ダンブルドアが公正《こうせい》かつ客観的《きゃっかんてき》な評価《ひょうか》の下《もと》に置《お》かれることになりましたので、私《わたし》としては大《おお》いに安《やす》らかな気持《きも》ちです」ルシウス・マルフォイ氏《し》（41）は昨夜《さくや》、ウイルトシャー州《しゅう》の館《やかた》でこう語《かた》った。「子供《こども》のためを切《せつ》に願《ねが》う親《おや》の多《おお》くは、この数年間《すうねんかん》ダンブルドアが常軌《じょうき》を逸《いっ》した決定《けってい》を下《くだ》してきたことを懸念《けねん》しておりました。魔法省《まほうしょう》がこうした状況《じょうきょう》を監視《かんし》してくださることになり、喜《よろこ》んでいます」

常軌《じょうき》を逸《いっ》した決定《けってい》の一つとして、この新聞《しんぶん》でも報道《ほうどう》したことがあるが、教員《きょういん》の任命《にんめい》が物議《ぶつぎ》をかもしたことはまちがいない。例《れい》として、狼人間《おおかみにんげん》リーマス・ルーピン、半巨人《はんきょじん》ルビウス・ハグリッド、妄想癖《もうそうへき》の元闇祓《もとやみばら》いマッド-アイ・ムーディなどがいる。アルバス・ダンブルドアはかつて国際魔法使《こくさいまほうつか》い連盟《れんめい》の上級《じょうきゅう》大魔法使《だいまほうつか》いであり、ウィゼンガモットの首席魔法戦士《しゅせきまほうせんし》であったが、周知《しゅうち》のとおり、もはや名門《めいもん》ホグワーツの運営《うんえい》の任《にん》にたえないといううわさが巷《ちまた》にあふれている。

「高等尋問官《こうとうじんもんかん》の任命《にんめい》は、ホグワーツに我々全員《われわれぜんいん》が信頼《しんらい》できる校長《こうちょう》を迎《むか》えるための第一歩《だいいっぽ》だと思《おも》いますね」魔法省内《まほうしょうない》のある官僚《かんりょう》は昨夜《さくや》こう語《かた》った。

ウィゼンガモットの古参《こさん》であるグリゼルダ・マーチバンクスとチベリウス・オグデンは、ホグワーツに高等尋問官職《こうとうじんもんかんしょく》を導入《どうにゅう》したことに抗議《こうぎ》し、辞任《じにん》した。

「ホグワーツは学校《がっこう》です。コーネリウス・ファッジの出先機関《でさききかん》ではありません。これは、アルバス・ダンブルドアの信用《しんよう》を失墜《しっつい》させようとする一連《いちれん》の汚《けが》らわしい手口《てぐち》の一つです」とマダム・マーチバンクスは語《かた》った（マダム・マーチバンクスと小鬼《ゴブリン》の破壊活動分子《はかいかつどうぶんし》とのつながりの疑惑《ぎわく》についての全容《ぜんよう》は、十七面《めん》に記載《きさい》）。

ハーマイオニーは記事《きじ》を読《よ》み終《お》え、テーブルのむかい側《がわ》にいる二人《ふたり》を見《み》た。

「これで、なんでアンブリッジなんかが来《き》たのかわかったわ。ファッジが『教育令《きょういくれい》』を出《だ》して、あの人《ひと》を学校《がっこう》に押《お》しつけたのよ！　そして今度《こんど》は、アンブリッジにほかの先生《せんせい》を監視《かんし》する権限《けんげん》を与《あた》えたんだわ！」ハーマイオニーは息《いき》が荒《あら》くなり、目《め》がギラギラしていた。「信《しん》じられない！　こんなこと、**許《ゆる》せない！**」

「まったくだ」ハリーは右手《みぎて》に目《め》をやった。テーブルの上《うえ》で拳《こぶし》を握《にぎ》っている右手《みぎて》に、アンブリッジがハリーに無理《むり》やり刻《きざ》み込《こ》ませた文字《もじ》が、うっすらと白《しろ》く浮《う》き上《あ》がっていた。

ところがロンはにんまり笑《わら》っていた。

「何《なに》？」ハリーとハーマイオニーがロンをにらんで同時《どうじ》に言《い》った。

「ああ、マクゴナガルが査察《ささつ》されるのが待《ま》ち遠《どお》しいよ」ロンがうれしそうに言《い》った。「アンブリッジのやつ、痛《いた》い目《め》にあうぞ」

「さ、行《い》きましょう」ハーマイオニーがサッと立《た》ち上《あ》がった。「早《はや》く行《い》かなくちゃ。もしもビンズ先生《せんせい》の授業《じゅぎょう》を査察《ささつ》するようなら、遅刻《ちこく》するのはまずいわ……」

しかし、アンブリッジ先生《せんせい》は「魔法史《まほうし》」の査察《ささつ》には来《こ》なかった。授業《じゅぎょう》は先週《せんしゅう》の月曜日《げつようび》と同《おな》じくたいくつだった。二時限続《じげんつづ》きの「魔法薬《まほうやく》」の授業《じゅぎょう》で、三人《にん》がスネイプの地下牢教室《ちかろうきょうしつ》に来《き》たときにも、アンブリッジ先生《せんせい》の姿《すがた》はなかった。ハリーの「月長石《げっちょうせき》」のレポートが、右上《みぎうえ》にとげとげしい黒《くろ》い字《じ》で大《おお》きく「D《ディー》」となぐり書《が》きされて返《かえ》された。

「諸君《しょくん》のレポートが、O《ふ》・W《く》・L《ろう》であればどのような点《てん》をもらうかに基《もと》づいて採点《さいてん》してある」マントをひるがえして宿題《しゅくだい》を返《かえ》して歩《ある》きながら、スネイプが薄《うす》ら笑《わら》いを浮《う》かべて言《い》った。「試験《しけん》の結果《けっか》がどうなるか、これで諸君《しょくん》も現実的《げんじつてき》にわかるはずだ」

スネイプは教室《きょうしつ》の前《まえ》に戻《もど》り、生徒《せいと》たちと向《む》き合《あ》った。

「全般的《ぜんぱんてき》に、今回《こんかい》のレポートの水準《すいじゅん》は惨憺《さんたん》たるものだ。これがO《ふ》・W《く》・L《ろう》であれば、大多数《だいたすう》が落第《らくだい》だろう。今週《こんしゅう》の宿題《しゅくだい》である『毒液《どくえき》の各種解毒剤《かくしゅげどくざい》』については、何倍《なんばい》もの努力《どりょく》を期待《きたい》する。さもなくば、『D《ディー》』を取《と》るような劣等生《れっとうせい》には罰則《ばっそく》を科《か》さねばなるまい」

マルフォイがフフンと笑《わら》い、聞《き》こえよがしのささやき声《ごえ》で、「へー！『D《ディー》』なんか取《と》ったやつがいるのか？」と言《い》うのを聞《き》きつけ、スネイプがニヤリと笑《わら》った。

ハリーはハーマイオニーが横目《よこめ》でハリーの点数《てんすう》を見《み》ようとしているのに気《き》づき、急《いそ》いで「月長石《げっちょうせき》」のレポートをかばんにすべり込《こ》ませた。これは自分《じぶん》だけの秘密《ひみつ》にしておきたいと思《おも》った。

今日《きょう》の授業《じゅぎょう》で、スネイプがまたハリーに落第点《らくだいてん》をつける口実《こうじつ》を与《あた》えてなるものかと、ハリーは黒板《こくばん》の説明書《せつめいしょ》を一行《いちぎょう》ももらさず最低《さいてい》三回読《かいよ》み、それから作業《さぎょう》に取《と》りかかった。ハリーの「強化薬《きょうかやく》」はハーマイオニーのような澄《す》んだトルコ石色《いしいろ》とまではいかなかったが、少《すく》なくとも青《あお》で、ネビルのようなピンクではなかった。授業《じゅぎょう》の最後《さいご》に、スネイプの机《つくえ》にフラスコを提出《ていしゅつ》したときは、勝《か》ち誇《ほこ》った気持《きも》ちとホッとした気持《きも》ちが入《い》りまじっていた。

「まあね、先週《せんしゅう》ほどひどくはなかったわね？」

地下牢教室《ちかろうきょうしつ》を出《で》て階段《かいだん》を上《のぼ》り、玄関《げんかん》ホールを横切《よこぎ》って昼食《ちゅうしょく》に向《む》かいながらハーマイオニーが言《い》った。

「それに、宿題《しゅくだい》もそれほど悪《わる》い点《てん》じゃなかったし。ね？」

ロンもハリーもだまっていたので、ハーマイオニーが追討《おいう》ちをかけた。

「つまり、まあまあの点《てん》よ。最高点《さいこうてん》は期待《きたい》してなかったわ。O・W・L基準《ふくろうきじゅん》で採点《さいてん》したのだったらそれは無理《むり》よ。でも、今《いま》の時点《じてん》で合格点《ごうかくてん》なら、かなり見込《みこ》みがあると思《おも》わない？」

ハリーののどからどっちつかずの音《おと》が出《で》た。

「もちろん、これから試験《しけん》までの間《あいだ》にいろいろなことがあるでしょうし、成績《せいせき》をよくする時間《じかん》はたくさんあるわ。でも、今《いま》の時点《じてん》での成績《せいせき》は一種《いっしゅ》の基準線《きじゅんせん》でしょ？　そこから積《つ》み上《あ》げていけるし……」

三人《にん》は一緒《いっしょ》にグリフィンドールのテーブルに着《つ》いた。

「そりゃ、もし『O《オー》』を取《と》ってたら、私《わたし》、ゾクゾクしたでしょうけど……」

「ハーマイオニー」ロンが声《こえ》をとがらせた。「僕《ぼく》たちの点《てん》が知《し》りたいんだったら、そう言《い》えよ」

「そんな――そんなつもりじゃ――でも、教《おし》えたいなら――」

「僕《ぼく》は『P《ピー》』さ」ロンがスープを取《と》り分《わ》けながら言《い》った。「満足《まんぞく》かい？」

「そりゃ、何《なん》にも恥《は》じることないぜ」フレッドがジョージ、リー・ジョーダンと連《つ》れ立《だ》って現《あらわ》れ、ハリーの右側《みぎがわ》に座《すわ》った。「『P《ピー》』なら立派《りっぱ》なもんだ」

「でも」ハーマイオニーが言《い》った。「『P《ピー》』って、たしか……」

「『良《よ》くない』、うん」リー・ジョーダンが言《い》った。「それでも『D《ディー》』よりはいいよな？『どん底《ぞこ》』よりは？」

ハリーは顔《かお》が熱《あつ》くなるのを感《かん》じて、ロールパンが詰《つ》まってむせたふりをした。ようやく顔《かお》を上《あ》げたとき、残念《ざんねん》ながらハーマイオニーはまだO・W・L《ふくろう》採点《さいてん》の話《はなし》の真《ま》っ最中《さいちゅう》だった。

「じゃ、最高点《さいこうてん》は『O《オー》』で『大《おお》いによろしい』ね」ハーマイオニーが言《い》った。

「次《つぎ》は『A《エー》』で――」

「いや、『E《イー》』さ」ジョージが訂正《ていせい》した。「『E《イー》』は『期待以上《きたいいじょう》にいい』。俺《おれ》なんか、フレッドと俺《おれ》は全科目《ぜんかもく》で『E《イー》』をもらうべきだったと、ずっとそう思《おも》ってる。だって、俺《おれ》たちゃ、試験《しけん》を受《う》けたこと自体《じたい》『期待以上《きたいいじょう》』だったものな」

みんなが笑《わら》ったが、ハーマイオニーだけはせっせと聞《き》き続《つづ》けた。

「じゃ、『E《イー》』の次《つぎ》が『A《エー》』で、『まあまあ』。それが最低合格点《さいていごうかくてん》の『可《か》』なのね？」

「そっ」フレッドはロールパンを一個《こ》まるまるスープに浸《ひた》し、それを口《くち》に運《はこ》んで丸飲《まるの》みにした。

「その下《した》に『良《よ》くない』の『P《ピー》』が来《き》て――」ロンはばんざいの格好《かっこう》をしてちゃかした。「そして『どん底《ぞこ》』の『D《ディー》』が来《く》る」

「どっこい『T《ティー》』を忘《わす》れるな」ジョージが言《い》った。

「『T《ティー》』？」ハーマイオニーがぞっとしたように聞《き》いた。「『D《ディー》』より下《した》があるの？　いったい何《なん》なの？　『T《ティー》』って？」

「『トロール』」ジョージが即座《そくざ》に答《こた》えた。

ハリーはまた笑《わら》ったが、ジョージが冗談《じょうだん》を言《い》っているのかどうかハリーにはわからなかった。O《ふ》・W《くろ》・L《う》の全科目《ぜんかもく》で「T《ティー》」を取《と》ったのを、ハーマイオニーに隠《かく》そうとしている自分《じぶん》の姿《すがた》を想像《そうぞう》し、これからはもっと勉強《べんきょう》しようとハリーはその場《ば》で決心《けっしん》した。

「君《きみ》たちはもう、授業査察《じゅぎょうささつ》を受《う》けたか？」フレッドが聞《き》いた。

「まだよ」ハーマイオニーがすぐに反応《はんのう》した。「受《う》けたの？」

「たった今《いま》、昼食《ちゅうしょく》の前《まえ》」ジョージが言《い》った。「『呪文学《じゅもんがく》』さ」

「どうだった？」ハリーとハーマイオニーが同時《どうじ》に聞《き》いた。

フレッドが肩《かた》をすくめた。

「たいしたことはなかった。アンブリッジが隅《すみ》のほうでコソコソ、クリップボードにメモを取《と》ってたな。フリットウィックのことだから、あいつを客扱《きゃくあつか》いして全然気《ぜんぜんき》にしてなかった。アンブリッジもあんまり何《なに》も言《い》わなかったな。アリシアに二、三質問《しつもん》して、授業《じゅぎょう》はいつもどんなふうかと聞《き》いた。アリシアはとってもいいと答《こた》えた。それだけだ」

「フリットウィック爺《じい》さんが悪《わる》い点《てん》をもらうなんて考《かんが》えられないよ」ジョージが言《い》った。「生徒《せいと》全員《ぜんいん》がちゃんと試験《しけん》にパスするようにしてくれる先生《せんせい》だからな」

「午後《ごご》は誰《だれ》の授業《じゅぎょう》だ？」フレッドがハリーに聞《き》いた。

「トレローニー――」

「そりゃ、紛《まぎ》れもない『T《ティー》』だな」

「――それに、アンブリッジ自身《じしん》もだ」

「さあ、いい子《こ》にして、今日《きょう》はアンブリッジに腹《はら》を立《た》てるんじゃないぞ」ジョージが言《い》った。「君《きみ》がまたクィディッチの練習《れんしゅう》に出《で》られないとなったら、アンジェリーナがぶち切《き》れるからな」

「闇《やみ》の魔術《まじゅつ》に対《たい》する防衛術《ぼうえいじゅつ》」の授業《じゅぎょう》を待《ま》つまでもなく、ハリーはアンブリッジに会《あ》うことになった。薄暗《うすぐら》い「占《うらな》い学《がく》」の部屋《へや》の一番後《いちばんうし》ろで、ハリーが夢日記《ゆめにっき》を引《ひ》っ張《ぱ》り出《だ》していると、ロンがひじでハリーの脇腹《わきばら》をつっついた。振《ふ》り向《む》くと、アンブリッジが床《ゆか》の跳《は》ね戸《ど》から現《あらわ》れるところだった。ペチャクチャと楽《たの》しげだったクラスが、たちまちシーンとなった。突然騒音《とつぜんそうおん》のレベルが下《さ》がったので、教科書《きょうかしょ》の『夢《ゆめ》のお告《つ》げ』を配《くば》りながら霞《かすみ》のように教室《きょうしつ》を漂《ただよ》っていたトレローニー先《せん》生《せい》が振《ふ》り返《かえ》った。

「こんにちは、トレローニー先生《せんせい》」アンブリッジ先生《せんせい》がお得意《とくい》のニッコリ顔《がお》をした。「わたくしのメモを受《う》け取《と》りましたわね？　査察《ささつ》の日時《にちじ》をお知《し》らせしましたけど？」

トレローニー先生《せんせい》はいたくご機嫌斜《きげんなな》めの様子《ようす》でそっけなくうなずき、アンブリッジ先生《せんせい》に背《せ》を向《む》けて教科書《きょうかしょ》を配《くば》り続《つづ》けた。アンブリッジ先生《せんせい》はニッコリしたまま手近《てぢか》のひじかけ椅子《いす》の背《せ》をぐいとつかみ、教室《きょうしつ》の一番前《いちばんまえ》まで椅子《いす》を引《ひ》っ張《ぱ》っていき、トレローニー先生《せんせい》の椅子《いす》にほとんどくっつきそうなところに置《お》いた。それから腰《こし》をかけ、花模様《はなもよう》のバッグからクリップボードを取《と》り出《だ》し、さあどうぞと期待顔《きたいがお》で授業《じゅぎょう》の始《はじ》まるのを待《ま》った。

トレローニー先生《せんせい》はかすかに震《ふる》える手《て》でショールを固《かた》く体《からだ》に巻《ま》きつけ、拡大鏡《かくだいきょう》のようなレンズを通《とお》して生徒《せいと》たちを見渡《みわた》した。

「今日《きょう》は、予兆的《よちょうてき》な夢《ゆめ》のお勉強《べんきょう》を続《つづ》けましょう」

先生《せんせい》は気丈《きじょう》にも、いつもの神秘的《しんぴてき》な調子《ちょうし》を保《たも》とうとしていたが、声《こえ》がかすかに震《ふる》えていた。

「二人《ふたり》ずつ組《くみ》になってくださいましね。『夢《ゆめ》のお告《つ》げ』を参考《さんこう》になさって、一番最近《いちばんさいきん》ごらんになった夜《よる》の夢幻《ゆめまぼろし》を、お互《たが》いに解釈《かいしゃく》なさいな」

トレローニー先生《せんせい》は、スイーッと自分《じぶん》の椅子《いす》に戻《もど》るようなそぶりを見《み》せたが、すぐそばにアンブリッジ先生《せんせい》が座《すわ》っているのを見《み》ると、たちまち左《ひだり》に向《む》きを変《か》え、パーバティとラベンダーのほうに行《い》った。二人《ふたり》はもう、パーバティの最近《さいきん》の夢《ゆめ》について熱心《ねっしん》に話《はな》し合《あ》っていた。

ハリーは、『夢《ゆめ》のお告《つ》げ』の本《ほん》を開《ひら》き、こっそりアンブリッジのほうをうかがった。もうクリップボードに何《なに》か書《か》きとめている。数分後《すうふんご》、アンブリッジは立《た》ち上《あ》がって、トレローニーの後《うし》ろにくっつき、教室《きょうしつ》を回《まわ》りはじめ、先生《せんせい》と生徒《せいと》の会話《かいわ》を聞《き》いたり、あちらこちらで生徒《せいと》に質問《しつもん》したりした。ハリーは急《いそ》いで本《ほん》の陰《かげ》に頭《あたま》を引《ひ》っ込《こ》めた。

「何《なに》か夢《ゆめ》を考《かんが》えて。早《はや》く」ハリーがロンに言《い》った。「あのガマガエルのやつがこっちに来《く》るかもしれないから」

「僕《ぼく》はこの前考《まえかんが》えたじゃないか」ロンが抗議《こうぎ》した。「君《きみ》の番《ばん》だよ。何《なに》か話《はな》してよ」

「うーん、えーと……」ハリーは困《こま》りはてた。ここ数日《すうじつ》、何《なん》にも夢《ゆめ》を見《み》た覚《おぼ》えがない。「えーと、僕《ぼく》の見《み》た夢《ゆめ》は……スネイプを僕《ぼく》の大鍋《おおなべ》でおぼれさせていた。うん、これでいこう……」

ロンが声《こえ》を上《あ》げて笑《わら》いながら『夢《ゆめ》のお告《つ》げ』を開《ひら》いた。

「オーケー。夢《ゆめ》を見《み》た日付《ひづけ》に君《きみ》の年齢《ねんれい》を加《くわ》えるんだ。それと夢《ゆめ》の主題《しゅだい》の字数《じすう》も……『おぼれる』かな？　それとも『大鍋《おおなべ》』か『スネイプ』かな？」

「何《なん》でもいいよ。好《す》きなの選《えら》んでくれ」ハリーはちらりと後《うし》ろを見《み》ながら言《い》った。トレローニー先生《せんせい》が、ネビルの夢日記《ゆめにっき》について質問《しつもん》する間《あいだ》、アンブリッジがぴったり寄《よ》り添《そ》ってメモを取《と》っているところだった。

「夢《ゆめ》を見《み》た日《ひ》はいつだって言《い》ったっけ？」ロンが計算《けいさん》に没頭《ぼっとう》しながら聞《き》いた。

「さあ、きのうかな。君《きみ》の好《す》きな日《ひ》でいいよ」

ハリーはアンブリッジがトレローニー先生《せんせい》に何《なん》と言《い》っているか聞《き》き耳《みみ》を立《た》てた。今度《こんど》は、ハリーとロンのいるところからほんのテーブル一つ隔《へだ》てたところに二人《ふたり》が立《た》っていた。アンブリッジはクリップボードにまたメモを取《と》り、トレローニー先生《せんせい》はカリカリいらだっていた。

「さてと」アンブリッジがトレローニーを見《み》ながら言《い》った。「あなたはこの職《しょく》に就《つ》いてから、正《せい》確《かく》にどのくらいになりますか？」

トレローニー先生《せんせい》は、査察《ささつ》などという侮辱《ぶじょく》からできるだけ身《み》を護《まも》ろうとするかのように、腕《うで》を組《く》み、肩《かた》を丸《まる》め、しかめっ面《つら》でアンブリッジを見《み》た。しばらくだまっていたが、答《こた》えを拒否《きょひ》できるほど無礼千万《ぶれいせんばん》な質問《しつもん》ではないと判断《はんだん》したらしく、トレローニー先生《せんせい》はいかにも苦々《にがにが》しげに答《こた》えた。

「かれこれ十六年《ねん》ですわ」

「相当《そうとう》な期間《きかん》ね」アンブリッジ先生《せんせい》はクリップボードにメモを取《と》りながら言《い》った。「で、ダンブルドア先生《せんせい》があなたを任命《にんめい》なさったのかしら？」

「そうですわ」トレローニー先生《せんせい》はそっけなく答《こた》えた。アンブリッジ先生《せんせい》がまたメモを取《と》った。

「それで、あなたはあの有名《ゆうめい》な『予見者《よけんしゃ》』カッサンドラ・トレローニーの曾々孫《ひひまご》ですね？」

「ええ」トレローニー先生《せんせい》は少《すこ》し肩《かた》をそびやかした。

クリップボードにまたメモ書《が》き。

「でも――まちがっていたらごめんあそばせ――あなたは、同《おな》じ家系《かけい》で、カッサンドラ以来初《いらいはじ》めての『第二《だいに》の眼《め》』の持《も》ち主《ぬし》だとか？」

「こういうものは、よく隔世《かくせい》しますの――そう――三世代飛《せだいと》ばして」トレローニー先生《せんせい》が言《い》った。

アンブリッジのガマ笑《わら》いがますます広《ひろ》がった。

「そうですわね」またメモを取《と》りながら、アンブリッジが甘《あま》い声《こえ》で言《い》った。「さあ、それではわたくしのために、何《なに》か予言《よげん》してみてくださる？」ニッコリ顔《がお》のまま、アンブリッジが探《さぐ》るような目《め》をした。

トレローニー先生《せんせい》は、我《われ》とわが耳《みみ》を疑《うたが》うかのように身《み》をこわばらせた。

「おっしゃることがわかりませんわ」

先生《せんせい》は発作的《ほっさてき》に、がりがりにやせた首《くび》に巻《ま》きつけたショールをつかんだ。

「わたくしのために、予言《よげん》を一つしていただきたいの」アンブリッジ先生《せんせい》がはっきり言《い》った。

教科書《きょうかしょ》の陰《かげ》からこっそり様子《ようす》をうかがい聞《き》き耳《みみ》を立《た》てているのは、今《いま》やハリーとロンだけではなかった。ほとんどクラス全員《ぜんいん》の目《め》が、トレローニー先生《せんせい》にくぎづけになっていた。先生《せんせい》はビーズや腕輪《うでわ》をジャラつかせながら、ぐっと背筋《せすじ》を伸《の》ばした。

「『内《うち》なる眼《め》』は命令《めいれい》で『予見《よけん》』したりいたしませんわ！」とんでもない恥辱《ちじょく》とばかりの声《こえ》だっ

た。

「けっこう」アンブリッジ先生《せんせい》はまたまたクリップボードにメモを取《と》りながら、静《しず》かに言《い》った。

「あたくし――でも――でも……**お待《ま》ちになって！**」突然《とつぜん》トレローニー先生《せんせい》が、いつもの霧《きり》の彼方《かなた》のような声《こえ》を出《だ》そうとした。しかし、怒《いか》りで声《こえ》が震《ふる》え、神秘的《しんぴてき》な効果《こうか》がいくらか薄《うす》れていた。

「あたくし……あたくしには**何《なに》か見《み》えますわ**……何《なに》かあなたに関《かん》するものが……なんということでしょう。何《なに》か感《かん》じますわ……何《なに》か暗《くら》いもの……何《なに》か恐《おそ》ろしい危機《きき》が……」

トレローニー先生《せんせい》は震《ふる》える指《ゆび》でアンブリッジ先生《せんせい》を指《さ》したが、アンブリッジは眉《まゆ》をきゅっと吊《つ》り上《あ》げ、感情《かんじょう》のないニッコリ笑《わら》いを続《つづ》けていた。

「お気《き》の毒《どく》に……まあ、あなたは恐《おそ》ろしい危機《きき》におちいっていますわ！」トレローニー先生《せんせい》は芝居《しばい》がかった言《い》い方《かた》でしめくくった。

しばらく間《ま》があき、アンブリッジの眉《まゆ》は吊《つ》り上《あ》がったままだった。

「そう」アンブリッジ先生《せんせい》はもう一度《いちど》クリップボードにさらさらと書《か》きつけながら、静《しず》かに言《い》った。「まあ、それが精《せい》いっぱいということでしたら……」

アンブリッジはその場《ば》を離《はな》れ、あとには胸《むね》を波打《なみう》たせながら、根《ね》が生《は》えたように立《た》ち尽《つ》くすトレローニー先生《せんせい》だけが残《のこ》された。ハリーはロンと目《め》が合《あ》った。そして、ロンがまったく自分《じぶん》と同《おな》じことを考《かんが》えていると思《おも》った。トレローニー先生《せんせい》がいかさまだということは、二人《ふたり》とも百《ひゃく》も承知《しょうち》だったが、アンブリッジをひどく嫌《きら》っていたので、トレローニーの肩《かた》を持《も》ちたい気分《きぶん》だったのだ――しかしそれも、数秒後《すうびょうご》にトレローニー先生《せんせい》が二人《ふたり》に襲《おそ》いかかるまでのことだった。

「さて？」トレローニー先生《せんせい》は、いつもとは別人《べつじん》のようにきびきびと、ハリーの目《め》の前《まえ》で長《なが》い指《ゆび》をパチンと鳴《な》らした。「それでは、あなたの夢日記《ゆめにっき》の書《か》き出《だ》しを拝見《はいけん》しましょう」

ハリーの夢《ゆめ》の数々《かずかず》を、トレローニー先生《せんせい》が声《こえ》を張《は》り上《あ》げて解釈《かいしゃく》し終《お》えるころには（すべての夢《ゆめ》が――単《たん》にオートミールを食《た》べた夢《ゆめ》まで――ぞっとするような死《し》に方《かた》で早死《はやじ》にするという予言《よげん》だった）、ハリーの同情《どうじょう》もかなり薄《うす》れていた。その間《かん》ずっとアンブリッジ先生《せんせい》は、一メートルほど離《はな》れてクリップボードにメモを取《と》っていた。そして、終業《しゅうぎょう》ベルが鳴《な》ると、真《ま》っ先《さき》に銀《ぎん》のはしごを下《お》りていき、十分後《ぶんご》に生徒《せいと》が「闇《やみ》の魔術《まじゅつ》に対《たい》する防衛術《ぼうえいじゅつ》」の教室《きょうしつ》に着《つ》いたときには、すでにそこでみんなを待《ま》っていた。

みんなが教室《きょうしつ》に入《はい》ったとき、アンブリッジ先生《せんせい》は鼻歌《はなうた》を歌《うた》いながらひとり笑《わら》いをしていた。『防衛術《ぼうえいじゅつ》の理論《りろん》』の教科書《きょうかしょ》を取《と》り出《だ》しながら、ハリーとロンは、「数占《かずうらな》い」の授業《じゅぎょう》に出《で》ていたハーマイオニーに、「占《うらな》い学《がく》」での出来事《できごと》をしっかり話《はな》して聞《き》かせた。しかし、ハーマイオニーが何《なに》か質問《しつもん》する間《ま》もなく、アンブリッジ先生《せんせい》が「静粛《せいしゅく》に」と言《い》い、みんなしんとなった。

「杖《つえ》をしまってね」

アンブリッジ先生《せんせい》はニッコリしながらみんなに指示《しじ》した。もしかしたらと期待《きたい》して杖《つえ》を出《だ》していた生徒《せいと》は、すごすごとかばんに杖《つえ》を戻《もど》した。

「前回《ぜんかい》の授業《じゅぎょう》で第《だい》一章《しょう》は終《お》わりましたから、今日《きょう》は一九ページを開《ひら》いて、『第《だい》二章《しょう》、防衛一般理論《ぼうえいいっぱんりろん》と派生理論《はせいりろん》』を始《はじ》めましょう。おしゃべりはいりませんよ」

ニターッとひとりよがりに笑《わら》ったまま、先生《せんせい》は自分《じぶん》の席《せき》に着《つ》いた。いっせいに一九ページを開《ひら》きながら、生徒全員《せいとぜんいん》がはっきり聞《き》こえるほどのため息《いき》をついた。ハリーは今学期中《こんがっきじゅう》ずっと読《よ》み続《つづ》けるだけの章《しょう》があるのだろうかとぼんやり考《かんが》えながら、目次《もくじ》を調《しら》べようとした。その時《とき》、ハーマイオニーがまたしても手《て》を挙《あ》げているのに気《き》づいた。

アンブリッジ先生《せんせい》も気《き》づいていたが、それだけでなく、そうした事態《じたい》に備《そな》えて戦略《せんりゃく》を練《ね》ってきたようだった。ハーマイオニーに気《き》づかないふりをするかわりに、アンブリッジ先生《せんせい》は立《た》ち上《あ》がって前《まえ》の座席《ざせき》を通《とお》り過《す》ぎ、ハーマイオニーの真正面《ましょうめん》に来《き》て、ほかの生徒《せいと》に聞《き》こえないように、体《からだ》をかがめてささやいた。「ミス・グレンジャー、今度《こんど》は何《なん》ですか？」

「第《だい》二章《しょう》はもう読《よ》んでしまいました」ハーマイオニーが言《い》った。

「さあ、それなら、第《だい》三章《しょう》に進《すす》みなさい」

「そこも読《よ》みました。この本《ほん》は全部読《ぜんぶよ》んでしまいました」

アンブリッジ先生《せんせい》は目《め》をパチパチさせたが、たちまち平静《へいせい》を取《と》り戻《もど》した。

「さあ、それでは、スリンクハードが第十五章《だいしょう》で『逆呪《ぎゃくのろ》い』について何《なん》と書《か》いているか言《い》えるでしょうね」

「著者《ちょしゃ》は、逆呪《ぎゃくのろ》いという名前《なまえ》は正確《せいかく》ではないと述《の》べています」ハーマイオニーが即座《そくざ》に答《こた》えた。「著者《ちょしゃ》は、逆呪《ぎゃくのろ》いというのは、自分《じぶん》が呪《のろ》いをかけるという事実《じじつ》を正当化《せいとうか》するためにそう呼《よ》んでいるにすぎないと書《か》いています」

アンブリッジ先生《せんせい》の眉《まゆ》が上《あ》がった。意《い》に反《はん》して、感心《かんしん》してしまったのだとハリーにはわかった。

「でも、私《わたし》はそう思《おも》いません」ハーマイオニーが続《つづ》けた。

アンブリッジ先生《せんせい》の眉《まゆ》がさらに少《すこ》し吊《つ》り上《あ》がり、目《め》つきがはっきりと冷《つめ》たくなった。

「そう思《おも》わないの？」

「思《おも》いません」

ハーマイオニーはアンブリッジとちがって、はっきりと通《とお》る声《こえ》だったので、今《いま》やクラス中《じゅう》の注目《ちゅうもく》を集《あつ》めていた。

「スリンクハード先生《せんせい》は呪《のろ》いそのものが嫌《きら》いなのではありませんか？　でも、私《わたし》は、防衛《ぼうえい》のために使《つか》えば、呪《のろ》いはとても役《やく》に立《た》つ可能性《かのうせい》があると思《おも》います」

「おーや、あなたはそう思《おも》うわけ？」アンブリッジ先生《せんせい》はささやくことも忘《わす》れて、体《からだ》を起《お》こした。

「さて、残念《ざんねん》ながら、この授業《じゅぎょう》で大切《たいせつ》なのは、ミス・グレンジャー、あなたの意見《いけん》ではなく、スリンクハード先生《せんせい》のご意見《いけん》です」

「でも――」ハーマイオニーが反論《はんろん》しかけた。

「もうけっこう」アンブリッジ先生《せんせい》はそう言《い》うなり教室《きょうしつ》の前《まえ》に戻《もど》り、生徒《せいと》のほうを向《む》いて立《た》った。授業《じゅぎょう》の前《まえ》に見《み》せた上機嫌《じょうきげん》は吹《ふ》っ飛《と》んでいた。

「ミス・グレンジャー、グリフィンドール寮《りょう》から五点減点《てんげんてん》いたしましょう」

とたんにクラスが騒然《そうぜん》となった。

「理由《りゆう》は？」ハリーが怒《おこ》って聞《き》いた。

「かかわっちゃだめ！」ハーマイオニーがあわててハリーにささやいた。

「らちもないことでわたくしの授業《じゅぎょう》を中断《ちゅうだん》し、乱《みだ》したからです」アンブリッジ先生《せんせい》がよどみなく言《い》った。「わたくしは魔法省《まほうしょう》のお墨《すみ》つきを得《え》た指導要領《しどうようりょう》でみなさんに教《おし》えるために来《き》ています。生徒《せいと》たちに、ほとんどわかりもしないことに関《かん》して自分《じぶん》の意見《いけん》を述《の》べさせることは、要領《ようりょう》に入《はい》っていません。これまでこの学科《がっか》を教《おし》えた先生方《せんせいがた》は、みなさんにもっと好《す》き勝手《かって》をさせたかもしれませんが、誰一人《だれひとり》として――クィレル先生《せんせい》は例外《れいがい》かもしれません。少《すく》なくとも、年齢《ねんれい》にふさわしい教材《きょうざい》だけを教《おし》えようと自己規制《じこきせい》していたようですからね――魔法省《まほうしょう》の査察《ささつ》をパスした先生《せんせい》はいなかったでしょう」

「ああ、クィレルはすばらしい先生《せんせい》でしたとも」ハリーが大声《おおごえ》で言《い》った。「ただ、ちょっとだけ欠点《けってん》があって、ヴォルデモート卿《きょう》が後頭部《こうとうぶ》から飛《と》び出《だ》していたけど」

こう言《い》い放《はな》ったとたん、底冷《そこび》えするような完璧《かんぺき》な沈黙《ちんもく》が訪《おとず》れた。そして――。

「あなたには、もう一週間罰則《しゅうかんばっそく》を科《か》したほうがよさそうね、ミスター・ポッター」

アンブリッジがなめらかに言《い》った。

ハリーの手《て》の甲《こう》の傷《きず》は、まだほとんど癒《い》えていなかった。そして翌朝《よくあさ》にはまた出血《しゅっけつ》しだした。夜《よる》の罰則《ばっそく》の時間中《じかんちゅう》、ハリーは泣《な》き言《ごと》を言《い》わなかったし、絶対《ぜったい》にアンブリッジを満足《まんぞく》させるものかと心《こころ》に決《き》めていた。「僕《ぼく》はうそをついてはいけない」と何度《なんど》もくり返《かえ》して書《か》きながら、一文字《ひともじ》ごとに傷《きず》が深《ふか》くなっても、ハリーは一言《ひとこと》も声《こえ》をもらさなかった。

二週目《しゅうめ》の罰則《ばっそく》で最悪《さいあく》だったのは、ジョージの予測《よそく》どおり、アンジェリーナの反応《はんのう》だった。火《か》曜日《ようび》の朝食《ちょうしょく》で、ハリーがグリフィンドールのテーブルに到着《とうちゃく》するや否《いな》や、アンジェリーナが詰《つ》め寄《よ》った。あまりの大声《おおごえ》に、マクゴナガル先生《せんせい》が教職員《きょうしょくいん》テーブルからやってきて、二人《ふたり》に襲《おそ》いかかった。

「ミス・ジョンソン、大広間《おおひろま》でこんな大騒《おおさわ》ぎをするとはいったい何事《なにごと》です！　グリフィンドールから五点減点《てんげんてん》！」

「でも先生《せんせい》――ポッターは性懲《しょうこ》りもなく、また罰則《ばっそく》を食《く》らったんです――」

「ポッター、どうしたというのです？」マクゴナガル先生《せんせい》は、矛先《ほこさき》を変《か》え、鋭《するど》くハリーに迫《せま》った。

「罰則《ばっそく》？　どの先生《せんせい》ですか？」

「アンブリッジ先生《せんせい》です」ハリーはマクゴナガル先生《せんせい》の四角《しかく》いめがねの奥《おく》にギラリと光《ひか》る目《め》をさけて、ボソボソ答《こた》えた。

「ということは」マクゴナガル先生《せんせい》はすぐ後《うし》ろにいる好奇心満々《こうきしんまんまん》のレイブンクロー生《せい》たちに聞《き》こえないように声《こえ》を落《お》とした。「先週《せんしゅう》の月曜《げつよう》に私《わたくし》が警告《けいこく》したのにもかかわらず、またアンブリッジ先生《せんせい》の授業中《じゅぎょうちゅう》にかんしゃくを起《お》こしたということですか？」

「はい」ハリーは床《ゆか》に向《む》かってつぶやいた。

「ポッター、自分《じぶん》を抑《おさ》えないといけません！　とんでもない罰《ばつ》を受《う》けることになりますよ！　グリフィンドールからもう五点減点《てんげんてん》！」

「でも――えっ――？　先生《せんせい》、そんな！」ハリーは理不尽《りふじん》さに腹《はら》が立《た》った。「僕《ぼく》はあの先生《せんせい》に罰《ばっ》則《そく》を受《う》けているのに、どうしてマクゴナガル先生《せんせい》まで減点《げんてん》なさるんですか？」

「あなたには罰則《ばっそく》がまったく効《き》いていないようだからです！」マクゴナガル先生《せんせい》はピシャッと言《い》った。「いいえ、ポッター、これ以上文句《いじょうもんく》は許《ゆる》しません！　それに、あなた、ミス・ジョンソン、どなり合《あ》いは、今後《こんご》、クィディッチ・ピッチだけにとどめておきなさい。さもないとチームのキャプテンの座《ざ》を失《うしな》うことになります！」

マクゴナガル先生《せんせい》は堂々《どうどう》と教職員《きょうしょくいん》テーブルに戻《もど》っていった。アンジェリーナはハリーに心底《しんそこ》愛想《あいそ》が尽《つ》きたという一瞥《いちべつ》をくれてつんけんと歩《ある》き去《さ》った。ハリーはロンの隣《となり》に飛《と》び込《こ》むように腰《こし》かけ、いきりたった。

「マクゴナガルがグリフィンドールから減点《げんてん》するなんて！　それも、僕《ぼく》の手《て》が毎晩切《まいばんき》られるからなんだぜ！　どこが公平《こうへい》なんだ？　**どこが？**」

「わかるぜ、おい」ロンが気《き》の毒《どく》そうに言《い》いながら、ベーコンをハリーの皿《さら》に取《と》り分《わ》けた。「マクゴナガルはめっちゃくちゃさ」

しかし、ハーマイオニーは「日刊予言者新聞《にっかんよげんしゃしんぶん》」のページをガサゴソさせただけで、何《なに》も言《い》わなかった。

「君《きみ》はマクゴナガルが正《ただ》しいと思《おも》ってるんだろ？」ハリーは、ハーマイオニーの顔《かお》を覆《おお》っているコーネリウス・ファッジの写真《しゃしん》に向《む》かって怒《いか》りをぶつけた。

「あなたのことで減点《げんてん》したのは残念《ざんねん》だわ。でも、アンブリッジに対《たい》してかんしゃくを起《お》こしちゃいけないって忠告《ちゅうこく》なさったのは正《ただ》しいと思《おも》う」ハーマイオニーの声《こえ》だけが聞《き》こえた。何《なに》か演説《えんぜつ》している様子《ようす》のファッジの写真《しゃしん》が、一面記事《いちめんきじ》でさかんに身振《みぶ》り手振《てぶ》りしていた。

ハリーは「呪文学《じゅもんがく》」の授業《じゅぎょう》の間《あいだ》、ハーマイオニーと口《くち》をきかなかったが、「変身術《へんしんじゅつ》」の教室《きょうしつ》に入《はい》ったとたん、へそを曲《ま》げていたことなど忘《わす》れてしまった。アンブリッジ先生《せんせい》とクリップボードが対《つい》になって隅《すみ》に座《すわ》っている姿《すがた》が、朝食《ちょうしょく》のときの記憶《きおく》など、ハリーの頭《あたま》から吹《ふ》き飛《と》ばしてしまったのだ。

「いいぞ」みんながいつもの席《せき》に着《つ》くや否《いな》や、ロンがささやいた。「アンブリッジがやっつけられるのを見《み》てやろう」

マクゴナガル先生《せんせい》は、アンブリッジ先生《せんせい》がそこにいることなど、まったく意《い》に介《かい》さない様子《ようす》で、すたすたと教室《きょうしつ》に入《はい》ってきた。

「静《しず》かに」の一言《ひとこと》で、たちまち教室《きょうしつ》がしんとなった。

「ミスター・フィネガン、こちらに来《き》て、宿題《しゅくだい》をみんなに返《かえ》してください——ミス・ブラウン、ネズミの箱《はこ》を取《と》りにきてください——ばかなまねはおよしなさい。かみついたりしません——

一人《ひとり》に一匹《いっぴき》ずつ配《くば》って——」

「エヘン、エヘン」アンブリッジ先生《せんせい》は、今学期《こんがっき》の最初《さいしょ》の夜《よる》にダンブルドアの話《はなし》を中断《ちゅうだん》したと同《おな》じように、ばかばかしい咳払《せきばら》いという手段《しゅだん》を取《と》った。マクゴナガル先生《せんせい》はそれを無視《むし》した。シェーマスが宿題《しゅくだい》をハリーに返《かえ》した。ハリーはシェーマスの顔《かお》を見《み》ずに受《う》け取《と》り、点数《てんすう》を見《み》てホッとした。何《なん》とか「A《エー》」が取《と》れていた。

「さて、それでは、よく聞《き》いてください——ディーン・トーマス、ネズミに二度《にど》とそんなことをしたら、罰則《ばっそく》ですよ——カタツムリを『消失《しょうしつ》』させるのは、ほとんどのみなさんができるようになりましたし、まだ殻《から》の一部《いちぶ》が残《のこ》ったままの生徒《せいと》も、呪文《じゅもん》の要領《ようりょう》はのみ込《こ》めたようです。今日《きょう》の授業《じゅぎょう》では——」

「エヘン、エヘン」アンブリッジ先生《せんせい》だ。

「何《なに》か？」

マクゴナガル先生《せんせい》が顔《かお》を向《む》けた。眉《まゆ》と眉《まゆ》がくっついて、長《なが》い厳《きび》しい一直線《いっちょくせん》を描《えが》いていた。

「先生《せんせい》、わたくしのメモが届《とど》いているかどうかと思《おも》いまして。先生《せんせい》の査察《ささつ》の日時《にちじ》を——」

「当然《とうぜん》受《う》け取《と》っております。さもなければ、私《わたくし》の授業《じゅぎょう》に何《なん》の用《よう》があるかとお尋《たず》ねしていたはずです」

そう言《い》うなり、マクゴナガル先生《せんせい》は、アンブリッジにきっぱりと背《せ》を向《む》けた。生徒《せいと》の多《おお》くが歓《かん》喜《き》の目《め》を見交《みか》わした。

「先《さき》ほど言《い》いかけていたように、今日《きょう》はそれよりずっと難《むずか》しい、ネズミを『消失《しょうしつ》』させる練習《れんしゅう》をします。さて、『消失呪文《しょうしつじゅもん》』は……」

「エヘン、エヘン」

「いったい」マクゴナガル先生《せんせい》はアンブリッジに向《む》かって冷《つめ》たい怒《いか》りを放《はな》った。「そのように中《ちゅう》断《だん》ばかりなさって、私《わたくし》の通常《つうじょう》の教授法《きょうじゅほう》がどんなものか、おわかりになるのですか？　いいですか。私《わたくし》は通常《つうじょう》、自分《じぶん》が話《はな》しているときに私語《しご》は許《ゆる》しません」

アンブリッジ先生《せんせい》は横面《よこつら》を張《は》られたような顔《かお》をして、一言《ひとこと》も言《い》わず、クリップボードの上《うえ》で羊《よう》皮紙《ひし》をまっすぐに伸《の》ばし、猛烈《もうれつ》に書《か》き込《こ》みはじめた。

そんなことは歯牙《しが》にもかけない様子《ようす》で、マクゴナガル先生《せんせい》は再《ふたた》びクラスに向《む》かって話《はな》しはじめた。

「先《さき》ほど言《い》いかけましたように、『消失呪文《しょうしつじゅもん》』は、『消失《しょうしつ》』させる動物《どうぶつ》が複雑《ふくざつ》なほど難《むずか》しくなります。カタツムリは無脊椎動物《むせきついどうぶつ》で、それほど大《おお》きな課題《かだい》ではありませんが、ネズミは哺乳類《ほにゅうるい》で、ずっと難《むずか》しくなります。ですから、この課題《かだい》は、夕食《ゆうしょく》のことを考《かんが》えながらかけられるような魔法《まほう》ではありません。さあ――唱《とな》え方《かた》は知《し》っているはずです。どのくらいできるか、拝見《はいけん》しましょう……」

「アンブリッジにかんしゃくを起《お》こすな、なんて、よく僕《ぼく》に説教《せっきょう》できるな！」

声《こえ》をひそめてロンにそう言《い》いながら、ハリーの顔《かお》がニヤッと笑《わら》っていた――マクゴナガル先生《せんせい》に対《たい》する怒《いか》りは、きれいさっぱり消《き》えていた。

アンブリッジ先生《せんせい》はトレローニー先生《せんせい》のときとちがい、マクゴナガル先生《せんせい》についてクラスを回《まわ》るようなことはしなかった。マクゴナガル先生《せんせい》が許《ゆる》さないだろうと悟《さと》ったのかもしれない。そのかわり、隅《すみ》に座《すわ》ったまま、より多《おお》くのメモを取《と》った。最後《さいご》にマクゴナガル先生《せんせい》が、生徒《せいと》全員《ぜんいん》に教《きょう》材《ざい》を片《かた》づけるように指示《しじ》したとき、アンブリッジ先生《せんせい》は厳《いかめ》しい表情《ひょうじょう》で立《た》ち上《あ》がった。

「まあ、差《さ》し当《あ》たり、こんな出来《でき》でいいか」ごにょごにょ動《うご》く長《なが》いしっぽだけが残《のこ》ったネズミをつまみ上《あ》げ、ラベンダーが回収《かいしゅう》のために持《も》って回《まわ》っている箱《はこ》にポトンと落《お》としながら、ロンが言《い》った。

教室《きょうしつ》から出《で》ていく生徒《せいと》の列《れつ》に加《くわ》わりながら、ハリーはアンブリッジ先生《せんせい》がマクゴナガル先生《せんせい》の机《つくえ》に近《ちか》づくのを見《み》てロンをこづいた。ロンはハーマイオニーをこづき、三人《にん》とも盗《ぬす》み聞《ぎ》きするためにわざと列《れつ》から遅《おく》れた。

「ホグワーツで教《おし》えて何年《なんねん》になりますか？」アンブリッジ先生《せんせい》が尋《たず》ねた。

「この十二月で三十九年《ねん》です」マクゴナガル先生《せんせい》はかばんをパチンとしめながらきびきび答《こた》えた。

アンブリッジ先生《せんせい》がメモを取《と》った。

「けっこうです」アンブリッジ先生《せんせい》が言《い》った。「査察《ささつ》の結果《けっか》は十日後《とおかご》に受《う》け取《と》ることになります」

「待《ま》ちきれませんわ」マクゴナガル先生《せんせい》は無関心《むかんしん》な口調《くちょう》で冷《つめ》たく答《こた》え、教室《きょうしつ》のドアに向《む》かって闊《かっ》歩《ぽ》した。「早《はや》く出《で》なさい、そこの三人《にん》」マクゴナガル先生《せんせい》はハリー、ロン、ハーマイオニーを急《せ》かして自分《じぶん》より先《さき》に追《お》い出《だ》した。

ハリーは思《おも》わず先生《せんせい》に向《む》かってかすかに笑《わら》いかけ、そして先生《せんせい》もたしかに笑《わら》い返《かえ》したと思《おも》った。

次《つぎ》にアンブリッジに会《あ》うのは、夜《よる》の罰則《ばっそく》のときだと、ハリーはそう思《おも》ったが、ちがっていた。

「魔法生物飼育学《まほうせいぶつしいくがく》」に出《で》るのに、森《もり》へ向《む》かって芝生《しばふ》を下《お》りていくと、アンブリッジとクリップボードが、グラブリー－プランク先生《せんせい》のそばで待《ま》ち受《う》けていた。

「いつもはあなたがこのクラスの受《う》け持《も》ちではない。そうですね？」

みんなが架台《かだい》の所《ところ》に到着《とうちゃく》したとき、ハリーはアンブリッジがそう質問《しつもん》するのを聞《き》いた。架台《かだい》には、捕獲《ほかく》されたボウトラックルが、まるで生《い》きた小枝《こえだ》のように、ガサガサとワラジムシを引《ひ》っかき回《まわ》していた。

「そのとおり」グラブリー‐プランク先生《せんせい》は両手《りょうて》を後《うし》ろ手《で》に背中《せなか》で組《く》み、かかとを上《あ》げたり下《さ》げたりしながら答《こた》えた。「わたしゃハグリッド先生《せんせい》の代用教員《だいようきょういん》でね」

ハリーは、ロン、ハーマイオニーと不安《ふあん》げに目配《めくば》せし合《あ》った。マルフォイがクラッブ、ゴイルと何《なに》かささやき合《あ》っていた。ハグリッドについてのでっち上《あ》げ話《ばなし》を、魔法省《まほうしょう》の役人《やくにん》に吹《ふ》き込《こ》むチャンスだと、手《て》ぐすね引《ひ》いているのだろう。

「ふむむ」アンブリッジ先生《せんせい》は声《こえ》を落《お》としたが、ハリーにはまだはっきり声《こえ》が聞《き》き取《と》れた。「ところで――校長先生《こうちょうせんせい》は、おかしなことに、この件《けん》に関《かん》しての情報《じょうほう》をなかなかくださらないのですよ――あなたは教《おし》えてくださるかしら？　ハグリッド先生《せんせい》が長々《ながなが》と休暇《きゅうか》を取《と》っているのは、何《なに》が原因《げんいん》なのでしょう？」

ハリーはマルフォイが待《ま》ってましたと顔《かお》を上《あ》げるのを見《み》た。

「そりゃ、できませんね」グラブリー‐プランク先生《せんせい》が何《なん》のこだわりもなく答《こた》えた。「この件《けん》は、あなたがご存《ぞん》じのこと以上《いじょう》には知《し》らんです。ダンブルドアからふくろうが来《き》て、数週間教《すうしゅうかんおし》える仕事《しごと》はどうかって言《い》われて受《う》けた、それだけですわ。さて……それじゃ、始《はじ》めようかね？」

「どうぞ、そうしてください」アンブリッジ先生《せんせい》はクリップボードに何《なに》か走《はし》り書《が》きしながら言《い》った。

アンブリッジはこの授業《じゅぎょう》では作戦《さくせん》を変《か》え、生徒《せいと》の間《あいだ》を歩《ある》き回《まわ》って魔法生物《まほうせいぶつ》についての質問《しつもん》をした。だいたいの生徒《せいと》がうまく答《こた》え、少《すく》なくともハグリッドに恥《はじ》をかかせるようなことにはならなかったので、ハリーは少《すこ》し気《き》が晴《は》れた。

ディーン・トーマスに長々《ながなが》と質問《しつもん》したあと、アンブリッジ先生《せんせい》はグラブリー－プランク先生《せんせい》のそばに戻《もど》って聞《き》いた。「全体的《ぜんたいてき》に見《み》て、あなたは、臨時《りんじ》の教員《きょういん》として——つまり、客観的《きゃっかんてき》な部外《ぶがい》者《しゃ》と言《い》えると思《おも》いますが——あなたはホグワーツをどう思《おも》いますか？　学校《がっこう》の管理職《かんりしょく》からは充分《じゅうぶん》な支援《しえん》を得《え》ていると思《おも》いますか？」

「ああ、ああ、ダンブルドアはすばらしい」グラブリー－プランク先生《せんせい》は心《こころ》からそう言《い》った。「そうさね。ここのやり方《かた》には満足《まんぞく》だ。ほんとに大満足《だいまんぞく》だね」

ほんとうかしらというそぶりをちらりと見《み》せながら、アンブリッジはクリップボードに少《すこ》しだけ何《なに》か書《か》いた。「それで、あなたはこのクラスで、今年何《ことしなに》を教《おし》える予定《よてい》ですか——もちろん、ハグリッド先生《せんせい》が戻《もど》らなかった、としてですが？」

「ああ、O《ふ》・W《くろう》・L《う》に出《で》てきそうな生物《せいぶつ》をざっとね。あんまり残《のこ》っていないがね——この子《こ》たちはもうユニコーンとニフラーを勉強《べんきょう》したし。わたしゃ、ポーロックとニーズルをやろうと思《おも》ってるがね。それに、ほら、クラップとナールもちゃんとわかるように……」

「まあ、いずれにせよ、あなたは物《もの》がわかっているようね」

アンブリッジ先生《せんせい》はクリップボードにはっきり合格《ごうかく》とわかる丸印《まるじるし》をつけた。あ・な・た・は・と強調《きょうちょう》したのがハリーには気《き》に入《い》らなかったし、ゴイルに向《む》かって聞《き》いた次《つぎ》の質問《しつもん》はますます気《き》に入《い》らなかった。

「さて、このクラスで誰《だれ》かがけがをしたことがあったと聞《き》きましたが？」

ゴイルはまぬけな笑《わら》いを浮《う》かべた。マルフォイが質問《しつもん》に飛《と》びついた。

「それは僕《ぼく》です。ヒッポグリフに切《き》り裂《さ》かれました」

「ヒッポグリフ？」アンブリッジ先生《せんせい》の走《はし》り書《が》きが今度《こんど》はあわただしくなった。

「それは、そいつがバカで、ハグリッドが言《い》ったことをちゃんと聞《き》いていなかったからだ」ハリーが怒《おこ》って言《い》った。

ロンとハーマイオニーがうめいた。アンブリッジ先生《せんせい》がゆっくりとハリーのほうに顔《かお》を向《む》けた。

「もう一晩罰則《ひとばんばっそく》のようね」アンブリッジ先生《せんせい》がゆっくりと言《い》った。

「さて、グラブリー－プランク先生《せんせい》、ありがとうございました。ここはこれで充分《じゅうぶん》です。査察《ささつ》の結果《けっか》は十日以内《とおかいない》に受《う》け取《と》ることになります」

「はい、はい」グラブリー－プランク先生《せんせい》はそう答《こた》え、アンブリッジ先生《せんせい》は芝生《しばふ》を横切《よこぎ》って城《しろ》へと戻《もど》っていった。

その夜《よる》、ハリーがアンブリッジの部屋《へや》を出《で》たのは、真夜中近《まよなかちか》くだった。手《て》の出血《しゅっけつ》がひどくなり、巻《ま》きつけたスカーフをさらに染《そ》めていた。寮《りょう》に戻《もど》ったとき、談話室《だんわしつ》には誰《だれ》もいないだろうと思《おも》っていたが、ロンとハーマイオニーが起《お》きて待《ま》っていてくれた。ハリーは二人《ふたり》の顔《かお》を見《み》てうれしかったし、ハーマイオニーが非難《ひなん》するというより同情的《どうじょうてき》だったのがことさらうれしかった。

「ほら」ハーマイオニーが心配《しんぱい》そうに、黄色《きいろ》い液体《えきたい》の入《はい》った小《ちい》さなボウルをハリーに差《さ》し出《だ》した。

「手《て》をこの中《なか》に浸《ひた》すといいわ。マートラップの触手《しょくしゅ》を裏《うら》ごしして酢《す》に漬《つ》けた溶液《ようえき》なの。楽《らく》になるはずよ」

ハリーは血《ち》が出《で》てずきずきする手《て》をボウルに浸《ひた》し、スーッと癒《い》やされる心地《ここち》よさを感《かん》じた。クルックシャンクスがハリーの両足《りょうあし》を回《まわ》り込《こ》み、ゴロゴロとのどを鳴《な》らし、ひざに飛《と》び乗《の》ってそこに座《すわ》り込《こ》んだ。

「ありがとう」ハリーは左手《ひだりて》でクルックシャンクスの耳《みみ》の後《うし》ろをカリカリかきながら、感謝《かんしゃ》を込《こ》めて言《い》った。

「僕《ぼく》、やっぱりこのことで苦情《くじょう》を言《い》うべきだと思《おも》うけどな」ロンが低《ひく》い声《こえ》で言《い》った。

「いやだ」ハリーはきっぱりと言《い》った。

「これを知《し》ったら、マクゴナガルは怒《いか》り狂《くる》うぜ――」

「ああ、たぶんね」ハリーが言《い》った。「だけど、アンブリッジが次《つぎ》の何《なん》とか令《れい》を出《だ》して、高等尋《こうとうじん》問官《もんかん》に苦情《くじょう》を申《もう》し立《た》てる者《もの》はただちにクビにするって言《い》うまで、どのくらいかかると思《おも》う？」

ロンは言《い》い返《かえ》そうと口《くち》を開《ひら》いたが、何《なに》も言葉《ことば》が出《で》てこなかった。しばらくすると、ロンは、降《こう》参《さん》して口《くち》を閉《と》じた。

「あの人《ひと》はひどい女《おんな》よ」ハーマイオニーが低《ひく》い声《こえ》で言《い》った。「とんでもなくひどい人《ひと》だわ。あのね、あなたが入《はい》ってきたときちょうどロンと話《はな》してたんだけど……私《わたし》たち、あの女《おんな》に対《たい》して、何《なに》かしなきゃいけないわ」

「僕《ぼく》は、毒《どく》を盛《も》れって言《い》ったんだ」ロンが厳《きび》しい顔《かお》で言《い》った。

「そうじゃなくて……つまり、アンブリッジが教師《きょうし》として最低《さいてい》だってこと。あの先生《せんせい》からは、私《わたし》たち、防衛《ぼうえい》なんて何《なん》にも学《まな》べやしないってことなの」ハーマイオニーが言《い》った。

「だけど、それについちゃ、僕《ぼく》たちに何《なに》ができるって言《い》うんだ？」ロンがあくびをしながら言《い》った。「手遅《ておく》れだろ？　あいつは先生《せんせい》になったんだし、居座《いすわ》るんだ。ファッジがそうさせるに決《き》まってる」

「あのね」ハーマイオニーがためらいがちに言《い》った。「ねえ、私《わたし》、今日《きょう》考《かんが》えていたんだけど……」ハーマイオニーが少《すこ》し不安《ふあん》げにハリーをちらりと見《み》て、それから思《おも》いきって言葉《ことば》を続《つづ》けた。「考《かんが》えていたんだけど――そろそろ潮時《しおどき》じゃないかしら。むしろ――むしろ自分《じぶん》たちでやるのよ」

「自分《じぶん》たちで何《なに》をするんだい？」手《て》をマートラップ触手液《しょくしゅえき》に泳《およ》がせたまま、ハリーがけげんそうに聞《き》いた。

「あのね――『闇《やみ》の魔術《まじゅつ》に対《たい》する防衛術《ぼうえいじゅつ》』を自習《じしゅう》するの」ハーマイオニーが言《い》った。

「いいかげんにしろよ」ロンがうめいた。「この上《うえ》まだ勉強《べんきょう》させるのか？　ハリーも僕《ぼく》も、また宿題《しゅくだい》がたまってるってこと、知《し》らないのかい？　しかも、まだ二週目《しゅうめ》だぜ」

「でも、これは宿題《しゅくだい》よりずっと大切《たいせつ》よ！」ハーマイオニーが言《い》った。

ハリーとロンは目《め》を丸《まる》くしてハーマイオニーを見《み》た。

「この宇宙《うちゅう》に、宿題《しゅくだい》よりもっと大切《たいせつ》なものがあるなんて思《おも》わなかったぜ！」ロンが言《い》った。

「バカなこと言《い》わないで。もちろんあるわ」ハーマイオニーが言《い》った。今《いま》、突然《とつぜん》ハーマイオニーの顔《かお》は、S・P・E・W《しもべ妖精福祉振興協会》の話《はなし》をするときにいつも見《み》せる、ほとばしるような情熱《じょうねつ》で輝《かがや》いていた。

ハリーは何《なん》だかまずいぞと思《おも》った。

「それはね、自分《じぶん》をきたえるってことなのよ。ハリーが最初《さいしょ》のアンブリッジの授業《じゅぎょう》で言《い》ったように、外《そと》の世界《せかい》で待《ま》ち受《う》けているものに対《たい》して準備《じゅんび》をするのよ。それは、私《わたし》たちが確実《かくじつ》に自己防衛《じこぼうえい》できるようにするということなの。もしこの一年間《ねんかん》、私《わたし》たちが何《なん》にも学《まな》ばなかったら――」

「僕《ぼく》たちだけじゃたいしたことはできないよ」ロンがあきらめきったように言《い》った。「つまり、まあ、図書館《としょかん》に行《い》って呪《のろ》いを探《さが》し出《だ》したり、それを試《ため》してみたり、練習《れんしゅう》したりはできるだろうけどさ――」

「たしかにそうね。私《わたし》も、本《ほん》だけから学《まな》ぶという段階《だんかい》は通《とお》り越《こ》してしまったと思《おも》うわ」ハーマイオニーが言《い》った。「私《わたし》たちに必要《ひつよう》なのは、先生《せんせい》よ。ちゃんとした先生《せんせい》。呪文《じゅもん》の使《つか》い方《かた》を教《おし》えてくれて、まちがったら正《ただ》してくれる先生《せんせい》」

「君《きみ》がルーピンのことを言《い》っているんなら……」ハリーが言《い》いかけた。

「ううん、ちがう。ルーピンのことを言《い》ってるんじゃないの」ハーマイオニーが言《い》った。「ルーピンは騎士団《きしだん》のことで忙《いそが》し過《す》ぎるわ。それに、どっちみちホグズミードに行《い》く週末《しゅうまつ》ぐらいしかルーピンに会《あ》えないし、そうなると、とても充分《じゅうぶん》な回数《かいすう》とは言《い》えないわ」

「じゃ、誰《だれ》なんだ？」ハリーはハーマイオニーに向《む》かってしかめっ面《つら》をした。

ハーマイオニーは大《おお》きなため息《いき》を一つついた。

「わからない？」ハーマイオニーが言《い》った。「私《わたし》、あなたのことを言《い》ってるのよ、ハリー」

一瞬《いっしゅん》、沈黙《ちんもく》が流《なが》れた。夜《よる》のそよ風《かぜ》が、ロンの背後《はいご》の窓《まど》ガラスをカタカタ鳴《な》らし、暖炉《だんろ》の火《ひ》をちらつかせた。

「僕《ぼく》の何《なん》のことを？」ハリーが言《い》った。

「あなたが『闇《やみ》の魔術《まじゅつ》に対《たい》する防衛術《ぼうえいじゅつ》』を教《おし》えるって言《い》ってるの」

ハリーはハーマイオニーをじっと見《み》た。それからロンを見《み》た。ハーマイオニーが、たとえばＳ《エス》・Ｐ《ピー》・Ｅ《イー》・Ｗ《ダブリュー》のように突拍子《とっぴょうし》もない計画《けいかく》を説明《せつめい》しはじめたときに、あきれはててロンと目《め》を見交《みか》わすことがあるが、今度《こんど》もそうだろうと思《おも》っていた。ところが、ロンがあきれ顔《がお》をしていなかったので、ハリーは度肝《どぎも》を抜《ぬ》かれた。

ロンは顔《かお》をしかめていたが、明《あき》らかに考《かんが》えていた。それからロンが言《い》った。

「そいつはいいや」

「何《なに》がいいんだ？」ハリーが言《い》った。

「君《きみ》が」ロンが言《い》った。「僕《ぼく》たちにそいつを教《おし》えるってことがさ」

「だって……」

ハリーはニヤッとした。二人《ふたり》でハリーをからかっているにちがいない。

「だって、僕《ぼく》は先生《せんせい》じゃないし、そんなこと僕《ぼく》には……」

「ハリー、あなたは『闇《やみ》の魔術《まじゅつ》に対《たい》する防衛術《ぼうえいじゅつ》』で、学年《がくねん》のトップだったわ」

「僕《ぼく》が？」ハリーはますますニヤッとした。「ちがうよ。どんなテストでも僕《ぼく》は君《きみ》にかなわなかった――」

「実《じつ》は、そうじゃないの」ハーマイオニーが冷静《れいせい》に言《い》った。「三年生《ねんせい》のとき、あなたは私《わたし》に勝《か》ったわ――あの年《とし》に初《はじ》めてこの科目《かもく》のことがよくわかった先生《せんせい》に習《なら》って、しかも初《はじ》めて二人《ふたり》とも同《おな》じテストを受《う》けたわ。でも、ハリー、私《わたし》が言《い》ってるのはテストの結果《けっか》じゃないの。あなたがこれまで**やってきたこと**を考《かんが》えて！」

「どういうこと？」

「あのさ、僕《ぼく》、自信《じしん》がなくなったよ。こんなに血《ち》のめぐりの悪《わる》いやつに教《おし》えてもらうべきかな」ロンが、ニヤニヤしながらハーマイオニーにそう言《い》うと、ハリーのほうを見《み》た。

「どういうことかなぁ」ロンはゴイルが必死《ひっし》に考《かんが》えるような表情《ひょうじょう》を作《つく》った。「うう……一年生《ねんせい》――君《きみ》は『例《れい》のあの人《ひと》』から『賢者《けんじゃ》の石《いし》』を救《すく》った」

「だけど、あれは運《うん》がよかったんだ」ハリーが言《い》った。「技《わざ》とかじゃないし――」

「二年生《ねんせい》」ロンが途中《とちゅう》でさえぎった。「君《きみ》はバジリスクをやっつけて、リドルを滅《ほろ》ぼした」

「うん。でもフォークスが現《あらわ》れなかったら、僕《ぼく》――」

「三年生《ねんせい》」ロンが一段《いちだん》と声《こえ》を張《は》り上《あ》げた。「君《きみ》は百人以上《にんいじょう》の吸魂鬼《きゅうこんき》を一度《いちど》に追《お》い払《はら》った――」

「あれは、だって、まぐれだよ。もし『逆転時計《ぎゃくてんどけい》』がなかったら――」

「去年《きょねん》」ロンは今《いま》や叫《さけ》ぶような声《こえ》だ。「君《きみ》はまたしても『例《れい》のあの人《ひと》』を撃退《げきたい》した――」

「こっちの言《い》うことを聞《き》けよ！」

今度《こんど》はロンもハーマイオニーまでもニヤニヤしているので、ハリーはほとんど怒《おこ》ったように言《い》った。

「だまって聞《き》けよ。いいかい？　そんな言《い》い方《かた》をすれば、何《なん》だかすごいことに聞《き》こえるけど、みんな運《うん》がよかっただけなんだ――半分《はんぶん》ぐらいは、自分《じぶん》が何《なに》をやっているかわからなかった。どれ一つとして計画的《けいかくてき》にやったわけじゃない。たまたま思《おも》いついたことをやっただけだ。それに、ほとんどいつも、何《なに》かに助《たす》けられたし――」

ロンもハーマイオニーも相変《あいか》わらずニヤニヤしているので、ハリーは自分《じぶん》がまたかんしゃくを起《お》こしそうになっているのに気《き》づいた。なぜそんなに腹《はら》が立《た》つのか、自分《じぶん》でもよくわからなかった。

「わかったような顔《かお》をしてニヤニヤするのはやめてくれ。その場《ば》にいたのは僕《ぼく》なんだ」ハリーは熱《あつ》くなった。「いいか？　何《なに》が起《お》こったかを知《し》ってるのは僕《ぼく》だ。それに、どの場合《ばあい》でも、僕《ぼく》が、

『闇《やみ》の魔《ま》術《じゅつ》に対《たい》する防衛術《ぼうえいじゅつ》』がすばらしかったから切《き》り抜《ぬ》けられたんじゃない。何《なん》とか切《き》り抜《ぬ》けたのは――それは、ちょうど必要《ひつよう》なときに助《たす》けが現《あらわ》れて、それに、僕《ぼく》の山勘《やまかん》が当《あ》たったからなんだ――だけど、ぜんぶ闇雲《やみくも》に切《き》り抜《ぬ》けたんだ。自《じ》分《ぶん》が何《なに》をやったかなんて、これっぽっちもわかってなかった――**ニヤニヤするのはやめろってば！**」

マートラップ液《えき》のボウルが床《ゆか》に落《お》ちて割《わ》れた。ハリーは、自《じ》分《ぶん》が立《た》ち上《あ》がっていたことに気《き》づいたが、いつ立《た》ち上《あ》がったか覚《おぼ》えがなかった。クルックシャンクスはサッとソファの下《した》に逃《に》げ込《こ》み、ロンとハーマイオニーの笑《わら》いが吹《ふ》き飛《と》んだ。

「**君《きみ》たちはわかっちゃいない！**　君《きみ》たちは――どっちもだ――あいつと正面《しょうめん》きって対決《たいけつ》したことなんかないじゃないか。まるで授業《じゅぎょう》なんかでやるみたいに、ごっそり呪文《じゅもん》を覚《おぼ》えて、あいつに向《む》かって投《な》げつければいいなんて考《かんが》えてるんだろう？　ほんとにその場《ば》になったら、自《じ》分《ぶん》と死《し》との間《あいだ》に、防《ふせ》いでくれるものなんか何《なん》にもない。――自《じ》分《ぶん》の頭《あたま》と、肝《きも》っ玉《たま》と、そういうものしか――ほんの一瞬《いっしゅん》しかないんだ。殺《ころ》されるか、拷問《ごうもん》されるか、友達《ともだち》が死《し》ぬのを見《み》せつけられるか、そんな中《なか》で、まともに考《かんが》えられるもんか――授業《じゅぎょう》でそんなことを教《おし》えてくれたことはない。そんな状《じょう》況《きょう》にどう立《た》ち向《む》かうかなんて――。それなのに、君《きみ》たちはのんきなもんだ。まるで僕《ぼく》がこうして生《い》きているのは賢《かしこ》い子《こ》だったからみたいに。ディゴリーはバカだったからしくじったみたいに――。君《きみ》たちはわかっちゃいない。紙一重《かみひとえ》で僕《ぼく》が殺《や》られてたかもしれないんだ。ヴォルデモートが僕《ぼく》を必要《ひつよう》としてなかったら、そうなっていたかもしれないんだ――」

「なあ、おい、僕《ぼく》たちは何《なに》もそんなつもりで」ロンは仰天《ぎょうてん》していた。「何《なに》もディゴリーをコケにするなんて、そんなつもりは――君《きみ》、思《おも》いちがいだよ――」

ロンは助《たす》けを求《もと》めるようにハーマイオニーを見《み》た。ハーマイオニーは打《う》ちのめされたような顔《かお》をしていた。

「ハリー」ハーマイオニーがおずおずと言《い》った。「わからないの？　だから……だからこそ私《わたし》たちにはあなたが必要《ひつよう》なの……私《わたし》たち、知《し》る必要《ひつよう》があるの。ほ、ほんとうはどういうことなのかって……あの人《ひと》と直面《ちょくめん》するってことが……ヴォ、ヴォルデモートと」

ハーマイオニーが、ヴォルデモートと名前《なまえ》を口《くち》にしたのは初《はじ》めてだった。そのことが、ほかの何《なに》よりも、ハリーの気持《きも》ちを落《お》ち着《つ》かせた。息《いき》を荒《あら》らげたままだったが、ハリーはまた椅子《いす》に座《すわ》った。その時初《ときはじ》めて、再《ふたた》び手《て》がずきずきとうずいていることに気《き》づいた。マートラップ液《えき》のボウルを割《わ》らなければよかったと後悔《こうかい》した。

「ねえ……考《かんが》えてみてね」ハーマイオニーが静《しず》かに言《い》った。「いい？」

ハリーは何《なん》と答《こた》えていいかわからなかった。爆発《ばくはつ》してしまったことをすでに恥《は》ずかしく思《おも》っていた。ハリーはうなずいたが、いったい何《なに》に同意《どうい》したのかよくわからなかった。

ハーマイオニーが立《た》ち上《あ》がった。

「じゃ、私《わたし》は寝室《しんしつ》に行《い》くわ」できるだけ普《ふ》通《つう》の声《こえ》で話《はな》そうと努力《どりょく》しているのが明《あき》らかだった。

「あム……おやすみなさい」

ロンも立《た》ち上《あ》がった。

「行《い》こうか？」ロンがぎこちなくハリーを誘《さそ》った。

「うん……」ハリーが答《こた》えた。「すぐ……行《い》くよ。これを片《かた》づけて」

ハリーは床《ゆか》に散《ち》らばったボウルを指差《ゆびさ》した。ロンはうなずいて立《た》ち去《さ》った。

「レパロ！　直《なお》れ！」

ハリーは壊《こわ》れた陶器《とうき》のかけらに杖《つえ》を向《む》けてつぶやいた。かけらは飛《と》び上《あ》がってくっつき合《あ》い、新品同様《しんぴんどうよう》になったが、マートラップ液《えき》は覆水盆《ふくすいぼん》に返《かえ》らずだった。

どっとつかれが出《で》て、ハリーはそのままひじかけ椅子《いす》に埋《う》もれて眠《ねむ》りたいと思《おも》った。やっとの思《おも》いで立《た》ち上《あ》がると、ハリーはロンの通《とお》っていった階段《かいだん》を上《のぼ》った。浅《あさ》い眠《ねむ》りが、またもや何度《なんど》もあの夢《ゆめ》でさまたげられた。いくつもの長《なが》い廊下《ろうか》と鍵《かぎ》のかかった扉《とびら》だ。

翌朝目《よくあさめ》が覚《さ》めると、傷痕《きずあと》がまたチクチク痛《いた》んでいた。

第《だい》16章《しょう》　ホッグズ・ヘッドで

「闇《やみ》の魔術《まじゅつ》に対《たい》する防衛術《ぼうえいじゅつ》」をハリーが教《おし》えるという提案《ていあん》をしたあと、まるまる二週間《しゅうかん》、ハーマイオニーは一言《ひとこと》もそれには触《ふ》れなかった。アンブリッジの罰則《ばっそく》がようやく終《お》わり（手《て》の甲《こう》に刻《きざ》みつけられた言葉《ことば》は、もはや完全《かんぜん》に消《き》えることはないのではないかとハリーは思《おも》った）、ロンはさらに四回《かい》のクィディッチの練習《れんしゅう》を、そのうち最後《さいご》の二回《かい》はどなられずにこなし、三人《にん》とも「変身術《へんしんじゅつ》」でネズミを「消失《しょうしつ》」させることに何《なん》とか成功《せいこう》し（ハーマイオニーは子猫《こねこ》を「消失《しょうしつ》」させるところまで進歩《しんぽ》した）、そして九月《がつ》も終《お》わろうとするある荒《あ》れ模様《もよう》の夜《よる》、三人《にん》が図書館《としょかん》でスネイプの「魔法薬《まほうやく》」の材料《ざいりょう》を調《しら》べているとき、再《ふたた》びその話題《わだい》が持《も》ち出《だ》された。

「どうかしら」ハーマイオニーが突然《とつぜん》切《き》り出《だ》した。「『闇《やみ》の魔術《まじゅつ》に対《たい》する防衛術《ぼうえいじゅつ》』のこと、ハリー、あれから考《かんが》えた？」

「そりゃ、考《かんが》えたさ」ハリーが不機嫌《ふきげん》に言《い》った。「忘《わす》れられるわけないもの。あの鬼《おに》ばばぁが教《おし》えてるうちは――」

「私《わたし》が言《い》ってるのは、ロンと私《わたし》の考《かんが》えのことなんだけど――」ロンが、驚《おどろ》いたような脅《おど》すような目《め》つきでハーマイオニーを見《み》た。ハーマイオニーはロンにしかめっ面《つら》をした。

「――いいわよ、じゃ、私の考《かんが》えのことなんだけど――あなたが私《わたし》たちに教《おし》えるっていう」

ハリーはすぐには答《こた》えず、『東洋《とうよう》の解毒剤《げどくざい》』のページを流《なが》し読《よ》みしているふりをした。自分《じぶん》の胸《むね》にあることを言《い》いたくなかったからだ。

この二週間《しゅうかん》、ハリーはこのことをずいぶん考《かんが》えた。ばかげた考《かんが》えだと思《おも》うときもあった。ハーマイオニーが提案《ていあん》した夜《よる》もそう思《おも》った。しかし、別《べつ》のときには、闇《やみ》の生物《せいぶつ》や死喰《しく》い人《びと》と出《で》くわしたときに使《つか》った呪文《じゅもん》で、ハリーにとって一番役《いちばんやく》に立《た》ったものは何《なに》かと考《かんが》えている自分《じぶん》に気《き》づいた――つまり、事実《じじつ》、無意識《むいしき》に授業《じゅぎょう》の計画《けいかく》を立《た》てていたのだ。

「まあね」いつまでも『東洋《とうよう》の解毒剤《げどくざい》』に興味《きょうみ》を持《も》っているふりをすることもできず、ハリーはゆっくり切《き》り出《だ》した。「ああ、僕《ぼく》――僕《ぼく》、少《すこ》し考《かんが》えてみたよ」

「それで？」ハーマイオニーが意気込《いきご》んだ。

「そうだなあ」ハリーは時間《じかん》かせぎをしながら、ロンを見《み》た。

「僕《ぼく》は最初《さいしょ》から名案《めいあん》だと思《おも》ってたよ」ロンが言《い》った。ハリーがまたどなりはじめる心配《しんぱい》はないとわかったので、会話《かいわ》に加《くわ》わる気《き》が出《で》てきたらしい。

ハリーは椅子《いす》にかけたまま、居心地《いごこち》悪《わる》そうにもぞもぞした。

「幸運《こううん》だった部分《ぶぶん》が多《おお》かったって言《い》ったのは、聞《き》いたろう？」

「ええ、ハリー」ハーマイオニーがやさしく言《い》った。「それでも、あなたが『闇《やみ》の魔術《まじゅつ》に対《たい》する防衛術《ぼうえいじゅつ》』にすぐれていないふりをするのは無意味《むいみ》だわ。だって、すぐれているんですもの。先学《せんがっ》期《き》、あなただけが『服従《ふくじゅう》の呪文《じゅもん》』を完全《かんぜん》に退《しりぞ》けたし、あなたは『守護霊《しゅごれい》』も創《つく》り出《だ》せる。一人前《いちにんまえ》の大人《おとな》の魔法使《まほうつか》いにさえできないいろいろなことが、あなたはできるわ。ビクトールがいつも言《い》ってたけど――」

ロンは急《きゅう》にハーマイオニーを振《ふ》り返《かえ》った。あまりに急《きゅう》だったので、筋《すじ》をちがえたのか、首《くび》をもみながらロンが言《い》った。「へえ？　それでビッキーは何《なん》て言《い》った？」

「おや、おや」ハーマイオニーは、相手《あいて》にしなかった。「彼《かれ》はね、自分《じぶん》も知《し》らないようなことを、ハリーがやり方《かた》を知《し》ってるって言《い》ったわ。ダームストラングの七年生《ねんせい》だった彼《かれ》がよ」

ロンはハーマイオニーをうさんくさそうに見《み》た。

「君《きみ》、まだあいつとつき合《あ》ってるんじゃないだろうな？」

「だったらどうだっていうの？」ハーマイオニーが冷静《れいせい》に言《い》ったが、ほおがかすかに染《そ》まった。

「私《わたし》にペンフレンドがいたって別《べつ》に――」

「あいつは単《たん》に君《きみ》のペンフレンドになりたいわけじゃない」ロンがとがめるように言《い》った。

ハーマイオニーはあきれたように頭《かぶり》を振《ふ》り、ハーマイオニーから目《め》をそらさないロンを無視《むし》してハリーに話《はな》しかけた。

「それで、どうなの？　教《おし》えてくれるの？」

「君《きみ》とロンだけだ。いいね？」

「うーん」ハーマイオニーはまた少《すこ》し心配《しんぱい》そうな顔《かお》をした。「ねえ……ハリー、お願《ねが》いだから、またぶち切《き》れたりしないでね……私《わたし》、習《なら》いたい人《ひと》には誰《だれ》にでも教《おし》えるべきだと、ほんとにそう思《おも》うの。つまり、問題《もんだい》は、ヴォ、ヴォルデモートに対《たい》して――ああ、ロン、そんな情《なさ》けない顔《かお》をしないでよ――私《わたし》たちが自衛《じえい》するってことなんだもの。こういうチャンスをほかの人《ひと》にも与《あた》えないのは、公平《こうへい》じゃないわ」

ハリーはちょっと考《かんが》えてから言《い》った。

「うん。でも、君《きみ》たち二人《ふたり》以外《いがい》に僕《ぼく》から習《なら》いたいなんて思《おも》うやつはいないと思《おも》う。僕《ぼく》は頭《あたま》がおかしいんだ、そうだろ？」

「さあ、あなたの言《い》うことを聞《き》きたいって思《おも》う人間《にんげん》がどんなにたくさんいるか、あなた、きっとびっくりするわよ」ハーマイオニーが真剣《しんけん》な顔《かお》で言《い》った。「それじゃ」ハーマイオニーがハリーのほうに体《からだ》を傾《かたむ》けた。――ロンはまだしかめっ面《つら》でハーマイオニーを見《み》ていたが、話《はなし》を聞《き》くために前《まえ》かがみになって頭《あたま》を近《ちか》づけた――「ほら、十月《がつ》の最初《さいしょ》の週末《しゅうまつ》はホグズミード行《い》きでしょ？関心《かんしん》のある人《ひと》は、あの村《むら》で集《あつ》まるってことにして、そこで討論《とうろん》したらどうかしら？」

「どうして学校《がっこう》の外《そと》でやらなきゃならないんだ？」ロンが言《い》った。

「それはね」ハーマイオニーはやりかけの「噛《か》み噛《か》み白菜《はくさい》」の図《ず》の模写《もしゃ》に戻《もど》りながら言《い》った。「アンブリッジが私《わたし》たちの計画《けいかく》をかぎつけたら、あまりうれしくないだろうと思《おも》うからよ」

ハリーはホグズミード行《い》きの週末《しゅうまつ》を楽《たの》しみにして過《す》ごしたが、一つだけ気《き》になることがあった。九月《がつ》のはじめに暖炉《だんろ》の火《ひ》の中《なか》に現《あらわ》れて以来《いらい》、シリウスが石《いし》のように沈黙《ちんもく》していることだ。来《こ》ないでほしいと言《い》ったことでシリウスを怒《おこ》らせてしまったのはわかっていた――しかし、シリウスが慎重《しんちょう》さをかなぐり捨《す》てて来《き》てしまうのではないかと、ときどき心配《しんぱい》になった。ホグズミードで、もしかしてドラコ・マルフォイの目《め》の前《まえ》で、黒《くろ》い犬《いぬ》がハリーたちに向《む》かってかけてきたらどうしよう？

「まあな、シリウスが外《そと》に出《で》て動《うご》き回《まわ》りたいっていう気持《きも》ちはわかるよ」

ロンとハーマイオニーに心配事《しんぱいごと》を相談《そうだん》すると、ロンが言《い》った。

「だって、二年以上《ねんいじょう》も逃亡生活《とうぼうせいかつ》だったろ？　そりゃ、笑《わら》い事《ごと》じゃなかったのはわかるよ。でも少《すく》なくとも自由《じゆう》だったじゃないか？　ところが今《いま》は、あのぞっとするようなしもべ妖精《ようせい》と一緒《いっしょ》に閉《と》じ込《こ》められっぱなしだ」

ハーマイオニーはロンをにらんだが、クリーチャーを侮辱《ぶじょく》したことはそれ以上追及《いじょうついきゅう》しなかった。

「問題《もんだい》は」ハーマイオニーがハリーに言《い》った。「ヴォ、ヴォルデモートが——ロン、そんな顔《かお》やめてったら——表《おもて》に出《で》てくるまでは、シリウスは隠《かく》れていなきゃいけないってことなのよ。つまり、バカな魔法省《まほうしょう》が、ダンブルドアがシリウスについて語《かた》っていたことが真実《しんじつ》だと受《う》け入《い》れない限《かぎ》り、シリウスの無実《むじつ》に気《き》づかないわけよ。あのおバカさんたちが、もう一度《いちど》ほんとうの『死喰《しく》い人《びと》』を逮捕《たいほ》しはじめれば、シリウスが『死喰《しく》い人《びと》』じゃないってことが明白《めいはく》になるわ……だって、第一《だいいち》、シリウスには『闇《やみ》の印《しるし》』がないんだし」

「のこのこ現《あらわ》れるほど、シリウスはバカじゃないと思《おも》うよ」ロンが元気《げんき》づけるように言《い》った。「そんなことしたら、ダンブルドアがカンカンだし、シリウスはダンブルドアの言《い》うことが気《き》に入《い》らなくても、聞《き》き入《い》れるよ」

ハリーがまだ心配《しんぱい》そうなので、ハーマイオニーが言《い》った。「あのね、ロンと二人《ふたり》で、まともな『闇《やみ》の魔術《まじゅつ》に対《たい》する防衛術《ぼうえいじゅつ》』を学《まな》びたいだろうと思《おも》われる人《ひと》に打診《だしん》して回《まわ》ったら、興味《きょうみ》を持《も》った人《ひと》が数人《すうにん》いたわ。その人《ひと》たちに、ホグズミードで会《あ》いましょうって、伝《つた》えたわ」

「そう」ハリーはまだシリウスのことを考《かんが》えながらあいまいな返事《へんじ》をした。

「心配《しんぱい》しないことよ、ハリー」ハーマイオニーが静《しず》かに言《い》った。「シリウスのことがなくたって、あなたはもう手《て》いっぱいなんだから」

たしかにハーマイオニーの言《い》うとおりだった。宿題《しゅくだい》はやっとのことで追《お》いついている始末《しまつ》だ。もっとも、アンブリッジの罰則《ばっそく》で毎晩《まいばん》時間《じかん》を取《と》られることがなくなったので、前《まえ》よりはずっとよかった。ロンはハリーよりも宿題《しゅくだい》が遅《おく》れていた。ハリーもロンも週《しゅう》二回《かい》のクィディッチの練習《れんしゅう》がある上《うえ》、ロンには監督生《かんとくせい》としての任務《にんむ》があった。ハーマイオニーは二人《ふたり》のどちらよりもたくさんの授業《じゅぎょう》を取《と》っていたのに、宿題《しゅくだい》を全部《ぜんぶ》すませていたし、しもべ妖精《ようせい》の洋服《ようふく》を編《あ》む時間《じかん》までつくっていた。編《あ》み物《もの》の腕《うで》が上《あ》がったと、ハリーも認《みと》めざるをえなかった。今《いま》では、ほとんど全部《ぜんぶ》、帽子《ぼうし》とソックスとの見分《みわ》けがつくところまできていた。

ホグズミード行《い》きの日《ひ》は、明《あか》るい、風《かぜ》の強《つよ》い朝《あさ》で始《はじ》まった。朝食《ちょうしょく》のあと、行列《ぎょうれつ》してフィルチの前《まえ》を通《とお》り、フィルチは、両親《りょうしん》か保護者《ほごしゃ》に村《むら》の訪問《ほうもん》を許可《きょか》された生徒《せいと》の長《なが》いリストと照《て》らし合《あ》わせて、生徒《せいと》をチェックした。シリウスがいなかったら、村《むら》に行《い》くことさえできなかったことを思《おも》い出《だ》し、ハリーは胸《むね》がチクリと痛《いた》んだ。

ハリーがフィルチの前《まえ》に来《く》ると、あやしげな気配《けはい》をかぎだそうとするかのように、フィルチがフンフンと鼻《はな》の穴《あな》をふくらませた。それからこくっとうなずき、その拍子《ひょうし》にまたあごをわなわな震《ふる》わせはじめた。ハリーはそのまま石段《いしだん》を下《お》り、外《そと》に出《で》た。陽射《ひざ》しは明《あか》るいが寒《さむ》い日《ひ》だった。

「あのさ——フィルチのやつ、どうして君《きみ》のことフンフンしてたんだ？」

校門《こうもん》に向《む》かう広《ひろ》い馬車道《ばしゃみち》を三人《にん》で元気《げんき》よく歩《ある》きながら、ロンが聞《き》いた。

「クソ爆弾《ばくだん》の臭《にお》いがするかどうか調《しら》べてたんだろう」ハリーはフフッと笑《わら》った。「言《い》うの忘《わす》れてたけど……」

ハリーはシリウスに手紙《てがみ》を送《おく》ったこと、そのすぐあとでフィルチが飛《と》び込《こ》んできて、手紙《てがみ》を見《み》せろと迫《せま》ったことを話《はな》して聞《き》かせた。ハーマイオニーがその話《はなし》に興味《きょうみ》を持《も》ち、しかもハリー自身《じしん》よりずっと強《つよ》い関心《かんしん》を示《しめ》したのはちょっと驚《おどろ》きだった。

「あなたがクソ爆弾《ばくだん》を注文《ちゅうもん》したと、誰《だれ》かが告《つ》げ口《くち》したって、フィルチがそう言《い》ったの？　でも、いったい誰《だれ》が？」

「さあ」ハリーは肩《かた》をすくめた。「マルフォイかな。おもしろいことになると思《おも》ったんだろ」

三人《にん》は羽《はね》の生《は》えたイノシシがのっている高《たか》い石柱《せきちゅう》の間《あいだ》を通《とお》り、村《むら》に向《む》かう道《みち》を左《ひだり》に折《お》れた。風《かぜ》で髪《かみ》が乱《みだ》れ、バラバラと目《め》にかかった。

「マルフォイ？」ハーマイオニーが疑《うたが》わしそうな顔《かお》をした。

「うーん……そう……そうかもね……」

それからホグズミードまでの道《みち》すがら、ハーマイオニーは何《なに》かじっと考《かんが》え込《こ》んでいた。

「ところで、どこに行《い》くんだい？」ハリーが聞《き》いた。「『三本《さんぼん》の箒《ほうき》』？」

「あ――ううん」ハーマイオニーは我《われ》に返《かえ》って言《い》った。「ちがう。あそこはいつもいっぱいで、とっても騒《さわ》がしいし。みんなに、『ホッグズ・ヘッド』に集《あつ》まるように言《い》ったの。ほら、もう一つのパブ、知《し》ってるでしょ。表通《おもてどお》りには面《めん》してないし、あそこはちょっと……ほら……うさんくさいわ……でも生徒《せいと》は普通《ふつう》あそこには行《い》かないから、盗《ぬす》み聞《ぎ》きされることもないと思《おも》うの」

三人《にん》は大通《おおどお》りを歩《ある》いて「ゾンコのいたずら専門店《せんもんてん》」の前《まえ》を通《とお》り――当然《とうぜん》そこには、フレッド、ジョージ、リーがいた――郵便局《ゆうびんきょく》の前《まえ》を過《す》ぎ――そこからは、ふくろうが定期的《ていきてき》に飛《と》び立《た》っている――そして横道《よこみち》に入《はい》った。その道《みち》のどん詰《づ》まりに小《ちい》さな旅籠《はたご》が建《た》っている。ドアの上《うえ》に張《は》り出《だ》したさびついた腕木《うでぎ》に、ぼろぼろの木《き》の看板《かんばん》がかかっていた。ちょん切《ぎ》られたイノシシの首《くび》が、周囲《しゅうい》の白《しろ》い布《ぬの》を血《ち》に染《そ》めている絵《え》が描《か》いてある。三人《にん》が近《ちか》づくと、看板《かんばん》が風《かぜ》に吹《ふ》かれてキーキーと音《おと》を立《た》てた。三人《にん》ともドアの前《まえ》でためらった。

「さあ、行《い》きましょうか」ハーマイオニーが少《すこ》しおどおどしながら言《い》った。ハリーが先頭《せんとう》に立《た》って中《なか》に入《はい》った。

「三本《さんぼん》の箒《ほうき》」とはまるでちがっていた。あそこの広々《ひろびろ》したバーは、輝《かがや》くように温《あたた》かく清潔《せいけつ》な印《いん》象《しょう》だが、「ホッグズ・ヘッド」のバーは、小《ちい》さくみすぼらしい、ひどく汚《きたな》い部屋《へや》で、ヤギのようなきつい臭《にお》いがした。出窓《でまど》はべっとりすすけて、陽《ひ》の光《ひかり》が中《なか》までほとんど射《さ》し込《こ》まない。かわりに、ざらざらした木《き》のテーブルで、ちびたろうそくが部屋《へや》を照《て》らしていた。床《ゆか》は一見《いっけん》、土《つち》を踏《ふ》み固《かた》めた土間《どま》のように見《み》えたが、ハリーが歩《ある》いてみると、実《じつ》は、何世紀《なんせいき》も積《つ》もり積《つ》もったほこりが石床《いしゆか》を覆《おお》っていることがわかった。

一年生《ねんせい》のときに、ハグリッドがこのパブの話《はなし》をしたことを、ハリーは思《おも》い出《だ》した。

「『ホッグズ・ヘッド』なんてとこにゃ、おかしなやつがうようよしてる」

そのパブで、フードをかぶった見知《みし》らぬよそ者《もの》からドラゴンの卵《たまご》を賭《か》けで勝《か》ち取《と》ったと説明《せつめい》してくれたときに、ハグリッドがそう言《い》った。あの時《とき》ハリーは、会《あ》っている間中《あいだじゅう》ずっと顔《かお》を隠《かく》しているようなよそ者《もの》を、ハグリッドがなぜあやしまなかったのかと不思議《ふしぎ》に思《おも》っていたが、「ホッグズ・ヘッド」では顔《かお》を隠《かく》すのが流行《はや》りなのだと初《はじ》めてわかった。バーには首《くび》から上全部《うえぜんぶ》を汚《きたな》らしい灰色《はいいろ》の包帯《ほうたい》でぐるぐる巻《ま》きにしている男《おとこ》がいた。それでも、口《くち》を覆《おお》った包帯《ほうたい》のすきまから、何《なに》やら火《ひ》のように煙《けむり》を上《あ》げる液体《えきたい》を立《た》て続《つづ》けに飲《の》んでいた。窓際《まどぎわ》のテーブルの一つに、すっぽりフードをかぶった一組《ひとくみ》が座《すわ》っていた。強《つよ》いヨークシャーなまりで話《はな》していなかったら、ハリーはこの二人《ふたり》が吸魂鬼《きゅうこんき》だと思《おも》ったかもしれない。暖炉脇《だんろわき》の薄暗《うすぐら》い一角《いっかく》には、つま先《さき》まで分厚《ぶあつ》い黒《くろ》いベールに身《み》を包《つつ》んだ魔女《まじょ》がいた。ベールが少《すこ》し突《つ》き出《で》ているので、かろうじてそこが魔女《まじょ》の鼻先《はなさき》だとわかる。

「ほんとにここでよかったのかなあ、ハーマイオニー」

カウンターのほうに向《む》かいながら、ハリーがつぶやいた。ハリーは特《とく》に分厚《ぶあつ》いベールの魔女《まじょ》を見《み》ていた。

「もしかしたら、あのベールの下《した》はアンブリッジかもしれないって、そんな気《き》がしないか？」

ハーマイオニーはベール姿《すがた》を探《さぐ》るように見《み》た。

「アンブリッジはもっと背《せ》が低《ひく》いわ」ハーマイオニーが落《お》ち着《つ》いて言《い》った。「それにハリー、たとえアンブリッジがここに来《き》ても、私《わたし》たちを止《と》めることはできないわよ。なぜって、私《わたし》、校則《こうそく》を二回《かい》も三回《かい》も調《しら》べたけど、ここは立《た》ち入《い》り禁止《きんし》じゃないわ。生徒《せいと》が『ホッグズ・ヘッド』に入《はい》ってもいいかどうかって、フリットウィック先生《せんせい》にもわざわざたしかめたの。そしたら、いいっておっしゃったわ。ただし、自分《じぶん》のコップを持参《じさん》しなさいって強《つよ》く忠告《ちゅうこく》されたけど。それに、勉強《べんきょう》の会《かい》とか宿題《しゅくだい》の会《かい》とか、考《かんが》えられるかぎりすべて調《しら》べたけど、全部《ぜんぶ》まちがいなく許可《きょか》されているわ。私《わたし》たちがやっていることを派手《はで》に見《み》せびらかすのは、あまりいいとは思《おも》わないけど」

「そりゃそうだろ」ハリーはさらりと言《い》った。「特《とく》に、君《きみ》が計画《けいかく》してるのは、宿題《しゅくだい》の会《かい》なんてものじゃないからね」

バーテンが裏《うら》の部屋《へや》から出《で》てきて、三人《にん》にじわりと近《ちか》づいてきた。長《なが》い白髪《はくはつ》にあごひげをぼうぼうと伸《の》ばした、不機嫌《ふきげん》な顔《かお》のじいさんだった。やせて背《せ》が高《たか》く、ハリーは何《なん》となく見覚《みおぼ》えがあるような気《き》がした。

「注文《ちゅうもん》は？」じいさんがうなるように聞《き》いた。

「バタービール三本《ぼん》お願《ねが》い」ハーマイオニーが言《い》った。

じいさんはカウンターの下《した》に手《て》を入《い》れ、ほこりをかぶった汚《きたな》らしい瓶《びん》を三本引《ぼんひ》っ張《ぱ》り出《だ》し、カウンターにドンと置《お》いた。

「六シックルだ」

「僕《ぼく》が払《はら》う」ハリーが銀貨《ぎんか》を渡《わた》しながら、急《いそ》いで言《い》った。バーテンはハリーを眺《なが》め回《まわ》し、ほんの一瞬傷痕《いっしゅんきずあと》に目《め》をとめた。それから目《め》を背《そむ》け、ハリーの銀貨《ぎんか》を古《ふる》くさい木製《もくせい》のレジの上《うえ》に置《お》いた。木箱《きばこ》の引《ひ》き出《だ》しが自動的《じどうてき》に開《ひら》いて銀貨《ぎんか》を受《う》け入《い》れた。

ハリー、ロン、ハーマイオニーは、バー・カウンターから一番離《いちばんはな》れたテーブルに引《ひ》っ込《こ》み、腰《こし》かけてあたりを見回《みまわ》した。汚《よご》れた灰色《はいいろ》の包帯男《ほうたいおとこ》は、カウンターを拳《こぶし》でコツコツたたき、バーテンからまた煙《けむり》を上《あ》げた飲《の》み物《もの》を受《う》け取《と》った。

「あのさあ」うずうずとカウンターのほうを見《み》ながらロンがつぶやいた。「ここなら何《なん》でも好《す》きなものを注文《ちゅうもん》できるぞ。あのじいさん、何《なん》でもおかまいなしに売《う》ってくれるぜ。ファイア・ウィスキーって、僕《ぼく》、一度試《いちどため》してみたかったんだ――」

「あなたは、監《かん》――督《とく》――生《せい》です」ハーマイオニーがうなった。

「あ」ロンの顔《かお》から笑《わら》いが消《き》えた。「そうかあ……」

「それで、誰《だれ》が僕《ぼく》たちに会《あ》いにくるって言《い》ったっけ?」ハリーはバタービールのさびついたふたをひねってこじ開《あ》け、ぐいっと飲《の》みながら聞《き》いた。

「ほんの数人《すうにん》よ」ハーマイオニーは時計《とけい》をたしかめ、心配《しんぱい》そうにドアのほうを見《み》ながら、前《まえ》と同《おな》じ答《こた》えをくり返《かえ》した。

「みんなに、だいたいこの時間《じかん》にここに来《く》るように言《い》っておいたんだけど。場所《ばしょ》は知《し》ってるはずだわ――あっ、ほら、今来《いまき》たかもよ」

パブのドアが開《あ》いた。一瞬《いっしゅん》、ほこりっぽい陽《ひ》の光《ひかり》が太《ふと》い帯状《おびじょう》に射《さ》し込《こ》み、部屋《へや》を二つに分断《ぶんだん》したが、次《つぎ》の瞬間《しゅんかん》、光《ひかり》の帯《おび》は、どやどやと入《はい》ってきた人影《ひとかげ》でさえぎられて消《き》えた。

先頭《せんとう》にネビル。続《つづ》いてディーンとラベンダー。そのすぐ後《うし》ろにパーバティとパドマ・パチルの双子《ふたご》と、チョウが（ハリーの胃袋《いぶくろ》がでんぐり返《がえ》った）いつもクスクス笑《わら》っている女学生仲間《じょがくせいなかま》の一人《ひとり》を連《つ》れて入《はい》ってきた。それから、（たった一人《ひとり》で、夢《ゆめ》でも見《み》ているような顔《かお》で、もしかしたら偶然迷《ぐうぜんまよ》い込《こ》んだのではないかと思《おも》わせる）ルーナ・ラブグッド。そのあとは、ケイティ・ベル、アリシア・スピネット、アンジェリーナ・ジョンソン、コリンとデニスのクリービー兄弟《きょうだい》、アーニー・マクミラン、ジャスティン・フィンチ-フレッチリー、ハンナ・アボット。それからハリーが名前《なまえ》を知《し》らないハッフルパフの女学生《じょがくせい》で、長《なが》い三つ編《み あ》みを一本背中《ぽんせなか》にたらした子《こ》。レイブンクローの男子生徒《だんしせいと》が三人《にん》、名前《なまえ》はたしか、アンソニー・ゴールドスタイン、マイケル・コーナー、テリー・ブートだ。次《つぎ》はジニーと、そのすぐあとから鼻先《はなさき》がちょんと上向《うわむ》いたひょろひょろ背《せ》の高《たか》いブロンドの男《おとこ》の子《こ》。ハリーは、はっきりとは覚《おぼ》えていないが、ハッフルパフのクィディッチ・チームの選手《せんしゅ》だと思《おも》った。しんがりはジョージとフレッド・ウィーズリーの双子《ふたご》で、仲《なか》よしのリー・ジョーダンと一緒《いっしょ》に、三人《にん》とも「ゾンコ」での買《か》い物《もの》をぎゅうぎゅう詰《つ》め込《こ》んだ紙袋《かみぶくろ》を持《も》って入《はい》ってきた。

「数人《すうにん》？」ハリーはかすれた声《こえ》でハーマイオニーに言《い》った。「数人《すうにん》だって？」

「ええ、そうね、この考《かんが》えはとっても受《う》けたみたい」ハーマイオニーがうれしそうに言《い》った。

「ロン、もう少《すこ》し椅子《いす》を持《も》ってきてくれない？」

バーテンは一度《いちど》も洗《あら》ったことがないような汚《きたな》らしいボロ布《ぬの》でコップをふきながら、固《かた》まって動《うご》かなくなっていた。このパブがこんなに満員《まんいん》になったのを見《み》たのは初《はじ》めてなのだろう。

「やあ」フレッドが最初《さいしょ》にバー・カウンターに行《い》き、集《あつ》まった人数《にんずう》をすばやく数《かぞ》えながら注文《ちゅうもん》した。「じゃあ……バタービールを二十五本頼《ほんたの》むよ」

バーテンはぎろりとフレッドをひとにらみすると、まるで大切《たいせつ》な仕事《しごと》を中断《ちゅうだん》されたかのように、いらいらしながらボロ布《ぬの》を放《ほう》り出《だ》し、カウンターの下《した》からほこりだらけのバタービールを出《だ》しはじめた。

「乾杯《かんぱい》だ」フレッドはみんなに配《くば》りながら言《い》った。「みんな、金出《かねだ》せよ。これ全部《ぜんぶ》を払《はら》う金貨《きんか》は持《も》ち合《あ》わせちゃいないからな」

ペチャペチャとにぎやかな大集団《だいしゅうだん》が、フレッドからビールを受《う》け取《と》り、ローブをゴソゴソさせて小銭《こぜに》を探《さが》すのを、ハリーはぼうっと眺《なが》めていた。いったいみんなが何《なん》のためにやってきたのか、ハリーには見当《けんとう》もつかなかったが、ふと、何《なに》か演説《えんぜつ》を期待《きたい》して来《き》たのではないかという恐《おそ》ろしい考《かんが》えにたどりつき、急《きゅう》にハーマイオニーのほうを見《み》た。

「君《きみ》はいったい、みんなに何《なん》て言《い》ったんだ？」ハリーは低《ひく》い声《こえ》で聞《き》いた。「いったい、みんな、何《なに》を期待《きたい》してるんだ？」

「言《い》ったでしょ。みんな、あなたが言《い》おうと思《おも》うことを聞《き》きにきたのよ」ハーマイオニーがなだめるように言《い》った。それでもハリーが怒《おこ》ったように見《み》つめていたので、ハーマイオニーが急《いそ》いでつけ加《くわ》えた。「あなたはまだ何《なに》もしなくていいわ。まず私《わたし》がみんなに話《はな》すから」

「やあ、ハリー」ネビルがハリーのむかい側《がわ》に座《すわ》ってニッコリした。

ハリーは笑《わら》い返《かえ》す努力《どりょく》はしたが、言葉《ことば》は出《で》てこなかった。口《くち》の中《なか》が異常《いじょう》に乾《かわ》いていた。ちょうどチョウもハリーに笑《わら》いかけ、ロンの右側《みぎがわ》に腰《こし》を下《お》ろすところだった。チョウの友達《ともだち》の赤《あか》みがかったブロンド巻《ま》き毛《げ》の女生徒《じょせいと》は、ニコリともせず、いかにも信用《しんよう》していないという目《め》でハリーを見《み》た。ほんとうはこんな所《ところ》に来《き》たくなかったのだと、その目《め》がはっきり語《かた》っていた。

新《あたら》しく到着《とうちゃく》した生徒《せいと》が三々五々《さんさんごご》とハリー、ロン、ハーマイオニーの周《まわ》りに集《あつ》まって座《すわ》った。興《こう》奮気味《ふんぎみ》の目《め》あり、興味津々《きょうみしんしん》の目《め》あり、ルーナ・ラブグッドは夢見《ゆめみ》るように宙《ちゅう》を見《み》つめていた。みんなに椅子《いす》が行《い》き渡《わた》ると、おしゃべりがやんだ。みんなの目《め》がハリーに集《あつ》まっている。

「えー」ハーマイオニーは緊張《きんちょう》で、いつもより声《こえ》が少《すこ》し上《うわ》ずっていた。

「それでは、——えー——こんにちは」

みんなが、今度《こんど》はハーマイオニーのほうに注意《ちゅうい》を集中《しゅうちゅう》したが、目《め》はときどきハリーのほうに走《はし》らせていた。

「さて……えーと……じゃあ、みなさん、なぜここに集《あつ》まったか、わかっているでしょう。えーと……じゃあ、ここにいるハリーの考《かんが》えでは——つまり（ハリーがハーマイオニーをきつい目《め》で見《み》た）、私《わたし》の考《かんが》えでは——いい考《かんが》えだと思《おも》うんだけど、『闇《やみ》の魔術《まじゅつ》に対《たい》する防衛術《ぼうえいじゅつ》』を学《まな》びたい人《ひと》が——つまり、アンブリッジが教《おし》えてるようなクズじゃなくて、本物《ほんもの》を勉強《べんきょう》したい人《ひと》という意味《いみ》だけど——」（ハーマイオニーの声《こえ》が急《きゅう》に自信《じしん》に満《み》ち、力強《ちからづよ》くなった）「——なぜなら、あの授《じゅ》業《ぎょう》は誰《だれ》が見《み》ても『闇《やみ》の魔術《まじゅつ》に対《たい》する防衛術《ぼうえいじゅつ》』とは言《い》えません——」（そうだ、そうだ、とアンソニー・ゴールドスタインが合《あ》いの手《て》を入《い》れ、ハーマイオニーは気《き》をよくしたようだった）「——それで、いい考《かんが》えだと思《おも》うのですが、私《わたし》は、ええと、この件《けん》は自分《じぶん》たちで自主的《じしゅてき》にやってはどうかと考《かんが》えました」

ハーマイオニーは一息《ひといき》ついてハリーを横目《よこめ》で見《み》てから言葉《ことば》を続《つづ》けた。

「そして、つまりそれは、適切《てきせつ》な自己防衛《じこぼうえい》を学《まな》ぶということであり、単《たん》なる理論《りろん》ではなく、本物《ほんもの》の呪文《じゅもん》を――」

「だけど、君《きみ》は、『闇《やみ》の魔術《まじゅつ》に対《たい》する防衛術《ぼうえいじゅつ》』のO《ふ》・W《くろ》・L《う》もパスしたいんだろ？」マイケル・コーナーが言《い》った。

「もちろんよ」ハーマイオニーがすかさず答《こた》えた。「だけど、それ以上《いじょう》に、私《わたし》はきちんと身《み》を護《まも》る訓練《くんれん》を受《う》けたいの。なぜなら……なぜなら……」

ハーマイオニーは大《おお》きく息《いき》を吸《す》い込《こ》んで最後《さいご》の言葉《ことば》を言《い》った。

「なぜならヴォルデモート卿《きょう》が戻《もど》ってきたからです」

たちまち予想《よそう》どおりの反応《はんのう》があった。チョウの友達《ともだち》は金切《かねき》り声《ごえ》を上《あ》げ、バタービールをこぼして自分《じぶん》の服《ふく》に引《ひ》っかけた。テリー・ブートは思《おも》わずびくりとけいれんし、パドマ・パチルは身震《みぶる》いし、ネビルはヒエッと奇声《きせい》を発《はっ》しかけたが、咳《せき》をして何《なん》とかごまかした。しかし、全員《ぜんいん》がますますらんらんとした目《め》でハリーを見《み》つめた。

「じゃ……とにかく、そういう計画《けいかく》です」ハーマイオニーが言《い》った。「みなさんが一緒《いっしょ》にやりたければ、どうやってやるかを決《き》めなければなりません――」

「『例《れい》のあの人《ひと》』が戻《もど》ってきたっていう証拠《しょうこ》がどこにあるんだ？」ブロンドのハッフルパフの選《せん》手《しゅ》が、食《く》ってかかるような声《こえ》で言《い》った。

「まず、ダンブルドアがそう信《しん》じていますし――」ハーマイオニーが言《い》いかけた。

「ダンブルドアがその人《ひと》を信《しん》じてるって意味《いみ》だろ」ブロンドの男子生徒《だんしせいと》がハリーのほうにあごをしゃくった。

「君《きみ》、いったい誰《だれ》？」ロンが少《すこ》しぶっきらぼうに聞《き》いた。

「ザカリアス・スミス」男子生徒《だんしせいと》が答《こた》えた。「それに、僕《ぼく》たちは、その人《ひと》がなぜ『例《れい》のあの人《ひと》』が戻《もど》ってきたなんて言《い》うのか、正確《せいかく》に知《し》る権利《けんり》があると思《おも》うな」

「ちょっと待《ま》って」ハーマイオニーがすばやく割《わ》って入《はい》った。「この会合《かいごう》の目的《もくてき》は、そういうことじゃないはずよ――」

「かまわないよ、ハーマイオニー」ハリーが言《い》った。

なぜこんなに多《おお》くの生徒《せいと》が集《あつ》まったのか、ハリーは今気《いまき》がついた。ハーマイオニーはこういう成《な》り行《ゆ》きを予想《よそう》すべきだったと、ハリーは思《おも》った。このうちの何人《なんにん》かは――もしかしたらほとんど全員《ぜんいん》が――ハリーから直《じか》に話《はなし》が聞《き》けると期待《きたい》してやってきたのだ。

「僕《ぼく》がなぜ『例《れい》のあの人《ひと》』が戻《もど》ってきたと言《い》うのかって？」ハリーはザカリアスを正面《しょうめん》きって見《み》つめながら言《い》った。「僕《ぼく》はやつを見《み》たんだ。だけど、先学期《せんがっき》ダンブルドアが、何《なに》が起《お》きたのかを全校生《ぜんこうせい》に話《はな》したはず。だから、君《きみ》がその時《とき》ダンブルドアを信《しん》じなかったのなら、僕《ぼく》のことも信《しん》じないだろう。僕《ぼく》は誰《だれ》かを信用《しんよう》させるために、午後《ごご》いっぱいをむだにするつもりはない」

ハリーが話《はな》す間《あいだ》、全員《ぜんいん》が息《いき》を殺《ころ》しているようだった。ハリーは、バーテンまでも聞《き》き耳《みみ》を立《た》てているような気《き》がした。バーテンはあの汚《きたな》いボロ布《ぬの》で、同《おな》じコップをふき続《つづ》け、汚《よご》れをますますひどくしていた。

ザカリアスが、それでは納得《なっとく》できないとばかり言《い》った。

「ダンブルドアが先学期《せんがっき》話《はな》したのは、セドリック・ディゴリーが『例《れい》のあの人《ひと》』に殺《ころ》されたことと、君《きみ》がホグワーツまでディゴリーのなきがらを運《はこ》んできたことだ。くわしいことは話《はな》さなかった。ディゴリーがどんなふうに殺《ころ》されたのかは話《はな》してくれなかった。僕《ぼく》たち、みんなそれが知《し》りたいんだと思《おも》うな――」

「ヴォルデモートがどんなふうに人《ひと》を殺《ころ》すのかをはっきり聞《き》きたいからここに来《き》たのなら、あいにくだったな」

ハリーのかんしゃくはこのごろいつも爆発寸前《ばくはつすんぜん》だったが、今《いま》もだんだん沸騰《ふっとう》してきた。ハリーはザカリアス・スミスの挑戦的《ちょうせんてき》な顔《かお》から目《め》を離《はな》さなかったし、絶対《ぜったい》にチョウのほうを見《み》るまいと心《こころ》を決《き》めていた。

「僕《ぼく》は、セドリック・ディゴリーのことを話《はな》したくない。わかったか！　だから、もしみんながそのためにここに来《き》たなら、すぐ出《で》ていったほうがいい」

ハリーはハーマイオニーのほうに怒《いか》りのまなざしを向《む》けた。ハーマイオニーがハリーを見世物《みせもの》にしようとしたんだ。当然《とうぜん》、みんなは、ハリーの話《はなし》がどんなにとんでもないものか聞《き》いてやろうと思《おも》ってやってきたんだ。

しかし、席《せき》を立《た》つ者《もの》はいなかった。ザカリアス・スミスさえ、ハリーをじっと見《み》つめたままだった。

「それじゃ」ハーマイオニーの声《こえ》がまた上《うわ》ずった。「それじゃ……さっきも言《い》ったように……みんなが防衛術《ぼうえいじゅつ》を習《なら》いたいのなら、やり方《かた》を決《き》める必要《ひつよう》があるわ。会合《かいごう》の頻度《ひんど》とか場所《ばしょ》とか――」

「ほんとなの？」長《なが》い三《み》つ編《あ》みを一本《ぽん》背中《せなか》にたらした女生徒《じょせいと》が、ハリーを見《み》ながら口《くち》を挟《はさ》んだ。

「守護霊《しゅごれい》を創《つく》り出《だ》せるって、ほんと？」

集《あつ》まった生徒《せいと》が関心《かんしん》を示《しめ》してざわめいた。

「うん」ハリーは少《すこ》し身《み》がまえるように言《い》った。

「有体《ゆうたい》の守護霊《しゅごれい》を？」

その言葉《ことば》でハリーの記憶《きおく》がよみがえった。

「あ――君《きみ》、マダム・ボーンズを知《し》ってるかい？」ハリーが聞《き》いた。

女生徒《じょせいと》がニッコリした。

「私《わたし》のおばさんよ」女生徒《じょせいと》が答《こた》えた。「私《わたし》、スーザン・ボーンズ。おばさんがあなたの尋問《じんもん》のことを話《はな》してくれたわ。それで――ほんとにほんとなの？　牡鹿《おじか》の守護霊《しゅごれい》を創《つく》るって？」

「ああ」ハリーが答《こた》えた。

「すげえぞ、ハリー！」リーが心底感心《しんそこかんしん》したように言《い》った。「全然知《ぜんぜんし》らなかった！」

「おふくろがロンに、吹聴《ふいちょう》するなって言《い》ったのさ」フレッドがハリーに向《む》かってニヤリとした。

「ただでさえ君《きみ》は注意《ちゅうい》を引《ひ》き過《す》ぎるからって、おふくろが言《い》ったんだ」

「それ、まちがっちゃいないよ」ハリーが口《くち》ごもり、何人《なんにん》かが笑《わら》った。

ぽつんと座《すわ》っていたベールの魔女《まじょ》が、座《すわ》ったままほんの少《すこ》し体《からだ》をもぞもぞさせた。

「それに、君《きみ》はダンブルドアの校長室《こうちょうしつ》にある剣《つるぎ》でバジリスクを殺《ころ》したのかい？」テリー・ブートが聞《き》いた。「先学期《せんがっき》あの部屋《へや》に行《い》ったとき、壁《かべ》の肖像画《しょうぞうが》の一つが僕《ぼく》にそう言《い》ったんだ……」

「あ――まあ、そうだ、うん」ハリーが言《い》った。

ジャスティン・フィンチ‐フレッチリーがヒューッと口笛《くちぶえ》を吹《ふ》いた。クリービー兄弟《きょうだい》は尊敬《そんけい》で打《う》ちのめされたように目《め》を見交《みか》わし、ラベンダー・ブラウンは「うわぁ！」と小《ちい》さく叫《さけ》んだ。ハリーは少《すこ》し首筋《くびすじ》が熱《あつ》くなるのを感《かん》じ、絶対《ぜったい》にチョウを見《み》ないように目《め》をそらした。

「それに、一年《ねん》のとき」ネビルがみんなに向《む》かって言《い》った。「ハリーは『言者《げんしゃ》の石《いし》』を救《すく》ったよ――」

「『賢者《けんじゃ》の』」ハーマイオニーが急《いそ》いでヒソヒソ言《い》った。

「そう、それ――『例《れい》のあの人《ひと》』からだよ」ネビルが言《い》い終《お》えた。

ハンナ・アボットの両眼《りょうがん》が、ガリオン金貨《きんか》ぐらいにまん丸《まる》になった。

「それに、まだあるわ」チョウが言《い》った（ハリーの目《め》がバチンとチョウに引《ひ》きつけられた。チョウがハリーを見《み》てほほ笑《え》んでいた。ハリーの胃袋《いぶくろ》がまたでんぐり返《がえ》った）。「先学期《せんがっき》、三校対抗試合《さんこうたいこうじあい》で、ハリーがどんなにいろんな課題《かだい》をやりとげたか――ドラゴンや水中人《すいちゅうじん》、大蜘蛛《おおぐも》なんかをいろいろ切《き》り抜《ぬ》けて……」

テーブルの周《まわ》りで、そうだそうだとみんなが感心《かんしん》してざわめいた。ハリーは内臓《ないぞう》がじたばたしていた。あまり得意《とくい》げな顔《かお》に見《み》えないように取《と》りつくろうのが一苦労《ひとくろう》だった。チョウがほめてくれたことで、みんなに絶対《ぜったい》に言《い》おうと心《こころ》に決《き》めていたことが、ずっと言《い》い出《だ》しにくくなってしまった。

「聞《き》いてくれ」ハリーが言《い》うと、みんなたちまち静《しず》かになった。「僕《ぼく》……僕《ぼく》、何《なに》も謙遜《けんそん》するとか、そういうわけじゃないんだけど……僕《ぼく》はずいぶん助《たす》けてもらって、そういういろんなことをしたんだ……」

「ドラゴンのときはちがう。助《たす》けはなかった」マイケル・コーナーがすぐに言《い》った。「あれはほんとに、かっこいい飛行《ひこう》だった……」

「うん、まあね――」ハリーは、ここで否定《ひてい》するのはかえってやぼだと思《おも》った。

「それに、夏休《なつやす》みに吸魂鬼《きゅうこんき》を撃退《げきたい》したときも、誰《だれ》もあなたを助《たす》けやしなかった」スーザン・ボーンズが言《い》った。

「ああ」ハリーが言《い》った。「そりゃ、まあね、助《たす》けなしでやったことも少《すこ》しはあるさ。でも、僕《ぼく》が言《い》いたいのは――」

「君《きみ》、のらりくらり言《い》ってそういう技《わざ》を僕《ぼく》たちに見《み》せてくれないつもりかい？」ザカリアス・スミスが言《い》った。

「いいこと教《おし》えてやろう」ハリーが何《なに》も言《い》わないうちに、ロンが大声《おおごえ》で言《い》った。「減《へ》らず口《ぐち》たたくな」

「のらりくらり」と言《い》われてカチンと来《き》たのかもしれない。とにかく、ロンは、ぶちのめしてやりたいとばかりにザカリアスをにらみつけていた。ザカリアスが赤《あか》くなった。

「だって、僕《ぼく》たちはポッターに教《おし》えてもらうために集《あつ》まったんだ。なのに、ポッターは、ほんとうはそんなこと何《なん》にもできないって言《い》ってる」

「そんなこと言《い》ってやしない」フレッドがうなった。

「耳《みみ》の穴《あな》、かっぽじってやろうか?」ジョージが「ゾンコ」の袋《ふくろ》から、何《なに》やら長《なが》くて危険《きけん》そうな金属《きんぞく》の道具《どうぐ》を取《と》り出《だ》しながら言《い》った。

「耳以外《みみいがい》のどこでもいいぜ。こいつは別《べつ》に、どこに突《つ》き刺《さ》したってかまわないんだ」フレッドが言《い》った。

「さあ、じゃあ」ハーマイオニーがあわてて言《い》った。「先《さき》に進《すす》めましょう……要《よう》するに、ハリーから習《なら》いたいということで、みんな賛成《さんせい》したのね?」

ガヤガヤと同意《どうい》を示《しめ》す声《こえ》が上《あ》がった。ザカリアスは腕組《うでぐ》みをしたまま、何《なに》も言《い》わなかった。ジョージが持《も》っている道具《どうぐ》に注意《ちゅうい》するのに忙《いそが》しかったせいかもしれない。

「いいわ」やっと一つ決定《けってい》したので、ハーマイオニーはホッとした顔《かお》をした。「それじゃ、次《つぎ》は、何回集《なんかいあつ》まるかだわね。少《すく》なくとも一週間《しゅうかん》に一回《かい》は集《あつ》まらなきゃ、意味《いみ》がないと思《おも》います」

「待《ま》って」アンジェリーナが言《い》った。「私《わたし》たちのクィディッチの練習《れんしゅう》とかち合《あ》わないようにしなくちゃ」

「もちろんよ」チョウが言《い》った。「私《わたし》たちの練習《れんしゅう》ともよ」

「僕《ぼく》たちのもだ」ザカリアス・スミスが言《い》った。

「どこか、みんなに都合《つごう》のよい夜《よる》が必《かなら》ず見《み》つかると思《おも》うわ」ハーマイオニーが少《すこ》しいらいらしながら言《い》った。「だけど、いい？　これはかなり大切《たいせつ》なことなのよ。ヴォ、ヴォルデモートの『死《し》喰《く》い人《びと》』から身《み》を護《まも》ることを学《まな》ぶんですからね――」

「そのとおり！」アーニー・マクミランが大声《おおごえ》を出《だ》した。アーニーはもっとずっと前《まえ》に発言《はつげん》があって当然《とうぜん》だったのに、とハリーは思《おも》った。「個人的《こじんてき》には、これはとても大切《たいせつ》なことだと思《おも》う。今年僕《ことしぼく》たちがやることの中《なか》では一番大切《いちばんたいせつ》かもしれない。たとえO《ふ》・W《くろ》・L《う》テストが控《ひか》えていてもだ！」

アーニーはもったいぶってみんなを見渡《みわた》した。まるで、「それはちがうぞ！」と声《こえ》がかかるのを待《ま》っているかのようだった。誰《だれ》も何《なに》も言《い》わないので、アーニーは話《はなし》を続《つづ》けた。

「個人的《こじんてき》には、なぜ魔法省《まほうしょう》があんな役《やく》にも立《た》たない先生《せんせい》を我々《われわれ》に押《お》しつけたのか、理解《りかい》に苦《くる》しむ。魔法省《まほうしょう》が、『例《れい》のあの人《ひと》』が戻《もど》ってきたと認《みと》めたくないために否定《ひてい》しているのは明《あき》らかだ。しかし、我々《われわれ》が防衛呪文《ぼうえいじゅもん》を使《つか》うことを積極的《せっきょくてき》に禁《きん》じようとする先生《せんせい》をよこすとは――」

「アンブリッジが私《わたし》たちに『闇《やみ》の魔術《まじゅつ》に対《たい》する防衛術《ぼうえいじゅつ》』の訓練《くんれん》を受《う》けさせたくない理由《りゆう》は――」ハーマイオニーが言《い》った。「それは、アンブリッジが何《なに》か……何《なに》か変《へん》な考《かんが》えを持《も》ってるからよ。

ダンブルドアが私設軍隊《しせつぐんたい》のようなものに生徒《せいと》を使《つか》おうとしてるとか。アンブリッジは、ダンブルドアが私《わたし》たちを動員《どういん》して、魔法省《まほうしょう》にたてつくと考《かんが》えているわ」

この言葉《ことば》に、ほとんど全員《ぜんいん》が愕然《がくぜん》としたが、ルーナ・ラブグッドだけは、声《こえ》を張《は》り上《あ》げた。

「でも、それ、つじつまが合《あ》うよ。だって、結局《けっきょく》コーネリウス・ファッジだって私設軍団《しせつぐんだん》を持《も》ってるもン」

「え？」寝耳《ねみみ》に水《みず》の情報《じょうほう》に、ハリーは完全《かんぜん》に狼狽《ろうばい》した。

「うん、『ヘリオパス』の軍隊《ぐんたい》を持《も》ってるよ」ルーナが重々《おもおも》しく言《い》った。

「まさか、持《も》ってるはずないわ」ハーマイオニーがピシャリと言《い》った。

「持《も》ってるもン」ルーナが言《い》った。

「『ヘリオパス』って何《なん》なの？」ネビルがキョトンとして聞《き》いた。

「火《ひ》の精《せい》よ」ルーナが飛《と》び出《だ》した目《め》を見開《みひら》くと、ますますまともではない顔《かお》になった。「大《おお》きな炎《ほのお》を上《あ》げる背《せ》の高《たか》い生《い》き物《もの》で、地《ち》を疾走《しっそう》し、行《ゆ》く手《て》にあるものをすべて焼《や》き尽《つ》くし――」

「そんなものは存在《そんざい》しないのよ、ネビル」ハーマイオニーがにべもなく言《い》った。

「あら、いるよ。いるもン！」ルーナが怒《おこ》ったように言《い》った。

「すみませんが、いるという証拠《しょうこ》があるの？」ハーマイオニーがバシッと言《い》った。

「目撃者《もくげきしゃ》の話《はなし》がたくさんあるよ。ただあんたは頭《あたま》が固《かた》いから、何《なん》でも目《め》の前《まえ》に突《つ》きつけられないとだめなだけ――」

「エヘン、エヘン」

ジニーの声色《こわいろ》がアンブリッジ先生《せんせい》にそっくりだったので、何人《なんにん》かがハッとして振《ふ》り向《む》き、笑《わら》った。

「防衛《ぼうえい》の練習《れんしゅう》に何回集《なんかいあつ》まるか、決《き》めるところじゃなかったの？」

「そうよ」ハーマイオニーがすぐに答《こた》えた。「ええ、そうだった。ジニーの言《い》うとおりだわ」

「そうだな、一週間《しゅうかん》に一回《かい》ってのがグーだ」リー・ジョーダンが言《い》った。

「ただし――」アンジェリーナが言《い》いかけた。

「ええ、ええ、クィディッチのことはわかってるわよ」ハーマイオニーがピリピリしながら言《い》った。「それじゃ、次《つぎ》に、どこで集《あつ》まるかを決《き》めないと……」

このほうがむしろ難題《なんだい》で、みんなだまり込《こ》んだ。

「図書室《としょしつ》は？」しばらくしてケイティ・ベルが言《い》った。

「僕《ぼく》たちが図書室《としょしつ》で呪《のろ》いなんかかけてたら、マダム・ピンスがあんまり喜《よろこ》ばないいんじゃないかな」ハリーが言《い》った。

「使《つか》ってない教室《きょうしつ》はどうだ？」ディーンが言《い》った。

「うん」ロンが言《い》った。「マクゴナガルが自分《じぶん》の教室《きょうしつ》を使《つか》わせてくれるかもな。ハリーが三校対《さんこうたい》抗試合《こうじあい》の練習《れんしゅう》をしたときにそうした」

しかし、マクゴナガルが今回《こんかい》はそんなに物《もの》わかりがよいわけがないと、ハリーにはわかっていた。ハーマイオニーが勉強会《べんきょうかい》や宿題会《しゅくだいかい》は問題《もんだい》ないと言《い》っていたが、この集《あつ》まりはそれよりずっと反抗的《はんこうてき》なものとみなされるだろうと、ハリーははっきり感《かん》じていた。

「いいわ、じゃ、どこか探《さが》すようにします」ハーマイオニーが言《い》った。「最初《さいしょ》の集《あつ》まりの日時《にちじ》と場所《ばしょ》が決《き》まったら、みんなに伝言《でんごん》を回《まわ》すわ」

ハーマイオニーはかばんを探《さぐ》って羊皮紙《ようひし》と羽根《はね》ペンを取《と》り出《だ》し、それからちょっとためらった。何《なに》かを言《い》おうとして、意《い》を決《けっ》しているかのようだった。

「私《わたし》——私《わたし》、考《かんが》えたんだけど、ここに全員名前《ぜんいんなまえ》を書《か》いてほしいの、誰《だれ》が来《き》たかわかるように。それと」ハーマイオニーは大《おお》きく息《いき》を吸《す》い込《こ》んだ。「私《わたし》たちのしていることを言《い》いふらさないと、全員《ぜんいん》が約束《やくそく》するべきだわ。名前《なまえ》を書《か》けば、私《わたし》たちの考《かんが》えていることを、アンブリッジにも誰《だれ》にも知《し》らせないと約束《やくそく》したことになります」

フレッドが羊皮紙《ようひし》に手《て》を伸《の》ばし、嬉々《きき》として名前《なまえ》を書《か》いた。しかし、何人《なんにん》かは、リストに名前《なまえ》を連《つら》ねることにあまり乗《の》り気《き》ではないことに、ハリーは気《き》づいた。

「えーと……」ジョージが渡《わた》そうとした羊皮紙《ようひし》を受《う》け取《と》らずに、ザカリアスがのろのろと言《い》った。

「まあ……アーニーがきっと、いつ集《あつ》まるかを僕《ぼく》に教《おし》えてくれるから」

しかし、アーニーも名前《なまえ》を書《か》くことをかなりためらっている様子《ようす》だ。ハーマイオニーはアーニーに向《む》かって眉《まゆ》を吊《つ》り上《あ》げた。

「僕《ぼく》は――あの、僕《ぼく》たち、**監督生《かんとくせい》だ**」アーニーが苦《くる》し紛《まぎ》れに言《い》った。「だから、もしこのリストがばれたら……つまり、ほら……君《きみ》も言《い》ってたけど、もしアンブリッジに見《み》つかったら――」

「このグループは、今年僕《ことしぼく》たちがやることの中《なか》では一番大切《いちばんたいせつ》だって、君《きみ》、さっき言《い》ったろう」ハリーが念《ねん》を押《お》した。

「僕《ぼく》――うん」アーニーが言《い》った。「ああ、僕《ぼく》はそう信《しん》じてる。ただ――」

「アーニー、私《わたし》がこのリストをそのへんに置《お》きっ放《ぱな》しにするとでも思《おも》ってるの？」ハーマイオニーがいらだった。

「いや、ちがう。もちろん、ちがうさ」アーニーは少《すこ》し安心《あんしん》したようだった。「僕《ぼく》――うん、もちろん名前《なまえ》を書《か》くよ」

アーニーのあとは誰《だれ》も異議《いぎ》を唱《とな》えなかった。ただ、チョウの友達《ともだち》が、名前《なまえ》を書《か》くとき、少《すこ》し恨《うら》みがましい顔《かお》をチョウに向《む》けたのを、ハリーは見《み》た。最後《さいご》の一人《ひとり》が――ザカリアスだった――署《しょ》名《めい》すると、ハーマイオニーは羊皮紙《ようひし》を回収《かいしゅう》し、慎重《しんちょう》に自分《じぶん》のかばんに入《い》れた。グループ全体《ぜんたい》に奇《き》妙《みょう》な感覚《かんかく》が流《なが》れた。まるで、一種《いっしゅ》の盟約《めいやく》を結《むす》んだかのようだった。

「さあ、こうしちゃいられない」フレッドが威勢《いせい》よくそう言《い》うと立《た》ち上《あ》がった。「ジョージやリーと一緒《いっしょ》に、ちょっとわけありの買《か》い物《もの》をしないといけないんでね。またあとでな」

ほかの全員《ぜんいん》も三々五々《さんさんごご》立《た》ち去《さ》った。チョウは出《で》ていく前《まえ》に、かばんのとめ金《がね》をかけるのにやたらと手間《てま》取《ど》っていた。長《なが》い黒髪《くろかみ》が顔《かお》を覆《おお》うようにかかり、ゆらゆら揺《ゆ》れた。しかし、チョウの友《とも》達《だち》が腕組《うでぐ》みをしてそばに立《た》ち、舌《した》を鳴《な》らしたので、チョウは友達《ともだち》と一緒《いっしょ》に出《で》ていくしかなかった。友達《ともだち》に急《せ》かされてドアを出《で》るとき、チョウは振《ふ》り返《かえ》ってハリーに手《て》を振《ふ》った。

「まあ、なかなかうまくいったわね」

数分後《すうふんご》、ハリー、ロンと一緒《いっしょ》に「ホッグズ・ヘッド」を出《で》て、まぶしい陽《ひ》の光《ひかり》の中《なか》に戻《もど》ったとき、ハーマイオニーが満足《まんぞく》げに言《い》った。ハリーとロンはまだバタービールの瓶《びん》を手《て》にしていた。

「あのザカリアスのやろう、しゃくなやつだ」遠《とお》くに小《ちい》さく姿《すがた》が見《み》えるザカリアス・スミスの背《せ》中《なか》をにらみつけながら、ロンが言《い》った。

「私《わたし》もあの人《ひと》はあんまり好《す》きじゃない」ハーマイオニーが言《い》った。「だけど、あの人《ひと》、私《わたし》がハッフルパフのテーブルでアーニーとハンナに話《はなし》をしているのをたまたまそばで聞《き》いていて、とっても来《き》たそうにしたの。だから、しょうがないでしょ？　だけど、正直《しょうじき》、人数《にんずう》が多《おお》いに越《こ》したことはないわ――たとえば、マイケル・コーナーとか、その友達《ともだち》なんかは、マイケルがジニーとつき合《あ》っていなかったら、来《こ》なかったでしょうしね――」

ロンはバタービールの最後《さいご》の一口《ひとくち》を飲《の》み干《ほ》すところだったが、むせて、ローブの胸《むね》にビールをブーッと吹《ふ》いた。

「あいつが、**何《なん》だって？**」ロンはカンカンになってわめき散《ち》らした。両耳《りょうみみ》がまるでカールした生《なま》の牛肉《ぎゅうにく》のようだった。「ジニーがつき合《あ》ってるって――妹《いもうと》がデートしてるって――何《なん》だって？　マイケル・コーナーと？」

「あら、だからマイケルも友達《ともだち》と一緒《いっしょ》に来《き》たのよ。きっと――まあ、あの人《ひと》たちが防衛術《ぼうえいじゅつ》を学《まな》びたがっているのももちろんだけど、でもジニーがマイケルに事情《じじょう》を話《はな》さなかったら――」

「いつからなんだ――ジニーはいつから――？」

「クリスマス・ダンスパーティで出会《であ》って、先学期《せんがっき》の終《お》わりごろにつき合《あ》いはじめたわ」ハーマイオニーは落《お》ち着《つ》きはらって言《い》った。三人《にん》はハイストリート通《どお》りに出《で》ていた。ハーマイオニーは「スクリベンシャフト羽根《はね》ペン専門店《せんもんてん》」の前《まえ》で立《た》ち止《ど》まった。ショーウィンドウに、雉《きじ》羽根《ばね》のペンがスマートに並《なら》べられていた。

「んー……私《わたし》、新《あたら》しい羽根《はね》ペンが必要《ひつよう》かも」

ハーマイオニーが店《みせ》に入《はい》り、ハリーとロンもあとに続《つづ》いた。

「マイケル・コーナーって、どっちのやつだった？」ロンが怒《いか》り狂《くる》って問《と》い詰《つ》めた。

「髪《かみ》の黒《くろ》いほうよ」ハーマイオニーが言《い》った。

「気《き》に食《く》わないやつだった」間髪《かんはつ》を容《い》れずロンが言《い》った。

「あら、驚《おどろ》いたわ」ハーマイオニーが低《ひく》い声《こえ》で言《い》った。

「だけど」ロンは、ハーマイオニーが銅《どう》のつぼに入《はい》った羽根《はね》ペンを眺《なが》めて回《まわ》るあとから、くっついて回《まわ》った。「ジニーはハリーが好《す》きだと思《おも》ってた！」

ハーマイオニーは哀《あわ》れむような目《め》でロンを見《み》て、首《くび》を振《ふ》った。

「ジニーはハリーが好《す》きだったわ。だけど、もうずいぶん前《まえ》にあきらめたの。ハリー、あなたのこと好《す》きじゃないってわけではないのよ、もちろん」

ハーマイオニーは、黒《くろ》と金色《きんいろ》の長《なが》い羽根《はね》ペンを品定《しなさだ》めしながら、ハリーに気《き》づかうようにつけ加《くわ》えた。

ハリーはチョウが別《わか》れ際《ぎわ》に手《て》を振《ふ》ったことで頭《あたま》がいっぱいで、この話題《わだい》には、怒《いか》りで身《み》を震《ふる》わせているロンほど関心《かんしん》がなかった。しかし、それまでは気《き》づかなかったことに、突然《とつぜん》気《き》づいた。

「ジニーは、だから僕《ぼく》に話《はな》しかけるようになったんだね？」ハリーがハーマイオニーに聞《き》いた。

「ジニーは、これまで僕《ぼく》の前《まえ》では口《くち》をきかなかったんだ」

「そうよ」ハーマイオニーが言《い》った。「うん、私《わたし》、これを買《か》おうっと……」

ハーマイオニーはカウンターで十五シックルと二クヌートを支払《しはら》った。ロンはまだしつこくハーマイオニーの後《うし》ろにくっついていた。

「ロン」

振《ふ》り返《かえ》った拍子《ひょうし》にすぐ後《うし》ろにいたロンの足《あし》を踏《ふ》んづけながら、ハーマイオニーが厳《きび》しい声《こえ》で言《い》った。

「これだからジニーは、マイケルとつき合《あ》ってることを、あなたに言《い》わなかったのよ。あなたが気《き》を悪《わる》くするって、ジニーにはわかってたの。お願《ねが》いだからくどくどお説教《せっきょう》するんじゃないわよ」

「どういう意味《いみ》だい？　誰《だれ》が気《き》を悪《わる》くするって？　僕《ぼく》、何《なに》もくどくどなんか……」ロンは通《とお》りを歩《ある》いている間中《あいだじゅう》、低《ひく》い声《こえ》でブツクサ言《い》い続《つづ》けた。

ロンがマイケル・コーナーをブツブツ呪《のろ》っている間《あいだ》、ハーマイオニーはハリーに向《む》かって、しょうがないわねという目《め》つきをし、低《ひく》い声《こえ》で言《い》った。

「マイケルとジニーといえば……あなたとチョウはどうなの？」

「何《なに》が？」ハリーがあわてて言《い》った。

まるで煮立《にた》った湯《ゆ》が急《きゅう》に胸《むね》を突《つ》き上《あ》げてくるようだった。寒《さむ》さの中《なか》で顔《かお》がじんじんほてった
――そんなに見《み》え見《み》えだったのだろうか？

「だって」ハーマイオニーがほほ笑《え》んだ。「チョウったら、あなたのこと見《み》つめっぱなしだったじゃない？」

ホグズミードの村《むら》がこんなに美《うつく》しいとは、ハリーは今《いま》まで一度《いちど》も気《き》づかなかった。

第《だい》17章《しょう》　教育令第二十四号《きょういくれいだいにじゅうよんごう》

残《のこ》りの週末《しゅうまつ》を、ハリーは、今学期始《こんがっきはじ》まって以来《いらい》の幸《しあわ》せな気分《きぶん》で過《す》ごした。ハリーとロンは、日曜《にちよう》のほとんどを、またしてもたまった宿題《しゅくだい》を片《かた》づけるのに費《つい》やした。それ自体《じたい》はとても楽《たの》しいとは言《い》えなかったが、秋《あき》の名残《なごり》の陽射《ひざ》しがさんさんと降《ふ》り注《そそ》いでいたので、談話室《だんわしつ》のテーブルに背中《せなか》を丸《まる》めて張《は》りついているよりは、宿題《しゅくだい》を外《そと》に持《も》ち出《だ》して、湖《みずうみ》のほとりの大《おお》きなブナの木《き》の木陰《こかげ》でくつろぐことにした。ハーマイオニーは、言《い》うまでもなく宿題《しゅくだい》を全部《ぜんぶ》すませていたので、毛糸《けいと》を外《そと》に持《も》ち出《だ》し、編《あ》み棒《ぼう》に魔法《まほう》をかけて空中《くうちゅう》に浮《う》かべ、自分《じぶん》の脇《わき》でキラリ、カチカチと働《はたら》かせ、またまた帽子《ぼうし》やえり巻《ま》きを編《あ》ませていた。

アンブリッジと魔法省《まほうしょう》とに抵抗《ていこう》するために行動《こうどう》をおこし、しかも自分《じぶん》がその反乱《はんらん》の中心人物《ちゅうしんじんぶつ》だという意識《いしき》が、ハリーに計《はか》り知《し》れない満足感《まんぞくかん》を与《あた》えていた。土曜日《どようび》の会合《かいごう》のことを、ハリーは何度《なんど》も思《おも》い返《かえ》して味《あじ》わった。「闇《やみ》の魔術《まじゅつ》に対《たい》する防衛術《ぼうえいじゅつ》」をハリーに習《なら》うために、あんなにたくさん集《あつ》まったんだ……ハリーがこれまでやってきたことのいくつかを聞《き》いたときの、みんなのあの顔《かお》……それに、チョウが三校対抗試合《さんこうたいこうじあい》で僕《ぼく》のやったことをほめてくれた――しかも、あの生徒《せいと》たちは、僕《ぼく》のことをうそつきの異常者《いじょうしゃ》だとは思《おも》っていない。称賛《しょうさん》すべき人間《にんげん》だと思《おも》っている。そう思《おも》うと、ハリーは大《おお》いに気分《きぶん》が高揚《こうよう》し、一番嫌《いちばんきら》いな学科《がっか》が軒並《のきな》み待《ま》ち受《う》けている月曜《げつよう》の朝《あさ》になっても、まだ楽《たの》しい気分《きぶん》が続《つづ》いていた。

ハリーとロンは、寝室《しんしつ》からの階段《かいだん》を下《お》りながら、「ナマケモノ型《がた》グリップ・ロール」という新《あたら》しい手《て》を、今夜《こんや》のクィディッチの練習《れんしゅう》に取《と》り入《い》れるというアンジェリーナの考《かんが》えについて話《はな》し合《あ》っていた。朝陽《あさひ》の射《さ》し込《こ》む談話室《だんわしつ》を半分《はんぶん》ほど横切《よこぎ》ったところで、初《はじ》めて二人《ふたり》は、談話室《だんわしつ》に新《あたら》しく貼《は》り出《だ》された掲示《けいじ》の前《まえ》に小《ちい》さな人《ひと》だかりができているのに気《き》がついた。グリフィンドールの掲示板《けいじばん》に大《おお》きな告示《こくじ》が貼《は》りつけてあり、あまり大《おお》きいので、ほかの掲示《けいじ》が全部隠《ぜんぶかく》れていた。――呪文《じゅもん》の古本《ふるほん》いろいろゆずります広告《こうこく》、アーガス・フィルチのいつもの校則備忘録《こうそくびぼうろく》、クィディッチ・チーム練習予定表《れんしゅうよていひょう》、「蛙《かえる》チョコ」カード交換《こうかん》しましょう広告《こうこく》、双子《ふたご》のウィーズリーの試食者募集《ししょくしゃぼしゅう》の最新《さいしん》の広告《こうこく》、ホグズミード行《い》きの週末《しゅうまつ》の予定日《よていび》、落《お》とし物《もの》のお知《し》らせ、などなどだ。新《あたら》しい掲示《けいじ》は、大《おお》きな黒《くろ》い文字《もじ》で書《か》かれ、一番最後《いちばんさいご》に、こぎれいなくるくる文字《もじ》でサインがしてあり、そのあとにいかにも公式文書《こうしきぶんしょ》らしい印鑑《いんかん》が押《お》されていた。

告示《こくじ》

ホグワーツ高等尋問官令《こうとうじんもんかんれい》

学生《がくせい》による組織《そしき》、団体《だんたい》、チーム、グループ、クラブなどは、ここにすべて解散《かいさん》される。組織《そしき》、団体《だんたい》、チーム、グループ、クラブとは、定例的《ていれいてき》に三人以上《にんいじょう》の生徒《せいと》が集《あつ》まるものと、ここに定義《ていぎ》する。

再結成《さいけっせい》の許可《きょか》は、高等尋問官《こうとうじんもんかん》（アンブリッジ教授《きょうじゅ》）に願《ねが》い出《で》ることができる。

学生《がくせい》による組織《そしき》、団体《だんたい》、チーム、グループ、クラブは、高等尋問官《こうとうじんもんかん》への届出《とどけで》と承認《しょうにん》なしに存在《そんざい》してはならない。

組織《そしき》、団体《だんたい》、チーム、グループ、クラブで、高等尋問官《こうとうじんもんかん》の承認《しょうにん》なきものを結成《けっせい》し、またはそれに属《ぞく》することが判明《はんめい》した生徒《せいと》は退学処分《たいがくしょぶん》となる。

以上《いじょう》は、教育令第二十四号《きょういくれいだいごう》に則《のっと》ったものである。

高等尋問官《こうとうじんもんかん》　ドローレス・ジェーン・アンブリッジ

ハリーとロンは心配《しんぱい》そうな顔《かお》の二年生《ねんせい》たちの頭越《あたまご》しに告示《こくじ》を読《よ》んだ。

「これ、ゴブストーン・クラブも閉鎖《へいさ》ってことなのかな？」二年生《ねんせい》の一人《ひとり》が友達《ともだち》に問《と》いかけた。

「君《きみ》たちのゴブストーンは大丈夫《だいじょうぶ》だと思《おも》うけど」ロンが暗《くら》い声《こえ》で言《い》うと、二年生《ねんせい》がびっくりして飛《と》び上《あ》がった。「僕《ぼく》たちのほうは、そうそうラッキーってわけにはいかないよな？」二年生《ねんせい》たちがあわてて立《た》ち去《さ》ったあと、ロンがハリーに問《と》いかけた。

ハリーはもう一度《いちど》掲示《けいじ》を読《よ》み返《かえ》していた。土曜日《どようび》以来《いらい》のはち切《き》れるような幸福感《こうふくかん》が消《き》えてしまった。怒《いか》りで体中《からだじゅう》がドクンドクンと脈打《みゃくう》っていた。

「偶然《ぐうぜん》なんかじゃない」ハリーが拳《こぶし》を握《にぎ》りしめながら言《い》った。「あいつは知《し》ってる」

「そんなはずない」ロンがすぐさま言《い》った。

「あのパブで聞《き》いていた人間《にんげん》がいた。それに、当然《とうぜん》って言《い》えば当然《とうぜん》だけど、あそこに集《あつ》まった生徒《せいと》の中《なか》で、いったい何人《なんにん》信用《しんよう》できるかわかったもんじゃない……誰《だれ》だってアンブリッジに垂《た》れ込《こ》める……」

それなのに、僕《ぼく》は、みんなが僕《ぼく》を信用《しんよう》したなんて思《おも》っていた。みんなが僕《ぼく》を称賛《しょうさん》しているなんて思《おも》っていたんだ……。

「ザカリアス・スミスだ！」ロンが間髪《かんはつ》を容《い》れず叫《さけ》び、拳《こぶし》で片方《かたほう》の手《て》の平《ひら》にパンチをたたき込《こ》んだ。「いや――あのマイケル・コーナーのやつも、どうも目《め》つきがあやしいと思《おも》ったんだ――」

「ハーマイオニーはもうこれを見《み》たかな？」ハリーは振《ふ》り返《かえ》って女子寮《じょしりょう》のドアのほうを見《み》た。

「知《し》らせにいこう」ロンが跳《は》ねるように飛《と》び出《だ》してドアを開《あ》け、女子寮《じょしりょう》へのらせん階段《かいだん》を上《のぼ》りはじめた。

ロンが六段目《だんめ》に上《のぼ》ったときだった。大声《おおごえ》で泣《な》き叫《さけ》ぶような、クラクションのような音《おと》がしたかと思《おも》うと、階段《かいだん》が溶《と》けて一本《いっぽん》につながり、ジェットコースターのような長《なが》いつるつるの石《いし》のすべり台《だい》になった。ロンは両腕《りょううで》を風車《ふうしゃ》のように必死《ひっし》でぶん回《まわ》し、走《はし》り続《つづ》けようとしたが、それもほんのわずかの間《あいだ》で、結局《けっきょく》仰向《あおむ》けに倒《たお》れ、できたてのすべり台《だい》をすべり落《お》ちて、仰向《あおむ》けのままハリーの足元《あしもと》で止《と》まった。

「あー――僕《ぼく》たち、女子寮《じょしりょう》に入《はい》っちゃいけないみたいだな」ハリーが笑《わら》いをこらえながらロンを助《たす》け起《お》こした。

四年生《ねんせい》の女子生徒《じょしせいと》が二人《ふたり》、歓声《かんせい》を上《あ》げて石《いし》のすべり台《だい》をすべり下《お》りてきた。

「おぉおや、上《うえ》に行《い》こうとしたのはだーれ？」ポンと跳《と》んで立《た》ち上《あ》がり、ハリーとロンをじろじろ見《み》ながら、二人《ふたり》がうれしそうにクスクス笑《わら》った。

「僕《ぼく》さ」ロンはまだ髪《かみ》がくしゃくしゃだった。「こんなことが起《お》こるなんて、僕知《ぼくし》らなかったよ。

不公平《ふこうへい》だ！」ロンがハリーを見《み》ながら言《い》った。

女子生徒《じょしせいと》は、さかんにクスクス笑《わら》いしながら肖像画《しょうぞうが》の穴《あな》に向《む》かった。

「ハーマイオニーは僕《ぼく》たちの寮《りょう》に来《き》てもいいのに、なんで僕《ぼく》たちはだめなんだ――？」

「ああ、それは古《ふる》くさい規則《きそく》なのよ」ハーマイオニーが二人《ふたり》の前《まえ》にある敷物《しきもの》の上《うえ》にきれいにすべり下《お》り、立《た》ち上《あ》がろうとしているところだった。「でも、『ホグワーツの歴史《れきし》』に、創始者《そうししゃ》たちは男《おとこ》の子《こ》が女《おんな》の子《こ》より信用《しんよう》できないと考《かんが》えたって、そう書《か》いてあるわ。それはそうと、どうして入《はい》ろうとしたの？」

「君《きみ》に会《あ》うためさ――これを見《み》ろ！」ロンがハーマイオニーを掲示板《けいじばん》の所《ところ》へ引《ひ》っ張《ぱ》っていった。

ハーマイオニーの目《め》が、すばやく告示《こくじ》の端《はし》から端《はし》へとすべった。表情《ひょうじょう》が石《いし》のように硬《かた》くなった。

「誰《だれ》かがあいつにべらべらしゃべったにちがいない！」ロンが怒《おこ》った。

「それはありえないわ」ハーマイオニーが低《ひく》い声《こえ》で言《い》った。

「君《きみ》は甘《あま》い」ロンが言《い》った。「君自身《きみじしん》が名誉《めいよ》を重《おも》んじ、信用《しんよう》できる人間《にんげん》だからといって――」

「ううん、誰《だれ》もできないっていうのは、私《わたし》が、みんなの署名《しょめい》した羊皮紙《ようひし》に呪《のろ》いをかけたからよ」ハーマイオニーが厳《おごそ》かに言《い》った。「誰《だれ》かがアンブリッジに告《つ》げ口《ぐち》したら、いいこと？　誰《だれ》がそうしたか確実《かくじつ》にわかるの。その誰《だれ》かさんは、とっても後悔《こうかい》するわよ」

「そいつらはどうなるんだ？」ロンが身《み》を乗《の》り出《だ》した。

「そうね、こう言《い》えばいいかな」ハーマイオニーが言《い》った。「エロイーズ・ミジョンのにきびでさえ、ほんのかわいいそばかすに見《み》えてしまう。さあ、朝食《ちょうしょく》に行《い》きましょう。ほかのみんなはどう思《おも》うか聞《き》きましょう……全部《ぜんぶ》の寮《りょう》にこの掲示《けいじ》が貼《は》られたのかしら？」

大広間《おおひろま》に入《はい》ったとたん、アンブリッジの掲示《けいじ》がグリフィンドールだけに貼《は》られたのではないことがはっきりした。それぞれのテーブルをみんな忙《いそが》しく往《い》き来《き》し、掲示《けいじ》のことを相談《そうだん》し合《あ》っていて、おしゃべりが異常《いじょう》に緊張《きんちょう》し、大広間《おおひろま》の動《うご》きはいつもより激《はげ》しかった。ハリー、ロン、ハーマイオニーが席《せき》に着《つ》くや否《いな》や、ネビル、ディーン、フレッド、ジョージ、ジニーが待《ま》ってましたとばかりにやってきた。

「読《よ》んだ？」

「あいつが知《し》ってると思《おも》うか？」

「どうする？」

みんながハリーを見《み》ていた。ハリーはあたりを見回《みまわ》し、近《ちか》くに誰《だれ》も先生《せんせい》がいないことをたしかめた。

「とにかく、やるさ。もちろんだ」ハリーは静《しず》かに言《い》った。

「そうくると思《おも》った」ジョージがニッコリしてハリーの腕《うで》をポンとたたいた。

「監督生《かんとくせい》さんたちもかい？」フレッドがロンとハーマイオニーを冷《ひ》やかすように見《み》た。

「もちろんよ」ハーマイオニーが落《お》ち着《つ》きはらって言《い》った。

「アーニーとハンナ・アボットが来《き》たぞ」ロンが振《ふ》り返《かえ》りながら言《い》った。「さあ、レイブンクローのやつらとスミス……誰《だれ》もあばたっぽくないなあ」

ハーマイオニーがハッとしたような顔《かお》をした。

「あばたはどうでもいいわ。あの人《ひと》たち、おバカさんね。今《いま》ここに来《き》たらだめじゃない。本当《ほんとう》にあやしまれちゃうわ――座《すわ》ってよ！」

ハーマイオニーがアーニーとハンナに必死《ひっし》で身振《みぶ》り手振《てぶ》りし、ハッフルパフのテーブルに戻《もど》るように口《くち》の形《かたち》だけで伝《つた》えた。

「あとで！　は――な――し――は――あと！」

「私《わたし》、マイケルに言《い》ってくる」ジニーがじれったそうにベンチをくるりとまたいだ。「まったくバカなんだから……」

ジニーは、レイブンクローのテーブルに急《いそ》いだ。ハリーはジニーを目《め》で追《お》った。チョウがそう遠《とお》くない所《ところ》に座《すわ》っていて、「ホッグズ・ヘッド」に連《つ》れてきた巻《ま》き毛《げ》の友達《ともだち》に話《はな》しかけている。

アンブリッジの告示《こくじ》で、チョウが恐《おそ》れをなして、もう会合《かいごう》には来《こ》ないだろうか？

告示《こくじ》の本格的《ほんかくてき》な反響《はんきょう》は、大広間《おおひろま》を出《で》て「魔法史《まほうし》」の授業《じゅぎょう》に向《む》かうときにやってきた。

「ハリー！　ロン！」

アンジェリーナだった。完全《かんぜん》に取《と》り乱《みだ》して、二人《ふたり》のほうに大急《おおいそ》ぎでやってくる。

「大丈夫《だいじょうぶ》だよ」アンジェリーナがハリーの声《こえ》の届《とど》くところまで来《く》るのを待《ま》って、ハリーが静《しず》かに言《い》った。「それでも僕《ぼく》たちやるから――」

「これにクィディッチもふくまれてることを知《し》ってた？」アンジェリーナがハリーの言葉《ことば》をさえぎって言《い》った。「グリフィンドール・チームを再編成《さいへんせい》する許可《きょか》を申請《しんせい》しないといけない」

「**えーっ？**」ハリーが声《こえ》を上《あ》げた。

「そりゃないぜ」ロンが愕然《がくぜん》とした。

「掲示《けいじ》を読《よ》んだだろ？　チームもふくまれてる！　だから、いいかい、ハリー……もう一回《いっかい》だけ言《い》うよ……お願《ねが》い、**お願《ねが》いだから**、アンブリッジに二度《にど》とかんしゃくを起《お》こさないで。じゃないと、あいつ、もう私《わたし》たちにプレーさせないかもしれない！」

「わかった、わかったよ」アンジェリーナがほとんど泣《な》きそうなのを見《み》て、ハリーが言《い》った。「心配《しんぱい》しないで。行儀《ぎょうぎ》よくするから……」

「アンブリッジ、きっと『魔法史《まほうし》』にいるぜ……」ビンズ先生《せんせい》の授業《じゅぎょう》に向《む》かいながら、ロンが暗《くら》い声《こえ》で言《い》った。「まだビンズの査察《ささつ》をしてないしな……絶対《ぜったい》あそこに来《き》てるぜ……」

しかし、ロンの勘《かん》ははずれた。教室《きょうしつ》に入《はい》ると、そこにはビンズ先生《せんせい》しかいなかった。いつものように椅子《いす》から二、三センチ上《うえ》に浮《う》かんで、巨人《きょじん》の戦争《せんそう》に関《かん》する死《し》にそうに単調《たんちょう》な授業《じゅぎょう》を続《つづ》ける準備《じゅんび》をしていた。ハリーは講義《こうぎ》を聞《き》こうともしなかった。ハーマイオニーがしょっちゅうにらんだりこづいたりするのを無視《むし》して、羊皮紙《ようひし》に落書《らくが》きしていたが、ことさらに痛《いた》い一発《いっぱつ》を脇腹《わきばら》に突《つ》っ込《こ》まれ、怒《おこ》って顔《かお》を上《あ》げた。

「何《なん》だよ？」

ハーマイオニーが窓《まど》を指差《ゆびさ》し、ハリーが目《め》をやった。ヘドウィグが窓《まど》から張《は》り出《だ》した狭《せま》い棚《たな》に止《と》まり、分厚《ぶあつ》い窓《まど》ガラスを通《とお》してじっとハリーを見《み》ていた。脚《あし》に手紙《てがみ》が結《むす》んである。ハリーはわけがわからなかった。朝食《ちょうしょく》は終《お》わったばかりだ。どうしていつものように、その時《とき》に手紙《てがみ》を配達《はいたつ》しなかったんだろう？　ほかのクラスメートも大勢《おおぜい》、ヘドウィグを指差《ゆびさ》し合《あ》っていた。

「ああ、私《わたし》、あのふくろう大好《だいす》き。とってもきれいよね」ラベンダーがため息《いき》まじりにパーバティに言《い》うのが聞《き》こえた。

ハリーはちらりとビンズ先生《せんせい》を見《み》たが、ノートの棒読《ぼうよ》みを続《つづ》けている。クラスの注意《ちゅうい》が、いつもよりもっと自分《じぶん》から離《はな》れているのもまったく気《き》づかず、平静《へいせい》そのものだ。ハリーはこっそり席《せき》を立《た》って、かがみ込《こ》み、急《いそ》いで横《よこ》に移動《いどう》して窓際《まどぎわ》に行《い》き、とめ金《かね》をずらして、そろりそろりと窓《まど》を開《あ》けた。

ハリーは、ヘドウィグが脚《あし》を突《つ》き出《だ》して手紙《てがみ》をはずしてもらい、それからふくろう小屋《ごや》に飛《と》んでいくものと思《おも》った。ところが、窓《まど》のすきまがある程度広《ていどひろ》くなると、ヘドウィグは悲《かな》しげにホーと鳴《な》きながら、チョンと中《なか》に入《はい》ってきた。ハリーはビンズ先生《せんせい》のほうを気《き》にしてちらちら見《み》ながら窓《まど》を閉《し》め、再《ふたた》び身《み》をかがめて、ヘドウィグを肩《かた》にのせ、急《いそ》いで席《せき》に戻《もど》った。席《せき》に着《つ》くと、ヘドウィグをひざに移《うつ》し、脚《あし》から手紙《てがみ》をはずしにかかった。

その時初《ときはじ》めて、ヘドウィグの羽《はね》が奇妙《きみょう》に逆立《さかだ》っているのに気《き》づいた。変《へん》な方向《ほうこう》に折《お》れているのもある。しかも片方《かたほう》の翼《つばさ》がおかしな角度《かくど》に伸《の》びている。

「けがしてる！」ハリーはヘドウィグの上《うえ》に覆《おお》いかぶさるように頭《あたま》を下《さ》げてつぶやいた。ハーマイオニーとロンが寄《よ》りかかるようにして近寄《ちかよ》った。ハーマイオニーは羽根《はね》ペンさえ下《した》に置《お》いた。

「ほら――翼《つばさ》がなんか変《へん》だ――」

ヘドウィグは小刻《こきざ》みに震《ふる》えていた。ハリーが翼《つばさ》に触《ふ》れようとすると、小《ち》さく飛《と》び上《あ》がり、全身《ぜんしん》の羽毛《うもう》を逆立《さかだ》てて、まるで体《からだ》をふくらませたようになり、ハリーを恨《うら》めしげに見《み》つめた。

「ビンズ先生《せんせい》」ハリーが大声《おおごえ》を出《だ》したので、クラス中《じゅう》がハリーのほうを見《み》た。「気分《きぶん》が悪《わる》いんです」

ビンズ先生《せんせい》は、ノートから目《め》を上《あ》げ、いつものことだが、目《め》の前《まえ》にたくさんの生徒《せいと》がいるのを見《み》て驚《おどろ》いたような顔《かお》をした。

「気分《きぶん》が悪《わる》い？」先生《せんせい》がぼんやりとくり返《かえ》した。

「とっても悪《わる》いんです」ハリーはきっぱりそう言《い》い、ヘドウィグを背中《せなか》に隠《かく》して立《た》ち上《あ》がった。

「僕《ぼく》、医務室《いむしつ》に行《い》かないといけないと思《おも》います」

「そう」ビンズ先生《せんせい》は、明《あき》らかに不意《ふい》打《う》ちを食《く》らった顔《かお》だった。「そう……そうですね。医務室《いむしつ》……まあ、では、行《い》きなさい、パーキンズ……」

教室《きょうしつ》を出《で》るとすぐ、ハリーはヘドウィグを肩《かた》に戻《もど》し、急《いそ》いで廊下《ろうか》を歩《ある》き、ビンズの教室《きょうしつ》のドアが見《み》えなくなったとき、初《はじ》めて立《た》ち止《ど》まって考《かんが》えた。誰《だれ》かにヘドウィグを治《なお》してもらうとしたら、ハリーはもちろん、まずハグリッドを選《えら》んだろう。しかし、ハグリッドの居場所《いばしょ》はまったくわからない。残《のこ》るはグラブリー－プランク先生《せんせい》だけだ。助《たす》けてくれればいいが。

ハリーは窓《まど》から校庭《こうてい》を眺《なが》めた。荒《あ》れ模様《もよう》の曇《くも》り空《ぞら》だった。ハグリッドの小屋《こや》のあたりには、グラブリー－プランク先生《せんせい》の姿《すがた》はなかった。授業中《じゅぎょうちゅう》でないとしたら、たぶん職員室《しょくいんしつ》だろう。ハリーは階段《かいだん》を下《お》りはじめた。ヘドウィグはハリーの肩《かた》でぐらぐら揺《ゆ》れるたび、弱々《よわよわ》しくホーと鳴《な》いた。

職員室《しょくいんしつ》のドアの前《まえ》に、怪獣《ガーゴイル》の石像《せきぞう》が一対《いっつい》立《た》っていた。ハリーが近《ちか》づくと、一つがしわがれ声《ごえ》を出《だ》した。「そこの坊《ぼう》や、授業中《じゅぎょうちゅう》のはずだぞ」

「緊急《きんきゅう》なんだ」ハリーがぶっきらぼうに言《い》った。

「おぉおぉう、緊急《きんきゅう》かね？」もう一つの石像《せきぞう》がかん高《だか》い声《こえ》で言《い》った。「それじゃ、俺《おれ》たちなんかの出《で》る幕《まく》じゃないってわけだな？」

ハリーはドアをたたいた。足音《あしおと》がして、ドアが開《ひら》き、マクゴナガル先生《せんせい》がハリーの真正面《ましょうめん》に現《あらわ》れた。

「まさか、また罰則《ばっそく》を受《う》けたのですか！」ハリーを見《み》るなり先生《せんせい》が言《い》った。四角《しかく》いめがねがギラリと光《ひか》った。

「ちがいます、先生《せんせい》」ハリーが急《いそ》いで言《い》った。

「それでは、どうして授業《じゅぎょう》に出《で》ていないのです？」

「緊急《きんきゅう》らしいですぞ」二番目《ばんめ》の石像《せきぞう》が嘲《あざけ》るように言《い》った。

「グラブリー‐プランク先生《せんせい》を探《さが》しています」ハリーが説明《せつめい》した。「僕《ぼく》のふくろうのことで。けがしてるんです」

「手負《てお》いのふくろう、そう言《い》ったかね？」グラブリー‐プランク先生《せんせい》がマクゴナガル先生《せんせい》の脇《わき》に現《あらわ》れた。パイプを吹《ふ》かし、「日刊予言者新聞《にっかんよげんしゃしんぶん》」を手《て》にしている。

「はい」ハリーはヘドウィグをそっと肩《かた》から下《お》ろした。「このふくろうは、ほかの配達《はいたつ》ふくろうより遅《おく》れて到着《とうちゃく》して、翼《つばさ》がとってもおかしいんです。診《み》てください――」

グラブリー‐プランク先生《せんせい》はパイプをがっちり歯《は》でくわえ、マクゴナガル先生《せんせい》の目《め》の前《まえ》でハリーからヘドウィグを受《う》け取《と》った。

「ふーむ」グラブリー‐プランク先生《せんせい》がしゃべるとパイプがひょこひょこ動《うご》いた。「どうやら何《なに》かに襲《おそ》われたね。ただ、何《なに》に襲《おそ》われたのやら、わからんけどね。セストラルはもちろん、ときどき鳥《とり》をねらうが、しかし、ホグワーツのセストラルは、ふくろうに手《て》を出《だ》さんようにハグリッドがしっかりしつけてある」

ハリーはセストラルが何《なん》だか知《し》らなかったし、どうでもよかった。ヘドウィグが治《なお》るかどうかだけが知《し》りたかった。しかし、マクゴナガル先生《せんせい》は厳《きび》しい目《め》でハリーを見《み》て言《い》った。

「ポッター、このふくろうがどのくらい遠《とお》くから来《き》たのか知《し》っていますか？」

「えーと」ハリーが言《い》った。「ロンドンからだと、たぶん」

ハリーがちらりと先生《せんせい》を見《み》ると、眉毛《まゆげ》が真《ま》ん中《なか》でくっついていた。「ロンドン」が「グリモールド・プレイス十二番地《ばんち》」だと見抜《みぬ》かれたことが、ハリーにはわかった。

グラブリー－プランク先生《せんせい》はローブから片《かた》めがねを取《と》り出《だ》して片目《かため》にはめ、ヘドウィグの翼《つばさ》を念入《ねんい》りに調《しら》べた。

「ポッター、この子《こ》を預《あず》けてくれたら、何《なん》とかできると思《おも》うがね。どうせ、数日《すうじつ》は長《なが》い距離《きょり》を飛《と》ばせちゃいけないね」

「あ――ええ――どうも」ハリーがそう言《い》ったとき、ちょうど終業《しゅうぎょう》ベルが鳴《な》った。

「任《まか》しときな」グラブリー－プランク先生《せんせい》はぶっきらぼうにそう言《い》うと、背《せ》を向《む》けて職員室《しょくいんしつ》に戻《もど》ろうとした。

「ちょっと待《ま》って、ウィルヘルミーナ！」マクゴナガル先生《せんせい》が呼《よ》び止《と》めた。「ポッターの手紙《てがみ》を！」

「ああ、そうだ！」ハリーはヘドウィグの脚《あし》に結《むす》ばれていた巻《ま》き紙《がみ》のことを、一瞬《いっしゅん》忘《わす》れていた。グラブリー－プランク先生《せんせい》は手紙《てがみ》を渡《わた》し、ヘドウィグを抱《かか》えて職員室《しょくいんしつ》へと消《き》えた。ヘドウィグは、こんなふうに私《わたし》を見放《みはな》すなんて信《しん》じられないという目《め》でハリーを見《み》つめていた。ちょっと気《き》がとがめながら、ハリーは帰《かえ》りかけた。すると、マクゴナガル先生《せんせい》が呼《よ》び戻《もど》した。

「ポッター！」

「はい、先生《せんせい》？」

マクゴナガル先生《せんせい》は廊下《ろうか》の端《はし》から端《はし》まで目《め》を走らせた。両方向《りょうほうこう》から生徒《せいと》がやってくる。

「注意《ちゅうい》しなさい」先生《せんせい》はハリーの手《て》にした巻《ま》き紙《がみ》に目《め》をとめながら、声《こえ》をひそめて早口《はやくち》に言《い》った。

「ホグワーツを出入《でい》りするその・・通信網《つうしんもう》は、見張《みは》られている可能性《かのうせい》があります。わかりましたね？」

「僕《ぼく》──」ハリーが言《い》いかけたが、廊下《ろうか》を流《なが》れてくる生徒《せいと》の波《なみ》が、ほとんどハリーのところまで来《き》ていた。マクゴナガル先生《せんせい》はハリーに向《む》かって小《ちい》さくうなずき、職員室《しょくいんしつ》に引《ひ》っ込《こ》んでしまった。残《のこ》されたハリーは、群《む》れに流《なが》されて中庭《なかにわ》へと押《お》し出《だ》された。ロンとハーマイオニーが風《かぜ》の当《あ》たらない隅《すみ》のほうに立《た》っているのが見《み》えた。マントのえりを立《た》てて風《かぜ》をよけている。急《いそ》いで二人《ふたり》のそばに行《い》きながら、ハリーは巻《ま》き紙《がみ》の封《ふう》を切《き》った。シリウスの筆跡《ひっせき》で五つの言葉《ことば》が書《か》かれているだけだった。

今日《きょう》　同《おな》じ　時間《じかん》　同《おな》じ　場所《ばしょ》

「ヘドウィグは大丈夫《だいじょうぶ》？」ハリーが声《こえ》の届《とど》くところまで近《ちか》づくとすぐ、ハーマイオニーが心配《しんぱい》そうに聞《き》いた。

「どこに連《つ》れていったんだい？」ロンが聞《き》いた。

「グラブリー－プランクのところだ」ハリーが答《こた》えた。「そしたら、マクゴナガルに会《あ》った……

それでね……」

そして、ハリーはマクゴナガル先生《せんせい》に言《い》われたことを二人《ふたり》に話《はな》した。驚《おどろ》いたことに、二人《ふたり》とも
ショックを受《う》けた様子《ようす》はなかった。むしろ、意味《いみ》ありげな目《め》つきで顔《かお》を見合《みあ》わせた。

「何《なん》だよ？」ハリーはロンからハーマイオニー、そしてまたロンと顔《かお》を見《み》た。

「あのね、ちょうどロンに言《い》ってたところなの……もしかしたら誰《だれ》かがヘドウィグの手紙《てがみ》を奪《うば》お
うとしたんじゃないかしら？　だって、ヘドウィグはこれまで一度《いちど》も、飛行中《ひこうちゅう》にけがしたことな
んかなかったでしょ？」

「それにしても、誰《だれ》からの手紙《てがみ》だったんだ？」ロンが手紙《てがみ》をハリーから取《と》った。

「スナッフルズから」ハリーがこっそり言《い》った。

「同《おな》じ時間《じかん》、同《おな》じ場所《ばしょ》？　談話室《だんわしつ》の暖炉《だんろ》のことか？」

「決《き》まってるじゃない」ハーマイオニーもメモ書《が》きを読《よ》みながら言《い》った。「誰《だれ》もこれを読《よ》んでな
ければいいんだけど」ハーマイオニーは落《お》ち着《つ》かない様子《ようす》だった。

「だけど、封《ふう》もしてあるし」ハリーはハーマイオニーというより自分《じぶん》を納得《なっとく》させようとしていた。「それに、誰《だれ》かが読《よ》んだって、僕《ぼく》たちがこの前《まえ》どこで話《はな》したかを知《し》らなければ、この意味《いみ》がわからないだろ？」

「それはどうかしら」始業《しぎょう》のベルが鳴《な》ったので、かばんを肩《かた》にかけなおしながら、ハーマイオニーが、心配《しんぱい》そうに言《い》った。「魔法《まほう》で巻《ま》き紙《がみ》の封《ふう》をしなおすのは、そんなに難《むずか》しいことじゃないはずよ……それに、誰《だれ》かが煙突飛行《えんとつひこう》ネットワークを見張《みは》っていたら……でも、来《く》るなって警告《けいこく》のしようがないわ。だって、それも途中《とちゅう》で奪《うば》われるかもしれない！」

三人《にん》とも考《かんが》え込《こ》みながら、足取《あしど》りも重《おも》く「魔法薬《まほうやく》」の地下牢《ちかろう》教室《きょうしつ》への石段《いしだん》を下《お》りた。しかし、石段《いしだん》を下《お》りきったとき、ドラコ・マルフォイの声《こえ》で我《われ》に返《かえ》った。ドラコはスネイプの教室《きょうしつ》の前《まえ》に立《た》ち、公文書《こうぶんしょ》のようなものをひらひらさせて、みんなが一言《ひとこと》も聞《き》きもらさないように必要以上《ひつよういじょう》に大声《おおごえ》で話《はな》していた。

「ああ、アンブリッジがスリザリンのクィディッチ・チームに、プレーを続《つづ》けてよいという許可《きょか》をすぐに出《だ》してくれたよ。今朝一番《けさいちばん》で先生《せんせい》に申請《しんせい》に行《い》ったんだ。ああ、ほとんど右《みぎ》から左《ひだり》さ。つまり、先生《せんせい》は僕《ぼく》の父上《ちちうえ》をよく知《し》っているし、父上《ちちうえ》は魔法省《まほうしょう》に出入《でい》り自由《じゆう》なんだ……グリフィンドールがプレーを続《つづ》ける許可《きょか》がもらえるかどうか、見《み》ものだねえ」

「抑《おさ》えて」ハーマイオニーがハリーとロンに哀願《あいがん》するようにささやいた。二人《ふたり》はマルフォイをにらみつけ、拳《こぶし》を握《にぎ》りしめ、顔《かお》をこわばらせていた。「じゃないと、あいつの思《おも》うつぼよ」

「つまり」マルフォイが、灰色《はいいろ》の目《め》を意地悪《いじわる》くギラギラさせながらハリーとロンのほうを見《み》て、また少《すこ》し声《こえ》を張《は》り上《あ》げた。「魔法省《まほうしょう》への影響力《えいきょうりょく》で決《き》まるなら、あいつらはあまり望《のぞ》みがないだろうねぇ……父上《ちちうえ》がおっしゃるには、魔法省《まほうしょう》は、アーサー・ウィーズリーをクビにする口実《こうじつ》を長年《ながねん》探《さが》しているし……それに、ポッターだが、父上《ちちうえ》は、魔法省《まほうしょう》があいつを聖《せい》マンゴに送《おく》り込《こ》むのはもう時間《じかん》の問題《もんだい》だっておっしゃるんだ……どうやら、魔法《まほう》で頭《あたま》がいかれちゃった人《ひと》の特別病棟《とくべつびょうとう》があるらしいよ」

マルフォイは、あごをだらんと下《さ》げ、白目《しろめ》をむき、醜悪《しゅうあく》な顔《かお》をして見《み》せた。クラッブとゴイルがいつもの豚《ぶた》のような声《こえ》で笑《わら》い、パンジー・パーキンソンははしゃいでキャーキャー笑《わら》った。

何《なに》かが肩《かた》に衝突《しょうとつ》し、ハリーはよろけた。次《つぎ》の瞬間《しゅんかん》、それがネビルだとわかった。ハリーの脇《わき》をかけ抜《ぬ》け、マルフォイに向《む》かって突進《とっしん》していくところだった。

「ネビル、**やめろ！**」

ハリーは飛《と》び出《だ》してネビルのローブの背中《せなか》をつかんだ。ネビルは拳《こぶし》を振《ふ》り回《まわ》し、もがきにもがいて、必死《ひっし》にマルフォイになぐりかかろうとした。マルフォイは、一瞬《いっしゅん》、かなりぎくりとしたようだった。

「手伝《てつだ》ってくれ！」ロンに向《む》かって鋭《するど》く叫《さけ》びながら、ハリーはやっとのことで腕《うで》をネビルの首《くび》に回《まわ》し、引《ひ》きずってネビルをスリザリン生《せい》から遠《とお》ざけた。クラッブとゴイルが腕《うで》を屈伸《くっしん》させながら、いつでもかかってこいとばかり、マルフォイの前《まえ》に進《すす》み出《で》た。ロンがネビルの両腕《りょううで》をつかみ、ハリーと二人《ふたり》がかりでようやくグリフィンドールの列《れつ》まで引《ひ》き戻《もど》した。ネビルの顔《かお》は真《ま》っ赤《か》だった。ハリーに首《くび》を押《お》さえつけられて、言《い》うことがさっぱりわからなかったが、切《き》れ切《ぎ》れの言葉《ことば》を口《くち》走《ばし》っていた。

「おかしく……ない……マンゴ……やっつける……あいつめ……」

地下牢《ちかろう》の戸《と》が開《ひら》き、スネイプが姿《すがた》を現《あらわ》した。暗《くら》い目《め》がずいっとグリフィンドール生《せい》を見渡《みわた》し、ハリーとロンがネビルともみ合《あ》っているところで止《と》まった。

「ポッター、ウィーズリー、ロングボトム、けんかか？」スネイプは冷《つめ》たい、嘲《あざけ》るような声《こえ》で言《い》った。「グリフィンドール、十点減点《てんげんてん》。ポッター、ロングボトムを放《はな》せ。さもないと罰則《ばっそく》だ。全員《ぜんいん》、中《なか》へ」

ハリーはネビルを放《はな》した。ネビルは息《いき》をはずませ、ハリーをにらんだ。

「止《と》めないわけにはいかなかったんだ」ハリーがかばんを拾《ひろ》い上《あ》げながら言《い》った。「クラッブとゴイルが、君《きみ》を八《や》つ裂《ざ》きにしてただろう」

ネビルは何《なん》にも言《い》わなかった。パッとかばんをつかみ、肩《かた》を怒《いか》らせて地下牢《ちかろう》教室《きょうしつ》に入《はい》っていった。

「驚《おどろ》き、桃《もも》の木《き》」ネビルの後《うし》ろを歩《ある》きながら、ロンがあきれたように言《い》った。「いったい、あれは、何《なん》だったんだ？」

ハリーは答《こた》えなかった。魔法《まほう》で頭《あたま》をやられて聖《せい》マンゴ魔法疾患傷害病院《まほうしっかんしょうがいびょういん》にいる患者《かんじゃ》の話《はなし》が、なぜネビルをそんなに苦《くる》しめるのか、ハリーにはよくわかっていた。しかし、ネビルの秘密《ひみつ》は誰《だれ》にももらさないとダンブルドアに約束《やくそく》した。ネビルでさえ、ハリーが知《し》っていることを知《し》らない。

ハリー、ロン、ハーマイオニーはいつものように後《うし》ろの席《せき》に座《すわ》り、羊皮紙《ようひし》、羽根《はね》ペン、『薬草《やくそう》とキノコ千種《せんしゅ》』を取《と》り出《だ》した。周《まわ》りの生徒《せいと》たちが、今《いま》しがたのネビルの行動《こうどう》をヒソヒソ話《はな》していた。しかし、スネイプが、バターンという音《おと》を響《ひび》かせて地下牢《ちかろう》の戸《と》を閉《し》めると、たちまちクラスが静《しず》かになった。

「気《き》づいたであろうが」スネイプが低《ひく》い、嘲《あざけ》るような声《こえ》で言《い》った。「今日《きょう》は客人《きゃくじん》が見《み》えている」

スネイプが地下牢《ちかろう》の薄暗《うすぐら》い片隅《かたすみ》を身振《みぶ》りで示《しめ》した。ハリーが見《み》ると、アンブリッジ先生《せんせい》がひざにクリップボードをのせて、そこに座《すわ》っていた。ハリーはロンとハーマイオニーを横目《よこめ》で見《み》て、眉《まゆ》をちょっと上《あ》げて見《み》せた。スネイプとアンブリッジ――ハリーの一番嫌《いちばんきら》いな先生《せんせい》が二人《ふたり》。どっちに勝《か》ってほしいのか、判断《はんだん》が難《むずか》しい。

「本日《ほんじつ》は『強化薬《きょうかやく》』を続《つづ》ける。前回《ぜんかい》の授業《じゅぎょう》で諸君《しょくん》が作《つく》った混合液《こんごうえき》はそのままになっているが、正《ただ》しく調合《ちょうごう》されていれば、この週末《しゅうまつ》に熟成《じゅくせい》しているはずである。――説明《せつめい》は――」スネイプが例《れい》によって杖《つえ》を振《ふ》った。「――黒板《こくばん》にある。取《と》りかかれ」

最初《さいしょ》の三十分《ぶん》、アンブリッジ先生《せんせい》は片隅《かたすみ》でメモを取《と》っていた。ハリーはスネイプに何《なん》と質問《しつもん》するのかに気《き》を取《と》られるあまり、またしても魔法薬《まほうやく》のほうがおろそかになった。

「ハリー、火《サラ》トカゲ《マンダー》の血液《けつえき》よ！」ハーマイオニーがハリーの手首《てくび》をつかんで、まちがった材料《ざいりょう》を入《い》れそうになるのを防《ふせ》いだ。もう三度目《どめ》だった。「ザクロ液《えき》じゃないでしょ！」

「なるほど」ハリーは上《うわ》の空《そら》で答《こた》え、瓶《びん》を下《した》に置《お》いて、隅《すみ》のほうを観察《かんさつ》し続《つづ》けた。アンブリッジが立《た》ち上《あ》がったところだった。

「おっ」ハリーが小《ちい》さく声《こえ》を上《あ》げた。アンブリッジが二列《れつ》に並《なら》んだ机《つくえ》の間《あいだ》を、スネイプに向《む》かってずんずん歩《ある》いていく。スネイプはディーン・トーマスの大鍋《おおなべ》をのぞき込《こ》んでいた。

「まあ、このクラスは、この学年《がくねん》にしてはかなり進《すす》んでいますわね」

アンブリッジがスネイプの背中《せなか》に向《む》かってきびきびと話《はな》しかけた。

「でも、『強化薬《きょうかやく》』のような薬《くすり》をこの子《こ》たちに教《おし》えるのは、いかがなものかしら。魔法省《まほうしょう》は、この薬《くすり》を教材《きょうざい》からはずしたほうがよいと考《かんが》えると思《おも》いますね」

スネイプがゆっくりと体《からだ》を起《お》こし、アンブリッジと向《む》き合《あ》った。

「さてと……あなたはホグワーツでどのくらい教《おし》えていますか？」アンブリッジが羽根《はね》ペンをクリップボードの上《うえ》でかまえながら聞《き》いた。

「十四年《ねん》」スネイプの表情《ひょうじょう》からは何《なに》も読《よ》めなかった。スネイプから目《め》を離《はな》さず、ハリーは、自分《じぶん》の液体《えきたい》に材料《ざいりょう》を数滴加《すうてきくわ》えた。シューシューと脅《おど》すような音《おと》を立《た》て、溶液《ようえき》はトルコ石色《いしいろ》からオレンジ色《いろ》に変色《へんしょく》した。

「最初《さいしょ》は『闇《やみ》の魔術《まじゅつ》に対《たい》する防衛術《ぼうえいじゅつ》』の職《しょく》に応募《おうぼ》したのでしたわね？」アンブリッジ先生《せんせい》がスネイプに聞《き》いた。

「さよう」スネイプが低《ひく》い声《こえ》で答《こた》えた。

「でもうまくいかなかったのね？」

スネイプの唇《くちびる》が冷笑《れいしょう》した。

「ごらんのとおり」

アンブリッジ先生《せんせい》がクリップボードに走《はし》り書《が》きした。

「そして赴任《ふにん》して以来《いらい》、あなたは毎年《まいとし》『闇《やみ》の魔術《まじゅつ》に対《たい》する防衛術《ぼうえいじゅつ》』に応募《おうぼ》したんでしたわね？」

「さよう」スネイプが、ほとんど唇《くちびる》を動《うご》かさずに低《ひく》い声《こえ》で答《こた》えた。相当怒《そうとうおこ》っている様子《ようす》だ。

「ダンブルドアが一貫《いっかん》してあなたの任命《にんめい》を拒否《きょひ》してきたのはなぜなのか、おわかりかしら？」

アンブリッジが聞《き》いた。

「本人《ほんにん》に聞《き》きたまえ」スネイプが邪険《じゃけん》に言《い》った。

「ええ、そうしましょう」アンブリッジ先生《せんせい》がニッコリ笑《わら》いながら言《い》った。

「それが何《なに》か意味《いみ》があるとでも？」スネイプが暗《くら》い目《め》を細《ほそ》めた。

「ええ、ありますとも」アンブリッジ先生《せんせい》が言《い》った。「ええ、魔法省《まほうしょう》は先生方《せんせいがた》の——あー——背景《はいけい》を、完全《かんぜん》に理解《りかい》しておきたいのですわ」

アンブリッジはスネイプに背《せ》を向《む》けてパンジー・パーキンソンに近《ちか》づき、授業《じゅぎょう》について質問《しつもん》をしはじめた。スネイプが振《ふ》り向《む》いてハリーを見《み》た。一瞬二人《いっしゅんふたり》の目《め》が合《あ》った。ハリーはすぐに自分《じぶん》の薬《くすり》に目《め》を落《お》とした。今《いま》や薬《くすり》は汚《きたな》らしく固《かた》まり、ゴムの焼《や》けるような強烈《きょうれつ》な悪臭《あくしゅう》を放《はな》っていた。

「さて、またしても零点《れいてん》だ。ポッター」

スネイプが憎々《にくにく》しげに言《い》いながら、杖《つえ》の一振《ひとふ》りでハリーの大鍋《おおなべ》を空《から》にした。

「レポートを書《か》いてくるのだ。この薬《くすり》の正《ただ》しい調合《ちょうごう》と、いかにして、また何故失敗《なにゆえしっぱい》したのか、次《つぎ》の授業《じゅぎょう》に提出《ていしゅつ》したまえ。わかったか？」

「はい」ハリーは煮《に》えくり返《かえ》る思《おも》いで答《こた》えた。スネイプはもう別《べつ》の宿題《しゅくだい》を出《だ》しているし、今夜《こんや》はクィディッチの練習《れんしゅう》がある。あと数日《すうじつ》は寝不足《ねぶそく》の夜《よる》が続《つづ》くということだ。今朝《けさ》あれほど幸《しあわ》せな気《き》分《ぶん》で目《め》が覚《さ》めたことが信《しん》じられない。今《いま》は、こんな一日《いちにち》は早《はや》く終《お》わればいいと激《はげ》しく願《ねが》うばかりだ。

「『占《うらな》い学《がく》』をサボろうかな」

昼食後《ちゅうしょくご》、中庭《なかにわ》で、ハリーはふてくされて言《い》った。風《かぜ》がローブのすそや帽子《ぼうし》のつばにたたきつけるように吹《ふ》いていた。

「仮病《けびょう》を使《つか》って、その間《あいだ》にスネイプのレポートをやる。そうすれば、真夜中《まよなか》すぎまで起《お》きていなくてすむ」

「『占《うらな》い学《がく》』をサボるのはだめよ」ハーマイオニーが厳《きび》しく言《い》った。

「何言《なにい》ってんだい。『占《うらな》い学《がく》』をけったのはどなたさんでしたかね？　トレローニーが大嫌《だいきら》いなくせに！」ロンが憤慨《ふんがい》した。

「私《わたし》は別《べつ》に大嫌《だいきら》いなわけではありませんよ」ハーマイオニーがツンとして言《い》った。「ただ、あの人《ひと》は先生《せんせい》としてまったくなってないし、ほんとにインチキばあさんだと思《おも》うだけです。でも、ハリーはさっき『魔法史《まほうし》』も抜《ぬ》かしてるし、今日《きょう》はもうほかの授業《じゅぎょう》を抜《ぬ》かしてはいけないと思《おも》います！」

まさに正論《せいろん》だった。とても無視《むし》できない。そこで、三十分後《ぷんご》、ハリーは暑苦《あつくる》しい、むんむん香《かお》りのする「占《うらな》い学《がく》」の教室《きょうしつ》に座《すわ》り、むかっ腹《ぱら》を立《た》てていた。トレローニー先生《せんせい》はまたしても『夢《ゆめ》のお告《つ》げ』の本《ほん》を配《くば》っていた。こんなところに座《すわ》って、でっち上《あ》げの夢《ゆめ》の意味《いみ》を解《と》き明《あ》かす努《ど》力《りょく》をしているより、スネイプの罰則《ばっそく》レポートを書《か》いているほうが、ずっと有益《ゆうえき》なのに、とハリーは思《おも》った。

しかし、「占《うらな》い学《がく》」のクラスでかんしゃくを起《お》こしているのは、どうやらハリーだけではなかった。唇《くちびる》をギュッと結《むす》んだトレローニー先生《せんせい》が『お告《つ》げ』の本《ほん》を一冊《さつ》、ハリーとロンのテーブルにたたきつけて通《とお》り過《す》ぎた。次《つぎ》の一冊《さつ》はシェーマスとディーンに放《ほう》り投《な》げ、危《あや》うくシェーマスの頭《あたま》にぶつかりそうになった。最後《さいご》の一冊《さつ》はネビルの胸《むね》にぐいと押《お》しつけ、あまりの勢《いきお》いに、ネビルは座《すわ》っていたクッションからすべり落《お》ちた。

「さあ、おやりなさい！」

トレローニー先生《せんせい》が大《おお》きな声《こえ》を出《だ》した。かん高《だか》い、少《すこ》しヒステリー気味《ぎみ》の声《こえ》だった。

「やることはおわかりでございましょ！　それとも、何《なに》かしら、あたくしがそんなにだめ教師《きょうし》で、みなさまに本《ほん》の開《ひら》き方《かた》もお教《おし》えしなかったのでございますの？」

全生徒《ぜんせいと》があぜんとして先生《せんせい》を見《み》つめ、それから互《たが》いに顔《かお》を見合《みあ》わせた。しかし、ハリーは、事《こと》の次第《しだい》が読《よ》めたと思《おも》った。トレローニー先生《せんせい》がいきりたって背《せ》もたれの高《たか》い自分《じぶん》の椅子《いす》に戻《もど》り、拡大《かくだい》された両目《りょうめ》に悔《くや》し涙《なみだ》をためているのを見《み》て、ハリーはロンのほうに顔《かお》を近《ちか》づけてこっそり言《い》った。

「査察《ささつ》の結果《けっか》を受《う》け取《と》ったんだと思《おも》うよ」

「先生《せんせい》？」パーバティ・パチルが声《こえ》をひそめて聞《き》いた（パーバティとラベンダーは、これまでトレローニー先生《せんせい》をかなり崇拝《すうはい》していた）。「先生《せんせい》、何《なに》か――あの――どうかなさいましたか？」

「どうかしたかですって！」トレローニー先生《せんせい》の声《こえ》は激情《げきじょう》にわなないていた。「そんなことはございません！　たしかに、辱《はずかし》めを受《う》けましたわ……あたくしに対《たい》する誹謗中傷《ひぼうちゅうしょう》……いわれのない非難《ひなん》……でも、いいえ、どうかしてはいませんことよ。絶対《ぜったい》に！」

先生《せんせい》は身震《みぶる》いしながら大《おお》きく息《いき》を吸《す》い込《こ》み、パーバティから目《め》をそらし、めがねの下《した》からボロボロと悔《くや》し涙《なみだ》をこぼした。

「あたくし、何《なに》も申《もう》しませんわ」先生《せんせい》が声《こえ》を詰《つ》まらせた。「十六年《ねん》のあたくしの献身的《けんしんてき》な仕事《しごと》のことは……それが、気《き》づかれることなしに過《す》ぎ去《さ》ってしまったのですわ……でも、あたくし、辱《はずかし》めを受《う》けるべきではありませんわ……ええ、そうですとも！」

「でも、先生《せんせい》、誰《だれ》が先生《せんせい》を辱《はずかし》めているのですか？」パーバティがおずおず尋《たず》ねた。

「体制《たいせい》でございます！」トレローニー先生《せんせい》は、芝居《しばい》がかった、深《ふか》い、波打《なみう》つような声《こえ》で言《い》った。

「そうでございますとも。心眼《しんがん》で『視《み》る』あたくしのようには見《み》えない、あたくしが『悟《さと》る』ようには知《し》ることのできない、目《め》の曇《くも》った俗人《ぞくじん》たち……もちろん『予見者《よけんしゃ》』はいつの世《よ》にも恐《おそ》れられ、迫害《はくがい》されてきましたわ……それが――嗚呼《ああ》――あたくしたちの運命《うんめい》」

先生《せんせい》がゴクッとつばを飲《の》み込《こ》み、ぬれたほおにショールの端《はし》を押《お》し当《あ》てた。そしてその中《なか》から、刺繍《ししゅう》で縁取《ふちど》りされた小《ちい》さなハンカチを取《と》り出《だ》し鼻《はな》をかんだが、その音《おと》の大《おお》きいこと、ピーブズがベロベロバーと悪態《あくたい》をつくときの音《おと》のようだった。

ロンが冷《ひ》やかし笑《わら》いをした。ラベンダーが、最低《さいてい》！という目《め》でロンを見《み》た。

「先生《せんせい》」パーバティが声《こえ》をかけた。「それは……つまり、アンブリッジ先生《せんせい》と何《なに》か――？」

「あたくしの前《まえ》で、あの女《おんな》のことは口《くち》にしないでくださいまし！」

トレローニー先生《せんせい》はそう叫《さけ》ぶと急《きゅう》に立《た》ち上《あ》がった。ビーズがジャラジャラ鳴《な》り、めがねがピカリと光《ひか》った。

「勉強《べんきょう》をどうぞお続《つづ》けあそばせ！」

その後《ご》トレローニー先生《せんせい》は、めがねの奥《おく》からポロリポロリと涙《なみだ》をこぼし、何《なに》やら脅《おど》し文句《もんく》のような言葉《ことば》をつぶやきながら、生徒《せいと》の間《あいだ》をカツカツと歩《ある》き回《まわ》った。

「……むしろ辞《や》めたほうが……この屈辱《くつじょく》……観察処分《かんさつしょぶん》……どうしてやろう……あの女《おんな》よくも……」

「君《きみ》とアンブリッジは共通点《きょうつうてん》があるよ」

「闇《やみ》の魔術《まじゅつ》に対《たい》する防衛術《ぼうえいじゅつ》」でハーマイオニーがインチキばあさんだと考《かんが》えてるのはまちがいない。……どうやらトレローニーは観察処分《かんさつしょぶん》になるらしい」

「アンブリッジも、トレローニーに会《あ》ったとき、ハリーがこっそり言《い》った。

ハリーがそう言《い》っているうちに、アンブリッジが教室《きょうしつ》に入《はい》ってきた。髪《かみ》に黒《くろ》いビロードのリボンを蝶結《ちょうむす》びにして、ひどく満足《まんぞく》そうな表情《ひょうじょう》だ。

「みなさん、こんにちは」

「こんにちは、アンブリッジ先生《せんせい》」みんなが気《き》のない挨拶《あいさつ》を唱《とな》えた。

「杖《つえ》をしまってください」

しかし、今日《きょう》はあわててガタガタする気配《けはい》もなかった。わざわざ杖《つえ》を出《だ》している生徒《せいと》は誰《だれ》もいなかった。

『防衛術《ぼうえいじゅつ》の理論《りろん》』の三四ページを開《ひら》いて、『第《だい》三章《しょう》、魔法攻撃《まほうこうげき》に対《たい》する非攻撃的対応《ひこうげきてきたいおう》のすすめ』

た。

「――おしゃべりはしないこと」ハリー、ロン、ハーマイオニーが声《こえ》をひそめて同時《どうじ》に口《くち》まねし

を読《よ》んでください。それで――」

「クィディッチの練習《れんしゅう》はなし」

その夜《よる》、ハリー、ロン、ハーマイオニーが夕食《ゆうしょく》のあとで談話室《だんわしつ》に戻《もど》ると、アンジェリーナがうつろな声《こえ》で言《い》った。

「僕《ぼく》、かんしゃくを起《お》こさなかったのに」ハリーが驚愕《きょうがく》した。「僕《ぼく》、あいつに何《なん》にも言《い》わなかったよ、アンジェリーナ。うそじゃない、僕《ぼく》――」

「わかってる。わかってるわよ」アンジェリーナがしおれきって言《い》った。「先生《せんせい》は、少《すこ》し考《かんが》える時間《じかん》が必要《ひつよう》だって言《い》っただけ」

「考《かんが》えるって、何《なに》を？」ロンが怒《おこ》った。「スリザリンには許可《きょか》したくせに、どうして僕《ぼく》たちはだめなんだ？」

しかし、ハリーには想像《そうぞう》がついた。アンブリッジは、グリフィンドールのクィディッチ・チームをつぶすという脅《おど》しをちらつかせて楽《たの》しんでいる。その武器《ぶき》をそうたやすく手放《てばな》しはしないと

容易《ようい》に想像《そうぞう》できる。

「まあね」ハーマイオニーが言《い》った。「明《あか》るい面《めん》もあるわよ――少《すく》なくとも、あなた、これでスネイプのレポートを書《か》く時間《じかん》ができたじゃない！」

「それが明《あか》るい面《めん》だって？」ハリーがかみついた。

ロンは、よく言《い》うよという顔《かお》でハーマイオニーを見《み》つめた。

「クィディッチの練習《れんしゅう》がない上《うえ》に、『魔法薬《まほうやく》』の宿題《しゅくだい》のおまけまでついて？」

ハリーはかばんからしぶしぶ「魔法薬《まほうやく》」のレポートを引《ひ》っ張《ぱ》り出《だ》し、椅子《いす》にドサッと座《すわ》って宿《しゅく》題《だい》に取《と》りかかった。シリウスが暖炉《だんろ》に現《あらわ》れるのはずっとあとだとわかっていても、宿題《しゅくだい》に集中《しゅうちゅう》するのはとても難《むずか》しかった。数分《すうふん》ごとに、もしかしてと暖炉《だんろ》の火《ひ》に目《め》が行《い》くのをどうしようもなかった。それに、談話室《だんわしつ》はとてつもなくやかましかった。フレッドとジョージがついに「ずる休《やす》みスナックボックス」の一つを完成《かんせい》させたらしい。二人《ふたり》で交互《こうご》にデモをやり、見物人《けんぶつにん》をワーッと沸《わ》かせて、やんやの喝采《かっさい》を浴《あ》びていた。

最初《さいしょ》にフレッドが、砂糖菓子《さとうがし》のようなもののオレンジ色《いろ》の端《はし》をかみ、前《まえ》に置《お》いたバケツに派手《はで》にゲーゲー吐《は》く。それから同《おな》じ菓子《かし》の紫色《むらさきいろ》の端《はし》を無理《むり》やり飲《の》み込《こ》むと、たちまち嘔吐《おうと》が止《と》まる。リー・ジョーダンがデモの助手《じょしゅ》を務《つと》めていて、吐《は》いた汚物《おぶつ》をときどきめんどくさそうに「消失《しょうしつ》」

させていた。スネイプがハリーの魔法薬《まほうやく》を消《け》し去《さ》ったのと同《おな》じ呪文《じゅもん》だ。

吐《は》く音《おと》やら歓声《かんせい》やらが絶《た》え間《ま》なく続《つづ》き、フレッドとジョージがみんなから予約《よやく》を取《と》る声《こえ》も聞《き》こえる中《なか》で、「強化薬《きょうかやく》」の正《ただ》しい調合《ちょうごう》に集中《しゅうちゅう》するなどとてもできたものではない。歓声《かんせい》とフレッド、ジョージのゲーゲーがバケツの底《そこ》に当《あ》たる音《おと》だけでも充分《じゅうぶん》じゃまなのに、その上《うえ》ハーマイオニーのやることとも足《た》しにならない。許《ゆる》せないとばかりに、ハーマイオニーがときどきフンと大《おお》きく鼻《はな》を鳴《な》らすのは、かえって迷惑《めいわく》だった。

「行《い》って止《と》めればいいじゃないか！」ハリーががまんできずに言《い》った。グリフィンの鉤爪《かぎづめ》の粉末《ふんまつ》の重量《じゅうりょう》を四回《かい》もまちがえて消《け》したときだった。

「できないの。あの人《ひと》たち、規則《きそく》から言《い》うと何《なん》ら悪《わる》いことをしていないもの」ハーマイオニーが歯《は》ぎしりした。「自分《じぶん》が変《へん》なものを食《た》べるのは、あの人《ひと》たちの権利《けんり》の範囲内《はんいない》だわ。それに、ほかのおバカさんたちが、そういうものを買《か》う権利《けんり》がないっていう規則《きそく》は見当《みあ》たらない。何《なに》か危険《きけん》だということが証明《しょうめい》されなければね。それに、危険《きけん》そうには見《み》えないし」

ジョージが勢《いきお》いよくバケツに吐《は》き出《だ》し、菓子《かし》の一方《いっぽう》の端《はし》をかんですっくと立《た》ち、両手《りょうて》を大《おお》きく広《ひろ》げてニッコリ笑《わら》いながら、いつまでもやまない拍手《はくしゅ》に応《こた》えるのをハーマイオニー、ハリー、ロンは、じっと眺《なが》めていた。

「ねえ、フレッドもジョージも、O・W・Lで三科目《ふくろう》しか合格《かもく ごうかく》しなかったのはどうしてかなぁ」フレッド、ジョージ、リーの三人《にん》が、集《あつ》まった生徒《せいと》が我勝《われが》ちに差《さ》し出《だ》す金貨《きんか》を集《あつ》めるのを見《み》ながら、ハリーが言《い》った。「あの二人《ふたり》、ほんとうにできるよ」

「あら、あの人《ひと》たちにできるのは、役《やく》にも立《た》たない派手《はで》なことだけよ」ハーマイオニーが見《み》くびるように言《い》った。

「役《やく》に立《た》たないだって？」ロンの声《こえ》が引《ひ》きつった。「ハーマイオニー、あの連中《れんちゅう》、もう二十六ガリオンはかせいだぜ」

双子《ふたご》のウィーズリーを囲《かこ》んでいた人垣《ひとがき》が解散《かいさん》するまでにしばらくかかった。それから、フレッド、ジョージ、リーが座《すわ》り込《こ》んでかせぎを数《かぞ》えるのにもっと長《なが》くかかった。そして、談話室《だんわしつ》にハリー、ロン、ハーマイオニーの三人《にん》だけになったのは、とうに真夜中《まよなか》を過《す》ぎてからだった。ハーマイオニーのしかめっ面《つら》を尻目《しりめ》に、ガリオン金貨《きんか》の箱《はこ》をこれみよがしにジャラジャラさせながら、フレッドがようやっと男子寮《だんしりょう》へのドアを閉《し》めて中《なか》に消《き》えた。ハリーの「魔法薬《まほうやく》」のレポートはほとんど進《すす》んでいなかったが、今夜《こんや》はあきらめることにした。参考書《さんこうしょ》を片《かた》づけていると、ひじかけ椅子《いす》でうとうとしていたロンが、寝《ね》ぼけ声《ごえ》を出《だ》して目《め》を覚《さ》まし、ぼんやり暖炉《だんろ》の火《ひ》を見《み》た。

「シリウス！」ロンが声《こえ》を上《あ》げた。

ハリーがサッと振《ふ》り向《む》いた。ぼさぼさの黒髪《くろかみ》の頭《あたま》が、再《ふたた》び暖炉《だんろ》の炎《ほのお》に座《すわ》っていた。

「やあ」シリウスの顔《かお》が笑《わら》いかけた。

「やあ」ハリー、ロン、ハーマイオニーが、三人《にん》とも暖炉《だんろ》マットにひざをつき、声《こえ》をそろえて挨拶《あいさつ》した。クルックシャンクスはゴロゴロと大《おお》きくのどを鳴《な》らしながら火《ひ》に近《ちか》づき、熱《あつ》いのもかまわず、シリウスの頭《あたま》に顔《かお》を近《ちか》づけようとした。

「どうだね？」シリウスが聞《き》いた。

「まあまあ」ハリーが答《こた》えた。ハーマイオニーはクルックシャンクスを引《ひ》き戻《もど》し、ひげが焦《こ》げそうになるのを救《すく》った。「魔法省《まほうしょう》がまた強引《ごういん》に法律《ほうりつ》を作《つく》って、僕《ぼく》たちのクィディッチ・チームが許可《きょか》されなくなって——」

「または、秘密《ひみつ》の『闇《やみ》の魔術《まじゅつ》防衛《ぼうえい》』グループがかい？」シリウスが言《い》った。

一瞬《いっしゅん》、みんな沈黙《ちんもく》した。

「どうしてそのことを知《し》ってるの？」ハリーが詰問《きつもん》した。

「会合《かいごう》の場所《ばしょ》は、もっと慎重《しんちょう》に選《えら》ばないとね」シリウスがますますニヤリとした。「よりによって『ホッグズ・ヘッド』とはね」

「だって、『三本《さんぼん》の箒《ほうき》』よりはましだったわ！」ハーマイオニーが弁解《べんかい》がましく言《い》った。

「あそこはいつも人《ひと》がいっぱいだもの――」

「ということは、そのほうが盗《ぬす》み聞《ぎ》きするのも難《むずか》しいはずなんだがね」シリウスが言《い》った。

「ハーマイオニー、君《きみ》もまだまだ勉強《べんきょう》しなきゃならないな」

「誰《だれ》が盗《ぬす》み聞《ぎ》きしたの？」ハリーが問《と》いただした。

「マンダンガスさ、もちろん」シリウスはそう言《い》い、みんながキョトンとしているので笑《わら》った。

「ベールをかぶった魔女《まじょ》があいつだったのさ」

「あれがマンダンガス？」ハリーはびっくりした。「『ホッグズ・ヘッド』で、いったい何《なに》をしていたの？」

「何《なに》をしていたと思《おも》うかね？」シリウスがもどかしげに言《い》った。「君《きみ》を見《み》張《は》っていたのさ、当然《とうぜん》」

「僕《ぼく》、まだつけられているの？」ハリーが怒《おこ》ったように聞《き》いた。

「ああ、そうだ」シリウスが言《い》った。「そうしておいてよかったというわけだ。週末《しゅうまつ》にひまができたとたん、真《ま》っ先《さき》に君《きみ》がやったことが、違法《いほう》な防衛《ぼうえい》グループの組織《そしき》だったんだから」

しかし、シリウスは怒《おこ》った様子《ようす》も心配《しんぱい》する様子《ようす》もなかった。むしろ、ハリーをことさら誇《ほこ》らしげな目《め》で見《み》ていた。

「ダングはどうして僕《ぼく》たちから隠《かく》れていたの？」ロンが不満《ふまん》そうに言《い》った。「会《あ》えたらよかったのに」

「あいつは二十年前《ねんまえ》に『ホッグズ・ヘッド』出入《でい》り禁止《きんし》になった」シリウスが言《い》った。「それに、あのバーテンは記憶力《きおくりょく》がいい。スタージスが捕《つか》まったことで、ムーディの二枚目《まいめ》の『透明《とうめい》マント』もなくなってしまったので、ダングは近《ちか》ごろ魔女《まじょ》に変装《へんそう》することが多《おお》くなってね……。それはともかく……まず、ロン――君《きみ》の母《かあ》さんからの伝言《でんごん》を必《かなら》ず伝《つた》えると約束《やくそく》したんだ」

「へえ、そう?」ロンが不安《ふあん》そうな声《こえ》を出《だ》した。

「伝言《でんごん》は――どんなことがあっても違法《いほう》な『闇《やみ》の魔術防衛《まじゅつぼうえい》』グループには加《くわ》わらないこと。きっと退学処分《たいがくしょぶん》になります。あなたの将来《しょうらい》がめちゃめちゃになります。もっとあとになれば、自《じ》己防衛《こぼうえい》を学《まな》ぶ時間《じかん》は充分《じゅうぶん》あるのだから、今《いま》そんなことを心配《しんぱい》するのはまだ若過《わかす》ぎます――ということだ。それから」シリウスはほかの二人《ふたり》に目《め》を向《む》けた。「ハリーとハーマイオニーへの忠告《ちゅうこく》だ。グループをこれ以上進《いじょうすす》めないように。もっとも、この二人《ふたり》に関《かん》しては、指図《さしず》する権限《けんげん》がないことは認《みと》めている。ただ、お願《ねが》いだから、自分《じぶん》は二人《ふたり》のためによかれと思《おも》って言《い》っているのだということを忘《わす》れないように、とのことだ。手紙《てがみ》が書《か》ければ全部書《ぜんぶか》くのだが、もしふくろうが途中《とちゅう》で捕《つか》まったら、みんながとても困《こま》ることになるだろうし、今夜《こんや》は当番《とうばん》なので自分《じぶん》で言《い》いにくることができない」

「何《なん》の当番《とうばん》？」ロンがすかさず聞《き》いた。

「気《き》にするな。騎士団《きしだん》の何《なに》かだ」シリウスが言《い》った。「そこで私《わたし》が伝令《でんれい》になったというわけだ。私《わたし》がちゃんと伝言《でんごん》したと、母《かあ》さんに言《い》ってくれ。どうも私《わたし》は信用《しんよう》されていないのでね」

またしばらくみんな沈黙《ちんもく》した。クルックシャンクスがニャアと鳴《な》いて、シリウスの頭《あたま》を引《ひ》っかこうとした。ロンは暖炉《だんろ》マットの穴《あな》をいじっていた。

「それじゃ、防衛《ぼうえい》グループには入《はい》らないって、シリウスは僕《ぼく》にそう言《い》わせたいの？」しばらくしてロンがボソボソ言《い》った。

「私《わたし》が？　とんでもない！」シリウスが驚《おどろ》いたように言《い》った。「私《わたし》は、すばらしい考《かんが》えだと思《おも》っている」

「ほんと？」ハリーは気持《きも》ちが浮《う》き立《た》った。

「もちろん、そう思《おも》う」シリウスが言《い》った。「君《きみ》の父《とう》さんや私《わたし》が、あのアンブリッジ鬼《おに》ばばぁに降参《こうさん》して言《い》うなりになると思《おも》うのか？」

「でも――先学期《せんがっき》、おじさんはぼくに、慎重《しんちょう》にしろ、危険《きけん》をおかすなってばっかり――」

「先学年《せんがくねん》は、ハリー、誰《だれ》かホグワーツの内部《ないぶ》の者《もの》が、君《きみ》を殺《ころ》そうとしてたんだ！」シリウスがいらだったように言《い》った。「今学期《こんがっき》は、ホグワーツの外《そと》の者《もの》が、私《わたし》たちをみな殺《ごろ》しにしたがっていることはわかっている。だから、しっかり自分《じぶん》の身《み》を護《まも》る方法《ほうほう》を学《まな》ぶのは、私《わたし》はとてもいい考《かんが》えだと思《おも》う！」

「そして、もし私《わたし》たちが退学《たいがく》になったら？」ハーマイオニーがいぶかしげな表情《ひょうじょう》をした。

「ハーマイオニー、すべては君《きみ》の考《かんが》えだったじゃないか？」ハリーはハーマイオニーを見《み》すえた。

「そうよ。ただ、シリウスの考《かんが》えはどうかなと思《おも》っただけ」ハーマイオニーが肩《かた》をすくめた。

「そうだな、学校《がっこう》にいて、何《なに》も知《し》らずに安穏《あんのん》としているより、退学《たいがく》になっても身《み》を護《まも》ることができるほうがいい」

「そうだ、そうだ」ハリーとロンが熱狂《ねっきょう》した。

「それで」シリウスが言《い》った。「グループはどんなふうに組織《そしき》するんだ？　どこに集《あつ》まる？」

「うん、それが今《いま》ちょっと問題《もんだい》なんだ」ハリーが言《い》った。

「どこでやったらいいか、わかんない」

「『叫《さけ》びの屋敷《やしき》』はどうだ？」シリウスが提案《ていあん》した。

「へーイ、そりゃいい考《かんが》えだ！」ロンが興奮《こうふん》した。しかし、ハーマイオニーは否定的《ひていてき》な声《こえ》を出《だ》したので、三人《にん》がハーマイオニーを見《み》た。シリウスの首《くび》が炎《ほのお》の中《なか》で向《む》きを変《か》えた。

「あのね、シリウス。あなたが学校《がっこう》にいたときは、『叫《さけ》びの屋敷《やしき》』に集《あつ》まったのはたった四人《にん》だったってこと」ハーマイオニーが言《い》った。「それに、あなたたちは全員《ぜんいん》、動物《どうぶつ》に変身《へんしん》できたし、そうしたいと思《おも》えば、窮屈《きゅうくつ》でもたぶん全員《ぜんいん》が一枚《まい》の透明《とうめい》マントに収《おさ》まることもできたと思《おも》うわ。でも私《わたし》たちは二十八人《にん》で、誰《だれ》も『動物もどき《アニメーガス》』じゃないし、透明《とうめい》マントよりは透明《とうめい》テント・・・が必要《ひつよう》なくらい——」

「もっともだ」シリウスは少《すこ》しがっくりしたようだった。「まあ、君《きみ》たちで、必《かなら》ずどこか見《み》つけるだろう。五階《かい》の大《おお》きな鏡《かがみ》の裏《うら》に、昔《むかし》はかなり広《ひろ》い秘密《ひみつ》の抜《ぬ》け道《みち》があったんだが、そこなら呪《のろ》いの練習《れんしゅう》をするのに充分《じゅうぶん》な広《ひろ》さがあるだろう」

「フレッドとジョージが、そこはふさがってるって言《い》ってた」ハリーが首《くび》を振《ふ》った。「陥没《かんぼつ》したか何《なん》かで」

「そうか……」シリウスは顔《かお》をしかめた。「それじゃ、よく考《かんが》えてまた知《し》らせる——」

シリウスが突然言葉《とつぜんことば》を切《き》った。顔《かお》が急《きゅう》にぎくりとしたように緊張《きんちょう》した。横《よこ》を向《む》き、明《あき》らかに暖炉《だんろ》の硬《かた》いれんが壁《かべ》の向《む》こうを見《み》ている。

「シリウスおじさん？」ハリーが心配《しんぱい》そうに聞《き》いた。

しかし、シリウスは消《き》えていた。ハリーは一瞬《いっしゅん》あぜんとして炎《ほのお》を見《み》つめた。それからロンとハーマイオニーを見《み》た。

「どうして、いなく――？」

ハーマイオニーはぎょっと息《いき》をのみ、炎《ほのお》を見《み》つめたまま急《きゅう》に立《た》ち上《あ》がった。

炎《ほのお》の中《なか》に手《て》が現《あらわ》れた。何《なに》かをつかもうとまさぐっている。ずんぐりした短《みじか》い指《ゆび》に、醜悪《しゅうあく》な流行遅《おく》れの指輪《ゆびわ》をごてごてとはめている。

三人《にん》は一目散《いちもくさん》に逃《に》げた。男子寮《だんしりょう》のドアの所《ところ》で、ハリーが振《ふ》り返《かえ》ると、アンブリッジの手《て》がまだ、炎《ほのお》の中《なか》で何《なに》かをつかむ動《うご》きをくり返《かえ》していた。まるで、さっきまでシリウスの髪《かみ》の毛《け》があった場《ば》所《しょ》をはっきり知《し》っているかのように。そして、絶対《ぜったい》に捕《つか》まえてみせるとでも言《い》うように。

第《だい》18章《しょう》　ダンブルドア軍団《ぐんだん》

「アンブリッジはあなたの手紙《てがみ》を読《よ》んでたのよ、ハリー。それ以外考《いがいかんが》えられないわ」

「アンブリッジがヘドウィグを襲《おそ》ったと思《おも》うんだね？」ハリーは怒《いか》りが突《つ》き上《あ》げてきた。

「おそらくまちがいないわ」ハーマイオニーが深刻《しんこく》な顔《かお》で言《い》った。「ハリー、ほら、カエルが逃《に》げるわよ」

ウシガエルが、うまく逃《に》げられそうだぞと、テーブルの端《はし》をめがけてピョンピョン跳《と》んでいた。ハリーは杖《つえ》をカエルに向《む》けた――「アクシオ！　来《こ》い！」――すると、カエルはぶすっとしてハリーの手《て》に吸《す》い寄《よ》せられた。

「呪文学《じゅもんがく》」は勝手《かって》なおしゃべりを楽《たの》しむには、常《つね》にもってこいの授業《じゅぎょう》だった。だいたいは人《ひと》や物《もの》がさかんに動《うご》いているので、盗《ぬす》み聞《ぎ》きされる危険性《きけんせい》はほとんどなかった。今日《きょう》の教室《きょうしつ》は、ウシガエルのブオーブオーという低《ひく》い鳴《な》き声《ごえ》とカラスのカアカアで満《み》ちあふれ、しかも土砂降《どしゃぶ》りの雨《あめ》が教室《きょうしつ》の窓《まど》ガラスを激《はげ》しくたたいて、ガタガタいわせていた。ハリー、ロン、ハーマイオニーが、アンブリッジがシリウスを危《あや》ういところまで追《お》い詰《つ》めたことを小声《こごえ》で話《はな》し合《あ》っていても、誰《だれ》にも気《き》づかれなかった。

「フィルチが、クソ爆弾《ばくだん》の注文《ちゅうもん》のことであなたをとがめてから、私《わたし》、ずっとこうなるんじゃないかって思《おも》ってたのよ。だって、バカバカしい言《い》いがかりなんだもの」ハーマイオニーがささやいた。「つまり、あなたの手紙《てがみ》を読《よ》んでしまえば、クソ爆弾《ばくだん》を注文《ちゅうもん》してないことは明白《めいはく》になったはずだから、あなたが問題《もんだい》になることはなかったわけよ――すぐにばれる冗談《じょうだん》でしょ？　でも、それから私《わたし》、考《かんが》えたの。誰《だれ》かが、あなたの手紙《てがみ》を読《よ》む口実《こうじつ》が欲《ほ》しかったんだとしたら？　それなら、アンブリッジにとっては完璧《かんぺき》な方法《ほうほう》よ――フィルチに告《つ》げ口《ぐち》して、汚《よご》れ仕事《しごと》はフィルチにやらせ、手紙《てがみ》を没収《ぼっしゅう》させる。それから、フィルチから取《と》り上《あ》げる方法《ほうほう》を見《み》つけるか、それを見《み》せなさいと要求《ようきゅう》する――フィルチは異議《いぎ》を申《もう》し立《た》てない。生徒《せいと》の権利《けんり》のためにがんばったことなんかないものね？　ハリー、あなた、カエルをつぶしかけてるわよ」

ハリーは下《した》を見《み》た。ほんとうにウシガエルをきつく握《にぎ》り過《す》ぎて、カエルの目《め》が飛《と》び出《だ》していた。

ハリーはあわててカエルを机《つくえ》の上《うえ》に戻《もど》した。

「昨夜《さくや》は、ほんとに、ほんとに危機《きき》一髪《いっぱつ》だった」ハーマイオニーが言《い》った。「あれだけ追《お》い詰《つ》めたことを、アンブリッジ自身《じしん》が知《し》っているのかしら。シレンシオ！　だまれ！」

ハーマイオニーが「黙《だま》らせ呪文《じゅもん》」の練習《れんしゅう》に使《つか》ったウシガエルは、ブォまでで急《きゅう》に声《こえ》が出《で》なくなり、恨《うら》めしげにハーマイオニーに目《め》をむいた。

「もしアンブリッジがスナッフルズを捕《つか》まえていたら――」

ハーマイオニーの言《い》おうとしたことをハリーが引《ひ》き取《と》って言《い》った。

「――たぶん今朝《けさ》、アズカバンに送《おく》り返《かえ》されていただろうな」

ハリーはあまり気持《きも》ちを集中《しゅうちゅう》せずに杖《つえ》を振《ふ》った。ウシガエルがふくれ上《あ》がって緑《みどり》の風船《ふうせん》のようになり、ピーピーと高《たか》い声《こえ》を出《だ》した。

「シレンシオ！　だまれ！」

ハーマイオニーが杖《つえ》をハリーのカエルに向《む》け、急《いそ》いで唱《とな》えた。カエルは二人《ふたり》の前《まえ》で、声《こえ》を上《あ》げずにしぼんだ。

「とにかく、スナッフルズは、もう二度《にど》とやってはいけない。それだけよ。ただ、どうやってそれを知《し》らせたらいいかわからない。ふくろうは送《おく》れないし」

「もう危険《きけん》はおかさないと思《おも》うけど」ロンが言《い》った。「それほどバカじゃない。あの女《おんな》に危《あや》うく捕《つか》まりかけたって、わかってるさ。シレンシオ！」

ロンの前《まえ》の大《おお》きな醜《みにく》いワタリガラスが嘲《あざけ》るようにカアと鳴《な》いた。

「シレンシオ！　シレンシオ！」

カラスはますますやかましく鳴《な》いた。

「あなたの杖《つえ》の動《うご》かし方《かた》が問題《もんだい》よ」批判的《ひはんてき》な目《め》でロンを観察《かんさつ》しながら、ハーマイオニーが言《い》った。

「そんなふうに振《ふ》るんじゃなくて、鋭《するど》く突《つ》くって感《かん》じなの」

「ワタリガラスはカエルより難《むずか》しいんだ」ロンがしゃくにさわったように言《い》った。

「いいわよ。取《と》り替《か》えましょ」

ハーマイオニーがロンのカラスを捕《つか》まえ、自分《じぶん》の太《ふと》ったウシガエルと交換《こうかん》しながら言《い》った。

「シレンシオ！」

ワタリガラスは相変《あいか》わらず鋭《するど》いくちばしを開《あ》けたり閉《と》じたりしていたが、もう音《おと》は出《で》てこなかった。

「大変《たいへん》よろしい、ミス・グレンジャー！」

フリットウィック先生《せんせい》のキーキー声《ごえ》で、ハリー、ロン、ハーマイオニーの三人《にん》とも飛《と》び上《あ》がった。

「さあ、ミスター・ウィーズリー、やってごらん」

「な――？　あ――ア、はい」ロンはあわてふためいた。「えー――シレンシオ！」

ロンの突《つ》きが強過《つよす》ぎて、ウシガエルの片目《かため》を突《つ》いてしまい、カエルは耳《みみ》をつんざく声《こえ》でグワッ、グワッと鳴《な》きながらテーブルから飛《と》び降《お》りた。

ハリーとロンだけが「黙《だま》らせ呪文《じゅもん》」の追加練習《ついかれんしゅう》をするという宿題《しゅくだい》を出《だ》されたが、二人《ふたり》ともまたかと思《おも》っただけだった。

外《そと》は土砂降《どしゃぶ》りなので、生徒《せいと》たちは休《やす》み時間《じかん》も城内《じょうない》にとどまることを許《ゆる》された。三人《にん》は二階《かい》の混《こ》み合《あ》ったやかましい教室《きょうしつ》に、空《あ》いている席《せき》を見《み》つけた。ピーブズがシャンデリア近《ちか》くに眠《ねむ》そうにプカプカ浮《う》いて、ときどきインクつぶてを誰《だれ》かの頭《あたま》に吹《ふ》きつけていた。三人《にん》が座《すわ》るか座《すわ》らないうちに、アンジェリーナが、むだ話《ばなし》に忙《いそが》しい生徒《せいと》たちをかき分《わ》けてやってきた。

「許可《きょか》をもらったよ！」アンジェリーナが言《い》った。「クィディッチ・チームを再編成《さいへんせい》できる！」

「やった！」ロンとハリーが同時《どうじ》に叫《さけ》んだ。

「うん」アンジェリーナがニッコリした。「マクゴナガルの所《ところ》に行《い》ったんだ。たぶん、マクゴナガルはダンブルドアに控訴《こうそ》したんだと思《おも》う。とにかく、アンブリッジが折《お》れた。ざまみろ！　だから、今夜《こんや》七時《じ》に競技場《きょうぎじょう》に来《き》てほしい。ロスした時間《じかん》を取《と》り戻《もど》さなくっちゃ。最初《さいしょ》の試合《しあい》まで、三週間《しゅうかん》しかないってこと、自覚《じかく》してる？」

アンジェリーナは、生徒《せいと》の間《あいだ》をすり抜《ぬ》けるように歩《ある》き去《さ》りながら、ピーブズのインクつぶてを危《あや》うくかわし（かわりにそれは、そばにいた一年生《ねんせい》に命中《めいちゅう》した）、姿《すがた》が見《み》えなくなった。

窓《まど》から外《そと》を眺《なが》めて、ロンの笑顔《えがお》がちょっとかげった。外《そと》はたたきつけるような雨《あめ》で、ほとんど不透明《ふとうめい》だった。

「やめばいいけど。ハーマイオニー、どうかしたのか？」

ハーマイオニーも窓《まど》を見《み》つめていたが、何《なに》か見《み》ている様子《ようす》ではなかった。焦点《しょうてん》は合《あ》っていないし、顔《かお》をしかめている。

「ちょっと考《かんが》えてるの……」雨《あめ》が流《なが》れ落《お》ちる窓《まど》に向《む》かってしかめっ面《つら》をしたまま、ハーマイオニーが答《こた》えた。

「シリ――スナッフルズのことを？」ハリーが聞《き》いた。

「ううん……ちょっとちがう……」ハーマイオニーが一言一言《ひとことひとこと》かみしめるように言《い》った。「むしろ……もしかして……私《わたし》たちのやってることは正《ただ》しいんだし……考《かんが》えると……そうよね？」

ハリーとロンが顔《かお》を見合《みあ》わせた。

「なるほど、明確《めいかく》なご説明《せつめい》だったよ」ロンが言《い》った。「君《きみ》の考《かんが》えをこれほどきちんと説明《せつめい》してくれなかったら、僕《ぼく》たち気《き》になってしょうがなかったろうけど」

ハーマイオニーは、たった今《いま》ロンがそこにいることに気《き》づいたような目《め》でロンを見《み》た。

「私《わたし》がちょっと考《かんが》えていたのは」ハーマイオニーの声《こえ》が、今度《こんど》はしっかりしていた。「私《わたし》たちのやっている、『闇《やみ》の魔術《まじゅつ》に対《たい》する防衛術《ぼうえいじゅつ》』のグループを始《はじ》めるということが、はたして正《ただ》しいかどうかってことなの」

「えーッ？」ハリーとロンが同時《どうじ》に言《い》った。

「ハーマイオニー、君《きみ》が言《い》いだしっぺじゃないか！」ロンが憤慨《ふんがい》した。

「わかってるわ」ハーマイオニーが両手《りょうて》を組《く》んでもじもじさせながら言《い》った。「でも、スナッフルズと話《はな》したあとで……」

「でも、スナッフルズは大賛成《だいさんせい》だったよ」ハリーが言《い》った。

「そう」ハーマイオニーがまた窓《まど》の外《そと》を見《み》つめた。「そうなの。だからかえって、この考《かんが》えが結《けっ》局《きょく》まちがっていたのかもしれないって思《おも》って……」

ピーブズが三人《にん》の頭上《ずじょう》に腹《はら》ばいになって浮《う》かび、豆鉄砲《まめでっぽう》をかまえていた。三人《にん》は反射的《はんしゃてき》にかばんを頭《あたま》の上《うえ》に持《も》ち上《あ》げ、ピーブズが通《とお》り過《す》ぎるのを待《ま》った。

「はっきりさせようか」かばんを床《ゆか》の上《うえ》に戻《もど》しながら、ハリーが怒《おこ》ったように言《い》った。「シリウスが賛成《さんせい》した。だから君《きみ》は、もうあれはやらないほうがいいと思《おも》ったのか？」

ハーマイオニーは緊張《きんちょう》した情《なさ》けなさそうな顔《かお》をしていた。今度《こんど》は両手《りょうて》をじっと見《み》つめながら、てくれた！」

ハーマイオニーが言《い》った。

「本気《ほんき》でシリウスの判断力《はんだんりょく》を信用《しんよう》してるの？」

「ああ、信用《しんよう》してる！」ハリーは即座《そくざ》に答《こた》えた。「いつでも僕《ぼく》たちにすばらしいアドバイスをしてくれた！」

インクのつぶてが三人《にん》をシュッとかすめて、ケイティ・ベルの耳《みみ》を直撃《ちょくげき》した。ハーマイオニーは、ケイティが勢《いきお》いよく立《た》ち上《あ》がって、ピーブズにいろいろな物《もの》を投《な》げつけるのを眺《なが》め、しばらくだまっていたが、言葉《ことば》を慎重《しんちょう》に選《えら》びながら話《はな》しはじめた。

「グリモールド・プレイスに閉《と》じ込《こ》められてから……シリウスが……ちょっと……向《む》こう見《み》ずになった……そう思《おも》わない？　ある意味《いみ》で……こう考《かんが》えられないかしら……私《わたし》たちを通《とお》して生《い》きているんじゃないかって？」

「どういうことなんだ？　『僕《ぼく》たちを通《とお》して生《い》きている』って？」ハリーが言《い》い返《かえ》した。

「それは……つまり、魔法省《まほうしょう》直属《ちょくぞく》の誰《だれ》かの鼻先《はなさき》で、シリウス自身《じしん》が秘密《ひみつ》の防衛結社《ぼうえいけっしゃ》を作《つく》りたいんだろうと思《おも》うの……今《いま》の境遇《きょうぐう》では、ほとんど何《なに》もできなくて、シリウスはほんとうにいや気《け》がさしているんだと思《おも》うわ……それで、何《なん》と言《い》うか……私《わたし》たちをけしかけるのに熱心《ねっしん》になっているような気《き》がするの」

ロンは当惑《とうわく》しきった顔《かお》をした。

「シリウスの言《い》うとおりだ」ロンが言《い》った。「君《きみ》って、ほんとにママみたいな言《い》い方《かた》をする」

ハーマイオニーは唇《くちびる》をかみ、何《なに》も言《い》わなかった。ピーブズがケイティに襲《おそ》いかかり、インク瓶《びん》の中身《なかみ》をそっくり全部《ぜんぶ》その頭《あたま》にぶちまけたとき、始業《しぎょう》のベルが鳴《な》った。


天気《てんき》はそのあともよくならなかった。七時《じ》、ハリーとロンが練習《れんしゅう》のためにクィディッチ競技《きょうぎ》場《じょう》に出《で》かけたが、あっという間《ま》にずぶぬれになり、ぐしょぬれの芝生《しばふ》に足《あし》を取《と》られ、すべった。空《そら》は雷《かみなり》が来《き》そうな鉛色《なまりいろ》で、更衣室《こういしつ》の明《あ》かりと暖《あたた》かさは、ほんの束《つか》の間《ま》のことだとわかっていても、ホッとさせられた。ジョージとフレッドは、自分《じぶん》たちの作《つく》った「ずる休《やす》みスナックボックス」を何《なに》か一つ使《つか》って、飛《と》ぶのをやめようかと話《はな》し合《あ》っていた。

「……だけど、俺《おれ》たちの仕《し》掛《か》けを、彼女《かのじょ》が見破《みやぶ》ると思《おも》うぜ」フレッドが、唇《くちびる》を動《うご》かさないようにして言《い》った。「『ゲーゲー・トローチ』をきのう彼女《かのじょ》に売《う》り込《こ》まなきゃよかったなあ」

「『発熱《はつねつ》ヌガー』を試《ため》してみてもいいぜ」ジョージがつぶやいた。「あれなら、まだ、誰《だれ》も見《み》たことがないし――」

「それ、効《き》くの？」屋根《やね》を打《う》つ雨音《あまおと》が激《はげ》しくなり、建物《たてもの》の周《まわ》りで風《かぜ》がうなる中《なか》で、ロンがすがるように聞《き》いた。

「まあ、うん」フレッドが言《い》った。「体温《たいおん》はすぐ上《あ》がるぜ」

「だけど、膿《うみ》の入《はい》ったでっかいできものもできるな」ジョージが言《い》った。「しかも、それを取《と》り除《のぞ》く方法《ほうほう》は未解決《みかいけつ》だ」

「できものなんて、見《み》えないけど」ロンが双子《ふたご》をじろじろ見《み》た。

「ああ、まあ、見《み》えないだろう」フレッドが暗《くら》い顔《かお》で言《い》った。「普通《ふつう》、公衆《こうしゅう》の面前《めんぜん》にさらす所《ところ》にはない」

「しかし、箒《ほうき》に座《すわ》ると、これが何《なん》とも痛《いた》い。何《なに》しろ――」

「よーし、みんな。よく聞《き》いて」キャプテン室《しつ》から現《あらわ》れたアンジェリーナが大声《おおごえ》で言《い》った。「たしかに理想的《りそうてき》な天候《てんこう》ではないけど、スリザリンとの試合《しあい》がこんな天候《てんこう》だということもありうる。だから、どう対処《たいしょ》するか、策《さく》を練《ね》っておくのはいいことだ。ハリー、たしか、ハッフルパフとの嵐《あらし》の中《なか》での試合《しあい》で、雨《あめ》でめがねが曇《くも》るのを止《と》めるのに、何《なに》かやったね？」

「ハーマイオニーがやった」

ハリーはそう言《い》うと、杖《つえ》を取《と》り出《だ》して自分《じぶん》のめがねをたたき、呪文《じゅもん》を唱《とな》えた。

「インパービアス！　防水《ぼうすい》せよ！」

「全員《ぜんいん》それをやるべきだな」アンジェリーナが言《い》った。「雨《あめ》が顔《かお》にさえかからなきゃ、視界《しかい》はぐっとよくなる――じゃ、みんな一緒《いっしょ》に、それ――『インパービアス！』。オーケー。行《い》こうか」

杖《つえ》をユニフォームのポケットに戻《もど》し、箒《ほうき》を肩《かた》に、みんなアンジェリーナのあとについて更衣室《こういしつ》を出《で》た。

一歩一歩《いっぽいっぽ》ぬかるみが深《ふか》くなる中《なか》を、みんなグチョグチョと競技場《きょうぎじょう》の中心部《ちゅうしんぶ》まで歩《ある》いた。「防水呪文《ぼうすいじゅもん》」をかけていても、視界《しかい》は最悪《さいあく》だった。周《まわ》りはたちまち暗《くら》くなり、滝《たき》のような雨《あめ》が競技場《きょうぎじょう》を洗《あら》い流《なが》していた。

「よし、笛《ふえ》の合図《あいず》で」アンジェリーナが叫《さけ》んだ。

ハリーは泥《どろ》を四方八方《しほうはっぽう》にまき散《ち》らして地面《じめん》をけり、上昇《じょうしょう》した。風《かぜ》で少《すこ》し押《お》し流《なが》された。こんな天気《てんき》でどうやってスニッチを見《み》つけるのか、見当《けんとう》もつかない。練習《れんしゅう》に使《つか》っている大《おお》きなブラッジャーでさえ見《み》えないのだ。練習《れんしゅう》を始《はじ》めるとすぐ、ブラッジャーに危《あや》うく箒《ほうき》からたたき落《お》とされそうになり、ハリーは、それをよけるのに「ナマケモノ型《がた》グリップ・ロール」をやるはめになった。残念《ざんねん》ながら、アンジェリーナは見《み》ていてくれなかった。それどころか、アンジェリーナは何《なに》も見《み》えていないようだった。選手《せんしゅ》は互《たが》いに何《なに》をやっているやら、さっぱりわかっていなかった。風《かぜ》はますます激《はげ》しさを増《ま》した。下《した》の湖《みずうみ》の面《めん》に、雨《あめ》が打《う》ちつけ、ビシビシ音《おと》を立《た》てるのが、こんな遠《とお》くにいるハリーにさえ聞《き》こえた。

アンジェリーナはほぼ一時間《じかん》みんなをがんばらせたが、ついに敗北《はいぼく》を認《みと》めた。ぐしょぬれで不《ふ》平《へい》たらたらのチームを率《ひき》いて更衣室《こういしつ》に戻《もど》ったアンジェリーナは、練習《れんしゅう》は時間《じかん》のむだではなかったと言《い》い張《は》ったが、自分《じぶん》でも自信《じしん》がなさそうな声《こえ》だった。フレッドとジョージはことさら苦《くる》しんでいる様子《ようす》だった。二人《ふたり》ともガニマタで歩《ある》き、ちょっと動《うご》くたびに顔《かお》をしかめた。タオルで頭《あたま》を拭《ふ》きながら、二人《ふたり》がこぼしているのがハリーの耳《みみ》に入《はい》った。

「俺《おれ》のは二、三個《こ》つぶれたな」フレッドがうつろな声《こえ》で言《い》った。

「俺《おれ》のはつぶれてない」ジョージが顔《かお》をしかめながら言《い》った。「ずきずき痛《いた》みやがる……むしろ前《まえ》より大《おお》きくなったな」

「**イタッ！**」ハリーが声《こえ》を上《あ》げた。

ハリーはタオルをしっかり顔《かお》に押《お》しつけ、痛《いた》みで目《め》をギュッと閉《と》じた。額《ひたい》の傷痕《きずあと》がまた焼《や》けるように痛《いた》んだのだ。ここ数週間《すうしゅうかん》、こんな激痛《げきつう》はなかった。

「どうした？」何人《なんにん》かの声《こえ》がした。

ハリーはタオルを顔《かお》から離《はな》した。めがねをかけていないせいで、更衣室《こういしつ》がぼやけて見《み》えた。それでも、みんなの顔《かお》がハリーを見《み》ているのがわかった。

「何《なん》でもない」ハリーがボソッと言《い》った。「僕《ぼく》――自分《じぶん》で自分《じぶん》の目《め》を突《つ》いちゃった。それだけ」

しかし、ハリーはロンに目配《めくば》せし、みんなが外《そと》に出《で》ていくとき、二人《ふたり》だけあとに残《のこ》った。選手《せんしゅ》たちはマントにくるまり、帽子《ぼうし》を耳《みみ》の下《した》まで深《ふか》くかぶって出《で》ていった。

「どうしたの？」最後《さいご》にアリシアが出《で》ていくと、すぐにロンが聞《き》いた。「傷痕《きずあと》か？」

ハリーがうなずいた。

「でも……」ロンがこわごわ窓際《まどぎわ》に歩《ある》いていき、雨《あめ》を見《み》つめた。「あの人《ひと》――『あの人《ひと》』が今《いま》、そばにいるわけないだろ？」

「ああ」ハリーは額《ひたい》をさすり、ベンチに座《すわ》り込《こ》みながらつぶやいた。「たぶん、ずーっと遠《とお》くにいる。でも、痛《いた》んだのは……あいつが……怒《おこ》っているからだ」

そんなことを言《い》うつもりはなかった。別《べつ》の人間《にんげん》がしゃべるのを聞《き》いたかのようだった――しかし、ハリーは直感的《ちょっかんてき》に、そうにちがいないと思《おも》った。どうしてなのかはわからないが、そう思《おも》ったのだ。ヴォルデモートがどこにいるのかも、何《なに》をしているのかも知《し》らないが、たしかに激怒《げきど》してる。

「『あの人《ひと》』が見《み》えたの？」ロンが恐《おそ》ろしそうに聞《き》いた。「君《きみ》……幻覚《げんかく》か何《なに》か、あったの？」

ハリーは足元《あしもと》を見《み》つめたまま、痛《いた》みが治《おさ》まり、気持《きも》ちも記憶《きおく》も落《お》ち着《つ》くのを待《ま》ってじっと座《すわ》っていた。

もつれ合《あ》ういくつかの影《かげ》。どなりつける声《こえ》の響《ひび》き……。

「やつは何《なに》かをさせたがっている。それなのに、なかなかうまくいかない」ハリーが言《い》った。またしても言葉《ことば》が口《くち》をついて出《で》てくる。ハリー自身《じしん》が驚《おどろ》いた。しかも、それがほんとうのことだという確信《かくしん》があった。

「でも……どうしてわかるんだ？」ロンが聞《き》いた。

ハリーは首《くび》を横《よこ》に振《ふ》り、両手《りょうて》で目《め》を覆《おお》って、手《て》の平《ひら》でぐっと押《お》した。目《め》の中《なか》に小《ちい》さな星《ほし》が飛《と》び散《ち》った。ロンがベンチの隣《となり》に座《すわ》り、ハリーを見《み》つめているのを感《かん》じた。

「前《まえ》のときもそうだったの？」ロンが声《こえ》をひそめて聞《き》いた。「アンブリッジの部屋《へや》で傷痕《きずあと》が痛《いた》んだとき？『例《れい》のあの人《ひと》』が怒《おこ》ってたの？」

ハリーは首《くび》を横《よこ》に振《ふ》った。

「それなら何《なん》なのかなぁ？」

ハリーは記憶《きおく》をたどった。アンブリッジの顔《かお》を見《み》つめていた……傷痕《きずあと》が痛《いた》んだ……そして、胃《い》袋《ぶくろ》におかしな感覚《かんかく》が……何《なん》だか奇妙《きみょう》な、跳《と》びはねるような感覚《かんかく》……幸福《こうふく》な感覚《かんかく》だった……しかし、そうだ、あの時《とき》は気《き》づかなかったが、あの時《とき》の自分《じぶん》はとてもみじめな気持《きも》ちだったのだから、だから奇妙《きみょう》だったんだ……。

「この前《まえ》は、やつが喜《よろこ》んでいたからなんだ」ハリーが言《い》った。「ほんとうに喜《よろこ》んでいた。やつは思《おも》ったんだ……何《なに》かいいことが起《お》こるって。それに、ホグワーツに僕《ぼく》たちが帰《かえ》る前《まえ》の晩《ばん》……」ハリーは、グリモールド・プレイスのロンと一緒《いっしょ》の寝室《しんしつ》で、傷痕《きずあと》が痛《いた》んだあの瞬間《しゅんかん》を思《おも》い出《だ》していた……。「やつは怒《いか》り狂《くる》ってた……」

ロンを見《み》ると、口《くち》をあんぐり開《あ》けてハリーを見《み》ていた。

「君《きみ》、おい、トレローニーに取《と》ってかわれるぜ」ロンが恐《おそ》れと尊敬《そんけい》の入《い》りまじった声《こえ》で言《い》った。

「僕《ぼく》、予言《よげん》してるんじゃないよ」ハリーが言《い》った。

「ちがうさ。何《なに》をしているかわかるかい？」ロンが恐《おそ》ろしいような感心《かんしん》したような声《こえ》で言《い》った。「ハリー、**君《きみ》は『例《れい》のあの人《ひと》』の心《こころ》を読《よ》んでる！**」

「ちがう」ハリーが首《くび》を振《ふ》った。「むしろ……気分《きぶん》を読《よ》んでるんだと思《おも》う。どんな気分《きぶん》でいるのかがちらっとわかるんだ。ダンブルドアが先学期《せんがっき》に、そんなようなことが起《お》こっているって言《い》った。ヴォルデモートが近《ちか》くにいるとか、憎《にく》しみを感《かん》じていると、僕《ぼく》にそれがわかるって、そう言《い》ったんだ。でも、今《いま》は、やつが喜《よろこ》んでいるときも感《かん》じるんだ……」

一瞬《いっしゅん》の沈黙《ちんもく》があった。雨風《あめかぜ》が激《はげ》しく建物《たてもの》にたたきつけていた。

「誰《だれ》かに言《い》わなくちゃ」ロンが言《い》った。

「この前《まえ》はシリウスに言《い》った」

「今度《こんど》のことも言《い》えよ！」

「できないよ」ハリーが暗《くら》い顔《かお》で言《い》った。「アンブリッジがふくろうも暖炉《だんろ》も見張《みは》ってる。そうだろ？」

「じゃ、ダンブルドアだ」

「今《いま》、言《い》ったろう。ダンブルドアはもう知《し》ってる」

ハリーは気短《きみじか》に答《こた》えて立《た》ち上《あ》がり、マントを壁《かべ》のくぎからはずして肩《かた》に引《ひ》っかけた。

「また言《い》ったって意味《いみ》ないよ」

ロンはマントのボタンをかけ、考《かんが》え深《ぶか》げにハリーを見《み》た。

「ダンブルドアは知《し》りたいだろうと思《おも》うけど」ロンが言《い》った。

ハリーは肩《かた》をすくめた。

「さあ……これから『黙《だま》らせ呪文《じゅもん》』の練習《れんしゅう》をしなくちゃ」

泥《どろ》んこの芝生《しばふ》をすべったりつまずいたりしながら、二人《ふたり》は話《はなし》をせずに、急《いそ》いで暗《くら》い校庭《こうてい》を戻《もど》った。ハリーは必死《ひっし》で考《かんが》えた。いったいヴォルデモートがさせたがっていること、そして思《おも》うように進《すす》まないこととは何《なん》だろう？

——ほかにも求《もと》めているものがある……やつがまったく極秘《ごくひ》で進《すす》めることができる計画《けいかく》だ……極秘《ごくひ》にしか手《て》に入《はい》らないものだ……武器《ぶき》のようなものというかな。前《まえ》の時《とき》には持《も》っていなかったものだ——。

この言葉《ことば》を何週間《なんしゅうかん》も忘《わす》れていた。ホグワーツでのいろいろな出来事《できごと》にすっかり気《き》を取《と》られ、アンブリッジとの目下《もっか》の戦《たたか》いや、魔法省《まほうしょう》のさまざまな不当《ふとう》な干渉《かんしょう》のことを考《かんが》えるのに忙殺《ぼうさつ》されていた……しかし、今《いま》、この言葉《ことば》がよみがえり、ハリーはもしやと思《おも》った……ヴォルデモートが怒《おこ》っているのも、何《なん》だかわからないその武器《ぶき》にまったく近《ちか》づくことができないからと考《かんが》えればつじつまが合《あ》う。騎士団《きしだん》はあいつの目論見《もくろみ》をくじき、それが手《て》に入《はい》らないように阻止《そし》してきたのだろうか？　それはどこに保管《ほかん》されているのだろう？　今《いま》、誰《だれ》が持《も》っているのだろう？

「ミンビュラス　ミンブルトニア」

ロンの声《こえ》がしてハリーは我《われ》に返《かえ》り、肖像画《しょうぞうが》の穴《あな》を通《とお》って談話室《だんわしつ》に入《はい》った。

ハーマイオニーは早《はや》めに寝室《しんしつ》に行《い》ってしまったらしい。残《のこ》っていたのは、近《ちか》くの椅子《いす》に丸《まる》まっているクルックシャンクスと、暖炉《だんろ》のそばのテーブルに置《お》かれた、さまざまな形《かたち》のデコボコしたしもべ妖精用毛糸帽子《ようせいようけいとぼうし》だけだった。ハリーはハーマイオニーがいないのがかえってありがたかった。傷痕《きずあと》の痛《いた》みを議論《ぎろん》するのも、ダンブルドアのところへ行《い》けとハーマイオニーにうながされるのもいやだった。ロンはまだ心配《しんぱい》そうな目《め》でちらちらハリーを見《み》ていたが、ハリーは呪文集《じゅもんしゅう》を引《ひ》っ張《ぱ》り出《だ》し、レポートを仕上《しあ》げる作業《さぎょう》に取《と》りかかった。もっとも、集中《しゅうちゅう》しているふりをしていただけで、ロンがもう寝室《しんしつ》に行《い》くと言《い》ったときにも、ハリーはまだほとんど何《なに》も書《か》いてはいなかった。

真夜中《まよなか》になり、真夜中《まよなか》が過《す》ぎても、ハリーは「トモシリソウ」「ラビッジ」「オオバナノコギリソウ」の使用法《しようほう》についての同《おな》じ文章《ぶんしょう》を、一言《ひとこと》も頭《あたま》に入《はい》らないまま何度《なんど》も読《よ》み返《かえ》していた。

これらの薬草《やくそう》は、脳《のう》をほてらせるのに非常《ひじょう》に効《き》き目《め》があり、そのため、性急《せいきゅう》さ、向《む》こう見《み》ずな状態《じょうたい》を魔法使《まほうつか》いが作《つく》り出《だ》したいと望《のぞ》むとき、「混乱《こんらん》・錯乱薬《さくらんやく》」用《よう》に多《おお》く使《つか》われる……。

……ハーマイオニーが、シリウスはグリモールド・プレイスに閉《と》じ込《こ》められて向《む》こう見《み》ずになっていると言《い》ったっけ……。

……脳《のう》をほてらせるのに非常《ひじょう》に効《き》き目《め》があり、そのため……。

……「日刊予言者新聞《にっかんよげんしゃしんぶん》」は、僕《ぼく》にヴォルデモートの気分《きぶん》がわかると知《し》ったら、僕《ぼく》の脳《のう》がほてっていると思《おも》うだろうな……。

……そのため、性急《せいきゅう》さ、向《む》こう見《み》ずな状態《じょうたい》を魔法使《まほうつか》いが作《つく》り出《だ》したいと望《のぞ》むとき、「混乱《こんらん》・錯乱薬《さくらんやく》」に多《おお》く使《つか》われる……。

……混乱《こんらん》、まさにそうだ。どうして僕《ぼく》はヴォルデモートの気分《きぶん》がわかったのだろう？　二人《ふたり》のこの薄気味《うすきみ》の悪《わる》い絆《きずな》は何《なん》なのだ？　ダンブルドアでも、これまで充分《じゅうぶん》に満足《まんぞく》のいく説明《せつめい》ができなかったこの絆《きずな》は？

……魔法使《まほうつか》いが作《つく》り出《だ》したいと望《のぞ》むとき……。

……ああ、とても眠《ねむ》い……。

……性急《せいきゅう》さ……を作《つく》り出《だ》したいと……。

……ひじかけ椅子《いす》は暖炉《だんろ》のそばで、暖《あたた》かく心地《ここち》よい。雨《あめ》がまだ激《はげ》しく窓《まど》ガラスに打《う》ちつけている。クルックシャンクスがゴロゴロのどを鳴《な》らし、暖炉《だんろ》の炎《ほのお》がはぜる……。手《て》がゆるみ、本《ほん》がすべり、鈍《にぶ》いゴトッという音《おと》とともに暖炉《だんろ》マットに落《お》ちた。ハリーの頭《あたま》がぐらりとかしいだ。

またしてもハリーは、窓《まど》のない廊下《ろうか》を歩《ある》いている。足音《あしおと》が静寂《せいじゃく》の中《なか》に反響《はんきょう》している。通路《つうろ》の突《つ》き当《あ》たりの扉《とびら》がだんだん近《ちか》くなり、心臓《しんぞう》が興奮《こうふん》で高鳴《たかな》る……。あそこを開《あ》けることさえできれば……そのむこう側《がわ》に入《はい》れれば……。

手《て》を伸《の》ばした……もう数《すう》センチで指《ゆび》が触《ふ》れる……。

「ハリー・ポッター様《さま》！」

ハリーは驚《おどろ》いて目《め》を覚《さ》ました。談話室《だんわしつ》のろうそくはもう全部《ぜんぶ》消《き》えていた。しかし、何《なに》かがすぐそばにいる。

「だ……れ？」ハリーは椅子《いす》にまっすぐ座《すわ》りなおした。談話室《だんわしつ》の暖炉《だんろ》の火《ひ》はほとんど消《き》え、部屋《へや》はとても暗《くら》かった。

「ドビーめが、あなたさまのふくろうを持《も》っています！」キーキー声《ごえ》が言《い》った。

「ドビー？」

ハリーは、暗《くら》がりの中《なか》で声《こえ》の聞《き》こえた方向《ほうこう》を見透《みす》かしながら、寝《ね》ぼけ声《ごえ》を出《だ》した。

ハーマイオニーが残《のこ》していったニットの帽子《ぼうし》が半《はん》ダースほど置《お》いてあるテーブルの脇《わき》に、屋敷《やしき》しもべ妖精《ようせい》のドビーが立《た》っていた。大《おお》きなとがった耳《みみ》が、山《やま》のような帽子《ぼうし》の下《した》から突《つ》き出《だ》している。ハーマイオニーがこれまで編《あ》んだ帽子《ぼうし》を全部《ぜんぶ》かぶっているのではないかと思《おも》うほどで、縦《たて》に積《つ》み重《かさ》ねてかぶっているので、頭《あたま》が一メートル近《ちか》く伸《の》びたように見《み》えた。一番《いちばん》てっぺんの毛糸玉《けいとだま》の上《うえ》に、たしかに傷《きず》の癒《い》えたヘドウィグが止《と》まり、ホーホーと落《お》ち着《つ》いた鳴《な》き声《ごえ》を上《あ》げていた。

「ドビーめはハリー・ポッターのふくろうを返《かえ》す役目《やくめ》を、進《すす》んでお引《ひ》き受《う》けいたしました」しもべ妖精《ようせい》は、うっとりと憧《あこが》れの人《ひと》を見《み》る目《め》つきで、キーキー言《い》った。「グラブリー‐プランク先生《せんせい》が、ふくろうはもう大丈夫《だいじょうぶ》だとおっしゃいましたでございます」

ドビーが深々《ふかぶか》とおじぎをしたので、鉛筆《えんぴつ》のような鼻先《はなさき》がぼろぼろの暖炉《だんろ》マットをこすり、ヘドウィグは怒《おこ》ったようにホーと鳴《な》いてハリーの椅子《いす》のひじかけに飛《と》び移《うつ》った。

「ありがとう、ドビー！」

ヘドウィグの頭《あたま》をなでながら、夢《ゆめ》の中《なか》の扉《とびら》の残像《ざんぞう》を振《ふ》り払《はら》おうと、ハリーは目《め》を強《つよ》く瞬《しばた》いた……あまりに生々《なまなま》しい夢《ゆめ》だった。ドビーをもう一度《いちど》見《み》ると、スカーフを数枚《すうまい》巻《ま》きつけているし、数《かぞ》えきれないほどのソックスをはいているのに気《き》づいた。おかげで、体《からだ》と不釣《ふつ》り合《あ》いに足《あし》がでかく見《み》えた。

「あの……君《きみ》は、ハーマイオニーの置《お》いていった服《ふく》を全部《ぜんぶ》取《と》っていたの？」

「いいえ、とんでもございません」ドビーはうれしそうに言《い》った。「ドビーめはウィンキーにも少《すこ》し取《と》ってあげました。はい」

「そう。ウィンキーはどうしてるの？」ハリーが聞《き》いた。

ドビーの耳《みみ》が少《すこ》しうなだれた。

「ウィンキーは今《いま》でもたくさん飲《の》んでいます。はい」

ドビーは、テニスボールほどもある巨大《きょだい》な緑《みどり》の丸《まる》い目《め》を伏《ふ》せて、悲《かな》しそうに言《い》った。

「今《いま》でも服《ふく》が好《す》きではありません、ハリー・ポッター。ほかの屋敷《やしき》しもべ妖精《ようせい》も同《おな》じでございます。もう誰《だれ》もグリフィンドール塔《とう》をお掃除《そうじ》しようとしないのでございます。帽子《ぼうし》や靴下《くつした》があちこちに隠《かく》してあるからでございます。侮辱《ぶじょく》されたと思《おも》っているのです。はい。ドビーめが全部一人《ぜんぶひとり》でやっておりますです。でも、ドビーめは気《き》にしません。はい。なぜなら、ドビーめはいつでもハリー・ポッターにお会《あ》いしたいと願《ねが》っています。そして、今夜《こんや》、はい、願《ねが》いがかないました！」ドビーはまた深々《ふかぶか》とおじぎした。

「でも、ハリー・ポッターは幸《しあわ》せそうではありません」ドビーは体《からだ》を起《お》こし、おずおずとハリーを見《み》た。「ドビーめは、あなたさまが寝言《ねごと》を言《い》うのを聞《き》きました。ハリー・ポッターは悪《わる》い夢《ゆめ》を見《み》ていたのですか？」

「それほど悪《わる》い夢《ゆめ》っていうわけでもないんだ」ハリーはあくびをして目《め》をこすった。「もっと悪《わる》い夢《ゆめ》を見《み》たこともあるし」

しもべ妖精《ようせい》は大《おお》きな球《たま》のような目《め》でハリーをしげしげと見《み》た。それから両耳《りょうみみ》をうなだれて、真《しん》剣《けん》な声《こえ》で言《い》った。

「ドビーめは、ハリー・ポッターをお助《たす》けしたいのです。ハリー・ポッターがドビーを自由《じゆう》にしましたから。そして、ドビーめは今《いま》、ずっとずっと幸《しあわ》せですから」

ハリーはほほ笑《え》んだ。

「ドビー、君《きみ》には僕《ぼく》を助《たす》けることはできない。でも、気持《きも》ちはありがたいよ」

ハリーはかがんで、「魔法薬《まほうやく》」の教科書《きょうかしょ》を拾《ひろ》った。このレポートは結局《けっきょく》、明日仕上《あすしあ》げなければならない。ハリーは本《ほん》を閉《と》じた。その時《とき》、暖炉《だんろ》の残《のこ》り火《び》が、手《て》の甲《こう》のうっすらとした傷痕《きずあと》を白《しろ》く浮《う》き上《あ》がらせた――アンブリッジの罰則《ばっそく》の跡《あと》だ。

「ちょっと待《ま》って――ドビー、君《きみ》に助《たす》けてもらいたいことがあるよ」ある考《かんが》えが浮《う》かび、ハリーはゆっくりと言《い》った。

ドビーは向《む》きなおって、ニッコリした。

「何《なん》でもおっしゃってください。ハリー・ポッター様《さま》！」

「場所《ばしょ》を探《さが》しているんだ。二十八人《にん》が『闇《やみ》の魔術《まじゅつ》に対《たい》する防衛術《ぼうえいじゅつ》』を練習《れんしゅう》できる場所《ばしょ》で、先生方《せんせいがた》に見《み》つからない所《ところ》。特《とく》に――」ハリーは本《ほん》の上《うえ》で固《かた》く拳《こぶし》を握《にぎ》った。傷痕《きずあと》が青白《あおじろ》く光《ひか》った。「アンブリッジ先生《せんせい》には」

ドビーの顔《かお》から笑《わら》いが消《き》えて、両耳《りょうみみ》がうなだれるだろうとハリーは思《おも》った。無理《むり》です、とか、どこか探《さが》してみるがあまり期待《きたい》は持《も》たないように、と言《い》うだろうと思《おも》った。まさか、ドビーが両《りょう》耳《みみ》をうれしそうにパタパタさせ、ピョンと小躍《こおど》りするとは、まさか両手《りょうて》を打《う》ち鳴《な》らそうとは、思《おも》わなかった。

「ドビーめは、ぴったりな場所《ばしょ》を知《し》っております。はい！」ドビーはうれしそうに言《い》った。「ドビーめはホグワーツに来《き》たとき、ほかの屋敷《やしき》しもべ妖精《ようせい》が話《はな》しているのを聞《き》きました。はい。仲《なか》間内《まうち》では『あったりなかったり部屋《べや》』とか、『必要《ひつよう》の部屋《へや》』として知《し》られております！」

「どうして？」ハリーは好奇心《こうきしん》にかられた。

「なぜなら、その部屋《へや》に入《はい》れるのは」ドビーは真剣《しんけん》な顔《かお》だ。「ほんとうに必要《ひつよう》なときだけなのです。時《とき》にはありますが、時《とき》にはない部屋《へや》でございます。それが現《あらわ》れるときには、いつでも求《もと》める人《ひと》の欲《ほ》しいものが備《そな》わっています。ドビーめは、使《つか》ったことがございます」

しもべ妖精《ようせい》は声《こえ》を落《お》とし、悪《わる》いことをしたような顔《かお》をした。

「ウィンキーがとっても酔《よ》ったときに。ドビーはウィンキーを『必要《ひつよう》の部屋《へや》』に隠《かく》しました。そうしたら、ドビーは、バタービールの酔《よ》い覚《ざ》まし薬《ぐすり》をそこで見《み》つけました。それに、眠《ねむ》って酔《よ》いを覚《さ》ます間《あい》寝《だね》かせるのにちょうどよい、しもべ妖精《ようせい》サイズのベッドがあったのでございます……それに、フィルチ様《さま》は、お掃除用具《そうじようぐ》が足《た》りなくなったとき、そこで見《み》つけたのを、はい、ドビーは存《ぞん》じています。そして――」

「そして、ほんとにトイレが必要《ひつよう》なときは」ハリーは急《きゅう》に、去年《きょねん》のクリスマス・パーティで、ダンブルドアが言《い》ったことを思《おも》い出《だ》した。「その部屋《へや》はおまるでいっぱいになる?」

「ドビーめは、そうだと思《おも》います。はい」ドビーは一生懸命《いっしょうけんめい》うなずいた。「驚《おどろ》くような部屋《へや》でございます」

「そこを知《し》っている人《ひと》はどのくらいいるのかな?」ハリーは椅子《いす》に座《すわ》りなおした。

「ほとんどおりません。だいたいは、必要《ひつよう》なときにたまたまその部屋《へや》に出《で》くわします。はい。でも、二度《にど》と見《み》つからないことが多《おお》いのです。なぜなら、その部屋《へや》がいつもそこにあって、お呼《よ》びがかかるのを待《ま》っているのを知《し》らないからでございます」

「すごいな」ハリーは心臓《しんぞう》がドキドキした。「ドビー、ぴったりだよ。部屋《へや》がどこにあるのか、いつ教《おし》えてくれる?」

「いつでも、ハリー・ポッター様《さま》」ハリーが夢中《むちゅう》なので、ドビーはうれしくてたまらない様子《ようす》だ。

「よろしければ、今《いま》すぐにでも!」

一瞬《いっしゅん》、ハリーはドビーと一緒《いっしょ》に行《い》きたいと思《おも》った。上《うえ》の階《かい》から急《いそ》いで透明《とうめい》マントを取《と》ってこようと、椅子《いす》から半分腰《はんぶんこし》を浮《う》かした。その時《とき》、またしても、ちょうどハーマイオニーがささやくような声《こえ》が耳元《みみもと》で聞《き》こえた――「向《む》こう見《み》ず」。考《かんが》えてみれば、もう遅《おそ》いし、ハリーはつかれきっていた。

「ドビー、今夜《こんや》はだめだ」ハリーは椅子《いす》に沈《しず》み込《こ》みながら、しぶしぶ言《い》った。「これはとっても大切《たいせつ》なことなんだ……しくじりたくない。ちゃんと計画《けいかく》する必要《ひつよう》がある。ねえ、『必要《ひつよう》の部屋《へや》』の正確《せいかく》な場所《ばしょ》と、どうやって入《はい》るのかだけ教《おし》えてくれないかな？」

二時限続《じげんつづ》きの「薬草学《やくそうがく》」に向《む》かうのに、水浸《みずびた》しの野菜畑《やさいばたけ》をピチャピチャ渡《わた》る生徒《せいと》たちのローブが風《かぜ》にあおられてはためき、ひるがえった。雨音《あまおと》はまるで雹《ひょう》のように温室《おんしつ》の屋根《やね》を打《う》ち、スプラウト先生《せんせい》が何《なに》を言《い》っているのかほとんど聞《き》き取《と》れない。午後《ごご》の「魔法生物飼育学《まほうせいぶつしいくがく》」は嵐《あらし》が吹《ふ》きすさぶ校庭《こうてい》ではなく、一階《かい》の空《あ》いている教室《きょうしつ》に移《うつ》されたし、アンジェリーナが昼食時《ちゅうしょくじ》に、チームの選手《せんしゅ》を探《さが》して回《まわ》り、クィディッチの練習《れんしゅう》は取《と》りやめだと伝《つた》えたので、選手《せんしゅ》たちは大《おお》いにホッとした。

「よかった」アンジェリーナにそれを聞《き》かされたとき、ハリーが小声《こごえ》で言《い》った。「場所《ばしょ》を見《み》つけたんだ。最初《さいしょ》の『防衛術《ぼうえいじゅつ》』の会合《かいごう》は今夜《こんや》八時《じ》、八階《かい》の『バカのバーナバス』がトロールに棍棒《こんぼう》で打《う》たれている壁《かべ》かけのむかい側《がわ》。ケイティとアリシアに伝《つた》えてくれる？」

アンジェリーナはちょっとどきりとしたようだったが、伝《つた》えると約束《やくそく》した。ハリーは食《た》べかけのソーセージとマッシュポテトに戻《もど》って貪《むさぼ》った。かぼちゃジュースを飲《の》もうと顔《かお》を上《あ》げると、ハーマイオニーが見《み》つめているのに気《き》づいた。

「なん？」ハリーがもごもご聞《き》いた。

「うーん……ちょっとね。ドビーの計画《けいかく》って、いつも安全《あんぜん》だとはかぎらないし。覚《おぼ》えていない？ドビーのせいで、あなた、腕《うで》の骨《ほね》が全部《ぜんぶ》なくなっちゃったこと」

「この部屋《へや》はドビーの突拍子《とっぴょうし》もない考《かんが》えじゃないんだ。ダンブルドアもこの部屋《へや》のことは知《し》ってる。クリスマス・パーティのとき、話《はな》してくれたんだ」

ハーマイオニーの顔《かお》が晴《は》れた。

「ダンブルドアが、そのことをあなたに話《はな》したのね？」

「ちょっとついでにだったけど」ハリーは肩《かた》をすくめた。

「ああ、そうなの。なら大丈夫《だいじょうぶ》」ハーマイオニーはきびきびそう言《い》うと、あとは何《なに》も反対《はんたい》しなかった。

「ホッグズ・ヘッド」でリストにサインした仲間《なかま》たちを探《さが》し出《だ》し、その晩《ばん》どこで会合《かいごう》するかを伝《つた》えるのに、ロンもふくめた三人《にん》で、その日《ひ》の大半《たいはん》を費《つい》やした。チョウ・チャンとその友達《ともだち》の女子《じょし》学生《がくせい》を探《さが》し出《だ》すのは、ジニーのほうが早《はや》かったので、ハリーはちょっとがっかりした。とにかく、夕食《ゆうしょく》が終《お》わるころまでには、この知《し》らせがホッグズ・ヘッドに集《あつ》まった二十五人全員《にんぜんいん》に伝《つた》わったと、ハリーは確信《かくしん》を持《も》った。

七時半《じはん》、ハリー、ロン、ハーマイオニーはグリフィンドールの談話室《だんわしつ》を出《で》た。ハリーは古《ふる》ぼけた羊皮紙《ようひし》を握《にぎ》りしめていた。五年生《ねんせい》は、九時《じ》まで外《そと》の廊下《ろうか》に出《で》ていてもよいことになってはいたが、三人《にん》とも、神経質《しんけいしつ》にあたりを見回《みまわ》しながら八階《かい》に向《む》かった。

「止《と》まって」最後《さいご》の階段《かいだん》の上《うえ》で羊皮紙《ようひし》を広《ひろ》げながら、ハリーは警告《けいこく》を発《はっ》し、杖《つえ》で羊皮紙《ようひし》を軽《かる》くたたいて呪文《じゅもん》を唱《とな》えた。

「我《われ》、ここに誓《ちか》う。我《われ》、よからぬことをたくらむ者《もの》なり」

羊皮紙《ようひし》にホグワーツの地図《ちず》が現《あらわ》れた。小《ちい》さな黒《くろ》い点《てん》が動《うご》き回《まわ》り、それぞれに名前《なまえ》がついていて、誰《だれ》がどこにいるかが示《しめ》されている。

「フィルチは三階《かい》だ」ハリーが地図《ちず》を目《め》に近《ちか》づけながら言《い》った。「それと、ミセス・ノリスは五階《かい》だ」

「アンブリッジは？」ハーマイオニーが心配《しんぱい》そうに聞《き》いた。

「自分《じぶん》の部屋《へや》だ」ハリーが指《ゆび》で示《しめ》した。

「オッケー、行《い》こう」

三人《にん》は、ドビーがハリーに教《おし》えてくれた場所《ばしょ》へと廊下《ろうか》を急《いそ》いだ。大《おお》きな壁《かべ》かけタペストリーに「バカのバーナバス」が、愚《おろ》かにもトロールにバレエを教《おし》えようとしている絵《え》が描《か》いてある。そのむかい側《がわ》の、何《なん》の変哲《へんてつ》もない石壁《いしかべ》がその場所《ばしょ》だ。

「オーケー」

ハリーが小声《こごえ》で言《い》った。虫食《むしく》いだらけのトロールの絵《え》が、バレエの先生《せんせい》になるはずだったバーナバスを、容赦《ようしゃ》なく棍棒《こんぼう》で打《う》ちすえていたが、その手《て》を休《やす》めてハリーたちを見《み》た。

「ドビーは、気持《きも》ちを必要《ひつよう》なことに集中《しゅうちゅう》させながら、壁《かべ》のここの部分《ぶぶん》を三回往《かいい》ったり来《き》たりしろって言《い》った」

三人《にん》で実行《じっこう》に取《と》りかかった。石壁《いしかべ》の前《まえ》を通《とお》り過《す》ぎ、窓《まど》の所《ところ》できっちり折《お》り返《かえ》して逆方向《ぎゃくほうこう》に歩《ある》き、反対側《はんたいがわ》にある等身大《とうしんだい》の花瓶《かびん》の所《ところ》でまた折《お》り返《かえ》した。ロンは集中《しゅうちゅう》するのに眉間《みけん》にしわを寄《よ》せ、ハーマイオニーは低《ひく》い声《こえ》で何《なに》かブツブツ言《い》い、ハリーはまっすぐ前《まえ》を見《み》つめて両手《りょうて》の拳《こぶし》を握《にぎ》りしめた。

戦《たたか》いを学《まな》ぶ場所《ばしょ》が必要《ひつよう》です……ハリーは思《おも》いを込《こ》めた……**どこか練習《れんしゅう》する場所《ばしょ》をください……どこか連中《れんちゅう》に見《み》つからない所《ところ》を……。**

「ハリー！」

三回目《かいめ》に石壁《いしかべ》を通《とお》り過《す》ぎて振《ふ》り返《かえ》ったとき、ハーマイオニーが鋭《するど》い声《こえ》を上《あ》げた。

石壁《いしかべ》にピカピカに磨《みが》き上《あ》げられた扉《とびら》が現《あらわ》れていた。ロンは少《すこ》し警戒《けいかい》するような目《め》で扉《とびら》を見《み》つめていた。ハリーは真鍮《しんちゅう》の取《と》っ手《て》に手《て》を伸《の》ばし、扉《とびら》を引《ひ》いて開《あ》け、先《さき》に中《なか》に入《はい》った。広々《ひろびろ》とした部屋《へや》は、八階下《かいした》の地下牢《ちかろう》教室《きょうしつ》のように、ゆらめく松明《たいまつ》に照《て》らされていた。

壁際《かべぎわ》には木《き》の本棚《ほんだな》が並《なら》び、椅子《いす》のかわりに大《おお》きな絹《きぬ》のクッションが床《ゆか》に置《お》かれている。一番奥《いちばんおく》の棚《たな》には、いろいろな道具《どうぐ》が収《おさ》められていた。「かくれん防止器《スニーコスコープ》」、「秘密発見器《ひみつはっけんき》」、それに、先学期《せんがっき》、偽《にせ》ムーディの部屋《へや》にかかっていたものにちがいないと思《おも》われるひびの入《はい》った大《おお》きな「敵鏡《てきかがみ》」。

「これ、『失神術《しっしんじゅつ》』を練習《れんしゅう》するときにいいよ」ロンが足《あし》でクッションを一枚《まい》突《つ》きながら、夢中《むちゅう》になって言《い》った。

「それに、見《み》て！　この本《ほん》！」ハーマイオニーは興奮《こうふん》して、大《おお》きな革張《かわば》りの学術書《がくじゅつしょ》の背表紙《せびょうし》に次々《つぎつぎ》と指《ゆび》を走《はし》らせた。「『通常《つうじょう》の呪《のろ》いとその逆呪《ぎゃくのろ》い概論《がいろん》』……『闇《やみ》の魔術《まじゅつ》の裏《うら》をかく』……『自己《じこ》防衛呪文学《ぼうえいじゅもんがく》』……ウワーッ……」

ハーマイオニーは顔《かお》を輝《かがや》かせてハリーを見《み》た。何百冊《なんびゃくさつ》という本《ほん》があるおかげで、ついにハーマイオニーが自分《じぶん》は正《ただ》しいことをしていると確信《かくしん》したと、ハリーにはわかった。

「ハリー、すばらしいわ。ここには欲《ほ》しいものが全部《ぜんぶ》ある！」

それ以上《いじょう》よけいなことはいっさい言《い》わず、ハーマイオニーは棚《たな》から『呪《のろ》われた人《ひと》のための呪《のろ》い』を引《ひ》き抜《ぬ》き、手近《てぢか》なクッションに腰《こし》を下《お》ろし、読《よ》みはじめた。

扉《とびら》を軽《かる》くたたく音《おと》がした。ハリーが振《ふ》り返《かえ》ると、ジニー、ネビル、ラベンダー、パーバティ、ディーンが到着《とうちゃく》したところだった。

「オワーア」ディーンが感服《かんぷく》して見回《みまわ》した。「ここはいったい何《なん》だい？」

ハリーが説明《せつめい》しはじめたが、途中《とちゅう》でまた人《ひと》が入《はい》ってきて、また最初《さいしょ》からやりなおしだった。八時《じ》までには、全部《ぜんぶ》のクッションが埋《う》まっていた。ハリーは扉《とびら》に近《ちか》づき、鍵穴《かぎあな》から突《つ》き出《だ》している鍵《かぎ》を回《まわ》した。カシャッと小気味《こきみ》よい大《おお》きな音《おと》とともに鍵《かぎ》がかかり、みんながハリーを見《み》て静《しず》かになった。ハーマイオニーは読《よ》みかけの『呪《のろ》われた人《ひと》のための呪《のろ》い』のページにしおりを挟《はさ》み、本《ほん》を脇《わき》に置《お》いた。

「えーと」ハリーは少《すこ》し緊張《きんちょう》していた。「ここが練習用《れんしゅうよう》に僕《ぼく》たちが見《み》つけた場所《ばしょ》です。それで、みんなは――えー――ここでいいと思《おも》ったみたいだし」

「すてきだわ！」チョウがそう言《い》うと、ほかの何人《なんにん》かも、そうだそうだとつぶやいた。

「変《へん》だなあ」フレッドがしかめっ面《つら》で部屋《へや》を眺《なが》め回《まわ》した。「俺《おれ》たち、一度《いちど》ここで、フィルチから隠《かく》れたことがある。ジョージ、覚《おぼ》えてるか？　だけど、その時《とき》は単《たん》なる箒置《ほうきお》き場《ば》だったぞ」

「おい、ハリー、これは何《なん》だ？」ディーンが部屋《へや》の奥《おく》のほうで「かくれん防止器《ぼうしき》」と「敵鏡《てきかがみ》」を指《さ》していた。

「闇《やみ》の検知器《けんちき》だよ」ハリーはクッションの間《あいだ》を歩《ある》いて道具《どうぐ》のほうに行《い》った。「基本的《きほんてき》には、闇《やみ》の魔法使《まほうつか》いとか敵《てき》が近《ちか》づくと、それを示《しめ》してくれるんだけど、あまり頼《たよ》っちゃいけない。道具《どうぐ》がだまされることがある……」

ハリーはひび割《わ》れた「敵鏡《てきかがみ》」をちょっと見《み》つめた。中《なか》に影《かげ》のような姿《すがた》がうごめいていた。どの姿《すがた》もはっきり何《なに》かはわからない。ハリーは鏡《かがみ》に背《せ》を向《む》けた。

「えーと、僕《ぼく》、最初《さいしょ》に僕《ぼく》たちがやらなければならないのは何《なに》かを、ずっと考《かんが》えていたんだけど、それで──あー……」ハリーは手《て》が挙《あ》がっているのに気《き》づいた。

「何《なん》だい、ハーマイオニー？」

「リーダーを選出《せんしゅつ》すべきだと思《おも》います」ハーマイオニーが言《い》った。

「ハリーがリーダーよ」

チョウがすかさず言《い》った。ハーマイオニーを、どうかしているんじゃないのという目《め》で見《み》ている。

ハリーはまたまた胃袋《いぶくろ》がとんぼ返《がえ》りした。

「そうよ。でも、ちゃんと投票《とうひょう》すべきだと思《おも》うの」ハーマイオニーがひるまず言《い》った。「それで正式《せいしき》になるし、ハリーに権限《けんげん》が与《あた》えられるもの。じゃ――ハリーが私《わたし》たちのリーダーになるべきだと思《おも》う人《ひと》？」

みんなが挙手《きょしゅ》した。ザカリアス・スミスでさえ、不承不承《ふしょうぶしょう》だったが手《て》を挙《あ》げた。

「えー――うん、ありがとう」ハリーは顔《かお》が熱《あつ》くなるのを感《かん》じた。「それじゃ――何《なん》だよ、ハーマイオニー、まだ何《なに》か？」

「それと、名前《なまえ》をつけるべきだと思《おも》います」手《て》を挙《あ》げたままで、ハーマイオニーが生《い》き生《い》きと答《こた》えた。「そうすれば、チームの団結精神《だんけつせいしん》も強《つよ》くなるし、一体感《いったいかん》が高《たか》まると思《おも》わない？」

「反《はん》アンブリッジ連盟《れんめい》ってつけられない？」アンジェリーナが期待《きたい》を込《こ》めて発言《はつげん》した。

「じゃなきゃ、『魔法省《まほうしょう》はみんなまぬけ』、MMM《エムエムエム》はどうだ？」フレッドが言《い》った。

「私《わたし》、考《かんが》えてたんだけど」ハーマイオニーがフレッドをにらみながら言《い》った。「どっちかっていうと、私《わたし》たちの目的《もくてき》が誰《だれ》にもわからないような名前《なまえ》よ。この集会《しゅうかい》の外《そと》でも安全《あんぜん》に名前《なまえ》を呼《よ》べるように」

「防衛協会《ぼうえいきょうかい》は？」チョウが言《い》った。「英語《えいご》の頭文字《かしらもじ》を取《と》ってDA《ディーエー》。それなら、私《わたし》たちが何《なに》を話《はな》しているか、誰《だれ》にもわからないでしょう？」

「うん、DA《ディーエー》っていうのはいいわね」ジニーが言《い》った。「でも、ダンブルドア軍団《アーミー》の頭文字《かしらもじ》でDA《ディーエー》ね。だって、魔法省《まほうしょう》が一番怖《いちばんこわ》いのはダンブルドア軍団《ぐんだん》でしょ？」

あちこちから、いいぞ、いいぞとつぶやく声《こえ》や笑《わら》い声《ごえ》が上《あ》がった。

「DA《ディーエー》に賛成《さんせい》の人《ひと》？」

ハーマイオニーが取《と》りしきり、クッションにひざ立《だ》ちになって数《かず》を数《かぞ》えた。

「大多数《だいたすう》です——動議《どうぎ》は可決《かけつ》！」

ハーマイオニーはみんなが署名《しょめい》した羊皮紙《ようひし》を壁《かべ》にピンで止《と》め、その一番上《いちばんうえ》に大《おお》きな字《じ》で「**ダンブルドア軍団《ぐんだん》**」と書《か》き加《くわ》えた。

「じゃ」ハーマイオニーが座《すわ》ったとき、ハリーが言《い》った。「それじゃ、練習《れんしゅう》しようか？　僕《ぼく》が考《かん》えたのは、まず最初《さいしょ》にやるべきなのは、『**エクスペリアームス、武器《ぶき》よ去《さ》れ**』。そう、『武装解除《ぶそうかいじょ》術《じゅつ》』だ。かなり基本的《きほんてき》な呪文《じゅもん》だっていうことは知《し》っている。だけど、ほんとうに役立《やくだ》つ——」

「おい、おい、**頼《たの》むよ**」ザカリアス・スミスが腕組《うでぐ》みし、あきれたように目《め》を天井《てんじょう》に向《む》けた。

「『例《れい》のあの人《ひと》』に対《たい》して、『武器《ぶき》よ去《さ》れ』が僕《ぼく》たちを守《まも》ってくれると思《おも》うのかい？」

「僕《ぼく》がやつに対《たい》してこれを使《つか》った」ハリーは落《お》ち着《つ》いていた。「六月《がつ》に、この呪文《じゅもん》が僕《ぼく》の命《いのち》を救《すく》った」

スミスはポカンと口《くち》を開《ひら》いた。ほかのみんなはだまっていた。

「だけど、これじゃ君《きみ》には程度《ていど》が低過《ひくす》ぎるって思《おも》うなら、出《で》ていっていい」ハリーが言《い》った。

スミスは動《うご》かなかった。ほかの誰《だれ》も動《うご》かなかった。

「オーケー」たくさんの目《め》に見《み》つめられ、ハリーはいつもより少《すこ》し口《くち》が渇《かわ》いていた。「それじゃ、全員《ぜんいん》、二人《ふたり》ずつ組《くみ》になって練習《れんしゅう》しよう」

指令《しれい》を出《だ》すのは何《なん》だかむずがゆかったが、みんながそれに従《したが》うのはそれよりずっとむずがゆかった。みんながサッと立《た》ち上《あ》がり、組《くみ》になった。ネビルは、やっぱり相手《あいて》がいなくて取《と》り残《のこ》された。

「僕《ぼく》と練習《れんしゅう》しよう」ハリーが言《い》った。「よーし――三つ数《かぞ》えて、それからだ――いーち、にー、さん――」

突然部屋中《とつぜんへやじゅう》が、「エクスペリアームス」の叫《さけ》びでいっぱいになった。杖《つえ》が四方八方《しほうはっぽう》に吹《ふ》っ飛《と》んだ。当《あ》たりそこねた呪文《じゅもん》が本棚《ほんだな》に当《あ》たり、本《ほん》が宙《ちゅう》を飛《と》んだ。

ハリーの速《はや》さに、ネビルはとうてい敵《かな》わなかった。ネビルの杖《つえ》が手《て》を離《はな》れ、くるくる回《まわ》って天《てん》井《じょう》にぶつかり火花《ひばな》を散《ち》らした。それから本棚《ほんだな》の上《うえ》にカタカタ音《おと》を立《た》てて落《お》ち、そこからハリーは「呼《よ》び寄《よ》せ呪文《じゅもん》」で杖《つえ》を回収《かいしゅう》した。

周《まわ》りをざっと見《み》ると、基本《きほん》から始《はじ》めるべきだという考《かんが》えが正《ただ》しかったことがわかった。お粗末《そまつ》な呪文《じゅもん》が飛《と》び交《か》っていた。相手《あいて》をまったく武装解除《ぶそうかいじょ》できず、弱《よわ》い呪文《じゅもん》が通《とお》り過《す》ぎるときに、相手《あいて》を二、三歩後《ぼうし》ろに跳《と》びのかせるとか、顔《かお》をしかめさせるだけの例《れい》が多《おお》かった。

「エクスペリアームス！　武器《ぶき》よ去《さ》れ！」ネビルの呪文《じゅもん》に不意《ふい》を突《つ》かれて、ハリーは杖《つえ》が手《て》を離《はな》れて飛《と》んでいくのを感《かん》じた。

「**できた！**」ネビルが狂喜《きょうき》した。「今までできたことないのに――僕《ぼく》、**できた！**」

「うまい！」ハリーは励《はげ》ました。

ほんとうの決闘《けっとう》では、相手《あいて》が杖《つえ》をだらんと下《さ》げて、逆《ぎゃく》の方向《ほうこう》を見《み》ていることなどありえない、という指摘《してき》はしないことにした。

「ねえ、ネビル。ちょっとの間《あいだ》、ロンとハーマイオニーと交互《こうご》に練習《れんしゅう》してくれるかい？　僕《ぼく》、ほかのみんながどんなふうにやってるか、見回《みまわ》ってくるから」

ハリーは部屋《へや》の中央《ちゅうおう》に進《すす》み出《で》た。ザカリアス・スミスに変《へん》な現象《げんしょう》が起《お》きていた。アンソニー・ゴールドスタインの武器《ぶき》を解除《かいじょ》するのに呪文《じゅもん》を唱《とな》えるたびに、スミス自身《じしん》の杖《つえ》が飛《と》んでいってしまう。しかもアンソニーは何《なん》の呪文《じゅもん》を唱《とな》えている様子《ようす》もない。周《まわ》りを少《すこ》し見回《みまわ》すだけで、ハリーは謎《なぞ》を見破《みやぶ》った。フレッドとジョージがスミスのすぐそばにいて、交互《こうご》にスミスの背中《せなか》に杖《つえ》を向《む》けていたのだ。

「ごめんよ、ハリー」ハリーと目《め》が合《あ》ったとたん、ジョージが急《いそ》いで謝《あやま》った。「がまんできなくてさ」

ハリーはまちがった呪文《じゅもん》のかけ方《かた》を直《なお》そうと、ほかの組《くみ》を見回《みまわ》った。ジニーはマイケル・コーナーと組《く》んでいたが、かなりできる。ところが、マイケルは、下手《へた》なのか、ジニーに呪《のろ》いをかけるのをためらっているかのどちらかだ。アーニー・マクミランは杖《つえ》を不必要《ふひつよう》に派手《はで》に振《ふ》り回《まわ》し、相手《あいて》につけ入《い》るすきを与《あた》えていた。クリービー兄弟《きょうだい》は熱心《ねっしん》だったがミスが多《おお》く、周《まわ》りの本棚《ほんだな》からさんざん本《ほん》が飛《と》び出《だ》すのは、主《おも》にこの二人《ふたり》のせいだった。ルーナ・ラブグッドも同《おな》じくむらがあり、ときどきジャスティン・フィンチ－フレッチリーの手《て》から杖《つえ》をきりもみさせて吹《ふ》き飛《と》ばすかと思《おも》えば、髪《かみ》の毛《け》を逆立《さかだ》たせるだけのときもあった。

「オーケー、やめ！」ハリーが叫《さけ》んだ。「やめ！　**やめだよ！**」

ホイッスルが必要《ひつよう》だな、とハリーは思《おも》った。すると、たちまち一番手近《いちばんてぢか》に並《なら》んだ本《ほん》の上《うえ》に、ホイッスルがのっているのが見《み》つかった。ハリーはそれを取《と》り上《あ》げて、強《つよ》く吹《ふ》いた。みんなが杖《つえ》を下《お》ろした。

「なかなかよかった」ハリーが言《い》った。「でも、まちがいなく改善《かいぜん》の余地《よち》があるね」

ザカリアス・スミスがハリーをにらみつけた。

「もう一度《いちど》やろう」

ハリーはもう一度《いちど》見回《みまわ》った。今度《こんど》はあちこちで立《た》ち止《ど》まって助言《じょげん》した。だんだん全体《ぜんたい》の出来具《できぐ》合《あい》がよくなってきた。ハリーはしばらくの間《あいだ》、チョウとその友達《ともだち》の組《くみ》をさけていた。しかし、ほかの組《くみ》をみんな二回《かい》ずつ見回《みまわ》ったあと、これ以上《いじょう》この二人《ふたり》を無視《むし》するわけにはいかないと思《おも》った。

「ああ、だめだわ」ハリーが近《ちか》づくと、チョウがちょっと興奮気味《こうふんぎみ》に言《い》った。「**エクスペリアーミウス！**　じゃなかった、**エクスペリメリウス！**——あ、マリエッタ、ごめん！」

巻《ま》き毛《げ》の友達《ともだち》のそでに火《ひ》がついた。マリエッタは自分《じぶん》の杖《つえ》で消《け》し、ハリーのせいだとばかりにらみつけた。

「あなたのせいで上《あ》がってしまったわ。今《いま》まではうまくできたのに！」チョウがうちしおれた。

「とてもよかったよ」ハリーはうそをついた。しかし、チョウが眉《まゆ》を吊《つ》り上《あ》げたので、言《い》いなおした。「いや、そりゃ、今《いま》のはよくなかったけど、君《きみ》がちゃんとできることは知《し》ってるんだ。向《む》こうで見《み》ていたから」

チョウが声《こえ》を上《あ》げて笑《わら》った。友達《ともだち》のマリエッタは、ちょっと不機嫌《ふきげん》な顔《かお》で二人《ふたり》を見《み》ると、そこから離《はな》れていった。

「放《ほう》っておいて」チョウがつぶやいた。「あの人《ひと》、ほんとはここに来《き》たくなかったの。でも私《わたし》が引《ひ》っ張《ぱ》ってきたのよ。ご両親《りょうしん》から、アンブリッジのご機嫌《きげん》をそこねるようなことはするなって禁《きん》じられたの。ほら――お母《かあ》さまが魔法省《まほうしょう》に勤《つと》めているから」

「君《きみ》のご両親《りょうしん》は？」ハリーが聞《き》いた。

「そうね、私《わたし》の場合《ばあい》も、アンブリッジにうとまれるようなことはするなって言《い》われたわ」チョウは誇《ほこ》らしげに胸《むね》を張《は》った。「でも、あんなことがあったあとなのに、私《わたし》が『例《れい》のあの人《ひと》』に立《た》ち向《む》かわないとでも思《おも》っているなら……。だってセドリックは――」チョウは困惑《こんわく》した表情《ひょうじょう》で言葉《ことば》を切《き》った。二人《ふたり》の間《あいだ》に、気《き》まずい沈黙《ちんもく》が流《なが》れた。テリー・ブートの杖《つえ》がヒュッとハリーの耳元《みみもと》をかすめて、アリシア・スピネットの鼻《はな》に思《おも》いっきりぶつかった。

「あのね、私《わたし》のパパは、反魔法省運動《はんまほうしょううんどう》をとっても支持《しじ》しているもン！」

ハリーのすぐ後《うし》ろで、ルーナ・ラブグッドの誇《ほこ》らしげな声《こえ》がした。相手《あいて》のジャスティン・フィンチ－フレッチリーが、頭《あたま》の上《うえ》まで巻《ま》き上《あ》げられたローブから何《なん》とか抜《ぬ》け出《だ》そうとすったもんだしてるうちに、ルーナは明《あき》らかにハリーたちの会話《かいわ》を盗《ぬす》み聞《ぎ》きしていたのだ。

「パパはね、ファッジがどんなにひどいことをしたって聞《き》かされても驚《おどろ》かないって、いつもそう言《い》ってるもン。だって、ファッジが小鬼《ゴブリン》を何人暗殺《なんにんあんさつ》させたか！　それに、『神秘部《しんぴぶ》』を使《つか》って恐《おそ》ろしい毒薬《どくやく》を開発《かいはつ》してて、反対《はんたい》する者《もの》にはこっそり毒《どく》を盛《も》るんだ。その上《うえ》、ファッジにはアンガビュラー・スラッシキルターがいるもンね――」

「質問《しつもん》しないで」ハリーは、何《なに》か聞《き》きたそうに口《くち》を開《ひら》きかけたチョウにささやいた。チョウはクスクス笑《わら》った。

「ねーえ、ハリー」部屋《へや》の向《む》こう端《はし》から、ハーマイオニーが呼《よ》びかけた。「時間《じかん》は大丈夫《だいじょうぶ》？」

時計《とけい》を見《み》て、ハリーは驚《おどろ》いた。もう九時《じ》十分《ぷん》すぎだった。すぐに談話室《だんわしつ》に戻《もど》らないと、フィルチに捕《つか》まって、規則破《きそくやぶ》りで処罰《しょばつ》される恐《おそ》れがある。ハリーはホイッスルを吹《ふ》き、みんなが「エクスペリアームス」の叫《さけ》びをやめ、最後《さいご》に残《のこ》った杖《つえ》が二、三本《ぼん》、カタカタと床《ゆか》に落《お》ちた。

「うん、とってもよかった」ハリーが言《い》った。「でも、時間《じかん》オーバーだ。もうこのへんでやめたほうがいい。来週《らいしゅう》、同《おな》じ時間《じかん》に、同《おな》じ場所《ばしょ》でいいかな？」

「もっと早《はや》く！」ディーン・トーマスがうずうずしながら言《い》った。そうだそうだとうなずく生徒《せいと》も多《おお》かった。

しかし、アンジェリーナがすかさず言《い》った。「クィディッチ・シーズンが近《ちか》い。こっちも練習《れんしゅう》が必要《ひつよう》だよ！」

「それじゃ、来週《らいしゅう》の水曜日《すいようび》だ」ハリーが言《い》った。「練習《れんしゅう》を増《ふ》やすなら、その時決《ときき》めればいい。さあ、早《はや》く出《で》よう」

ハリーはまた「忍《しの》びの地図《ちず》」を引《ひ》っ張《ぱ》り出《だ》し、八階《かい》に誰《だれ》か先生《せんせい》はいないかと、慎重《しんちょう》に調《しら》べた。それから、みんなを三人《にん》から四人《にん》の組《くみ》にして外《そと》に出《だ》し、みんなが無事《ぶじ》に寮《りょう》に着《つ》いたかどうかを確認《かくにん》するのに、地図上《ちずじょう》の小《ち》さな点《てん》をハラハラしながら見《み》つめた。ハッフルパフ生《せい》は厨房《ちゅうぼう》に通《つう》じているのと同《おな》じ地下《ちか》の廊下《ろうか》へ、レイブンクロー生《せい》は城《しろ》の西側《にしがわ》の塔《とう》へ、そしてグリフィンドール生《せい》は「太《ふと》った婦人《レディ》」の肖像画《しょうぞうが》に通《つう》じる廊下《ろうか》へ。

「ほんとに、とってもよかったわよ、ハリー」

最後《さいご》にハリー、ロンと三人《にん》だけが残《のこ》ったとき、ハーマイオニーが言《い》った。

「うん、そうだとも」扉《とびら》をすり抜《ぬ》けながら、ロンが熱《ねつ》を込《こ》めて言《い》った。

三人《にん》は扉《とびら》を通《とお》り抜《ぬ》け、それが何《なん》の変哲《へんてつ》もない元《もと》の石壁《いしかべ》に戻《もど》るのを見《み》つめた。

「僕《ぼく》がハーマイオニーの武装解除《ぶそうかいじょ》したの、ハリー、見《み》た？」

「一回《かい》だけよ」ハーマイオニーが傷《きず》ついたように言《い》った。

「私《わたし》のほうが、あなたよりずっと何回《なんかい》も――」

「一回《かい》だけじゃないぜ。少《すく》なくとも三回《かい》は――」

「あーら、あなたが自分《じぶん》で自分《じぶん》の足《あし》につまずいて、その拍子《ひょうし》に私《わたし》の手《て》から杖《つえ》をたたき落《お》としたのをふくめればだけど――」

二人《ふたり》は談話室《だんわしつ》に戻《もど》るまで言《い》い争《あらそ》っていた。しかしハリーは聞《き》いていなかった。半分《はんぶん》は「忍《しの》びの地図《ちず》」に目《め》を向《む》けていたせいもあるが、チョウが言《い》ったことを考《かんが》えていたのだ――ハリーのせいで上《あ》がってしまったと。

第《だい》19章《しょう》　ライオンと蛇《へび》

それからの二週間《しゅうかん》、ハリーは胸《むね》の中《なか》に魔《ま》よけの護符《ごふ》を持《も》っているような気持《きも》ちだった。輝《かがや》かしい秘密《ひみつ》のおかげで、アンブリッジの授業《じゅぎょう》にもたえられ、それどころか、アンブリッジのぞっとするようなギョロ目《め》をまっすぐ見《み》ても、おだやかにほほ笑《え》むことさえできた。ハリーとDA《ディーエー》がアンブリッジの目《め》と鼻《はな》の先《さき》で抵抗《ていこう》している。アンブリッジと魔法省《まほうしょう》が恐《おそ》れているそのものずばりをやってのけている。授業中《じゅぎょうちゅう》、ウィルバート・スリンクハードの教科書《きょうかしょ》を読《よ》んでいるはずのときには、最近《さいきん》の練習《れんしゅう》の思《おも》い出《で》にふけり、満足感《まんぞくかん》に浸《ひた》っていた。ネビルがハーマイオニーの武装解除《ぶそうかいじょ》を見事《みごと》にやってのけたこと、コリン・クリービーが努力《どりょく》を重《かさ》ね、三回目《かいめ》の練習日《れんしゅうび》に「妨害《ぼうがい》の呪《のろ》い」を習得《しゅうとく》したこと、パーバティ・パチルが強烈《きょうれつ》な「粉々呪文《こなごなじゅもん》」を発《はっ》して、「かくれん防止器《ぼうしき》」がいくつかのったテーブルを粉々《こなごな》に砕《くだ》いてしまったこと。

DA集会《ディーエーしゅうかい》を、決《き》まった曜日《ようび》の夜《よる》に設定《せってい》するのは、ほとんど不可能《ふかのう》だとわかった。三つのクィディッチ・チームの練習日《れんしゅうび》がそれぞれちがう上《うえ》、悪天候《あくてんこう》でしょっちゅう変更《へんこう》されるのを考慮《こうりょ》しなければならなかったからだ。しかし、ハリーは気《き》にしなかった。むしろ集会《しゅうかい》の日《ひ》が予測《よそく》できないままのほうがよいという気《き》がした。誰《だれ》かが団員《だんいん》を見張《みは》っていたとしても、行動《こうどう》パターンを見抜《みぬ》くのは難《むずか》しかったろう。

ハーマイオニーはまもなく、急《きゅう》に変更《へんこう》しなければならなくなっても、集会《しゅうかい》の日付《ひづけ》と時間《じかん》を全員《ぜんいん》に知《し》らせる、すばらしく賢《かしこ》いやり方《かた》を考《かんが》え出《だ》した。寮《りょう》のちがう生徒《せいと》たちが、大広間《おおひろま》であまりひんぱんにほかのテーブルに行《い》って話《はなし》をすれば、あやしまれてしまう。ハーマイオニーはＤＡ《ディーエー》団員《だんいん》一人一人《ひとりひとり》に、偽《にせ》のガリオン金貨《きんか》を渡《わた》した（ロンは金貨《きんか》のバスケットを最初《さいしょ》に見《み》たとき、本物《ほんもの》の金《きん》貨《か》を配《くば》っているのだと思《おも》って興奮《こうふん》した）。

「金貨《きんか》の縁《ふち》に数字《すうじ》があるでしょう？」

四回目《かいめ》の会合《かいごう》のあとで、ハーマイオニーが説明《せつめい》のために一枚《まい》を掲《かか》げて見《み》せた。松明《たいまつ》の灯《あか》りで、金貨《きんか》が燦然《さんぜん》と豊《ゆた》かに輝《かがや》いた。

「本物《ほんもの》のガリオン金貨《きんか》には、それを鋳造《ちゅうぞう》した小鬼《ゴブリン》を示《しめ》す続《つづ》き番号《ばんごう》が打《う》ってあるだけです。だけど、この偽金貨《にせきんか》の数字《すうじ》は、次《つぎ》の集会《しゅうかい》の日付《ひづけ》と時間《じかん》に応《おう》じて変化《へんか》します。日時《にちじ》が変更《へんこう》になると、金貨《きんか》が熱《あつ》くなるから、ポケットに入《い》れておけば感《かん》じ取《と》れます。一人《ひとり》一枚《まい》ずつ持《も》っていて、ハリーが次《つぎ》の日時《にちじ》を決《き》めたら、ハリーの金貨《きんか》の日付《ひづけ》を変更《へんこう》します。私《わたし》が金貨全部《きんかぜんぶ》に「変幻自在《へんげんじざい》」の呪文《じゅもん》をかけたから、いっせいにハリーの金貨《きんか》をまねて変化《へんか》します」

ハーマイオニーが話《はな》し終《お》えても、しんとして何《なん》の反応《はんのう》もなかった。ハーマイオニーは自分《じぶん》を見《み》上《あ》げている顔《かお》を見回《みまわ》し、ちょっとおろおろした。

「えーっと――いい考《かんが》えだと思《おも》ったんだけど」ハーマイオニーは自信《じしん》を失《うしな》ったような声《こえ》を出《だ》した。

「だって、アンブリッジがポケットの中身《なかみ》を見《み》せなさいって言《い》っても、金貨《きんか》を持《も》ってることは別《べつ》にあやしくないでしょ？　でも……まあ、みんなが使《つか》いたくないなら――」

「君《きみ》、『変幻自在術《へんげんじざいじゅつ》』が使《つか》えるの？」テリー・ブートが言《い》った。

「ええ」ハーマイオニーが答《こた》えた。

「だって、それ……それ、N《イ》・E《モ》・W《リ》・T試験《しけん》レベルだぜ。それって」テリーが声《こえ》をのんだ。

「ああ」ハーマイオニーは控《ひか》えめに言《い》おうとしていた。「ええ……まあ……うん……そうでしょうね」

「君《きみ》、どうしてレイブンクローに来《こ》なかったの？」テリーが、七不思議《ななふしぎ》でも見《み》るようにハーマイオニーを見《み》つめながら問《と》い詰《つ》めた。「その頭脳《ずのう》で？」

「ええ、組分《くみわ》け帽子《ぼうし》が私《わたし》の寮《りょう》を決《き》めるとき、レイブンクローに入《い》れようかと真剣《しんけん》に考《かんが》えたの」ハーマイオニーが明《あか》るく言《い》った。「でも、最後《さいご》にはグリフィンドールに決《き》めたわ。それじゃ、ガリオン金貨《きんか》を使《つか》っていいのね？」

ザワザワと賛成《さんせい》の声《こえ》が上《あ》がり、みんなが前《まえ》に出《で》てバスケットから一枚《まい》ずつ取《と》った。ハリーは

ハーマイオニーを横目《よこめ》で見《み》ながら言《い》った。

「あのね、僕《ぼく》これで何《なに》を思《おも》い出《だ》したと思《おも》う？」

「わからないわ。何《なに》？」

「『死喰《しく》い人《びと》』の印《しるし》。ヴォルデモートが誰《だれ》か一人《ひとり》の印《しるし》にさわると、全員《ぜんいん》の印《しるし》が焼《や》けるように熱《あつ》く

なって、それで集合命令《しゅうごうめいれい》が出《で》たことがわかるんだ」

「ええ……そうよ」ハーマイオニーがひっそり言《い》った。「実《じつ》はそこからヒントを得《え》たの……でも、

気《き》がついたでしょうけど、私《わたし》は日付《ひづけ》を金属《きんぞく》のかけらに刻《きざ》んだの。団員《だんいん》の皮膚《ひふ》にじゃないわ」

「ああ……君《きみ》のやり方《かた》のほうがいいよ」ハリーは、ガリオン金貨《きんか》をポケットにすべり込《こ》ませなが

らニヤッと笑《わら》った。「一つ危険《きけん》なのは、うっかり使《つか》っちゃうかもしれないってことだな」

「残念《ざんねん》でした」自分《じぶん》の偽金貨《にせきんか》をちょっと悲《かな》しそうにいじりながら、ロンが言《い》った。「まちがえた

くても本物《ほんもの》を持《も》ってないもの」

シーズン最初《さいしょ》のクィディッチ試合《じあい》、グリフィンドール対《たい》スリザリン戦《せん》が近《ちか》づいてくると、DA《ディーエー》

集会《しゅうかい》は棚上《たなあ》げになった。アンジェリーナがほとんど毎日練習《まいにちれんしゅう》すると主張《しゅちょう》したからだ。クィディッ

チ杯《はい》を賭《か》けた試合《しあい》がここしばらくなかったという事実《じじつ》が、来《きた》るべき試合《しあい》への周囲《しゅうい》の関心《かんしん》と興奮《こうふん》をいやが上《うえ》にも高《たか》めていた。レイブンクローもハッフルパフもこの試合《しあい》の勝敗《しょうはい》に積極的《せっきょくてき》な関心《かんしん》を抱《いだ》いていた。シーズン中《ちゅう》にいずれ両方《りょうほう》のチームと対戦《たいせん》することになるのだから当然《とうぜん》だ。今回対戦《こんかいたいせん》するチームの寮監《りょうかん》たちも、上品《じょうひん》なスポーツマンシップの名《な》の下《もと》にごまかそうとしてはいたが、是《ぜ》が非《ひ》でも自分《じぶん》の寮《りょう》を勝《か》たせて見《み》せると決意《けつい》していた。試合《しあい》の一週間前《しゅうかんまえ》に、マクゴナガル先生《せんせい》が宿題《しゅくだい》を出《だ》すのをやめてしまったことで、どんなに打倒《だとう》スリザリンに燃《も》えているか、ハリーにはよくわかった。

「あなた方《がた》には、今《いま》、やるべきことがほかにたくさんあることと思《おも》います」

マクゴナガル先生《せんせい》が毅然《きぜん》としてそう言《い》ったときには、みんなが耳《みみ》を疑《うたが》ったが、先生《せんせい》がハリーとロンをまっすぐ見《み》つめて深刻《しんこく》な調子《ちょうし》でこう言《い》ったので、初《はじ》めて納得《なっとく》できた。

「私《わたくし》はクィディッチ優勝杯《ゆうしょうはい》が自分《じぶん》の部屋《へや》にあることにすっかり慣《な》れてしまいました。スネイプ先生《せんせい》にこれをお渡《わた》ししたくはありません。ですから、時間《じかん》に余裕《よゆう》ができた分《ぶん》は、練習《れんしゅう》にお使《つか》いなさい。二人《ふたり》とも、いいですね?」

スネイプも負《ま》けずに露骨《ろこつ》なえこひいきだった。スリザリンの練習《れんしゅう》のためにクィディッチ競技場《きょうぎじょう》をひんぱんに予約《よやく》し、グリフィンドールは練習《れんしゅう》もままならない状態《じょうたい》だった。その上《うえ》、スリザリン生《せい》がグリフィンドールの選手《せんしゅ》に廊下《ろうか》で呪《のろ》いをかけようとしたという報告《ほうこく》がたくさん上《あ》がったのに、知《し》らんふりだった。アリシア・スピネットは、どんどん眉《まゆ》が伸《の》びしげって視界《しかい》をさえぎり、口《くち》までふさぐありさまで医務室《いむしつ》に行《い》っても、スネイプは、自分《じぶん》で「毛生《けは》え呪文《じゅもん》」をかけたのにちがいないと言《い》い張《は》った。十四人《にん》もの証人《しょうにん》が、アリシアが図書館《としょかん》で勉強《べんきょう》しているとき、スリザリンのキーパーのマイルズ・ブレッチリーが後《うし》ろから呪《のろ》いをかけたと証言《しょうげん》しても、聞《き》く耳持《みみも》たずだった。

ハリーはグリフィンドールの勝利《しょうり》を楽観視《らっかんし》していた。結局《けっきょく》マルフォイのチームには、一度《いちど》も敗《やぶ》れたことはなかった。ロンの技量《ぎりょう》はまだウッドの域《いき》に達《たっ》していないことは認《みと》めるが、上達《じょうたつ》しようと猛練習《もうれんしゅう》していた。一番《いちばん》の弱点《じゃくてん》は、へまをやると自信喪失《じしんそうしつ》する傾向《けいこう》があることで、一度《いちど》でもゴールを抜《ぬ》かれると、あわてふためいてミスを重《かさ》ねがちになる。その反面《はんめん》、絶好調《ぜっこうちょう》のときは、物《もの》の見《み》事《ごと》にゴールを守《まも》るのをハリーは目撃《もくげき》している。その記念《きねん》すべき練習《れんしゅう》で、ロンは箒《ほうき》から片手《かたて》でぶら下《さ》がり、クアッフルを味方《みかた》のゴールポストからけり返《かえ》し、クアッフルがピッチの反対側《はんたいがわ》まで飛《と》んで、相手《あいて》の中央《ちゅうおう》ゴールポストをすっぽり抜《ぬ》くという強打《きょうだ》を見《み》せた。チーム全員《ぜんいん》が、これこそ、アイルランド選抜《せんばつ》チームのキーパー、バーリー・ライアンが、ポーランドの花形《はながた》キーパー、ラディスロフ・ザモフスキーに対《たい》して見《み》せた技《わざ》にも匹敵《ひってき》する好守備《こうしゅび》だと感心《かんしん》した。フレッドでさえ、ロンがフレッドとジョージの鼻《はな》を高《たか》くしてくれるかもしれない、そして、これまでの四年間《ねんかん》、ロンを親《しん》せきと認《みと》めるのを拒否《きょひ》してきたのだが（とロンに念《ねん》を押《お》した）、いよいよ本気《ほんき》で認《みと》めようかと考《かんが》えている、と言《い》った。

ハリーが一つだけほんとうに心配《しんぱい》だったのは、競技場《きょうぎじょう》に入《はい》る前《まえ》からロンを動揺《どうよう》させようというスリザリン・チームの作戦《さくせん》に、ロンがどれだけたえられるかということだった。ハリーはもちろん、この四年間《ねんかん》、スリザリンのいやがらせにたえなければならなかった。だから、「おいポッティ、ワリントンが、この土曜日《どようび》には必《かなら》ずお前《まえ》を箒《ほうき》からたたき落《お》とすって言《い》ってるぞ」とささやかれても、血《ち》が凍《こお》るどころか笑《わら》い飛《と》ばした。「ワリントンは、どうにもならない的《まと》はずれさ。僕《ぼく》の隣《となり》の誰《だれ》かに的《まと》をしぼってるなら、もっと心配《しんぱい》だけどね」ハリーがそう言《い》い返《かえ》すと、ロンとハーマイオニーは笑《わら》い、パンジー・パーキンソンの顔《かお》からはニヤニヤ笑《わら》いが消《き》えた。

しかし、ロンは容赦《ようしゃ》なく浴《あ》びせられる侮辱《ぶじょく》、からかい、脅《おど》しにたえた経験《けいけん》がなかった。スリザリン生《せい》が――中《なか》には七年生《ねんせい》もいて、ロンよりずっと体《からだ》も大《おお》きい生徒《せいと》もいたが――廊下《ろうか》ですれちがいざま、「ウィーズリー、医務室《いむしつ》のベッドは予約《よやく》したか？」とつぶやいたりすると、ロンは笑《わら》うどころか顔《かお》が微妙《びみょう》に青《あお》くなった。ドラコ・マルフォイが、ロンがクアッフルを取《と》り落《お》とすまねをすると（互《たが》いに姿《すがた》が見《み》えるとそのたびに、マルフォイはそのまねをした）、ロンは、耳《みみ》が真《ま》っ赤《か》に燃《も》え、両手《りょうて》がぶるぶる震《ふる》え、その時持《ときも》っている物《もの》が何《なん》であれ、それを落《お》としそうになった。

十月《がつ》は風《かぜ》のうなりと土砂降《どしゃぶ》りの雨《あめ》の中《なか》に消《き》え、十一月《がつ》がやってきた。凍《い》てついた鋼《はがね》のような寒《さむ》さ、毎朝《まいあさ》びっしりと降《お》りる霜《しも》、むき出《だ》しの手《て》と顔《かお》に食《く》い込《こ》むような氷《こおり》の風《かぜ》を連《つ》れてきた。空《そら》も、大広間《おおひろま》の天井《てんじょう》も真珠《しんじゅ》のような淡《あわ》い灰色《はいいろ》になり、ホグワーツを囲《かこ》む山々《やまやま》は雪《ゆき》をいただいた。城《しろ》の中《なか》の温度《おんど》が急激《きゅうげき》に下《さ》がり、生徒《せいと》の多《おお》くは教室《きょうしつ》を移動《いどう》する途中《とちゅう》の廊下《ろうか》で、防寒用《ぼうかんよう》の分厚《ぶあつ》いドラゴン革《がわ》の手袋《てぶくろ》をしていた。

試合《しあい》の日《ひ》は、寒《さむ》いまぶしい夜明《よあ》けだった。ハリーは目《め》を覚《さ》ますとロンのベッドを見《み》た。ロンは上半身《じょうはんしん》を直立《ちょくりつ》させ、両腕《りょううで》でひざを抱《かか》え、空《そら》を見《み》つめていた。

「大丈夫《だいじょうぶ》か？」ハリーが聞《き》いた。

ロンはうなずいたが、何《なに》も答《こた》えなかった。ロンが誤《あやま》って自分《じぶん》に「ナメクジげっぷの呪《のろ》い」をかけてしまったときのことを、ハリーは思《おも》い出《だ》さざるをえなかった。ちょうどあの時《とき》と同《おな》じように、ロンは青《あお》ざめて冷《ひ》や汗《あせ》をかいている。口《くち》を開《ひら》きたがらないところまでそっくりだ。

「朝食《ちょうしょく》を少《すこ》し食《た》べれば大丈夫《だいじょうぶ》さ」ハリーが元気《げんき》づけた。「さあ」

二人《ふたり》が到着《とうちゃく》したとき、大広間《おおひろま》にはどんどん人《ひと》が入《はい》ってきていた。いつもより大《おお》きな声《こえ》で話《はな》し、活気《かっき》にあふれている。スリザリンのテーブルを通《とお》り過《す》ぎるとき、ワーッとどよめきが上《あ》がった。

ハリーが振《ふ》り返《かえ》って見《み》ると、いつもの緑《みどり》と銀色《ぎんいろ》のスカーフや帽子《ぼうし》のほかに、みんなが銀色《ぎんいろ》のバッジをつけていた。王冠《おうかん》のような形《かたち》のバッジだ。どういうわけか、みんながどっと笑《わら》いながらロンに手《て》を振《ふ》っている。通《とお》り過《す》ぎながら、ハリーはバッジに何《なに》が書《か》いてあるか読《よ》もうとしたが、ロンがテーブルを早《はや》く通《とお》り過《す》ぎるように気《き》を使《つか》うほうが忙《いそが》しく、立《た》ち止《ど》まって読《よ》んではいられなかった。

グリフィンドールのテーブルでは、熱狂的《ねっきょうてき》な大歓迎《だいかんげい》を受《う》けた。みんなが赤《あか》と金色《きんいろ》で装《よそお》っていた。しかし、ロンの意気《いき》は上《あ》がるどころか、大歓声《だいかんせい》がロンの士気《しき》を最後《さいご》の一滴《いってき》までしぼり取《と》ってしまったかのようだった。ロンは、人生最後《じんせいさいご》の食事《しょくじ》をするかのように、一番近《いちばんちか》くのベンチに崩《くず》れ込《こ》んだ。

「僕《ぼく》、よっぽどどうかしてた。こんなことするなんて」ロンはかすれ声《ごえ》でつぶやいた。「**どうかしてる**」

「バカ言《い》うな」ハリーは、コーンフレークを何種類《なんしゅるい》か取《と》り合《あ》わせてロンに渡《わた》しながら、きっぱりと言《い》った。「君《きみ》は大丈夫《だいじょうぶ》。神経質《しんけいしつ》になるのはあたりまえのことだ」

「僕《ぼく》、最低《さいてい》だ」ロンがかすれ声《ごえ》で言《い》った。「僕《ぼく》、下手《へた》くそだ。絶対《ぜったい》できっこない。僕《ぼく》、いったい何《なに》を考《かんが》えてたんだろう？」

「しっかりしろ」ハリーが厳《きび》しく言《い》った。「この間《あいだ》、足《あし》でゴールを守《まも》ったときのことを考《かんが》えてみろよ。フレッドとジョージでさえ、すごいって言《い》ってたぞ」

ロンは苦痛《くつう》にゆがんだ顔《かお》でハリーを見《み》た。

「偶然《ぐうぜん》だったんだ」ロンがみじめそうにつぶやいた。「意図的《いとてき》にやったんじゃない――誰《だれ》も見《み》ていないときに、僕《ぼく》、箒《ほうき》からすべって、何《なん》とか元《もと》の位置《いち》に戻《もど》ろうとしたときに、クアッフルをたまけったんだ」

「そりゃ」ハリーは一瞬《いっしゅん》がっくりきたが、すぐ立《た》ち直《なお》った。「もう二、三回《かい》そういう偶然《ぐうぜん》があれば、試合《しあい》はいただきだ。そうだろ？」

ハーマイオニーとジニーが二人《ふたり》のむかい側《がわ》に腰《こし》かけた。赤《あか》と金色《きんいろ》のスカーフ、手袋《てぶくろ》、バラの花《はな》飾《かざ》りを身《み》につけている。

「調子《ちょうし》はどう？」

ジニーがロンに声《こえ》をかけた。ロンは、空《から》になったコーンフレークの底《そこ》に少《すこ》しだけ残《のこ》った牛乳《ぎゅうにゅう》を見《み》つめ、本気《ほんき》でその中《なか》に飛《と》び込《こ》んでおぼれ死《じ》にしたいような顔《かお》をしていた。

「ちょっと神経質《しんけいしつ》になってるだけさ」ハリーが言《い》った。

「あら、それはいい兆候《ちょうこう》だわ。試験《しけん》だって、ちょっとは神経質《しんけいしつ》にならないとうまくいかないものよ」ハーマイオニーがくったくなく言《い》った。

「おはよう」二人《ふたり》の後《うし》ろで、夢見《ゆめみ》るようなぼうっとした声《こえ》がした。ハリーが目《め》を上《あ》げた。ルーナ・ラブグッドが、レイブンクローのテーブルからふらりと移動《いどう》してきていた。大勢《おおぜい》の生徒《せいと》がルーナをじろじろ見《み》ているし、何人《なんにん》かは指差《ゆびさ》してあけすけに笑《わら》っていた。どこでどう手《て》に入《い》れたのか、ルーナは実物大《じつぶつだい》の獅子《しし》の頭《あたま》の形《かたち》をした帽子《ぼうし》を、ぐらぐらさせながら頭《あたま》の上《うえ》にのっけていた。

「あたし、グリフィンドールを応援《おうえん》してる」

ルーナは、わざわざ獅子頭《ししがしら》を指《さ》しながら言《い》った。

「これ、よく見《み》てて……」

ルーナが帽子《ぼうし》に手《て》を伸《の》ばし、杖《つえ》で軽《かる》くたたくと、獅子頭《ししがしら》がカッと口《くち》を開《あ》け、本物顔負《ほんものかおま》けにほえた。周《まわ》りのみんなが飛《と》び上《あ》がった。

「いいでしょう?」ルーナがうれしそうに言《い》った。「スリザリンを表《あらわ》す蛇《へび》を、ほら、こいつにかみ砕《くだ》かせたかったんだぁ。でも、時間《じかん》がなかったの。まあいいか……がんばれぇ。ロナルド!」

ルーナはふらりと行《い》ってしまった。二人《ふたり》がまだルーナ・ショックに当《あ》てられているうちに、アンジェリーナが急《いそ》いでやってきた。ケイティとアリシアが一緒《いっしょ》だったが、アリシアの眉毛《まゆげ》は、ありがたいことに、マダム・ポンフリーの手《て》で普通《ふつう》に戻《もど》っていた。

「準備《じゅんび》ができたら」アンジェリーナが言《い》った。「みんな競技場《きょうぎじょう》に直行《ちょっこう》だよ。コンディションを確《かく》認《にん》して、着替《きが》えをするんだ」

「すぐ行《い》くよ」ハリーが約束《やくそく》した。「ロンがもう少《すこ》し食《た》べないと」

しかし、十分《ぷん》たっても、ロンはこれ以上何《いじょうなに》も食《た》べられないことがはっきりした。ハリーはロンを更衣室《こういしつ》に連《つ》れていくのが一番《いちばん》いいと思《おも》った。テーブルから立《た》ち上《あ》がると、ハーマイオニーも立《た》ち上《あ》がり、ハリーの腕《うで》を引《ひ》っ張《ぱ》って脇《わき》に連《つ》れてきた。

「スリザリンのバッジに書《か》いてあることをロンに見《み》せないでね」ハーマイオニーがせっぱ詰《つ》まった様子《ようす》でささやいた。

ハリーは目《め》でどうして？　と聞《き》いたが、ハーマイオニーが用心《ようじん》してと言《い》いたげに首《くび》を振《ふ》った。ちょうどロンが、よろよろと二人《ふたり》のほうにやって来《く》るところだった。絶望《ぜつぼう》し、身《み》の置《お》きどころもない様子《ようす》だ。

「がんばってね、ロン」ハーマイオニーはつま先立《さきだ》ちになって、ロンのほおにキスした。「あなたもね、ハリー――」

出口《でぐち》に向《む》かって大広間《おおひろま》を戻《もど》りながら、ロンはわずかに意識《いしき》を取《と》り戻《もど》した様子《ようす》だった。ハーマイオニーがさっきキスした所《ところ》をさわり、不思議《ふしぎ》そうな顔《かお》をした。たった今《いま》、何《なに》が起《お》こったのか、よくわからない様子《ようす》だ。心《こころ》ここにあらずのロンは、周《まわ》りで何《なに》が起《お》こっているかに気《き》がつかないが、ハリーはスリザリンのテーブルを通《とお》り過《す》ぎるとき、王冠形《おうかんがた》のバッジが気《き》になって、ちらりと見《み》た。今度《こんど》は刻《きざ》んである文字《もじ》が読《よ》めた。

ウィーズリーこそ我《わ》が王者《おうじゃ》

これがよい意味《いみ》であるはずがないと、いやな予感《よかん》がして、ハリーはロンを急《せ》かし、玄関《げんかん》ホールを出口《でぐち》へと向《む》かった。石段《いしだん》を下《お》りると、氷《こおり》のような外気《がいき》だった。競技場《きょうぎじょう》へと急《いそ》ぐ下《くだ》り坂《ざか》は、足下《あしもと》の凍《こお》りついた芝生《しばふ》が踏《ふ》みしだかれ、パリパリと音《おと》を立《た》てた。風《かぜ》はなく、空一面《そらいちめん》が真珠《しんじゅ》のような白《しろ》さだった。これなら、太陽光《たいようこう》が直接《ちょくせつ》目《め》に当《あ》たらず、視界《しかい》はいいはずだ。道々《みちみち》、こういう励《はげ》みになりそうなことをロンに話《はな》してみたが、ロンが聞《き》いているかどうか定《さだ》かではなかった。

二人《ふたり》が更衣室《こういしつ》に入《はい》ると、アンジェリーナはもう着替《きが》えをすませ、ほかの選手《せんしゅ》に話《はなし》をしていた。ハリーとロンはユニフォームを着《き》た（ロンは前後《まえうし》ろ逆《ぎゃく》に着《き》ようとして数分間《すうふんかん》じたばたしていたので、哀《あわ》れに思《おも》ったのか、アリシアがロンを手伝《てつだ》いにいった）。それから座《すわ》って、アンジェリーナの激励演説《げきれいえんぜつ》を聴《き》いた。その間《あいだ》、城《しろ》からあふれ出《だ》した人《ひと》の群《む》れが競技場《きょうぎじょう》へと押《お》し寄《よ》せ、外《そと》のガヤガヤ声《ごえ》が、確実《かくじつ》に大《おお》きくなってきた。

「オーケー、たった今《いま》、スリザリンの最終的《さいしゅうてき》なラインナップがわかった」

アンジェリーナが羊皮紙《ようひし》を見《み》ながら言《い》った。

「去年《きょねん》ビーターだったデリックとボールはいなくなった。しかし、モンタギューのやつ、その後《あと》釜《がま》に飛《と》び方《かた》がうまい選手《せんしゅ》じゃなく、いつものゴリラ族《ぞく》を持《も》ってきた。クラッブとゴイルとかいうやつらだ。私《わたし》はこの二人《ふたり》をよく知《し》らないけど――」

「僕《ぼく》たち、知《し》ってるよ」ハリーとロンが同時《どうじ》に言《い》った。

「まあね、この二人《ふたり》、箒《ほうき》の前後《ぜんご》もわからないほどの頭《あたま》じゃないかな」アンジェリーナが羊皮紙《ようひし》をポケットにしまいながら言《い》った。「もっとも、デリックとボールだって、道路標識《どうろひょうしき》なしでどうやって競技場《きょうぎじょう》にたどり着《つ》けるのか、いつも不思議《ふしぎ》に思《おも》ってたんだけどね」

「クラッブとゴイルもそのタイプだ」ハリーが請《う》け合《あ》った。

何百《なんびゃく》という足音《あしおと》が観客席《かんきゃくせき》を上《のぼ》っていく音《おと》が聞《き》こえた。歌詞《かし》までは聞《き》き取《と》れなかったが、ハリーには何人《なんにん》かが歌《うた》っている声《こえ》も聞《き》こえた。ハリーはドキドキしはじめたが、ロンの舞《ま》い上《あ》がり方《かた》に比《くら》べれば何《なん》でもないことがわかる。ロンは胃袋《いぶくろ》のあたりを押《お》さえ、まっすぐ目《め》の前《まえ》の宙《ちゅう》を見《み》つめていた。歯《は》を食《く》いしばり、顔《かお》は鉛色《なまりいろ》だ。

「時間《じかん》だ」

アンジェリーナが腕時計《うでどけい》を見《み》て、感情《かんじょう》を抑《おさ》えた声《こえ》で言《い》った。

「さあ、みんな……がんばろう」

選手《せんしゅ》がいっせいに立《た》ち上《あ》がり、箒《ほうき》を肩《かた》に、一列行進《いちれつこうしん》で、更衣室《こういしつ》から輝《かがや》かしい空《そら》の下《した》に出《で》ていった。ワーッという歓声《かんせい》が選手《せんしゅ》を迎《むか》えた。応援《おうえん》と口笛《くちぶえ》にのまれてはいたが、その中《なか》にまだ歌声《うたごえ》が混《ま》じっているのをハリーは聞《き》いた。

スリザリン・チームが並《なら》んで待《ま》っていた。選手《せんしゅ》も王冠形《おうかんがた》の銀《ぎん》バッジを着《つ》けている。新《しん》キャプテンのモンタギューはダドリー・ダーズリー系《けい》の体型《たいけい》で、巨大《きょだい》な腕《うで》は毛《け》むくじゃらの丸《まる》ハムのようだ。その後《うし》ろにのっそり控《ひか》えるクラッブとゴイルも、ほとんど同《おな》じくらいでかく、バカまる出《だ》しの瞬《まばた》きをしながら、新品《しんぴん》のビーター棍棒《こんぼう》を振《ふ》り回《まわ》していた。マルフォイはプラチナ・ブロンドの髪《かみ》を輝《かがや》かせて、その脇《わき》に立《た》っていた。ハリーと目《め》が合《あ》うと、ニヤリとして、胸《むね》の王冠形《おうかんがた》バッジを軽《かる》くたたいて見《み》せた。

「キャプテン同士《どうし》、握手《あくしゅ》」

審判《しんぱん》のマダム・フーチが号令《ごうれい》をかけ、アンジェリーナとモンタギューが歩《あゆ》み寄《よ》った。アンジェリーナは顔色《かおいろ》一つ変《か》えなかったが、モンタギューがアンジェリーナの指《ゆび》を砕《くだ》こうとしているのがハリーにはわかった。

「箒《ほうき》にまたがって……」

マダム・フーチがホイッスルを口《くち》にくわえ、吹《ふ》き鳴《な》らした。

ボールが放《はな》たれ、選手《せんしゅ》十四人《にん》がいっせいに飛翔《ひしょう》した。ロンがゴールポストのほうに勢《いきお》いよく飛《と》び去《さ》るのを、ハリーは横目《よこめ》でとらえた。ハリーはブラッジャーをかわしてさらに高《たか》く飛《と》び、金色《きんいろ》のきらめきを探《さが》して目《め》を凝《こ》らし、フィールドを大《おお》きく回《まわ》りはじめた。ピッチの反対側《はんたいがわ》で、ドラコ・マルフォイがまったく同《おな》じ動《うご》きをしていた。

「さあ、ジョンソン選手《せんしゅ》――ジョンソンがクアッフルを手《て》にしています。なんというよい選手《せんしゅ》でしょう。僕《ぼく》はもう何年《なんねん》もそう言《い》い続《つづ》けているのに、あの女性《じょせい》はまだ僕《ぼく》とデートをしてくれなくて――」

「**ジョーダン！**」マクゴナガル先生《せんせい》が叱《しか》りつけた。

「――ほんのご愛嬌《あいきょう》ですよ、先生《せんせい》。盛《も》り上《あ》がりますから――そして、アンジェリーナ選手《せんしゅ》、ワリントンをかわしました。モンタギューを抜《ぬ》いた。そして――アイタッ――クラッブの打《う》ったブラッジャーに後《うし》ろからやられました……モンタギューがクアッフルをキャッチ。モンタギュー、ピッチをバックします。そして――ジョージ・ウィーズリーからいいブラッジャーが来《き》た。ブラッジャーが、それっ、モンタギューの頭《あたま》に当《あ》たりました。モンタギュー、クアッフルを落《お》とします。ケイティ・ベルが拾《ひろ》った。グリフィンドールのケイティ・ベル、アリシア・スピネットにバックパス。スピネット選手《せんしゅ》、行《い》きます――」

リー・ジョーダンの解説《かいせつ》が、競技場《きょうぎじょう》に鳴《な》り響《ひび》いた。耳元《みみもと》で風《かぜ》がヒューヒュー鳴《な》り、観衆《かんしゅう》が叫《さけ》び、やじり、歌《うた》う喧騒《けんそう》の中《なか》で、ハリーはそれを聞《き》き取《と》ろうと必死《ひっし》で耳《みみ》を傾《かたむ》けていた。

「――ワリントンをかわした。ブラッジャーをかわした――危《あぶ》なかった、アリシア――観客《かんきゃく》が沸《わ》いています。お聞《き》きください。この歌《うた》は何《なん》でしょう?」

リーが歌《うた》を聞《き》くのに解説《かいせつ》を中断《ちゅうだん》したとき、スタンドの緑《みどり》と銀《ぎん》のスリザリン陣営《じんえい》から、大《おお》きく、はっきりと歌声《うたごえ》が立《た》ち上《あ》がった。

ウィーズリーは守《まも》れない　万《まん》に一つも守《まも》れない
だから歌《うた》うぞ、スリザリン　ウィーズリーこそ我《わ》が王者《おうじゃ》

ウィーズリーの生《う》まれは豚小屋《ぶたごや》だ　いつでもクアッフルを見逃《みのが》しだ

おかげで我《われ》らは大勝利《だいしょうり》　ウィーズリーこそ我《わ》が王者《おうじゃ》

「――そしてアリシアからアンジェリーナにパスが返《かえ》った」リーが叫《さけ》んだ。ハリーは今聞《いまき》いた歌《うた》に腸《はらわた》が煮《に》えくり返《かえ》る思《おも》いで、軌道《きどう》をそれてしまった。歌《うた》が聞《き》こえないようにリーが声《こえ》を張《は》り上《あ》げているのがわかった。

「それ行《い》け、アンジェリーナ――あとはキーパーさえ抜《ぬ》けば！　――**シュートしました――シュー――**ああぁー……」

スリザリンのキーパー、ブレッチリーが、ゴールを守《まも》った。クアッフルをワリントンに投《な》げ返《かえ》し、ワリントンがクアッフルを手《て》に、アリシアとケイティの間《あいだ》をジグザグに縫《ぬ》って猛進《もうしん》した。ワリントンがロンに迫《せま》るにしたがって、下《した》からの歌声《うたごえ》がだんだん大《おお》きくなった。

ウィーズリーこそ我《わ》が王者《おうじゃ》　ウィーズリーこそ我《わ》が王者《おうじゃ》
いつでもクアッフルを見逃《みのが》しだ　ウィーズリーこそ我《わ》が王者《おうじゃ》

ハリーはがまんできずにスニッチを探《さが》すのをやめ、ファイアボルトの向《む》きを変《か》えて、ピッチの一番向《いちばんむ》こう端《はし》で、三つのゴールポストの前《まえ》に浮《う》かんでいる、ひとりぼっちのロンの姿《すがた》を見《み》た。その姿《すがた》に向《む》かって、小山《こやま》のようなワリントンが突進《とっしん》していく。

「――そして、クアッフルはワリントンの手《て》に。ワリントン、ゴールに向《む》かう。ブラッジャーはもはや届《とど》かない。前方《ぜんぽう》にはキーパーただ一人《ひとり》――」

スリザリンのスタンドから、大《おお》きく歌声《うたごえ》がうねった。

ウィーズリーは守《まも》れない　万《まん》に一つも守《まも》れない……

「――さあ、グリフィンドールの新人《しんじん》キーパーの初勝負《はつしょうぶ》です。ビーターのフレッドとジョージの弟《おとうと》、そしてチーム期待《きたい》の新星《しんせい》、ウィーズリー――行《い》けっ、ロン！」

しかし、歓喜《かんき》の叫《さけ》びはスリザリン側《がわ》から上《あ》がった。ロンは両腕《りょううで》を広《ひろ》げ、がむしゃらに飛《と》びついたが、クアッフルはその両腕《りょううで》の間《あいだ》を抜《ぬ》けて上昇《じょうしょう》し、ロンの守備《しゅび》する中央《ちゅうおう》の輪《わ》のど真《ま》ん中《なか》を通過《つうか》した。

「スリザリンの得点《とくてん》！」リーの声《こえ》が、観衆《かんしゅう》の歓声《かんせい》とブーイングに混《ま》じって聞《き》こえてきた。「十対《たい》ゼロでスリザリンのリード――運《うん》が悪《わる》かった、ロン」

スリザリン生《せい》の歌声《うたごえ》が一段《いちだん》と高《たか》まった。

ウィーズリーの生《う》まれは豚小屋《ぶたごや》だ　いつでもクアッフルを見逃《みのが》しだ……

「――そしてクアッフルは再《ふたた》びグリフィンドールに戻《もど》りました。ケイティ・ベル、ピッチを力強《ちからづよ》く飛《と》んでおります――」

今《いま》や耳《みみ》をつんざくばかりの歌声《うたごえ》で、解説《かいせつ》の声《こえ》はほとんどかき消《け》されていたが、リーは果敢《かかん》に声《こえ》を張《は》り上《あ》げた。

おかげで我《われ》らは大勝利《だいしょうり》　ウィーズリーこそ我《わ》が王者《おうじゃ》……

「ハリー、**何《なに》ぼやぼやしてるのよ！**」ケイティを追《お》って上昇《じょうしょう》し、ハリーのそばを飛《と》びながら、アンジェリーナが絶叫《ぜっきょう》した。

「**動《うご》いて、動《うご》いて！**」

気《き》がつくと、ハリーは、もう一分以上空中《ぷんいじょうくうちゅう》に静止《せいし》して、スニッチがどこにあるかなど考《かんが》えもせずに、試合《しあい》の運《はこ》びに気《き》を取《と》られていた。大変《たいへん》だ、とハリーは急降下《きゅうこうか》し、再《ふたた》びピッチを回《まわ》りはじめた。あたりに目《め》を凝《こ》らし、今《いま》や競技場《きょうぎじょう》を揺《ゆ》るがすほどの大《だい》コーラスを無視《むし》しようと努《つと》めた。

ウィーズリーこそ我《わ》が王者《おうじゃ》　ウィーズリーこそ我《わ》が王者《おうじゃ》……

どこを見《み》てもスニッチの影《かげ》すらない。マルフォイもハリーと同《おな》じく、まだ回《まわ》り続《つづ》けている。ピッチの周囲《しゅうい》を互《たが》いに反対方向《はんたいほうこう》に回《まわ》りながら、中間地点《ちゅうかんちてん》ですれちがったとき、ハリーはマルフォイが高《たか》らかに歌《うた》っているのを聞《き》いた。

ウィーズリーの生《う》まれは豚小屋《ぶたごや》だ……

「――そして、またまたワリントンです」リーが大音声《だいおんじょう》で言《い》った。「ピュシーにパス。ピュシーがスピネットを抜《ぬ》きます。さあ、今《いま》だ、アンジェリーナ、君《きみ》ならやれる――やれなかったか――しかし、フレッド・ウィーズリーからのナイス・ブラッジャー、おっと、ジョージ・ウィーズリーか。ええい、どっちでもいいや。とにかくどちらかです。そしてワリントン、クアッフルを落《お》としました。そしてケイティ・ベル――あ――これも落《お》としました――さて、クアッフルはモンタギューが手《て》にしました。スリザリンのキャプテン、モンタギューがクアッフルを取《と》り、ピッチをゴールに向《む》かいます。行《い》け、行《い》くんだ、グリフィンドール、やつをブロックしろ！」

ハリーはスリザリンのゴールポストの裏《うら》に回《まわ》り、ピッチの端《はし》をブンブン飛《と》び、ロンのいる側《がわ》の端《はし》で何《なに》が起《お》こっているか絶対《ぜったい》に見《み》ないようにがまんした。スリザリンのキーパーの脇《わき》を急速《きゅうそく》で通《つう》過《か》したとき、キーパーのブレッチリーが観衆《かんしゅう》と一緒《いっしょ》に歌《うた》っているのが聞《き》こえた。

ウィーズリーは守《まも》れない……

「――さあ、モンタギューがアリシアをかわしました。そしてゴールにまっしぐら。止《と》めるんだ！　ロン！」

結果《けっか》は見《み》なくてもわかった。グリフィンドール側《がわ》から沈痛《ちんつう》なうめき声《ごえ》が聞《き》こえ、同時《どうじ》にスリザリン側《がわ》から新《あら》たな歓声《かんせい》と拍手《はくしゅ》が湧《わ》いた。下《した》を見《み》ると、パグ犬顔《けんがお》のパンジー・パーキンソンが、観《かん》客席《きゃくせき》の最前列《さいぜんれつ》でピッチに背《せ》を向《む》け、スリザリンのサポーターのわめくような歌声《うたごえ》を指揮《しき》していた。

だから歌《うた》うぞ、スリザリン　ウィーズリーこそ我《わ》が王者《おうじゃ》……

だが、二十対《たい》ゼロなら平気《へいき》だ。グリフィンドールが追《お》い上《あ》げるか、スニッチをつかむか、時間《じかん》はまだある。二、三回《かい》ゴールを決《き》めれば、いつものペースでグリフィンドールのリードだ。ハリーは自分《じぶん》を納得《なっとく》させながら、何《なに》かキラッと光《ひか》ったものを追《お》ってほかの選手《せんしゅ》の間《あいだ》を縫《ぬ》い、すばしっこく飛《と》んだ。光《ひか》ったのは、結局《けっきょく》モンタギューの腕時計《うでどけい》だった。

しかし、ロンはまた二つもゴールを許《ゆる》した。スニッチを見《み》つけたいというハリーの気持《きも》ちが、今《いま》や激《はげ》しい焦《あせ》りに変《か》わっていた。すぐにでも捕《つか》まえて、早《はや》くゲームを終《お》わらせなくては。

「――さあ、ケイティ・ベルがピュシーをかわした。モンタギューをすり抜《ぬ》けた。いい回転飛行《かいてんひこう》だ、ケイティ選手《せんしゅ》。そしてジョンソンにパスした。アンジェリーナ・ジョンソンがクアッフルをキャッチ。ワリントンを抜《ぬ》いた。ゴールに向《む》かった。そーれ行《い》け、アンジェリーナ――グリフィンドール、ゴール！　四十対《たい》十、四十対《たい》十でスリザリンのリード。そしてクアッフルはピュシーへ……」

ルーナの滑稽《こっけい》な獅子《しし》頭《がしら》帽子《ぼうし》が、グリフィンドールの歓声《かんせい》の最中《さなか》にほえるのが聞《き》こえ、ハリーは元気づいた。たった三十点差だ。平気、平気。すぐに挽回だ。クラッブが打ったブラッジャーがハリーめがけて突進《とっしん》してきたのをかわし、ハリーは再《ふたた》びスニッチを探《さが》して、ピッチの隅々《すみずみ》まで必死《ひっし》に目《め》を走《はし》らせた。万《まん》が一《いち》マルフォイが見《み》つけたそぶりを示《しめ》せばと、マルフォイからも目《め》を離《はな》さなかったが、マルフォイもハリーと同《おな》じく、ピッチを回《まわ》り続《つづ》けるばかりで、何《なん》の成果《せいか》もないようだ……。

「――ピュシーがワリントンにパス。ワリントンからモンタギュー、モンタギューからピュシーに戻《もど》す――ジョンソンがインターセプト、クアッフルを奪《うば》いました。ジョンソンからベルへ。いいぞ――あ、よくない――ベルが、スリザリンのゴイルが打《う》ったブラッジャーにやられた。クアッフルはまたピュシーの手《て》に……」

ウィーズリーの生《う》まれは豚小屋《ぶたごや》だ　いつでもクアッフルを見逃《みのが》しだ
おかげで我《われ》らは大勝利《だいしょうり》……

ついに、ハリーは見《み》つけた。小《ちい》さな金色《きんいろ》のスニッチが、スリザリン側《がわ》のピッチの端《はし》で、地面《じめん》から数《すう》十センチのところに浮《う》かんで、パタパタしている。

ハリーは急降下《きゅうこうか》した……。

たちまち、マルフォイが矢《や》のように飛《と》び、ハリーの左手《ひだりて》につけた。箒《ほうき》の上《うえ》で身《み》を伏《ふ》せている緑《みどり》と銀色《ぎんいろ》の姿《すがた》が影《かげ》のようにぼやけて見《み》えた。

スニッチはゴールポストの一本《ぽん》の足元《あしもと》を回《まわ》り込《こ》み、ピッチの反対側《はんたいがわ》に向《む》かってすべるように飛《と》び出《だ》した。この方向変換《ほうこうへんかん》はマルフォイに有利《ゆうり》だ。マルフォイのほうがスニッチに近《ちか》い。ハリーはファイアボルトを引《ひ》いて向《む》きを変《か》えた。マルフォイと並《なら》んだ。抜《ぬ》きつ抜《ぬ》かれつ……。

地面《じめん》から数《すう》十センチで、ハリーは右手《みぎて》をファイアボルトから離《はな》し、スニッチに向《む》かって手《て》を伸《の》ばした……ハリーの右側《みぎがわ》で、マルフォイの腕《うで》も伸《の》びた。その指《ゆび》が伸《の》び、探《さぐ》り……。

二秒間《びょうかん》。息詰《いきづ》まる、死《し》に物狂《ものぐる》いの、風《かぜ》を切《き》る二秒間《びょうかん》で、勝負《しょうぶ》は終《お》わった。――ハリーの指《ゆび》が、バタバタもがく小《ちい》さなボールをしっかと包《つつ》んだ。――マルフォイの爪《つめ》が、ハリーの手《て》の甲《こう》をむなしく引《ひ》っかいた。――ハリーはもがくスニッチを手《て》に、箒《ほうき》の先《さき》を引《ひ》き上《あ》げた。グリフィンドール応援団《おうえんだん》が絶叫《ぜっきょう》した……よーし！　よくやった！

これで助《たす》かった。ロンが何度《なんど》かゴールを抜《ぬ》かれたことはどうでもいい。グリフィンドールが勝《か》ちさえすれば、誰《だれ》も覚《おぼ》えてはいないだろう――。

ガッツーン。

ブラッジャーがハリーの腰《こし》にまともに当《あ》たった。ハリーは箒《ほうき》から前《まえ》のめりに放《ほう》り出《だ》された。幸《さいわ》い、スニッチを追《お》って深《ふか》く急降下《きゅうこうか》していたおかげで、地上《ちじょう》から二メートルと離《はな》れていなかった。それでも、凍《い》てついた地面《じめん》に背中《せなか》を打《う》ちつけられ、ハリーは一瞬息《いっしゅんいき》が止《と》まった。マダム・フーチのホイッスルが鋭《するど》く鳴《な》るのが聞《き》こえた。スタンドからの非難《ひなん》、どなり声《ごえ》、ヤジ、そしてドスンという音《おと》。それから、アンジェリーナの取《と》り乱《みだ》した声《こえ》がした。

「大丈夫《だいじょうぶ》?」

「ああ、大丈夫《だいじょうぶ》」ハリーはアンジェリーナに手《て》を取《と》られ、引《ひ》っ張《ぱ》り起《お》こされながら、硬《かた》い表情《ひょうじょう》で言《い》った。

マダム・フーチが、ハリーの頭上《ずじょう》にいるスリザリン選手《せんしゅ》の誰《だれ》かのところに矢《や》のように飛《と》んでいった。ハリーの角度《かくど》からは、誰《だれ》なのかは見《み》えなかった。

「あの悪党《あくとう》、クラッブだ」アンジェリーナは逆上《ぎゃくじょう》していた。「君《きみ》がスニッチを捕《と》ったのを見《み》たとたん、あいつ、君《きみ》をねらってブラッジャー強打《きょうだ》したんだ。――だけど、ハリー、勝《か》ったよ。勝《か》ったのよ!」

ハリーの背後《はいご》で誰《だれ》かがフンと鼻《はな》を鳴《な》らした。スニッチをしっかり握《にぎ》りしめたまま、ハリーは振《ふ》り返《かえ》った。ドラコ・マルフォイがそばに着地《ちゃくち》していた。怒《いか》りで血《ち》の気《け》のない顔《かお》だったが、それでもまだ嘲《あざけ》る余裕《よゆう》があった。

「ウィーズリーの首《くび》を救《すく》ったわけだねぇ？」ハリーに向《む》かっての言葉《ことば》だった。「あんな最低《さいてい》のキーパーは見《み》たことがない……だけど、何《なに》しろ豚小屋生《ぶたごやう》まれだものなあ……僕《ぼく》の歌詞《かし》は気《き》に入《い》ったかい、ポッター？」

ハリーは答《こた》えなかった。マルフォイに背《せ》を向《む》け、降《お》りてくるチームの選手《せんしゅ》を迎《むか》えた。一人《ひとり》、また一人《ひとり》と、叫《さけ》んだり、勝《か》ち誇《ほこ》って拳《こぶし》を突《つ》き上《あ》げたりしながら降《お》りてきた。ロンだけが、ゴールポストのそばで箒《ほうき》を降《お》り、たった一人《ひとり》で、のろのろと更衣室《こういしつ》に向《む》かう様子《ようす》だ。

「もう少《すこ》し歌詞《かし》を増《ふ》やしたかったんだけどねぇ」ケイティとアリシアがハリーを抱《だ》きしめたとき、マルフォイが追《お》い討《う》ちをかけた。「韻《いん》を踏《ふ》ませる言葉《ことば》が見《み》つからなかったんだ。『でぶっちょ』と『おかめ』に――あいつの母親《ははおや》のことを歌《うた》いたかったんだけどねぇ――」

「負《ま》け犬《いぬ》の遠《とお》ぼえよ」アンジェリーナが、軽蔑《けいべつ》しきった目《め》でマルフォイを見《み》た。

「――『役立《やくた》たずのひょっとこ』っていうのも、うまく韻《いん》を踏《ふ》まなかったんだ――ほら、父親《ちちおや》のことだけどね――」

フレッドとジョージが、マルフォイの言《い》っていることに気《き》がついた。ハリーと握手《あくしゅ》をしている最中《さいちゅう》、二人《ふたり》の体《からだ》がこわばり、サッとマルフォイを見《み》た。

「ほっときなさい！」アンジェリーナがフレッドの腕《うで》を押《お》さえ、すかさず言《い》った。「フレッド、放《ほう》っておくのよ。勝手《かって》にわめけばいいのよ。負《ま》けて悔《くや》しいだけなんだから。あの思《おも》い上《あ》がりのチビ――」

「――だけど、君《きみ》はウィーズリー一家《いっか》が好《す》きなんだ。そうだろう？　ポッター？」マルフォイがせせら笑《わら》った。「休暇《きゅうか》をあの家《いえ》で過《す》ごしたりするんだろう？　よく豚小屋《ぶたごや》にがまんできるねぇ。だけど、まあ、君《きみ》はマグルなんかに育《そだ》てられたから、ウィーズリー小屋《ごや》の悪臭《あくしゅう》もオーケーってわけだ――」

ハリーはジョージをつかんで押《お》さえた。一方《いっぽう》で、あからさまに嘲笑《あざわら》うマルフォイに飛《と》びかかろうとするフレッドを抑《おさ》えるのに、アンジェリーナ、アリシア、ケイティの三人《にん》がかりだった。ハリーはマダム・フーチを目《め》で探《さが》したが、ルール違反《いはん》のブラッジャー攻撃《こうげき》のことで、まだクラッブを叱《しか》りつけていた。

「それとも、何《なに》かい」マルフォイがあとずさりしながら意地《いじ》の悪《わる》い目《め》つきをした。「ポッター、君《きみ》の母親《ははおや》の家《いえ》の臭《にお》いを思《おも》い出《だ》すのかな。ウィーズリーの豚小屋《ぶたごや》が、思《おも》い出《だ》させて――」

ハリーはジョージを放《はな》したことに気《き》がつかなかった。ただ、その直後《ちょくご》に、ジョージと二人《ふたり》でマルフォイめがけて疾走《しっそう》したことだけは覚《おぼ》えている。教師全員《きょうしぜんいん》が見《み》ていることもすっかり忘《わす》れていた。ただマルフォイをできるだけ痛《いた》い目《め》にあわせてやりたい、それ以外何《いがいなに》も考《かんが》えられなかった。杖《つえ》を引《ひ》き出《だ》すのももどかしく、ハリーはスニッチを握《にぎ》ったままの拳《こぶし》をぐっと後《うし》ろに引《ひ》き、思《おも》いっきりマルフォイの腹《はら》に打《う》ち込《こ》んだ――。

「ハリー！　ハリー！　ジョージ！　やめて！」

女生徒《じょせいと》の悲鳴《ひめい》が聞《き》こえた。マルフォイの叫《さけ》び、ジョージがののしる声《こえ》、ホイッスルが鳴《な》り、ハリーの周囲《しゅうい》の観衆《かんしゅう》が大声《おおごえ》を上《あ》げている。かまうものか。近《ちか》くの誰《だれ》かが、「インペディメンタ！　妨害《ぼうがい》せよ！」と叫《さけ》ぶまで、そして呪文《じゅもん》の力《ちから》で仰向《あおむ》けに倒《たお》されるまで、ハリーはなぐるのをやめなかった。マルフォイの体《からだ》のどこそこかまわず、当《あ》たるところを全部《ぜんぶ》なぐった。

「何《なん》のまねです！」

ハリーが飛《と》び起《お》きると、マダム・フーチが叫《さけ》んだ。「妨害《ぼうがい》の呪《のろ》い」でハリーを吹《ふ》き飛《と》ばしたのは、フーチ先生《せんせい》らしい。片手《かたて》にホイッスル、もう片方《かたほう》の手《て》に杖《つえ》を持《も》っていた。箒《ほうき》は少《すこ》し離《はな》れた所《ところ》に乗《の》り捨《す》ててあった。マルフォイが体《からだ》を丸《まる》めて地上《ちじょう》に転《ころ》がり、うなったり、ヒンヒン泣《な》いたりしていた。鼻血《はなぢ》が出《で》ている。ジョージは唇《くちびる》が腫《は》れ上《あ》がっていた。フレッドは三人《にん》のチェイサーにがっちり押《お》さえられたままだった。クラッブが背後《はいご》でケタケタ笑《わら》っている。

「こんな不始末《ふしまつ》は初《はじ》めてです――城《しろ》に戻《もど》りなさい。二人《ふたり》ともです。まっすぐ寮監《りょうかん》の部屋《へや》に行《い》きなさい！　さあ！　今《いま》すぐ！」

ハリーとジョージは息《いき》を荒《あら》らげたまま、互《たが》いに一言《ひとこと》も交《か》わさず競技場《きょうぎじょう》を出《で》た。観衆《かんしゅう》のヤジも叫《さけ》びも、だんだん遠《とお》のき、玄関《げんかん》ホールに着《つ》くころには、何《なに》も聞《き》こえなくなっていた。ただ、二人《ふたり》の足音《あしおと》だけが聞《き》こえた。ハリーは右手《みぎて》の中《なか》で何《なに》かがまだもがいているのに気《き》づいた。握《にぎ》り拳《こぶし》の指関《ゆびかん》節《せつ》が、マルフォイのあごをなぐってすりむけていた。手《て》を見《み》ると、スニッチの銀《ぎん》の翼《つばさ》が、指《ゆび》の間《あいだ》から突《つ》き出《だ》し、逃《のが》れようと羽《は》ばたいているのが見《み》えた。

マクゴナガル先生《せんせい》の部屋《へや》のドアに着《つ》くか着《つ》かないうちに、先生《せんせい》が後《うし》ろから廊下《ろうか》を闊歩《かっぽ》してくるのが見《み》えた。恐《おそ》ろしく怒《おこ》った顔《かお》で、大股《おおまた》で二人《ふたり》に近《ちか》づきながら、首《くび》に巻《ま》いていたグリフィンドールのスカーフを、震《ふる》える手《て》で引《ひ》きちぎるようにはぎ取《と》った。

「中《なか》へ！」先生《せんせい》は怒《いか》り狂《くる》ってドアを指差《ゆびさ》した。

ハリーとジョージが中《なか》に入《はい》った。先生《せんせい》は足音《あしおと》も高《たか》く机《つくえ》の向《む》こう側《がわ》に行《い》き、怒《いか》りに震《ふる》えながらスカーフを床《ゆか》にたたきつけ、二人《ふたり》と向《む》き合《あ》った。

「まったく」先生《せんせい》が口《くち》を開《ひら》いた。「人前《ひとまえ》であんな恥《はじ》さらしな行為《こうい》は、見《み》たことがありません。一人《ひとり》に二人《ふたり》がかりで！　申《もう》し開《ひら》きできますか！」

「マルフォイが挑発《ちょうはつ》したんです」ハリーが突《つ》っ張《ぱ》った。

「挑発《ちょうはつ》？」

マクゴナガル先生《せんせい》はどなりながら机《つくえ》を拳《こぶし》でドンとたたいた。その拍子《ひょうし》にタータンチェック柄《がら》の缶《かん》が机《つくえ》からすべり落《お》ち、ふたがパックリ開《あ》いて、しょうがビスケットが床《ゆか》に散《ち》らばった。

「あの子《こ》は負《ま》けたばかりだったでしょう。ちがいますか？　当然《とうぜん》、挑発《ちょうはつ》したかったでしょうよ！　しかしいったい何《なに》を言《い》ったというんです？　二人《ふたり》がかりを正当化《せいとうか》するような――」

「僕《ぼく》の両親《りょうしん》を侮辱《ぶじょく》しました」ジョージがうなり声《ごえ》を上《あ》げた。「ハリーのお母《かあ》さんもです」

「しかし、フーチ先生《せんせい》にその場《ば》を仕切《しき》っていただかずに、あなたたち二人《ふたり》は、マグルの決闘《けっとう》ショーをやって見《み》せようと決《き》めたわけですか？」マクゴナガル先生《せんせい》の大声《おおごえ》が響《ひび》き渡《わた》った。「自分《じぶん》たちがやったことの意味《いみ》がわかって――？」

「エヘン、エヘン」

ハリーもジョージもサッと振《ふ》り返《かえ》った。ドローレス・アンブリッジが戸口《とぐち》に立《た》っていた。巻《ま》きつけている緑色《みどりいろ》のツイードのマントが、その姿《すがた》をますます巨大《きょだい》なガマガエルそっくりに見《み》せていた。ぞっとするような、胸《むね》の悪《わる》くなるような、不吉《ふきつ》な笑《え》みを浮《う》かべている。このニッコリ笑《わら》いこそ、ハリーには迫《せま》りくる悲劇《ひげき》を連想《れんそう》させるものになっていた。

「マクゴナガル先生《せんせい》、お手伝《てつだ》いしてよろしいかしら？」アンブリッジが、毒《どく》をたっぷりふくんだ独特《どくとく》の甘《あま》い声《こえ》で言《い》った。

マクゴナガル先生《せんせい》の顔《かお》に血《ち》が上《のぼ》った。

「手伝《てつだ》い？」先生《せんせい》がしめつけられたような声《こえ》でくり返《かえ》した。「どういう意味《いみ》ですか？　手伝《てつだ》いを？」

アンブリッジが部屋《へや》に入《はい》ってきた。胸《むね》の悪《わる》くなるような笑《え》みを続《つづ》けている。

「あらまあ、先生《せんせい》にもう少《すこ》し権威《けんい》をつけて差《さ》し上《あ》げたら、お喜《よろこ》びになるかと思《おも》いましたのよ」

マクゴナガル先生《せんせい》の鼻《はな》の穴《あな》から火花《ひばな》が散《ち》っても不思議《ふしぎ》はない、とハリーは思《おも》った。

「何《なに》か誤解《ごかい》なさっているようですわ」

マクゴナガル先生《せんせい》はアンブリッジに背《せ》を向《む》けた。

「さあ、二人《ふたり》とも、よく聞《き》くのです。マルフォイがどんな挑発《ちょうはつ》をしようと、そんなことはどうでもよろしい。たとえ、あなた方《がた》の家族全員《かぞくぜんいん》を侮辱《ぶじょく》しようとも、関係《かんけい》ありません。二人《ふたり》の行動《こうどう》は言語道断《ごんごどうだん》です。それぞれ一週間《しゅうかん》の罰則《ばっそく》を命《めい》じます。ポッター、そんな目《め》で見《み》てもだめです。あなたは、それに値《あたい》することをしたのです！　そして、あなた方《がた》が二度《にど》とこのような――」

「エヘン、エヘン」

マクゴナガル先生《せんせい》が「我《われ》に忍耐《にんたい》を与《あた》えよ」と祈《いの》るかのように目《め》を閉《と》じ、再《ふたた》びアンブリッジのほうに顔《かお》を向《む》けた。

「何《なに》か？」

「わたくし、この二人《ふたり》は罰則以上《ばっそくいじょう》のものに値《あたい》すると思《おも》いますわ」アンブリッジのニッコリがますます広《ひろ》がった。

マクゴナガル先生《せんせい》がパッと目《め》を開《あ》けた。

「残念《ざんねん》ではございますが」笑《え》みを返《かえ》そうと努力《どりょく》した結果《けっか》、マクゴナガル先生《せんせい》の口元《くちもと》が不自然《ふしぜん》に引《ひ》きつった。

「この二人《ふたり》は私《わたし》の寮生《りょうせい》ですから、ドローレス、私《わたし》がどう思《おも》うかが重要《じゅうよう》なのです」

「さて、**実《じつ》は**、ミネルバ」アンブリッジがニタニタ笑《わら》った。「わたくしがどう思《おも》うかが**まさに**重《じゅう》要《よう》だということが、あなたにもおわかりになると思《おも》いますわ。えー、どこだったかしら？　コーネリウスが先《さき》ほど送《おく》ってきて……つまり」アンブリッジはハンドバッグをゴソゴソ探《さが》しながら小《ちい》さく声《こえ》を上《あ》げて作《つく》り笑《わら》いした。「**大臣**《だいじん》**が**先《さき》ほど送《おく》ってきたのよ……ああ、これ、これ……」

アンブリッジは羊皮紙《ようひし》を一枚《まい》引《ひ》っ張《ぱ》り出《だ》し、広《ひろ》げて、読《よ》み上《あ》げる前《まえ》にことさら念入《ねんい》りに咳払《せきばら》いした。

「エヘン、エヘン……『教育令第二十五号《きょういくれいだいごう》』」

「まさか、またですか！」マクゴナガル先生《せんせい》が絶叫《ぜっきょう》した。

「ええ、そうよ」アンブリッジはまだニッコリしている。

「実《じつ》は、ミネルバ、あなたのおかげで、わたくしは教育令《きょういくれい》を追加《ついか》することが必要《ひつよう》だと悟《さと》りましたのよ……覚《おぼ》えているかしら。わたくしがグリフィンドールのクィディッチ・チームの再編成許可《さいへんせいきょか》を渋《しぶ》っていたとき、あなたがわたくしの決定《けってい》をくつがえしたわね？　あなたはダンブルドアにこの件《けん》を持《も》ち込《こ》み、ダンブルドアがチームの活動《かつどう》を許《ゆる》すようにと主張《しゅちょう》しました。さて、それはわたくしとしては承服《しょうふく》できませんでしたわ。早速《さっそく》、大臣《だいじん》に連絡《れんらく》しましたら、大臣《だいじん》はわたくしとまったく同意見《どういけん》で、高等尋問官《こうとうじんもんかん》は生徒《せいと》の特権《とっけん》を剥奪《はくだつ》する権利《けんり》を持《も》つべきだ、さもなくば彼女《かのじょ》は――わたくしのことですが――ただの教師《きょうし》より低《ひく》い権限《けんげん》しか持《も》たないことになる！　とまあ、そこで、今《いま》となってみればわかるでしょうが、ミネルバ、グリフィンドールのチーム再編成《さいへんせい》を阻止《そし》しようとしたわたくしがどんなに正《ただ》しかったか。恐《おそ》ろしいかんしゃく持《も》ちのチームだこと……とにかく、教育令《きょういくれい》を読《よ》み上《あ》げるところでしたわね……エヘン、エヘン……『高等尋問官《こうとうじんもんかん》は、ここに、ホグワーツの生徒《せいと》に関《かん》するすべての処罰《しょばつ》、制裁《せいさい》、特権《とっけん》の剥奪《はくだつ》に最高《さいこう》の権限《けんげん》を持《も》ち、ほかの教職員《きょうしょくいん》が命《めい》じた処罰《しょばつ》、制裁《せいさい》、特権《とっけん》の剥奪《はくだつ》を変更《へんこう》する権限《けんげん》を持《も》つものとする。署名《しょめい》、コーネリウス・ファッジ、魔法大臣《まほうだいじん》、マーリン勲章勲一等《くんしょうくんとう》、以下省略《いかしょうりゃく》』」

アンブリッジは羊皮紙《ようひし》を丸《まる》めなおし、ハンドバッグに戻《もど》した。相変《あいか》わらずニッコリだ。

「さて……わたくしの考《かんが》えでは、この二人《ふたり》が以後二度《いごにど》とクィディッチをしないよう禁止《きんし》しなければなりませんわ」アンブリッジはハリーを、ジョージを、そしてまたハリーを見《み》た。

ハリーは、手《て》の中《なか》でスニッチが狂《くる》ったようにバタバタするのを感《かん》じた。

「禁止《きんし》？」ハリーは自分《じぶん》の声《こえ》が遠《とお》くから聞《き》こえてくるような気《き》がした。「クィディッチを……以《い》後二度《ごにど》と？」

「そうよ、ミスター・ポッター。終身禁止《しゅうしんきんし》なら、身《み》にしみるでしょうね」

アンブリッジのニッコリが、ハリーが理解《りかい》に苦《くる》しんでいるのを見《み》て、ますます広《ひろ》がった。

「あなたと、**それから**、ここにいるミスター・ウィーズリーもです。それに、安全《あんぜん》を期《き》すため、このお若《わか》い双子《ふたご》のもう一人《ひとり》も禁止《きんし》するべきですわ——チームのほかの選手《せんしゅ》が押《お》さえていなかったら、きっと、もうお一人《ひとり》もミスター・マルフォイ坊《ぼっ》ちゃんを攻撃《こうげき》していたにちがいありません。この人《ひと》たちの箒《ほうき》も当然没収《とうぜんぼっしゅう》です。わたくしの禁止令《きんしれい》にけっして違反《いはん》しないよう、わたくしの部屋《へや》に安全《あんぜん》に保管《ほかん》しましょう。でも、マクゴナガル先生《せんせい》、わたくしはわからず屋《や》ではありませんよ」

アンブリッジがマクゴナガル先生《せんせい》のほうに向《む》きなおった。マクゴナガル先生《せんせい》は、今《いま》や、氷《こおり》の彫《ちょう》像《ぞう》のように不動《ふどう》の姿勢《しせい》でアンブリッジを見《み》つめていた。

「ほかの選手《せんしゅ》はクィディッチを続《つづ》けてよろしい。ほかの生徒《せいと》には別《べつ》に暴力的《ぼうりょくてき》な兆候《ちょうこう》は見《み》られませんからね。では……ごきげんよう」

そして、アンブリッジは、すっかり満足《まんぞく》した様子《ようす》で部屋《へや》を出《で》ていった。あとに残《のこ》されたのは、絶句《ぜっく》した三人《にん》の沈黙《ちんもく》だった。

「禁止《きんし》」アンジェリーナがうつろな声《こえ》を上《あ》げた。その夜遅《よるおそ》く、談話室《だんわしつ》でのことだ。「禁止《きんし》。シーカーもビーターもいない……いったいどうしろって？」

試合《しあい》に勝《か》ったような気分《きぶん》ではまるでなかった。どちらを向《む》いても、ハリーの目《め》に入《はい》るのは、落胆《らくたん》した、怒《いか》りの表情《ひょうじょう》ばかりだった。選手《せんしゅ》は暖炉《だんろ》の周《まわ》りにがっくりと腰《こし》を下《お》ろしていた。ロンを除《のぞ》く全員《ぜんいん》だ。ロンは試合《しあい》のあとから姿《すがた》が見《み》えなかった。

「絶対不公平《ぜったいふこうへい》よ」アリシアが放心《ほうしん》したように言《い》った。「クラッブはどうなの？ ホイッスルが鳴《な》ってからブラッジャーを打《う》ったのはどうなの？ アンブリッジはあいつを禁止《きんし》にした？」

「ううん」ジニーが情《なさ》けなさそうに言《い》った。ハリーを挟《はさ》んで、ジニーとハーマイオニーが座《すわ》っていた。「書《か》き取《と》りの罰則《ばっそく》だけ。モンタギューが夕食《ゆうしょく》のときにそのことで笑《わら》っていたのを聞《き》いたわ」

「それに、フレッドを禁止《きんし》にするなんて。何《なん》にもやってないのに！」アリシアが拳《こぶし》でひざをたたきながら怒《いか》りをぶつけた。

「僕《ぼく》がやってないのは、僕《ぼく》のせいじゃない」フレッドが悔《くや》しげに顔《かお》をゆがめた。「君《きみ》たち三人《にん》に押《お》さえられていなけりゃ、あのクズやろう、打《う》ちのめしてグニャグニャにしてやったのに」

ハリーはみじめな思《おも》いで暗《くら》い窓《まど》を見《み》つめた。雪《ゆき》が降《ふ》っていた。つかんでいたスニッチが、今《いま》は談話室《だんわしつ》をブンブン飛《と》び回《まわ》っている。みんなが催眠術《さいみんじゅつ》にかかったようにその行方《ゆくえ》を目《め》で追《お》っていた。

クルックシャンクスが、スニッチを捕《つか》まえようと、椅子《いす》から椅子《いす》へと跳《と》び移《うつ》っている。

「私《わたし》、寝《ね》るわ」アンジェリーナがゆっくり立《た》ち上《あ》がった。「全部悪《ぜんぶわる》い夢《ゆめ》だったたってことになるかもしれない……明日目《あすめ》が覚《さ》めたら、まだ試合《しあい》をしていなかったってことに……」

アリシアとケイティがそのすぐあとに続《つづ》いた。それからしばらくしてフレッドとジョージも、周囲《しゅうい》の誰《だれ》かれなしににらみつけながら寝室《しんしつ》へと去《さ》っていった。ジニーもそれからまもなくいなくなった。ハリーとハーマイオニーだけが暖炉《だんろ》のそばに取《と》り残《のこ》された。

「ロンを見《み》かけた？」ハーマイオニーが低《ひく》い声《こえ》で聞《き》いた。

ハリーは首《くび》を横《よこ》に振《ふ》った。

「私《わたし》たちをさけてるんだと思《おも》うわ」ハーマイオニーが言《い》った。「どこにいると思《おも》――？」

ちょうどその時《とき》、背後《はいご》でギーッと、「太《ふと》った婦人《レディ》」が開《ひら》く音《おと》がして、ロンが肖像画《しょうぞうが》の穴《あな》をはい上《あ》がってきた。真《ま》っ青《さお》な顔《かお》をして、髪《かみ》には雪《ゆき》がついている。ハリーとハーマイオニーを見《み》ると、ハッとその場《ば》で動《うご》かなくなった。

「どこにいたの？」ハーマイオニーが勢《いきお》いよく立《た》ち上《あ》がり、心配《しんぱい》そうに言《い》った。

「歩《ある》いてた」ロンがぼそりと言《い》った。まだクィディッチのユニフォームを着《き》たままだ。

「凍《こご》えてるじゃない」ハーマイオニーが言《い》った。「こっちに来《き》て、座《すわ》って！」

ロンは暖炉《だんろ》の所《ところ》に歩《ある》いてきて、ハリーから一番離《いちばんはな》れた椅子《いす》に身《み》を沈《しず》めた。ハリーの目《め》をさけていた。囚《とら》われの身《み》となったスニッチが、三人《にん》の頭上《ずじょう》をブンブン飛《と》んでいた。

「ごめん」ロンが足元《あしもと》を見《み》つめながらボソボソ言《い》った。

「何《なに》が？」ハリーが言《い》った。

「僕《ぼく》がクィディッチができるなんて考《かんが》えたから」ロンが言《い》った。「明日《あす》の朝一番《あさいちばん》でチームを辞《や》めるよ」

「君《きみ》が辞《や》めたら」ハリーがいらいらと言《い》った。「チームには三人《にん》しか選手《せんしゅ》がいなくなる」

ロンがけげんな顔《かお》をしたので、ハリーが言《い》った。

「僕《ぼく》は終身《しゅうしん》クィディッチ禁止《きんし》になった。フレッドもジョージもだ」

「ヒエッ？」ロンが叫《さけ》んだ。

ハーマイオニーがすべての経緯《けいい》を話《はな》した。ハリーはもう一度《いちど》話《はな》すことさえたえられなかった。ハーマイオニーが話《はな》し終《お》えると、ロンはますます苦悶《くもん》した。

「みんな僕《ぼく》のせいだ――」

「僕《ぼく》がマルフォイを打《う》ちのめしたのは、君《きみ》がやらせたわけじゃない」ハリーが怒《おこ》ったように言《い》った。

「――僕《ぼく》が試合《しあい》であんなにひどくなければ――」

「――それとは何《なん》の関係《かんけい》もないよ」

「――あの歌《うた》で上《あ》がっちゃって――」

「――あの歌《うた》じゃ、誰《だれ》だって上《あ》がったさ」

ハーマイオニーは立《た》ち上《あ》がって言《い》い争《あらそ》いから離《はな》れ、窓際《まどぎわ》に歩《ある》いていって、窓《まど》ガラスに逆巻《さかま》く雪《ゆき》を見《み》つめていた。

「おい、いいかげんにやめてくれ！」ハリーが爆発《ばくはつ》した。「もう充分《じゅうぶん》に悪《わる》いことずくめなんだ。君《きみ》が何《なん》でもかんでも自分《じぶん》のせいにしなくたって！」

ロンは何《なに》も言《い》わなかった。ただしょんぼりと、ぬれた自分《じぶん》のローブのすそを見《み》つめて座《すわ》っていた。しばらくして、ロンがどんよりと言《い》った。

「生涯《しょうがい》で、最悪《さいあく》の気分《きぶん》だ」ハリーが苦々《にがにが》しく言《い》った。

「仲間《なかま》が増《ふ》えたよ」

「ねえ」

ハーマイオニーの声《こえ》がかすかに震《ふる》えていた。

「一つだけ、二人《ふたり》を元気《げんき》づけることがあるかもしれないわ」

「へー、そうかい？」ハリーはあるわけがないと思《おも》った。

「ええそうよ」ハーマイオニーが、点々《てんてん》と雪片《せっぺん》のついた真《ま》っ暗《くら》な窓《まど》から目《め》を離《はな》し、二人《ふたり》を見《み》た。

顔中《かおじゅう》で笑《わら》っている。

「ハグリッドが帰《かえ》ってきたわ」

つづく

J.K. ローリング 作

不朽の人気を誇る「ハリー・ポッター」シリーズの著者。1990年、旅の途中の遅延した列車の中で「ハリー・ポッター」のアイデアを思いつくと、全7冊のシリーズを構想して執筆を開始。1997 年に第1巻『ハリー・ポッターと賢者の石』が出版、その後、完結までにはさらに10年を費やし、2007年に第7巻となる『ハリー・ポッターと死の秘宝』が出版された。シリーズは現在85の言語に翻訳され、発行部数は6億部を突破、オーディオブックの累計再生時間は10億時間以上、制作された8本の映画も大ヒットとなった。また、シリーズに付随して、チャリティのための短編『クィディッチ今昔』と『幻の動物とその生息地』(ともに慈善団体〈コミック・リリーフ〉と〈ルーモス〉を支援)、『吟遊詩人ビードルの物語』(〈ルーモス〉を支援)も執筆。『幻の動物とその生息地』は魔法動物学者ニュート・スキャマンダーを主人公とした映画「ファンタスティック・ビースト」シリーズが生まれるきっかけとなった。大人になったハリーの物語は舞台劇『ハリー・ポッターと呪いの子』へと続き、ジョン・ティファニー、ジャック・ソーンとともに執筆した脚本も書籍化された。その他の児童書に『イッカボッグ』(2020年)『クリスマス・ピッグ』(2021年)があるほか、ロバート・ガルブレイスのペンネームで発表し、ベストセラーとなった大人向け犯罪小説「コーモラン・ストライク」シリーズも含め、その執筆活動に対し多くの賞や勲章を授与されている。J.K. ローリングは、慈善信託〈ボラント〉を通じて多くの人道的活動を支援するほか、性的暴行を受けた女性の支援センター〈ベイラズ・プレイス〉、子供向け慈善団体〈ルーモス〉の創設者でもある。

J.K. ローリングに関するさらに詳しい情報はjkrowlingstories.comで。

松岡佑子《まつおかゆうこ》 訳

翻訳家。国際基督教大学卒、モントレー国際大学院大学国際政治学修士。日本ペンクラブ会員。スイス在住。訳書に「ハリー・ポッター」シリーズ全7巻のほか、「少年冒険家トム」シリーズ、映画オリジナル脚本版「ファンタスティック・ビースト」シリーズ、『ブーツをはいたキティのはなし』、『とても良い人生のために』『イッカボッグ』『クリスマス・ピッグ』(以上静山社)がある。

静山社ペガサス文庫

ハリー・ポッター ⑪
ハリー・ポッターと不死鳥《ふしちょう》の騎士団《きしだん》〈新装版《しんそうばん》〉5-2

2024年9月6日 第1刷発行

作者	J.K.ローリング
訳者	松岡佑子
発行者	松岡佑子
発行所	株式会社静山社 〒102-0073 東京都千代田区九段北1-15-15 電話・営業 03-5210-7221 https://www.sayzansha.com
装画	ダン・シュレシンジャー
装丁	城所 潤(ジュン・キドコロ・デザイン)
印刷・製本	中央精版印刷株式会社

 ISBN 978-4-86389-870-7 Printed in Japan
Published by Say-zan-sha Publications Ltd.

「静山社《せいざんしゃ》ペガサス文庫《ぶんこ》」創刊《そうかん》のことば

小《ちい》さくてもきらりと光《ひか》る、星《ほし》のような物語《ものがたり》を届《とど》けたい――一九七九年《ねん》の創業《そうぎょう》以来《いらい》、静山社《せいざんしゃ》が抱《いだ》き続《つづ》けてきた願《ねが》いをこめて、少年少女《しょうねんしょうじょ》のための文庫《ぶんこ》「静山社《せいざんしゃ》ペガサス文庫《ぶんこ》」を創刊《そうかん》します。

読書《どくしょ》は、みなさんの心《こころ》に眠《ねむ》っている想像《そうぞう》の羽《はね》を広《ひろ》げ、未知《みち》の世界《せかい》へいざないます。読書体験《どくしょたいけん》をとおしてつちかわれた想像力《そうぞうりょく》は、楽《たの》しいとき、苦《くる》しいとき、悲《かな》しいとき、どんなときにも、みなさんに勇気《ゆうき》を与《あた》えてくれるでしょう。

ギリシャ神話《しんわ》に登場《とうじょう》する天馬《てんま》・ペガサスのように、大《おお》きなつばさとたくましい足《あし》、しなやかな心《こころ》で、みなさんが物語《ものがたり》の世界《せかい》を、自由《じゆう》にかけまわってくださることを願《ねが》っています。

二〇一四年《ねん》

静《せい》山《ざん》社《しゃ》